포춘 쿠키

최은경 장편소설

포춘쿠키

이가서

차 례

開雲出月天地明亮 구름을 헤치고 달이 나오다 __ 7

墮落天使 타락천사 __ 35

我之親愛的情人 나의 사랑스러운 정부 __ 55

被他烹調 요리당하다 __ 71

三千劫的緣分 3천 겁의 인연 __ 122

月亮代表我的心 달빛이 내 마음을 대신하죠 __ 166

我愛上了汝 당신을 사랑하게 됐어요 __ 198

迷戀也是愛乎也 미련도 사랑이죠 __ 234

請愛我一萬年用心愛 나를 사랑해줘 만년 동안 사랑해줘 __ 284

我們之天國 우리들의 천국 __ 308

復讐 복수 __ 319

再見我的愛人 안녕, 내 사랑 __ 365

再次深情相擁 한 번 더 깊은 사랑으로 끌어안아요 __ 401

에필로그 __ 423

작가 후기 __ 441

참고 문헌 __ 446

開雲出月天地明亮
구름을 헤치고 달이 나오다

아침 10시가 되자 어김없이 화흥化興의 사장실 문이 열리고 고소한 냄새가 인기척과 함께 들어왔다. 한쪽 벽이 통유리로 돼 있어 살랑거리는 봄바람이 나뭇가지를 흔드는 것이 보이고 독특한 중국풍의 앤티크 가구가 눈에 들어왔다. 널찍한 사무실 한가운데는 다리마다 금방이라도 으르렁거릴 것 같은 사자 머리가 정교하게 새겨진 테이블이 놓여 있고 양쪽으로 폭신한 크림색 가죽 소파가 자리를 잡고 있다. 벽 쪽에는 몸통은 붉고 테두리는 검은색으로 칠한 사방탁자가 화려한 모란 무늬가 들어간 각기 다른 사이즈의 도자기를 얹고 있다. 밝은 햇살이 쏟아져 내리는 통유리 앞에 놓인 징이 촘촘히 박히고 커다란 열쇠가 달린 붉은 돈궤에 앉아 서류를 들여다보던 어지가 문이 열리는 소리에 눈을 들었다.

3대를 이어오는 중국 음식점 화흥의 수장首長, 하설랑 그리고 허 슈에랑. 짙은 보라색 치파오에 수놓아진 자잘한 나비들이 호리호리한 몸을 타고 날아오르는 것 같다. 잘 익은 머루처럼 윤나는 검은 머리를 맵시 있게 틀어 올려 고고한 목이 유난히 돋보였다. 작지도 크지도 않은 차분한 눈매가 총명해 보이고 강건한 성격의 소유자임을 나타내는 듯 곧은 콧날 아래 분명한 인중이 단아한 이미지를 풍긴다. 문을 열고 들어오는 흰 요리사 가운을 입은 덩치 좋은 중년의 남자를 보고 연지를 찍은 듯 붉은 입술로 늘어뜨리며 빙그레 웃음을 보였다.

"새로운 냄새인 걸요?"

"이런, 네 후각이 얼마나 예민한지 늘 잊어버린단 말이야. 이리 와 봐."

설랑의 든든한 동반자인 류시앙 아저씨는 영락없는 달마의 모습이었다. 푸근하고 넉넉한 몸매에 혈색이 좋은 분홍빛 뺨을 가졌다. 부처의 귀처럼 커다랗고 귓밥이 도톰하고 늘 웃는 사람임을 말해 주는 듯 눈가에 고운 주름이 졌다. 역시 화교 출신으로 할아버지 때부터 화흥의 맛을 책임지고 있는 소중한 분이시다.

설랑은 손짓까지 해가며 부르는 아저씨 때문에 서류를 덮고 일어나 그가 앉아 있는 테이블로 가서 앉았다. 접시를 덮었던 붉은 천을 마치 마술사처럼 걷어 내자 모습을 드러낸 것은 과자였다. 교자를 절반으로 오므린 듯한 모양의 과자의 이름은 설랑도 잘 아는 것이다. 포춘 쿠키[1] 원래 중국에는 없는 후식이지만 많은 사람들이 중국 음식의 끝으로 생각하는 것이 포춘 쿠키다. 주로 그날의 운세나 격언이 들어 있는데 상업적인 이유로 제공하는 과자다 보니 대부분이 덕담이다. 류시앙은 설랑에게 접시를 들이밀었다.

"직접 만드셨어요?"

"아니. 평소에도 후식으로 내면 좋겠다고 생각했는데 손이 많이 가잖아. 며칠 전에 쟝, 너도 알지?"

"예."

"그 친구가 이걸 만드는 곳이 있다고 하기에 달려갔지. 진짜 있더라고. 자, 하나 골라봐."

"이거 다 좋은 말뿐이던데…. 어디."

다섯 개의 과자 중에 세 번째 과자를 집어 들어 가운데를 깨물었다. 파삭 소리를 내며 과자가 깨지고 그 안에서 도르르 말린 종이가 나왔다. 부서진 과자를 접시에 두고 두루마리를 펴자 설랑보다 더 긴장한 류시앙의 얼굴이 볼 만했다. 설랑은 자그맣게 매화 무늬가 들어간 종이에 쓰인 글을 읽었다.

"구름을 헤치고 달이 나오니 천지가 훤하다?"

"아이고 좋다. 좋아."

류시앙은 자기가 마치 도사라도 되는 양 제멋대로 해석을 시작했다.

---

1) 포춘 쿠키: 미국에 있는 중국식당에서 식사 후에 주로 주는 디저트로 1916년 LA의 국수제조업자였던 사람이 중국의 전통 중에 비밀리에 연락을 주고받을 때 사용하던 방법에 착안해 만든 과자.

"네가 좀 힘들었니? 한량인 부모 만난 덕에 수전노 할아버지 밑에서 좋은 시절 다 보냈잖아. 그게 구름이지. 달처럼 환한 좋은 짝 만나 새 출발 시작하니 천지가 환해지는 것처럼 앞날이 훤하다. 딱 맞네."

아저씨의 말에 슬쩍 웃는 설랑은 올해 31살이 되었다. 17살까지는 중화민국 국적을 가진 외국인이었고 18살에 한국 국적을 취득한 이른바 화교다. 한국에서 나고 자라서 일 년에 두어 차례 가는 대만은 모국이 아니라 도리어 외국처럼 느껴진다.

조부가 그 부친에게서 이어받아 설랑에게 물려준 화흥은 청나라 때 여름 궁전을 모방해서 지은 작은 궁궐이다. 오랜 역사만큼 곰삭은 아름다움이 느껴지는 화흥은 모든 것에서 최고를 추구한다. 붉고 높다란 대문을 열고 들어서면 아름다운 정원이 펼쳐진다. 잔디가 깔린 포석을 가운데로 두고 양옆으로 철따라 피어나는 꽃나무들이 있고 포석을 밟고 지나가면 무지개처럼 둥근 다리가 나타난다. 왼쪽과 오른쪽에 석등이 달린 다리 밑으로 잔잔히 흘러가는 물에는 유유히 몸을 트는 아름다운 비단잉어들이 한 폭의 그림을 그려내고 있다.

다리의 끝을 벗어나면 화흥의 본관 건물이 눈에 들어온다. 태화루太和樓라는 현판도 창업자인 고조부께서 쓰신 그대로고 창호지를 바르던 문살에 유리를 끼워 넣은 것만 달라졌을 뿐 다른 것은 처음과 하나도 변한 것이 없다. 일층과 이층을 합쳐 사백 평이 조금 넘는 본관 건물과 부속 건물이 세 개가 있다. 처마는 달린 노란 술이 달린 붉은 등이 달리고 저를 건드리는 바람에 청아한 소리를 내는 풍경이 맛있는 음식과 함께 도시 속의 소란스러움을 잊게 만드는 곳이 화흥이다.

철이라곤 없던 부모는 물려받은 재산을 다 탕진하고 마지막에는 설랑을 담보로 잡혀 조부에게 사업자금을 빌렸다. 그러고는 그 돈을 도박판과 명품관에 몽땅 쏟아 부었다. 아들내외에게 질린 조부는 설랑을 후계자로 지목해 어린아이가 감당하기에는 무리한 경영수업을 시작했다. 그때가 설랑이 소학교 2학년이었다.

아침 5시 30분이면 일어나 할아버지와 아침 기도를 하는 것으로 시작해 아무도 없는 컴컴한 주방에서 한 시간 동안 양총[2]을 깠다. 처음엔 양총의 매운 맛에 울었고 그 다음은 부모를 원망하며 울었다. 20킬로짜리 양총 한 망을 까는데 조막손으로 한 시간이 넘게 걸렸다. 겨울에도 일이 줄어들지는 않았고 한 시간이 넘게 차가운 물속에서 손을 놀리다 보니 동상이 떨어지지를 않았다. 게다가 나이가 들고 키가 자라면서 일을 더 빨리 할 수 있게 되자 일은 더 보태졌다.

40분 동안 양총을 손질하고, 30분 동안 칼 잡는 법을 배웠다. 은은한 나무 냄새가 나는 도마와 네모 넓적한 차이다오(중국요리용 칼)가 작은 손에 쥐어졌다. 반으로 자른 양파를 쥐고

---

2) 양총: 양파

잘게 채를 쓰는 것이 숙제였다. 당시 삼십대였던 류 아저씨가 가르쳐 주는 대로 매끄러운 칼의 면에 왼손의 검지와 중지의 관절을 대고 오른 손목에 힘을 빼고 팔이 아니라 손목만을 움직여 재료를 쓰는 흉내를 내기는 했지만 어린 설랑이 다루기에는 너무 무겁고 컸던 칼은 양파 대신 살점을 베어 냈다. 그래서 연습을 시작하고 한 달 동안은 손가락에서 반창고가 떨어지질 않았다.

한 달 보름이 지날 무렵 설랑은 채칼이 된 듯 끊임없이 양총과 황과[3]를 썰어 냈다. 물려받은 피 덕분인지 학습 속도는 매우 빨랐다. 시간이 흘러 중학생이 되었을 때는 화흥에 쓰이는 모든 재료를 관리하는 따하부打荷剖일을 맡았다. 셀 수 없이 많은 재료를 외우고 무거운 전분 부대며 통조림을 챙기고, 주방에서 주문한 재료들을 주방으로 옮기는 일이었다. 그와 함께 요리수업도 병행했다. 고등학생이 되면서 부터는 화흥을 이끌어 나가는 방법을 배웠다. 끔찍하게 싫어하던 할아버지의 무표정과 거만한 몸짓을 저도 모르게 습득하며 화흥의 작은 주인으로서 역할을 완벽하게 해냈다.

국적을 바꾸고 대학에 입학했을 때 천년만년 건재할 것 같던 할아버지가 쓰러지셨고 설랑은 소망했던 캠퍼스 생활 대신 화흥의 수장이라는 무거운 짐을 짊어졌다. 오랜 시간을 착실

---

3) 황과: 오이

히 준비한 대가는 확실했기 때문에 무리 없이 할아버지의 빈자리를 대신했다. 그게 벌써 11년 전 일이다. 회상이 너무 길었다는 생각이 들자 스커트 위에 떨어진 과자 부스러기를 털어 내며 물었다.

"이게 원가가 얼마죠?"

13평짜리 옥탑 방 부엌은 비릿하고 느끼한 냄새로 가득 찼다. 한판이 넘게 깨진 달걀과 식용유에서 나는 냄새다. 이빨 자국이 난 토스트들이 여기저기 나뒹굴고 기름이 튀어 방바닥은 미끈거렸다.

"아씨 이거 맛이 왜 이래? 야 다니엘, 너 같으면 이걸 돈 주고 사먹겠냐?"

"어디…."

석규가 만든 토스트를 한입 베어 문 다니엘의 얼굴이 일그러졌다. 계란 부침은 너무 짜고 햄은 너무 두껍다. 양배추는 손가락 하나만큼 굵게 썰어져 씹을 때마다 풀 맛이 나고 아일랜드 소스는 질질 흘러내려 손가락을 더럽혔다. 다니엘은 입 안에 든 토스트를 꿀꺽 삼키고 남은 것을 내려놓으며 평가를 내렸다.

"썩 맛있지는 않네, 죽진 않겠다."

"씨팔! 나보고 어쩌라는 거야?"

거칠게 욕설을 내뱉는 석규라는 청년과 다니엘이라는 이국적인 이름의 청년은 극과 극의 외모를 가졌다. 석규는 키가 190센티인 전 대학 씨름 선수고 다니엘은 하얀 피부가 돋보이는 갸름한 외모와 가는 몸매를 가졌다. 쌍꺼풀 없는 깊고 맑은 눈과 적당하게 솟은 코 그리고 늘 웃는 주인 때문에 반달 모양이 된 입. 정의를 내리자면 선량한 모든 것이 조합된 얼굴에 179센티의 키가 약간 마른 몸 때문에 더 크게 보이는 장점을 가지고 있다.

"토스트 말고 김밥은 어때?"

"김밥, 말도 마라. 출입구에 널린 게 김밥하고 떡이다. 우리는 토스트로 승부해야 해."

"그래도 이건 팔았다가는 욕먹겠다."

심각하게 토스트를 내려다보는 다니엘을 보고 석규는 씩씩거리다가 털썩 주저앉았다.

"의사 새끼들 다 도둑놈들이야! 인도주의 좋아하네. 수술 한 번에 천만 원이 뭐야?"

"그건 일주일 전 이야기지. 지금은 더 늘었을 거다. 휴."

"우리 돈 얼마나 있냐?"

조심스럽게 묻는 석규에게 아주 정확한 금액을 말해 줬다.

"11만 9천 원. 여기서 5천 원 빼야 돼. 엄마가 딸기 드시고 싶데."

그 말에 석규는 큰 대자로 벌러덩 누워 버렸다.

"아, 썩을. 야, 다니엘."

"왜?"

석규는 몸을 돌려 손으로 머리를 받치고 모로 누워 주섬주섬 방바닥에 널린 달걀 껍데기와 빵 조각을 치우면서 대답하는 다니엘에게 심각하게 물었다.

"나 몸은 튼튼하거든? 술도 별로 안 하고 담배도 안 하잖아."

"신장 팔자고?"

"어, 어떻게 알았어?"

다니엘이 너무나 쉽게 자신이 혼자 궁리했던 생각을 알아맞히자 석규가 벌떡 일어나 앉았다.

"진작 연락해 봤어. 병원 화장실에 가니까 여기저기 붙었더라. 검사비용 250만 원을 선불로 내야 한데. 거기다 99%가 사기란다. 꿈 깨."

"어떤 싸가지 없는 새끼들이 그런 사기를 쳐? 이것들 걸리기만 하면 허리를 댕강 분질러 죽여 버릴 거다."

두 사람의 든든한 바람막이었던 어머니가 뇌출혈로 쓰러진 것이 한 달 전이다. 석규 혼자서 감당을 해 보려고 했다가 감당이 되지 않자 할 수 없이 학교 기숙사에 있던 다니엘에게 연락을 했고, 3일 동안 금식기도를 하며 방법을 구하던 다니엘은 자신의 모든 꿈이 걸린 사제가 되는 길을 미루고 휴학 신청을 했다. 동생 석규에게만 맡기기에는 너무 큰 짐이기에 자신의 선택에 후회는 없다.

오랜만에 돌아온 집의 상황은 예상했던 것보다 훨씬 좋지 않았다. 어머니 혼자서 꾸려가던 손뜨개 방은 보증금을 다 까

먹고 월세가 밀려 있었다. 지금 살고 있는 옥탑 방도 마찬가지다. 세상 경험이 전혀 없는 다니엘은 무엇을 해야 할지 막막하기만 했다. 석규가 생각해 낸 토스트 노점상도 이렇게 형편없는 맛으로는 가망이 없다.

생전 만져보지도 못할 그 큰돈을 어디서 구해야 할지…. 기도를 하고 또 해도 답답한 마음은 여전했다. 사람의 힘으로는 불가능한 일이야. 그분께 맡기는 수밖에…. 한없이 약해지는 마음을 다잡은 다니엘은 다시 벌러덩 누워 버리는 석규에게 양배추 껍질을 던졌다.

"아, 빨리 치워. 나 일하러 가야 돼."

석규가 중얼거렸다.

"네가 형이니까 네가 해. 꼭 이 연약한 동생 시켜먹으려고. 네 하느님이 그리 가르치던?"

"너 같은 냉담자[4]가 할 말은 아닌 것 같은데?"

"그러니까 내 죄를 사해 달라고 기도할 거라고. 건드리지 마."

지난 몇 년 동안 교회에 나가지도 않은 주제에 하느님을 들먹이는 것이 양심에 찔리지도 않는지 석규는 꿈적도 하지 않더니 금세 잠이 들어 버렸다.

이렇게 너무나 다른 두 사람. 석규와 다니엘은 쌍둥이다. 아무도 믿지 않겠지만 분명 한날 2분 차이로 태어난 이란성 쌍둥

---

4) 냉담자: 세례를 받은 천주교인이나 3년 이상 판공성사를 받지 않은 신자.

이 형제다. 매사에 즉흥적이지만 화끈한 성격의 석규와 매사에 신중하고 한 번 더 생각해 보는 다니엘은 서로의 부족함을 채워준다. 그렇데 둘은 각각이지만 또 하나이다. 힘들 때 기댈 서로가 있기에 이 막막한 현실 속에서도 웃음이 나온다. 가족이란 그런 것이다.

 설랑은 짙은 보라색 벨벳 커튼이 쳐진 탈의실 안에서 거울에 비춰진 자신의 모습이 썩 마음에 들어 매력적인 미소를 지어보았다. 풍만한 가슴을 돋보이게 하기 위해 어깨끈이 없는 디자인을 고른 것은 매우 탁월한 선택이었다. 가슴 골 절반을 넘게 드러낸 웨딩드레스는 허리를 꽉 조여 완벽한 몸매를 드러내고 자랑할 수 있는 디자인이다. 과장스럽지 않게 적당한 폭으로 지은 치마 뒷부분을 한껏 남겨 끌리게 했다. 이 드레스의 값을 안다면 무덤 속에 고이 잠들어 계신 할아버지가 당장 뛰쳐나오실 것이다.
 설랑은 일생에 한 번일 결혼에 돈을 쏟아 부었다. 최고의 호텔을 식장으로 잡았고, 시어른이 될 분들이 입을 다물지 못할 정도로 거한 예단을 보냈다. 자신들의 스위트 홈을 꾸미는 일에도 최선을 다했다. 직접 발로 뛰어다니며 가구부터 조명, 소품 하나하나까지 직접 챙겼다. 설랑은 회홍의 모든 권한을 쥐게 되면서부터 수전노인 할아버지에게 앙갚음이라도 하는 듯 언제나 값비싼 최고만을 고집했다. 열심히 일한 만큼 인생을 즐기면서 사는 것, 그것이 설랑이 세운 인생지침이었다.

'일이 있나? 왜 이렇게 안 오는 거야?'

예복을 함께 입어 봐야 하는데 약혼자 세원이 아직 나타나지 않고 있다. 3년 전 화흥에서 손님과 주인으로 만난 것이 인연이 되어 교제를 시작했고, 두 달 전 별관 뒤 고즈넉한 정자에서 무릎을 꿇고 3캐럿짜리 다이아 반지를 끼워주며 반쪽인 자신에게 와 온전한 사람이 되어 달라는 그의 낭만적인 프러포즈를 받아들였다.

세원을 생각하면 절로 기분이 좋아진다. 말 그대로 소설에나 나올 법한 완벽한 남자다. 훤칠한 키에 단단한 몸, 지나가던 여자들의 시선을 끄는 남자다운 외모에 사업가로서의 안목은 물론 수완도 뛰어났다.

불경기에 가장 타격이 큰 것이 건설업이라는 속설을 비웃기라도 하는 듯 그의 사업은 승승장구였다. 자리가 좋은 곳에 고급 오피스텔과 원룸을 지어 분양할 때마다 대박이 났고 설랑도 그의 회사에 지속적으로 투자를 하고 있다. 둘은 사랑하는 연인이기도 하고 서로의 사업에 대해 조언을 해 주는 동반자의 관계를 유지하고 있다.

그러고 보니 오전에 본 포춘 쿠키 속의 점괘가 아주 신통하게 잘 맞는 것도 같다. 그가 아니었다면 결혼으로 하나 되는 기쁨을 누릴 수 없었을 테니 말이다.

"구름을 헤치고 달이 나오다? 후훗!"

별것에 다 의미를 부여하고 있는 자신을 발견한 그녀가 짧은 웃음을 터트리며 고개를 흔들고 있을 때 커튼이 걷히고 설랑의 휴대폰을 든 웨딩 샵 직원이 나타났다.

"신부님."

"고마워요."

답례를 하고 전화를 받았더니 세원이었다.

"좀 일찍 출발하지, 나 드레스 다 입었는데…."

잠시 후 머리 위에 쓸 면사포를 든 직원이 탈의실로 들어왔을 때 휴대폰을 움켜쥔 설랑의 손가락 관절이 하얗게 들어나 있었다. 낌새를 전혀 눈치 채지 못한 직원은 설랑의 머리에 면사포를 올리려다 잘 닿지 않자 미안한 표정을 지으며 키를 조금만 낮춰 달라고 부탁했다.

"신부님 무릎을 살짝만 굽혀 주시겠어요? 키가 크셔서…."

"와! 당장 오란 말이야!"

설랑의 고함에 놀란 직원은 저도 모르게 뒷걸음질 쳤다. 금방까지 활짝 핀 꽃처럼 화사하게 웃던 신부가 목에 핏대를 세우며 악을 써 대다니 무슨 일이지?

긴 드레스를 질질 끌며 탈의실 밖으로 나온 설랑은 부들부들 떨리는 몸으로 세원의 너무나 담담한 최후통첩을 들어야 했다.

"여자가 있어. 이 결혼 없던 일로 하자."

"싫어! 못 해! 어디야? 만나. 만나서 이야기…."

설랑이 말을 끝내기도 전에 '뚝' 소리가 나고 이어 '뚜뚜뚜' 통화 종결음이 그녀의 날카로워진 신경을 긁었다. 기가 막혀 힘이 빠져 버린 그녀의 손에서 휴대폰이 스르르 흘러내렸고 바닥에 떨어진 휴대폰의 배터리가 분리되어 튕겨 나갔다.

"신부님…. 괜찮으세요?"

몸이 끄덕거린다. 눈앞에 있는 직원이 뭐라고 물어보는 것 같은데 전혀 들리지가 않는다. 웨딩 샵의 통유리를 통해 보이는 붉은 해가 참 예쁘다고 생각했다. 그런데 어느새 어둠이 되어 몰려왔다.

"까악! 신부님!"

눈부신 웨딩드레스를 입고 행복해 하던 신부의 목이 꺾이더니 그대로 몸이 뒤로 넘어갔다. 드레스의 넉넉한 폭이 펼쳐져 마치 백장미가 활짝 피어나는 것처럼 보였다. 그렇게 설랑은 깊고 어두운 절망의 나락으로 빠졌다.

5병동의 6인실 병실은 조용할 날이 없다. 6명 모두 뇌수술을 받은 환자들이라 영락없이 배 포장지 같은 망을 똑같이 쓰고 있다. 다니엘의 엄마는 자꾸 뇌에 물이 차오르는 증상 때문에 수술 후 한 달이 넘도록 퇴원을 못 하고 있다. 물이 차오르면 꾸벅꾸벅 조는 것처럼 정신을 차리지 못하고 다니엘과 석규도 몰라본다. 급한 대로 척추에서 물을 빼내면 언제 그랬냐는 듯이 말짱하다. 담당의는 이번 주까지 경과를 보고 증세가 호전이 되지 않으면 머리에 펌프를 삽입하는 수술을 결정하자고 했다.

다니엘은 요새 들어 눈에 띄게 꺼칠해졌다. 김치도 떨어진 지 오래 돼 라면을 먹을 때도 단무지 하나로 반찬을 삼은 지 오래다. 잘 먹지도 못하고 낮과 밤이 바뀌어 살아야 하는 대리운전 아르바이트로 몸은 피곤한 데다, 좀처럼 나아지는 기미를 볼 수 없는 엄마 걱정, 그리고 쌓이는 병원비 때문에 잠을 자면서도 한숨이 나왔다. 그러나 엄마 앞에서는 언제나 웃는 얼굴로 정성을 다해 간병을 했다. 저녁 시간이 되자 배식이 시작됐고 다니엘은 엄마의 식사를 도왔다.

"엄마. 이거 드릴까요?"

"됐어. 엄마 혼자 먹을 수 있어. 네가 자꾸 그러니까 아줌마들이 웃잖아."

"그러게 무슨 아들이 저리 곰살맞노? 딸보다 낫다카이."

옆 침대에 있는 송 씨 아줌마가 소리를 내며 웃었다.

"마 부럽다. 나는 시키먼 아들뿐인데 김 여사는 좋것다. 저리 잘난 아들이 있어서. 근데 와 이름이 미국 이름인교?"

"세례명이에요. 신학대에 다니거든요."

"그람 신부님이 된다고? 이리 잘난 총각이 뭣이 부족해서 궁상스럽게 홀아비를 자청할라카나?"

신앙이 없는 분들한테 수도 없이 많이 들었던 말이라 다니엘은 슬쩍 웃는 것으로 답을 대신하고 엄마의 식사 시중을 마저 들었다. 다니엘은 식사를 마치고 난 다른 환자들의 식판까지 밖에 내다 놓은 다음에 점퍼를 집어 들었다.

"엄마. 나 아르바이트 가야 돼요. 조금 있다가 석규가 올 테니까 잠시만 혼자 계세요."

"알았으니까 얼른 가봐. 운전 조심하고."

"예."

다니엘은 떨어지지 않는 발걸음으로 병실을 나와 엘리베이터를 타고 1층으로 내려와 병원 현관문을 열고 나섰다. 따뜻해 보이는 주황색 가로등과 아파트의 하얀 불빛이 오늘따라 코끝을 시큰하게 만든다. 조그만 불빛 속에 오순도순 하루를 이야기하며 저녁을 먹고 있을 사람들이 부러웠다.

그분을 원망하는 것은 아니지만 나쁜 짓은 하지 않으려 애썼고 말씀대로 살려 노력했다. 미약한 힘이지만 사람들을 행복하게 하는 일에 기꺼이 제 몸을 받치려 했고 도움이 필요한 사람들의 손을 잡아 주는 것에서 기쁨을 찾으려 했다. 그런데 자꾸 어려운 일이 겹치자 그 분의 의도를 알 수가 없어 의심이 생기려 한다. 생각이 거기까지 이르자 자신의 불손한 마음에 놀란 다니엘은 머리를 흔들었다.

"내가 무슨 생각을 하는 거야?"

계단을 내려가며 조용히 기도문을 외웠다.

"저희를 사랑하신 까닭에 이 무거운 십자가를 기꺼이 지고 가셨으니 저희도 주님을 사랑하며 주님께서 허락하시는 모든 십자가를 기꺼이 지게 하소서…."

 마음이 다시 편안해졌고 그의 발걸음에도 힘이 들어갔다. 출근 시간이 촉박해 다니엘은 버스 정류장을 향해 뛰기 시작했다.

 대리 운전 사무실에서 대기를 하고 있는 다니엘은 애가 탔다. 앞사람까지 콜이 술술 들어오다가 그의 차례가 되자 콜이 뚝 끊긴 것이다. 벌써 새벽 1시가 넘어가고 있다. 일진이 좋지 않을 모양이다. 콜 전화를 받고 기사와 연결시키는 일을 담당하고 있는 김 여사도 이상하다는 듯 시계를 쳐다보았다.
"거 참, 희한하네. 한 번은 울릴 법도 한데."
"좀 희한하네요."
 다니엘은 보면 볼수록 반듯한 청년이다. 요즘 사내놈들 같지 않게 몸가짐도 바르고 어른을 존중할 줄을 안다. 24살이라는 나이에 어울리지 않게 우수가 깃든 것이 마음에 좀 걸리긴 하지만 썩 괜찮다 생각했다. 좁은 사무실에서 서로 멀뚱멀뚱 보고만 있기가 뭐해 티타임을 제안했다.
"다니엘 우리 차 한잔 어때?"
"좋죠."
"녹차 줄까?"
"예."
 무선 전기 포트에 물을 붓고 스위치를 누름과 동시에 요란스럽게 벨이 울렸다.

"왔다!"

두 사람이 동시에 외쳤고 호탕한 웃음을 터트린 김 여사가 시원시원한 목소리로 전화를 받았다.

"예. 예스 대리 운전입니다."

설랑은 철저하게 회원제로 운영되는 호스트바를 제집처럼 드나드는 지효 덕에 난생 처음 호스트바에 발을 들여놓았다. 이미 일차에서 거하게 취한 그녀는 거부감 없이 호스트들의 시중을 받았다. 맨정신이면 결코 생각도 못 할 일이다. 자기 관리에 철저한 설랑이 난생 처음 보는 남자와 몸을 마주 대고 춤을 추고, 게다가 알랑거리는 호스트의 와이셔츠 속에 수표를 찔러 넣을 거라고는 아무도 예상 못했다. 폭탄주가 효과를 발휘했는지 그녀의 행동은 도를 지나치고 있었다.

설랑은 파트너인 호스트와 소파로 넘어져 짙은 키스를 나누고 있었다. 호스트 등 위로 흰색으로 컬러링된 손톱이 도드라져 보이는 손이 미끄러지듯 움직였고 사내자식의 손은 그녀의 치마를 들치고 슬금슬금 위쪽으로 져들어가고 있었디. 그것을 본 지효의 눈에서 파다닥 불꽃이 튀더니 달라붙는 자신의 파트너를 사정없이 밀어내고 테이블 위에 놓여 있던 생수 병을 집어 설랑의 몸 위에서 헤매고 있는 호스트 머리를 내리쳤다. 이어 카랑카랑한 지효의 목소리가 룸 안에 쩌렁쩌렁하게 울렸다.

"비켜! 이게 어디다 들이밀고 지랄이야?"

"아 누님!"

"좋은 말할 때 비켜. 지배인 불러서 싸대기 맞게 해줘?"

앙칼진 지효의 목소리에 호스트는 투덜대면서 설랑의 몸에서 몸을 일으켰다. 지효는 엉망이 된 설랑의 옷을 내려 주며 욕을 퍼부었다.

"이놈의 계집애가 아주 큰일 내겠네. 정신 안 차려? 야 대리운전 불러. 우리 간다. 계산서 가지고 와."

"벌써 가시게요? 아이 조금만 더 놀아주고 가시지 누님."

지효의 호스트는 오랜만에 걸린 봉들을 놓치지 않으려고 느끼하게 아양을 떨어 댔다.

"좋은 말로 할 때 떨어져. 오늘 이 누나가 기분이 몹시 안 좋거든?"

"그러니까 제가 기분 좋게…."

은근슬쩍 가슴을 쓰다듬는 호스트에게 짜증이 난 지효는 얼음통을 집어 그의 머리에 쏟아 부었다.

"꺼져. 새끼가 분위기 파악을 못해. 설랑아 집에 가자 일어나!"

손님이 너무 많이 취해 부축까지 부탁 받은 디니엘은 평소처럼 꾸벅 인사를 하고 업소로 들어가려 했다. 그러자 무전기처럼 생긴 것을 들고 이어폰을 꽂은 기도들이 앞을 가로막고

섰다.

"뭡니까?"

"저기…. 대리 운전인데 손님이 많이 취하셔서 부축을 부탁하셔서요…."

기도들은 잔뜩 주눅이 든 다니엘을 아래위로 훑어보고 나서 무전기를 이용해 안에 확인을 하고는 따라오라고 손가락을 까닥거렸다. 짙은 빨간 카펫이 깔린 룸살롱은 방음장치가 잘 돼 있는 지 간간히 노래 소리만 들릴 뿐 매우 조용했다. 기도가 입구로 나온 웨이터에게 다니엘을 넘겼고 다니엘은 기도에게 꾸벅 인사를 했다. 왠지 모르지만 그렇게 해야 할 것 같았다.

웨이터를 따라 한번 커브를 돌고 나서 이상한 점을 발견했다. 룸살롱인데 여자들이 보이지 않는다. 입구에서부터 가끔 보이는 사람들은 죄다 20대 초반의 아주 앳된 남자애들이었다. 다니엘은 남자 접대부가 있다는 말을 들어보긴 했지만 자신이 걷고 있는 곳이 호스트바이고 조금 후면 그 실체를 직접 눈으로 확인할 거라고는 상상도 못했다.

웨이터가 어느 룸 앞에서 걸음을 멈추고 문을 열더니 허리가 땅에 닿게 절을 했다.

"실례하겠습니다. 대리 운전이 도착했습니다."

"잠깐만 기다리라고 해. 야, 그만 해!"

"놔! 야 너 얼마라고? 30? 오케이 좋았어. 벗어."

룸 안에서 들리는 알아듣지 못할 대화에 호기심이 생긴 다니엘은 슬쩍 안을 들여다보고는 경악했다. 매우 음탕하고 죄악으로 찌든 가여운 영혼들이 방황하고 있는 모습은 성서에 나오는 소돔과 고모라를 연상시켰다.

룸 안에는 모두 4명의 사람이 있었는데 남자 둘과 여자 둘이었다. 상체에 브래지어만 걸친 여자가 술병과 캔이 나뒹구는 테이블 위에 올라서서 힐을 벗어던지며 스커트의 지퍼를 끌어 내렸다. 테이블과 소파에 뿌려진 지폐를 줍고 있는 남자가 있고 다른 남자는 테이블 여자에게 실실 웃어 보이며 몸에 마지막 남아 있는 팬티를 벗기고 있었다. 테이블 위에서 옷을 벗고 있는 여자의 친구인 듯한 여자가 팬티를 벗으려는 남자의 뺨을 치고 테이블 위에서 스커트를 내리는 여자에게 '꽥' 소리를 질렀다.

"허 슈에랑! 싱이싱!(하설랑 정신 차려!)"

그 모든 소란을 지켜본 다니엘은 고개를 저어 머릿속에 기억 된 그들의 추악한 모습을 지우고 작은 소리로 불쌍한 영혼들을 위해 짧은 기도를 올렸다.

"주여…. 부디 저들의 죄를 기억하시지 마시고 불쌍히 여기소서. 아멘!"

손에 닿는 따뜻한 살의 감촉이 좋다. 아직 새벽인가? 옆에 그가 있는 걸 보니 아침은 아닌 듯하다. 머리가 쪼개지는 것 같은 두통을 느낀 설랑의 이마에 주름이 갔다. 지끈거리는 머릿속을 달래느라 옆에 누워 있는 단단한 몸으로 바싹 다가가 가슴에 손을 올렸다가 옆구리를 타고 내려 토실한 엉덩이를 매만졌다.

'조금만 있다가 깨워서 출근시켜야지. 그런데 왜 이렇게 머리가 아프지? 아차 나 어제 술을….'

설랑의 눈이 번쩍 뜨였다. 방안이 훤하다. 아침이 아니라 대낮처럼!

지각이야. 부랴부랴 몸을 일으킨 설랑은 어리둥절했다. 자신의 방이 아니다. 코딱지만 한 비좁은 방 안을 꽉 채운 책과 벽에 걸린 늘어진 남자의 옷들과 컴퓨터 책상 옆에 세워진 십자가상. 내 집에 이런 게 있을 수가…. 비명이 터지는 것을 이불을 입에 물고 겨우 참았다.

'도대체 어떻게 된 거지? 왜 내가 여기 있는 거야?'

두려움으로 뻣뻣해진 고개를 돌려 옆을 확인한 설랑은 입술을 악 물고 신음 소리를 삼켜야만 했다.

옆으로 돌아누운 남자의 하얀 얼굴이 보였다. 약간 마른 가슴이며 등의 피부도 하얗다. 몸을 조금 일으켜 남자의 얼굴을 들여다본 순간 설랑은 기절할 것만 같다. 누군지 전혀 기억이 나지 않는다.

'호스트인가? 그런데 무슨 호스트가 이렇게 선량하게 생겼지?'

약간 긴 듯한 머리카락이 얼굴을 감싸고 있는 남자는 세상모르고 곤한 잠에 빠져 있었다. 아 나 진짜 미쳤나 봐. 어쩌자고!

머리를 쥐어뜯으며 자학을 하던 설랑은 이불을 들추고 몸을 살폈다. 결과는 더 절망적이었다. 손자국이 옅게 남아있는 가슴과 허리, 다리 사이에서 느껴지는 끈적거림과 뻐근함. 예상했던 대로 사고를 친 것이 확실했다. 짧게나마 생각이 났다.

세원에게서 일방적으로 파혼을 당하고서도 보란 듯이 잘 버텼다. 전과 다름없이 일을 하고 두 사람의 관계를 알고 있는 사람들에게 합의하에 결별한 것으로 둘러댔다. 그러다 그의 청첩장이 돌았다는 소식을 듣고 이성을 잃고 지효와 바에 앉아 위스키 한 병을 나눠 마셨다. 그리고 될 대로 되라는 심정으로 호스트바에 갔었다. 그런데 들어간 기억은 있는데 그 다음은 필름이 몽땅 끊겼다.

기억 따위를 더듬을 때가 아니야! 설랑은 남자가 눈치 채지 못하도록 조심스럽게 이불을 걷고 나와 여기저기 널려진 자신의 속옷과 옷가지들을 챙겼다. 남자에게서 등을 돌리고 몸을 웅크린 채로 브래지어를 하고 팬티를 입으려던 순간 간밤의 흔적이 가득한 허벅지를 보며 까무러칠 뻔했다. 당장 뜨거운 물에 박박 씻어 내고 싶지만 그럴 상황이 아니다. 팬티를 발에 꿰고 탑을 막 입는데 문을 두드리는 요란한 소리가 들렸다.

"야…. 다니엘! 다니엘!"

설랑의 몸이 그대로 굳었다. 눈앞이 까매지는 것을 너무 자주 느낀다. 웨딩 샵에서 쓰러졌을 때도 지금처럼 눈앞이 까맸다. 문을 두드리는 소리는 더 요란해졌고 죽은 듯이 잠들어 있던 남자가 부스스 몸을 일으키는 것을 본 설랑은 옷가지를 가슴에 안고 최대한 몸을 웅크렸다.

"알았… 어…. 아함!"

남자는 몸을 가누지도 못하고 휘청거리며 방문을 열고 나갔다. 설랑은 그 사이에 얼른 스커트를 입고 재킷을 마저 입으려는데 손이 곱아 단추가 잠기지가 않았다.

"제발… 제발!"

곱은 손을 달래며 겨우 두 개를 잠갔을 때 굵은 남자의 음성과 부드럽고 안정감 있는 목소리가 번갈아 들렸다.

"너 오줌 쌌냐?"

"응? 아침부터 무슨 소리야. 나 피곤해."

"왜 발가벗고 돌아다녀?"

"뭐?"

잠이 덜 깬 오줌을 쌌냐고 물어보는 석규가 헛소리를 한다고 생각하고 무시한 다니엘은 발가벗었다는 단어를 듣고서야 졸린 눈을 겨우 떠 자신을 내려다봤다. '히익' 소리를 내고 얼른 손으로 중심을 가렸다. 이게 무슨 일이야! 잘 때도 항상 단정한 옷차림을 하는 것이 습관인 내가 태초의 모습이라니! 석규는 어째 수상한 냄새가 물씬 풍기는 다니엘의 옆으로 와 킁킁 냄새를 맡았다.

"너 술 마셨냐? 이건 또 뭐야?"

석규가 팔을 뻗어 다니엘의 목을 돌렸다. 그의 얼굴이 일그러졌다. 무슨 영문인지 모르고 옷을 입기 위해 방으로 향하는 다니엘을 젖히고 확 문을 열었다. 그리고 떨리는 손가락으로 재킷의 단추를 잠그고 있던 설랑과 눈이 마주쳤다. 190센티의 몸을 울리고 나오는 천둥소리 같은 석규의 일갈이 그대로 그녀에게 꽂혔다.

"너 뭐하는 년이야!"

넓은 통유리로 별관에 불이 켜지고 등을 달는 것을 바라보던 설랑은 얼굴을 감쌌다. 아침나절 아니 이미 12시가 다 됐을 무렵. 눈을 떴을 때 이런 황당한 경우라니. 호스트바에 가서 논 것은 그렇다 치고 대리 운전하는 생면부지의 남자와 밤을 보냈다는 것이 믿을 수 없었다. 거기다 그 남자의 동정을 빼앗았다는 것도 그녀를 끝없는 낭떠러지로 밀어 넣었다. 다짜고짜 뭐하는 년이냐고 다그치는 곰 같은 사내에게 취조까지 당했다. 상대방 남자는 계속 화장실에서 오바이트를 하다 끌려나와 둘이 나란히 앉아 흐트러진 퍼즐 같은 어젯밤 일을 맞추어야만 했다.

"그러니까 다니엘 네가 대리 운전하러 호스트바에 갔는데 이 여자가 손님이었고 집이 어딘지 불지는 않고 결혼할 남자한테 차였다고 질질 짜면서 같이 한잔만 더 하자고 너를 물고 늘어졌다고?"

곰 같은 사내의 입을 통해 나오는 어젯밤 행적에 볼이 화끈 달아올랐다. 차라리 기억이 나지 않으면 좋으련만 거기까지는 생각이 나 버렸다. 호스트인 줄 알았던 남자는 그냥 대리운전 업체의 직원일 뿐이었다. 남자는 고개를 숙인 채 아무 대답도 하지 않았다. 설랑은 더 이상 이곳에 있다가는 자살하고 말 것 같았다.

"술이 너무 취해서 서로 실수한 것 같네요. 없었던 일로 하죠. 죄송합니다."

설랑은 당장 가서 사후 피임약을 먹어야겠다고 생각하고 자리에서 일어났다. 여자가 없었던 일로 하자는 데 별 문제가 없을 줄 알았다. 그러나 그것은 일반적인 경우의 이야기고 불행하게도 자신이 밤을 보낸 남자가 그런 일반적인 남자가 아니라는 것을 설랑은 짐작도 하지 못하고 한 말이었다.

"뭐야? 죄송해! 이년이!"

"좋게 해결하자고 해도 달려드는 걸 보면 원하는 것이 있나 본데…. 화대? 주지!"

설랑은 한시라도 빨리 이 지긋지긋하고 구질구질한 방에서 벗어나고 싶어 단도직입으로 말했다.

"얼마면 되겠어요? 턱없이 높게 부를 생각은 하시 말아요."

뒤쪽에 있는 핸드백을 집어 열자 그때까지 아무 말 없이 풀이 죽어 앉아 있던 남자가 그러니까 어젯밤 파트너가 조용히 입을 열었다.

"가세요."

"괜찮으니까 말해요. 내가 현찰은 별로 없으니까…."
"그만 해요! 가요 가!"
지갑을 열던 설랑은 남자의 고함에 놀라 고개를 들었고, 세상이 무너진 듯한 비통한 표정의 남자를 보았다. 설랑은 여자도 아닌 남자가 하룻밤에 저런 표정을 짓는다는 것을 이해하지 못했다. 그 혼란한 순간에도 그의 착한 눈이 눈에 들어왔다. 희미하게 떨리는 윗입술이 그가 꽤나 큰 충격을 받은 상태임을 증명했다. 경험도 별로 없는 것 같은데 여자와 밤을 보낸 것을 가족에게 들켜서 부끄러워서 그런 걸까?
"석규야 그냥 보내 드려. 일어나세요."
"이런 법은 없어. 당했잖아 네가!"
"그만 해! 형한테 혼나고 싶어!"
"짜식아 너 이제 못 하잖아. 네가 그렇게 원하던 네 하느님한테 못 가잖아!"
석규에게 정곡을 찔린 다니엘은 주먹을 꽉 쥐었다. 설랑은 도대체 두 사람이 무슨 말을 하는지 몰랐다.
'하느님? 당해? 아니지. 이렇게 있을 때가 아니야. 가라고 했으니 이 지옥을 빠져 나야겠어.'
설랑은 재빨리 핸드백을 챙겨 일어났다.
"실례 많았습니다."
고개를 까닥 숙여 인사를 하고 등을 꼿꼿이 펴고 나가는 설랑의 팔을 석규가 부여잡았다.

"이 망할 년아. 책임져! 네가 우리 형 동정을 빼앗았어. 네 년이 신부가 될 사람을 건드렸다고!"

"뭐?"

"윽!"

설랑이 동정이 '불쌍하다'의 동정이 아닌 남자의 순결을 의미하고 신부라는 것이 자기가 되고 싶어 했던 그 신부가 아니라 '사제'를 의미한다는 것을 알아차리기도 전에 비리비리한 다니엘이 곰 같은 석규에게 주먹을 날렸다. 석규의 등에 닿은 책장이 쓰러지고 와르르 책이 쏟아졌다.

"그만 해! 그만!"

두 주먹을 불끈 쥔 다니엘이 소리쳤다.

"머리가 터져 버릴 것 같아. 네가 말하지 않아도 내가 지은 죄를 잘 알고 있어. 그러니까 그만 해!"

사제의 길에 오르기 전에 몸과 마음을 깨끗이 할 것을 약속했는데 술에 취한 채 순결을 잃어버렸다. 나는 이제 주님의 곁에 머물 수가 없어. 찬란한 정오가 다니엘에게는 종말의 시간이었다. 그가 원하던 세계가 쨍그랑 소리를 내며 깨져 버렸다.

墮落天使
타락천사

"사장님. 사장님?"
"아… 말씀하세요."
"여름이라 냉채를 늘리자는 조리장님의 건의가 있었습니다."
설랑은 총지배인과 여름철 메뉴를 짜던 중 또 머릿속에 떠오른 오전의 저주스러운 일을 다시 생각하느라 지배인의 말을 듣지 못했다.
"어떤 거죠?"
"특색냉채라고 우선 이름은 부쳤습니다. 패주와 송화단, 대하, 해삼과 전복을 접시 위에 빙 두르고 가운데에 해파리냉채를 올린 음식입니다."
"송화단松花蛋을 쓴다고요? 재고가 그만큼 있나요?"
화흥에서는 만들 수 있는 재료는 직접 만들어 저장을 해 놓고 쓰는 것을 원칙으로 하고 있어 송화단도 복잡한 과정을 거

쳐야 함에도 불구하고 전통적인 방식을 고수해서 만들고 있다. 오리 알에 나뭇재와 물, 홍차, 소금, 석회를 섞어 죽 상태로 만든 반죽을 묻혀 소금물이 든 항아리에 넣어 나무판자를 놓고 돌로 누른 다음 그 항아리를 서늘한 그늘에 묻어 두면 흰자가 투명한 갈색으로 변하고 소나무 같은 무늬가 생겨서 송화단이란 이름으로 불린다.

"재고는 충분합니다. 여기 재고량 파악한 것과 예상단가 입니다."

총지배인으로부터 건네받은 서류를 검토하며 새로운 메뉴를 짜는 일에 푹 빠진 설랑은 잠시 동안 오늘 정오에 있었던 끔찍한 일을 잊었다.

세상 물정 모르는 우리 순진한 다니엘을 그 여우 같은 아줌마가 잡아먹다니! 새벽에 우유배달을 하는 저와 시간대를 나눠 엄마를 보살피기 위해 늦은 밤에 할 수 있는 일을 고른다는 것이 대리 운전이었다. 이런 일을 예상했다면 차라리 다니엘을 우유배달을 시키고 제가 대리 운전을 했더라면 나았을 것이라는 늦은 후회가 가슴을 답답하게 만들었다.

석규는 다니엘이 사제가 된다고 했을 때 이 좋은 세상에서 왜 자신을 버려가며 궁상맞게 살려는지 이해가 되지 않았다. 그러나 또 어떻게 보면 그 녀석에게 딱 맞는 일이라는 생각도 들었다. 다니엘은 천사다. 욱하는 못된 성질에 험한 입을 가진 자신과 이란성 쌍둥이라는 것이 믿어지지 않을 정도로 착한 녀석이다. 빵을 나눠도 자신의 몫은 항상 작은 쪽을 고집했고 지하철에서도 빈자리에 앉았다가 어른들이 들어오시면 일어나도 될 텐데 비어 있는 노약자석에도 절대 앉지 않는 답답한 성격의 소유자다. 세상 돌아가는 법을 모른다. 벼랑이 앞에 있다고 해도 직진하다 떨어져 죽을 놈. 그런 놈이 순결을 잃었으니 이제 학교와는 끝이고 사제가 되는 꿈도 영원히 안녕이다.

하필 왜 여자도 그런 여자냐고! 호스트바를 다니고 생면부지 남자를 덮치는 그런 여자한테 당한 것은 자신이라도 충격이다. 그런데 그 와중에서도 여전히 천사표를 고수하는 다니엘의 목을 졸라 버리고 싶었다. 아까도 현관으로 나간 여자가 신이 없어 난처하게 서 있자 널브러진 나를 두고 쪼르르 달려가 신장에서 엄마 슬리퍼를 내주었다. 여자는 고맙다는 말도 없이 휑하니 나가 버렸고 다니엘은 그때부터 방안에 틀어박힌 채 깜깜한 어둠이 몰려드는 지금까지 불도 켜지 않고 이불만 뒤집어쓰고 있다. 조심스럽게 열려고 했는데 낡은 문은 끼익 하는 비명을 질러대며 열렸다. 불을 켜고 등을 돌리고 누워 있는 다니엘을 불렀다.

"형, 밥 먹자. 저녁이야."

"몇 시야…."

"8시."

그제야 이불을 걷고 일어난 다니엘이 옷을 갈아입었다. 빛

바랜 청바지와 하얀 셔츠를 입는 것을 본 석규가 말렸다.

"오늘은 쉬어. 내가 대신 나가던지 할게."

"됐어."

"말 들어. 형 지금 운전할 만한 상태 못 돼. 괜히 그러고 나가서 사고라도 내면 내 허리 부러지니까 못 보내."

옷을 다 입고 돌아선 다니엘이 힘없이 씩 웃었다.

"하루에 형 소리 두 번 들어보긴 처음이다. 밥이나 줘. 늦었다."

석규가 끓인 양파만 달랑 들어간 멀건 된장국은 간이 전혀 맞지 않았다. 밥 세 수저를 떠서 국에 말아 훌훌 소리를 내며 마시는 다니엘에게 석규가 제 방식대로 거친 위로를 했다.

"너는 죄 없어. 하느님도 다 아셔. 강간을 한 년이 나쁘지 당한 놈은 죄 없어. 그러니까 다른 생각하지 마."

다니엘은 석규의 말에 동의하지 않았다. 죄는 분명 있다. 어느 누구의 몸도 아닌 제 몸이 저지른 일이니 기억이 나지 않는다는 말로 피할 수는 없는 일이다. 남녀 간의 행위가 여자가 먼저 시작하고 본능을 불러 일으켰다고 해도 남자의 협조가 없이는 불가능한 일이다. 기억에 없다고 하지만 분명 자신이 동조했기 때문에 일어난 끔찍한 일인 것이다. 하와가 권한 선악과를 받아먹은 아담이 하와와 함께 에덴에서 쫓겨난 벌을 받은 것처럼 그녀와 함께 자신도 벌을 받아야 한다.

테이블 위에서 스커트를 벗던 여자는 웨딩드레스를 입어 보던 날 다른 여자가 있었던 약혼자에게 일방적으로 파혼을 당했고 오늘은 그 남자가 청첩장을 돌렸다는 소식을 들었다고 했다. 술에 취해 흐느적거리며 내 것인데 뺏겼다며 몸부림을 치며 우는 여자를 혼자 둘 수가 없었다.

집이 어디냐고 모셔다 드린다고 하자 길 건너에 있는 포장마차에서 딱 한잔만 같이 하면 가르쳐 준다며 손을 잡아끌었다. 거절하자 홱 돌아서서 휘청거리는 걸음으로 찻길을 건너는 여자를 놀라 뛰어가 잡았고 그대로 붙잡혀 소주 두 병을 나눠 마셨다. 대부분의 술은 여자가 마셨고 눈물 콧물 짜는 그녀에게 티슈를 건네주고 머쓱해져 몇 잔인가를 마셨다. 술이 약한 탓에 볼이 뜨겁다고 느끼는데 여자가 소주병을 팔로 저으며 쓰러졌다. 여자를 잡으려고 팔을 뻗은 다음은 바로 석규의 문 두드리는 소리였다.

밥을 다 먹고 물 한잔을 가득 마신 다니엘은 자리에서 일어나 현관으로 나갔다.

"다녀올게."

"조심해서 다녀와."

다니엘의 성격을 너무도 잘 아는 석규는 말리는 것을 포기하고 조심하라는 당부를 덧붙였다. 현관문을 열던 다니엘이 잠시 멈췄다. 돌아보지 않고 망설이다가 겨우 입을 열었다.

"엄마한테는 이야기하지 마."

"내가 애냐? 걱정 마."

"그래, 고맙다."

다니엘은 축 처진 어깨를 하고 집을 나섰다. 문을 열고 나가면 달라진 것이 있을 줄 알았다. 그런데 꼬리에 꼬리를 물고 달리는 차들의 불빛도 여전하고 서울에서 보기 힘든 별들도 제자리를 지키며 반짝거렸다. 수도 없이 오르고 내린 좁은 계단을 내려가는 다니엘은 계단이 너무 낯설었다. 에덴에서 쫓겨난 아담의 첫날도 이렇게 낯선 하루였을까?

유럽과 중국의 앤티크 가구가 잘 조화를 이루고 있는 거실은 주인의 고급스러운 취향을 그대로 반영하고 있었다. 거실 가운데에 놓인 잘 익은 호박색의 등받이가 높은 소파에 놓인 꽃 모양은 생화처럼 생생해 보이고 천장 한가운데 달린 꽈리 모양의 노란색 등에서 따뜻한 불빛이 아낌없이 쏟아져 내렸다. 인도네시아의 삽화가 그려진 파티션이 베란다 창 앞에 놓여있고 그 옆에는 불빛을 받아 윤기를 뽐내는 소나무와 학을 새겨 넣은 검은 장이 놓여 있다. 뽀르르 새소리를 내는 벨이 울리자 핑크색 니트와 청바지를 입은 설랑이 침실에서 나와 인터폰을 통해 방문객을 확인하고 문을 열었다. 화려한 취향을 그대로 보여주는 흰 바탕에 붉은 아네모네 꽃이 프린드된 원피스를 입은 지효가 안으로 들어와 아찔하게 높은 하이힐을 벗어던졌다. 지효와는 집안 간에 교류가 돈독한 덕에 둘은 소꿉놀이할 적부터 지금까지 단짝으로 붙어다니고 있다.

"열쇠는?"

"잃어버렸어. 몇 시간이나 된 거야?"

"아직 24시간 안 됐을 거야."

"잘한다. 잘해."

지효는 어제 새로 산 구찌 백에서 약을 꺼내 설랑에게 건넸다.

하늘에 맹세코 어젯밤처럼 아무런 대비도 하지 않고 관계를 가진 적은 단 한 번도 없었다. 세원과 관계를 가진 3년 동안은 세원이 알아서 피임을 했기 때문에 사후 피임약이 처방전이 있어야 구할 수 있다는 것을 몰랐다. 지효는 주방으로 향하는 설랑을 따라오며 어젯밤 파트너에 대해 캐물었다.

"키가 몇이나 돼? 몇 살이야? 잘 하던?"

"몰라. 부탁인데 관심 꺼 줘. 이 약을 먹는 순간 다 잊어버릴 거야."

약을 입 안에 밀어 넣고 정수기에서 받은 차가운 물을 꿀꺽 소리를 내며 삼켰다. 하룻밤 실수로 임신까지 한다면 그건 너무 가혹한 일이다. 약을 먹었으니 적어도 그 불안감에서는 탈출한 셈이다. 여자에게 피임약이 안정제도 될 수 있다는 것을 처음 알았다. 거실로 나온 설랑이 소파에 쓰러지듯 눕자 지효가 은근한 목소리로 물었다.

"너 오늘 몇 시에 출근한 거야? 내가 11시 30분에 전화했을 때도 아직 출근 전이라더데?"

"50분에 도착했어."

"50분. 으흠 50분이라…. 저기 근데 그 남자 힘이 좋은 거야? 아니면 테크닉이 뛰어난 거니?"

설랑은 지효의 무궁무진한 호기심을 채워줄 만한 기분과 몸이 아니어서 눈도 뜨지 않고 정중하게 부탁했다.

"나 무지 심각해. 그러니까 입 좀 다물어 줄래?"

"심각? 약 먹었잖아. 혹시 그놈 변태였어? 너 막 채찍 뭐 이런 걸로 맞았어? 그런 거야?"

지효는 누워 있던 설랑이 벌떡 일어나자 자신의 말에 화가 나서 그러는 줄 알고 화들짝 놀라 뒤로 물러섰다. 설랑은 가슴을 누르고 앉아 있는 무거운 돌덩이의 정체를 지효에게 털어놓았다. 철없는 친구에게라도 어젯밤 일은 아무것도 아니라고 네 탓이 아니라는 면죄부를 받고 싶었는지도 모른다.

"그 남자… 처음이었데."

"정말? 계집애. 너 횡재했다. 아니 어디서 그런 원석을 캐낸 거니?"

"주님의 품안에서…."

"고아원 출신이래?"

돈 버는 데 말고는 머리 쓰기를 싫어하는 지효는 주님의 어쩌고저쩌고하는 설랑의 말에 무슨 고아원 이름쯤 일 것이라고 미뤄 짐작을 했다.

"내가 신부가 될 사람의 동정을 **빼앗았데**."

자신의 입으로 말하면서도 몸서리가 쳐졌다. 딱 한번 실수였는데. 그것도 기억나지도 않은 상태에서 저지른 일이 주의 종을 겁탈했다는 어마어마한 일이다. 아까는 말을 못 했지만 설랑 역시 세례를 받은 교인이다. 잠이 그리운 어린 나이에 할아버지에게 깨워져 강요로 중얼거리던 새벽 기도가 지긋지긋해 그 반감으로 할아버지 장례 미사 후에는 발길을 딱 끊긴 했지만 신자들이 지켜야 하는 순결의 의미와 중요성 정도는 알고 있다.

맹세코 단 한 번도 남자를 먼저 꾀어 본적이 없다. 이십대 초반에는 일 때문에 연애감정 따위는 느낄 시간이 없었고 그 뒤로는 모든 남자들이 만만해 보여 상대를 찾지 못했다. 세원이 첫 남자였고 그에게 충실했다. 그런데 어린 신학생을 꼬드겨서 순결을 빼앗고 죄악의 구렁텅이로 밀어 넣은 크나큰 죄를 저지른 여자가 다름 아닌 자신이라는 것에 어이가 없었다. 지효가 입을 다물지 못하는 것을 보며 '휴' 하고 한숨을 내쉬는 설랑의 어깨가 축 쳐져 내렸다.

지효는 눈을 몇 번 깜빡거리며 설랑의 고백이 남긴 충격을 흡수하고 얼른 사태 수습에 나섰다.

"빼앗기는 뭘 빼앗아? 알잖아? 남자가 반응이 없으면 절대 섹스가 안 돼. 그 남자가 동조했기 때문에 가능했던 거라고. 자 그러니까 심각하게 생각하지 말고 한잔 마시고 푹 자. 뭐 마실래?"

발딱 일어나 술을 찾으러 장식장으로 향하는 지효에게 설랑은 있는 대로 인상을 찌푸리며 단언했다.

"됐어. 이제 절대 술 따위는 안 마실 거야. 맹세해!"

손님에게 키를 돌려주고 회사에서 데리러 올 때까지 기다리는 시간은 지루하다. 그래서 상점들이 모두 문을 내린 새벽에 혼자서 회사 차가 나타날 때까지 엄마를 위해 기도하는 것이 다니엘이 그 지루한 시간을 알차게 보내는 지혜였다.

그런데 오늘은 도통 기도를 할 엄두가 나지 않았다. 크나큰 죄를 진 죄인이 기도를 올린 다는 것이 두려웠다. 이불을 뒤집어쓰고 생각을 하고 또 생각을 해 봐도 여자와 음탕한 짓을 한 기억은 없었다. 그녀가 예쁘다는 생각을 하긴 했다는 것이 양심에 찔릴 뿐 욕망 비슷한 것조차 가진 일이 없다. 그런데 자신의 몸에 남은 흔적은 그가 기억해 내지 못하는 시간 속에서 벌어진 일을 적나라하게 보여줬다. 목이며 가슴에 촘촘히 남은 키스 자국에 또 뻐근한 허리며 이불에 생긴 얼룩들이 증거물로 남았다.

학교로 돌아갈 수 없을 것 같다. 모든 것을 아시는 그분을 속이는 것은 또 한번 큰 죄를 짓는 것이다. 한 번도 의심 해 본 적이 없었던 사제의 길을 이제는 포기해야 한다. 그에게 나른 길이라는 것은 없었다. 오로지 한길만 보고 걸어온 그에게 남은 것은 후회와 번민, 그리고 자신에 대한 심한 혐오감뿐이었다. 눈시울이 뜨거워지고 코끝이 매워지더니 주책없이 눈물이 주르르 흘렀다. 눈물이 울음으로 변했다.

"어떻게… 어떻게 해야… 해요…. 저보고 어떻게… 살라고….."

날개를 꺾인 천사의 흐느낌이 짙은 어둠과 정적에 묻힌 도시를 적셨다. 그렇게 한참을 어깨를 들썩이며 울던 다니엘이 감정을 추스르고 눈물을 닦으려 할 때 죄인이 울음 속에 서러움을 다 토해 내는 것을 허락하지 않겠다는 듯 휴대폰 벨이 맹렬하게 울렸다. 그는 데리러 온 회사 차가 가까이 와서 위치를 묻는 줄 알고 목을 가다듬은 다음 전화를 받았다.

"여보…."

"다니엘! 너 어디야?"

귀가 찢어져라 악을 쓰는 석규의 목소리에 다니엘은 말을 많이 하면 운 것을 들킬까 짧게 자신이 있는 곳을 말했다.

"일산."

"엄마가! 엄마가!"

듣고 있던 다니엘이 눈을 커다랗게 떴다.

엘리베이터를 기다리지 못하고 계단으로 뛰어 올라와 숨이 헉헉 차는 데도 쉬지 않고 복도를 달렸다. 석규의 전화는 엄마가 의식을 잃고 쓰러져 수술실로 들어갔다는 소식이었다. 듣는 순간 자신이 지은 추악한 죄를 엄마가 대신 받은 것만 같아 오금이 저리고 심장이 요동을 쳤다. 수술실 앞에서 서성이는 석규를 보고 힘이 풀려 버린 다리로 더 이상 가지 못하고 동생을 불렀다.

"헉… 헉, 석규야….."

"형!"

거친 숨을 몰아쉬며 느릿느릿 석규에게 다가서자 그도 마중을 나왔다. 평소와는 달리 침울한 표정의 석규가 엄마의 현재 상황을 설명했다.

"다른 혈관이 터졌데. 수술 들어간 지 한 시간 됐어."

"의사는 뭐라고 해?"

"힘들데….."

다니엘은 자신의 잘못인 양 고개를 푹 숙이는 석규의 어깨를 토닥이는 것으로 동생의 불안한 마음을 함께했다.

"저번에도 힘들다고 했는데 엄마 거뜬히 이겨 내셨어. 이번에도 잘 버텨 주실 거다. 앉아서 기다리자."

힘이 쑥 빠진 석규를 먼저 수술실 앞 의자에 앉히고 그 옆으로 앉아 눈을 감자 어둠이 몰려왔다. 전광판에 글씨가 쓰이는 것처럼 걱정들이 꼬리를 물고 나왔다. 우선은 수술을 받고 계시는 엄마가 무사히 자신들에게 돌아오실 지가 걱정이고 밀린 병원비에 보태질 수술비도 걱정이다.

가난은 온전한 마음으로 사랑하는 사람을 걱정하는 것을 비웃는다. 온 신경을 엄마에게 맞춰 무사함을 빌어야 하는데 한쪽 머리로 계산기를 두드려야 하는 것이 현실이다. 다니엘은 그동안 엄마와 석규의 희생 속에서 자신이 얼마나 편하게 살았는지 깨달았다. 그는 고맙고 미안한 두 사람을 위해 마음을 다잡았다.

'천국에서 살 수 없다면 네가 사랑으로 품을 수 있는 사람들이 사는 곳을 천국으로 만들면 돼.'

감았던 눈을 뜨면서 다니엘은 그만의 안락한 천국에서 내려오는 것을 선택했다. 이제 다니엘이란 이름 대신 그를 필요로 하는 사람들을 위해 살 것이다. 모든 것은 그분께서 예비하신 것이니 지금 이 선택을 하게 하신 것도 분명 깊은 뜻이 있으셔서 행하신 것이라 믿으며 주님의 어린 양 다니엘은 무거운 짐을 진 24살 청년 연석형으로 돌아왔다.

사람의 인연이라는 것이 더럽긴 더럽다. 헤어지는 마당까지 무슨 정리할 것이 이리 많은지. 오늘 아침 지효의 어머니 왕 여사로부터 일이 잘돼 가고 있다는 소식을 듣고 흐뭇해 하고 있는데 양반은 되지 못하는지 세원으로부터 전화가 왔다. 자질구레한 문제들을 정리하자는 것이다. 앞으로 자신이 사냥하게 될 먹이감의 상태를 보는 것도 괜찮을 것 이라는 생각에 자리에 나왔다.

입 안이 깔끄럽고 소태처럼 쓴 데도 무난히 식사를 마쳤다. 냅킨으로 입을 닦고 볼록한 물 컵을 들어 한 모금을 마시면서 보니 불편한 건 맞은편에 앉은 세인도 마찬가진가 보나. 좋아하는 티본스테이크를 꽤나 많이 남긴 채 나이프와 포크를 내려놓고 물을 두 잔이나 마셨다. 충격으로 볼이 해쓱해진 그런 모습을 기대했다가 등받이에 등을 기대며 느긋한 미소를 짓는 설랑을 보고 상당히 당황한 모양이다. 설랑은 물컵을 내려놓으며 먼저 입을 뗐다.

"교환해서 쓸 수 있는 것과 쓸 수 없는 것을 정해. 내 생각은 예물이나 예단 이딴 거는 서로 교환해 봤자 쓸데없는 것들이니까 각자 처리했으면 좋겠어."

가볍게 고개를 끄덕이는 세원을 보는 설랑은 희열을 느꼈다. 지금은 고개를 끄덕이지만 머지않아 내 발 아래서 머리를 조아리게 될 거야. 그녀가 말을 떼고 나자 그의 주제넘은 입도 열렸다.

"당신이 채워 놓은 살림을 치웠으면 하는데. 그 사람 물건이 들어와야 되어서 말이야"

"그냥 쓰지 그래?"

설랑은 이런 강심장이 되도록 혹독하게 단련을 시켜 준 할아버지에게 처음으로 감사의 마음을 가졌다. 웨이터가 와서 빈 접시를 치워 주자 방긋 미소로 답해 주는 여유를 보여 주며 후식으로 커피를 주문했다.

"저는 커피 주시고 당신은 뭐 할래?"

"나도 커피."

"그렇게 주세요."

웨이터가 테이블을 정리하고 나가자 설랑은 편안한 눈빛으로 세원을 바라보았다. 비록 마음속에서는 눈앞에 앉아 있는 그의 잘난 머리부터 아득아득 씹어먹어 버리고 싶지만 그건 너무 그녀답지 않는 행동이고 천년만년 지워주고 싶은 마음의 멍에를 너무 쉽게 내려주는 것 같아 사양이다.

자세히 보니 매끄럽고 탄력 있던 세원의 피부가 상당히 거친 것이 눈에 들어왔다. 행운의 여신도 그의 비열함에 질려 등을 돌렸는지 분양의 귀재라는 별명이 무색하게 새로 지은 복층 오피스텔의 분양이 되지 않아 심한 자금 압박으로 생긴 스트레스 탓일 것이다.

교육 공무원 집안에서 자수성가한 그는 뒷돈이 없다. 그동안 운 좋게 벌어들인 돈을 몽땅 복층 오피스텔을 건축하는데 쏟아 넣었는데 분양률은 저조하고 어음은 계속 돌아오고 새로 결혼할 여자의 집에서 끌어올 수 있는 돈은 많아봤자 50억 정도일 것이다. 거기서 추가되어 봤자 십억 정도 일 것이다.

세원이 그렇게 쉽게 설랑을 버릴 결정을 내린 이유는 복층 오피스텔의 성공이 거의 확실한 데다가 돈은 좀 있을지 몰라도 고아에 외국인인 설랑보다는 국회의원 출신의 아버지를 가진 물정 모르는 어린 여자가 편했기 때문이다. 설랑은 기가 너무 세서 그 기에 눌릴 때가 많았다. 그것에도 질리는 중이었고 또 건설업의 특성상 정계에 인연이 필요했기 때문에 결정을 내리는 것은 아주 쉬웠다.

그러나 그가 모르는 것이 있었다. 설랑의 자금력이 자신이 결점이라고 생각했던 그 모든 것을 덮고도 남을 만큼이라는 것을. 화흥은 가업일 뿐 그녀의 어마어마한 재산은 주식과 한국과 대만의 부동산에 고르게 분산되어 있다. 국회의원 장인어른? 하! 설랑은 코웃음을 쳤다.

'비열한 자식. 그래 해 보자구. 네가 그렇게 원했던 국회의원의 사위라는 타이틀을 바닥에 패대기쳐 자근자근 밟아주겠어.'

설랑은 이미 지하 금융의 큰손인 왕 여사를 통해 세원의 자금줄을 하나씩 잘라내는 작업을 시작했다. 벌써 은행권들은 그녀가 퍼트린 소문을 들었는지 알아서 세원을 상대해 주지 않고 있다. 그렇게 은행권을 막아 지하 금융에 의존하게 만든 다음 단 한번에 숨통을 죄어 버리는 것이 배신자에 대한 그녀의 응징이 될 것이다. 설랑은 끊겼던 대화를 다시 시작했다.

"흔히 구할 수 있는 물건들 아니야. 그냥 써."

"고맙지만 그 사람이 해 올 것도 있어서 곤란해."

"쓰기 싫으면 알아서 정리하던지. 내가 그 뒤치다꺼리까지 해야겠어?"

솔직히 그녀가 준비한 살림살이들은 전자제품부터 가구에 장식품까지 해 웬만한 집 한 채 값은 될 것이다. 그렇지 않아도 일 때문에 머리가 복잡한데 그냥 넘어가기로 했다. 결혼할 상대에게는 자신이 꾸민 것이라고 하면 순진한 여자니 별 의심은 하지 않을 것이다. 그는 설랑의 제안을 받아들이고 미리 준비한 말을 시작했다.

"잘 지내는 것 같아서 다행이야."

설랑은 제 볼일 다 보고 나서야 잘 지내냐고 묻는 남자를 사랑했었다는 것이 얼마나 큰 실수였는지 뼈저리게 느꼈다.

"나도 의외야. 이렇게 잘 지낼 줄은…."

두 사람 앞에 커피가 놓이고 설랑은 크림을 듬뿍 넣어 티스푼으로 저으며 다 알고 있는 그의 사업에 대해 물었다.

"이번 분양률은 어때?"

"어… 괜찮아. 미안하다."

세원은 정리를 어떻게 하냐에 따라 그녀를 이용할 수도 있을 거라고 믿었다. 아니 정확하게 말하자면 그는 지금도 자신의 매력으로 설랑의 몸과 자금력을 얼마든지 움직일 수 있을 거라는 착각에 빠져 있다. 그래서 미안하다는 말로 미리 보호막을 친 것이다. 돈이 드는 것도 아니니 미안하다는 말은 얼마든지 해 줄 수 있다.

그가 그런 어처구니없는 생각을 하게 할 정도로 설랑은 지난 세월 동안 '세원'이라는 늪에 푹 빠져 있었다. 할 수만 있다면 뇌리 속에서 그 저주 받을 세월들을 몽땅 잘라내 버리고 싶었다.

"아이만 아니었다면 당신한테 이런 모진 일…."

세원의 속이 빤히 들여다보이는 변명에 도톰한 입술로 커피 잔을 지그시 물고 한 모금 마시고 난 설랑은 그와 눈을 미주쳤다.

"우리나라 속담에 이런 말이 있어. 허리 아래를 조심하라고"

상냥하게 웃고 있지만 섬뜩한 기운을 뿜어내는 설랑의 눈에 세원은 저도 모르게 등줄기에 한기를 느꼈다. 설랑은 딸그락 소리가 나게 찻잔을 내려놓고 핸드백을 챙겨 자리에서 일어났다.

"잘 먹었어. 더 볼 필요도 없는 것 같고 연회가 있어서 들어가 봐야 해. 잘 가."

처음부터 끝까지 톤의 변화가 없는 메마른 말투로 할 말을 하고 나가려는 그녀의 팔을 세원이 붙잡았다. 그를 사랑한다고 착각했을 때는 따뜻하고 매력적이라 느꼈던 세원의 손가락이 뱀처럼 징그럽게 느껴졌다.

"할 말 있으면 해. 사람들이 보잖아?"

설랑은 특유의 싸늘한 표정을 연출하기 위해 눈꺼풀을 살짝 내린 다음 턱을 약간 쳐들고 허리를 꼿꼿이 폈다. 세원은 얼음 같은 설랑의 표정에 얼른 손을 놓고 여자의 행복을 위해 보내 주는 드라마 속의 남자 주인공이라도 된 듯 가당치 않은 마지막 인사말을 남겼다.

"행복했으면 좋겠어."

세원의 뻔뻔스러운 가증스러움에 욕지기가 치민 설랑은 그만 감정 조절을 하지 못하고 그의 손을 거칠게 떼어 냈다.

"나한테서 같은 의미의 답을 들을 거라고 생각하는 건 아니지? 나쁜 자식."

죄에 비해 턱없이 부족한 욕을 남긴 설랑이 뒤도 돌아보지 않고 레스토랑을 나가자 다시 자리에 앉은 세원은 담배를 피워 물며 한껏 빈정거렸다.

"어지간히 차가워야 정이 들지…. 섹스할 때만 따뜻한 피가 도는 여자를 어느 남자가 좋아할까. 나나 되니까 이만큼 버틴 거지."

"면회 시간입니다! 보호자 분들 들어오세요."
"다니엘."
"어… 응."

석규의 부름에 제정신을 차린 다니엘은 미리 준비한 수건과 작은 대야를 들고 중환자실로 들어갔다. 낡은 운동화를 벗어 가지런히 신발장에 넣고 슬리퍼로 갈아 신은 다음 뒤로 묶는 끈이 달린 가운을 서로 입혀 주었다. 엄마는 수술을 하고 산소 호흡기를 떼 낸지도 여러 날이 지났지만 의식을 회복하지 못하고 있었다. 담당 의사는 회복기에 다시 다른 혈관이 터지는 것은 드문 일이라고 전하며 언제 의식을 차릴지는 장담을 못한다고 했다.

엄마의 모습에 두 형제는 동시에 한숨을 내쉬고 말았다. 첫 수술 때 밀었던 머리카락이 이제 잔디처럼 파릇 거리며 올라왔는데, 그 머리카락을 다시 밀고 퉁퉁 부은 얼굴과 손발에 의식이 없어 감긴 눈가에 소금기로 남아 있는 마른 눈물자국. 다니엘은 그 모든 것이 자신의 탓인 것 같아 더 정성껏 엄마의 얼굴이며 손을 닦아냈다.

"엄마. 그만 일어나. 잠자는 공주도 아니면서 무슨 잠이 이리 많아?"

"그러게."

석규의 실없는 농담에 다니엘이 박자를 맞췄다. 몸을 다 닦고 소변 주머니에 담긴 소변의 양을 살피고 있는데 간호사가 다니엘의 등을 톡톡 두드렸다.

"저기 보호자 분. 원무과에 좀 다녀오셔야겠어요."

"아… 예."

밀린 병원비가 이천만 원을 훌쩍 넘어가고 있는 통에 석규와 다니엘이 번갈아 불려가서 독촉을 받고 있다. 가난은 사람을 비굴하게 만든다. 독촉을 하는 담당자에게 미안하다고 꼭 해결하겠다고 말은 하지만 가능성은 제로다. 가서 들어야 할 말을 뻔히 알기에 숫기 없는 다니엘이 상처를 받을까 봐 석규가 나섰다.

"내가 다녀올게. 너는 오줌 주머니나 갈아."

"아니 내가 가 볼게. 나 속이 안 좋아서 주머니 못 갈겠어. 뭐 그 소리가 그 소린데 한두 번 듣나? 엄마 다녀올게요."

슬쩍 웃음을 보인 다니엘은 엄마의 손을 한번 잡아 주고는 중환자실을 나갔다.

我之親愛的情人
나의 사랑스러운 정부

　오늘은 세 달에 한 번씩 있는 화교 학교 친구들의 모임이다. 일종의 동창회인데 소학교부터 고등학교까지 같이 다니다 보니 서로에 대해 모르는 것이 없고 단결도 매우 잘 된다. 좁은 바닥이다 보니 모두 그녀의 파혼 사실을 아는 눈치였고 또 자기들 딴에는 친구를 배려하기 위한 건지 유난히 설랑을 챙겼다. 설랑 또한 티를 내지 않고 전과 다름없이 웃고 이야기를 나누고 있지만 사실은 지독한 불편함을 느끼고 있었다. 적당한 이유만 있다면 이 자리를 빠져나가고 싶다는 마음뿐이었다.
　"깐뻬이!"
　지효의 우렁찬 선창에 일제히 잔을 치켜 올린 사람들은 상대방의 눈을 바라보며 작은 잔에 담긴 술을 한번에 털어 넣은 다음 잔을 살짝 들어 보이고 내려놓았다.
　둥근 상 위에는 화흥의 새로운 메뉴 중 하나인 특색냉채를 시작으로 **빵빵지**[5]와 **둥 푸 루어**[6], **칭정 루 위**[7] 등이 제각각의 모양과 향취로 식욕을 자극했다. 친구들은 상을 돌리며 잔뜩 차린 음식을 각자의 접시에 덜어 저녁을 즐겼다. 지효는 음식을 덜면서 애교스럽게 투덜거렸다.

"류 아저씨는 나를 돼지로 만들려는 게 분명해. 내가 이 **빵빵지** 때문에 살찐다고 내지 말라고 해도 나만 보이면 **빵빵지**야."

"얘. 허리 24인치가 살찔까 걱정하면 난 죽어야겠다?"

의도했던 대로 친구들로부터 완벽한 몸매라고 인정을 받은 지효는 만족스러운 웃음을 지으며 2차 장소를 제안했다.

"우리 저녁 먹고 가라오케 가자. 오랜만에 좀 놀아야겠어."

"지효 네가 언제는 안 놀아? 365일 파티면서."

한 친구의 말에 닭살을 오물거리던 지효가 까르르 웃음을 터트렸다.

"그런가? 하여튼 다 갈 거지?"

"하우!"

대화가 자연스럽게 중국어로 흘렀고 왁자지껄한 대화에서 멀찌감치 물러나 있는 설랑에게 지효가 물었다.

---

5) 빵빵지: 사천요리의 하나로 방망이로 가볍게 빵빵 두들겨 고기를 부드럽게 한다고 해서 이름이 붙은 닭다리 찜 요리.

6) 둥 푸 루어(동파육): 소식 동파가 만든 절강성 항저우를 대표하는 음식. 두터운 돼지비계를 네모난 덩어리로 썰어 약한 불에서 뭉근하게 끓여 만든 요리.

7) 칭정 루 위: 배추 위에 농어를 놓고 돼지고기와 햄을 얹은 후 양념을 해 찜통에 쪄내고 간장 맛이 나는 담백한 소스에 찍어 먹는 요리.

"니예 취 마?(너도 갈 거지?)"

"워 부 샹취, 니먼 취바.(난 가고 싶지 않아. 너희들끼리 가.)"

"니 간마 쩐머 샤오씽아?(왜 이렇게 김새게 하는 거야?)"

"찬팅에 하이 메이 꽌먼….(가게 영업도 끝나지 않았고….)"

 원래 가라오케를 좋아하는 편도 아니고 낮에 세원을 만난 일로 기분은 엉망진창이었다. 자신의 가게에서 하는 모임이니 얼굴을 내밀기는 했지만 이 기분에 무슨 노래는. 영업을 핑계 대고 가지 않는다는 말을 막 하는데 직원이 들어와 그녀의 귀에 뭐라고 속삭이자 설랑이 반문했다.

"누구?"

"대리 운전기사라고 하시면 아실 거라는데요."

 다니엘이라는 이름을 기억해 내지 못해서 다시 물어본 설랑은 대리 운전이라는 말에 얼굴을 찡그렸다. 확 짜증이 몰려왔다. 그 애송이가 어떻게 여길 알고 찾아온 거지? 받으라고 던져줄 때 받지 제기랄! 의자를 빼고 일어서자 지효가 물었다.

"니 취 날? 지아오 따이리 카이 치처더 런 메이요?(너 어디 가? 대리 운전 불렀어?)"

"니먼 따이 이 훨. 니먼 시아 츠 비에터 지우 디엔이디엔.(잠깐만 다녀올게. 필요한 거 있으면 더 시켜.)"

"이걸로 좀 닦으세요."

"감사합니다."

다니엘은 검은 비단에 알록달록한 작은 꽃송이가 들어간 치파오를 입은 직원이 건넨 흰 수건으로 머리의 물기를 닦아 냈다. 버스에서 내려서면서부터 갑자기 내린 소나기에 흠뻑 젖어 그렇지 않아도 낡은 옷이 더 초라해 졌다.

수건을 건넨 직원은 몸에 밴 친절한 미소를 지으며 사장의 부재이유를 설명했다.

"사장님께서는 친구 분들과 모임이 있으십니다. 조금만 기다려 주세요. 따뜻한 차라도 드릴까요?"

"아… 아닙니다. 됐습니다."

"그럼…."

고개를 숙여 인사하는 직원에게 다니엘 역시 고개를 숙여 감사의 뜻을 전했다. 직원이 문을 닫고 나가고 나자 큰 사무실에 혼자 남은 다니엘은 어리둥절한 눈으로 주위를 둘러봤다. 중국 분위기가 물씬 묻어나는 붉은색과 검은색의 대비가 뚜렷한 가구들과 화려한 등, 장식품들이 주인 없는 방안에 들어앉아 있는 어쭙잖은 방문객을 주눅 들게 했다.

자신이 하려는 일이 비정상적이고 몰염치하며 인간으로서의 기본도 챙기지 못하는 최악의 행동이라는 것을 잘 알고 있다. 하지만… 방법이 없었다. 원무과에 불려가서 받는 은근한 모욕은 얼마든지 참을 수가 있다. 그러나 앞으로의 일이 문제다. 병원도 땅 파서 치료하는 것이 아니니 얼마라도 병원비를 갚아야만 한다고 했다. 빠른 시일 안에 해결해 달라는 최종 통보를 받고 돌아서 나오는데 발바닥에 잔뜩 본드를 묻힌 것처럼 한걸음 한걸음 떼는 것이 힘겨웠다. 돈! 돈만을 생각하며 걷는데 그 자매가 생각이 났다. 돈을 주겠다고 했었다. 그 다음은 거짓말처럼 착착해야 할 일이 생각이 났다. 그녀를 만났던 호스트바에 가서 자신을 안으로 데려갔던 기도를 통해 만난 담당 웨이터에게 손님이 떨어뜨린 물건을 돌려줘야 한다고 둘러댔다. 거짓말을 하는 내내 등허리와 손에는 땀이 촉촉이 배어 나왔다. 원래는 손님의 연락처를 알려 주는 것이 금지됐지만 선량하기 그지없는 다니엘의 얼굴에 속아 넘어간 웨이터는 그날 파트너였던 호스트에게서 연락처를 알아내 주었다.

심장은 불안한 마음에 더 빨리 펌프질을 해 댔다.

'만약 그 자매님이 자신을 잊어버렸으면 어쩌나? 돈을 주지 않겠다면 어떡하지? 일이라도 할 수 있게 해달라고 해야 할까? 접시 닦는 것쯤은 잘 할 수 있을 텐데….'

딸깍!

문이 열리는 소리에 다니엘의 목젖이 심하게 오르락내리락거렸다. 어깨는 딱딱하게 굳고 손이 바들바들 떨렸다. 바닥에 깔린 두꺼운 카펫 때문에 발소리가 들리지 않아 그녀가 얼마나 다가왔는지 가늠할 수가 없었다. 달콤한 꽃향기 같은 것이 잎시 나왔고 드디어 그녀가 모습을 나타냈다. 복잡하게 땋아 뒤로 올린 머리를 하고 네크라인과 손목 둘레에 흰 테두리가 둘러진 검정색 카디건과 치마를 입은 그녀는 초라하기 그지없는 자신과는 달리 세상의 어려움을 다 물리칠 것만 같은 당당한 아름다움을 듬뿍 품어내고 있었다. 설랑은 감정이라고는 없는 건조한 목소리로 그가 원하는 금액을 물었다.

"얼마를 원하죠?"

자신이 하기 힘든 말을 먼저 꺼내준 그녀에게 고마워야 하는데 다니엘은 창피함에 입술이 떨어지지가 않았다. 설랑은 자신을 빤히 쳐다보는 예의 착한 눈이 부담스러워 책상 앞으로 가서 서랍에서 수표책을 꺼냈다.

"불러요."

"2천 3백8만 원…."

펜을 들고 서명을 하려던 설랑은 움직임을 멈추고 다니엘을 쳐다보았다. 그는 손에 쥔 수건을 꽉 움켜잡고 시선을 어디에 둘지를 모르고 있었다. 하룻밤 화대로는 매우 과한 액수를 부른 그는 매우 불안해 보였다. 2천도 아니고 끝자리까지 세세하게 부르는 것을 보니 무슨 사연이 있는 것 같다.

"상당히 비싸네. 하룻밤 화대치고는."

다니엘은 화대라는 말에 부끄러움과 치욕감으로 볼이 화끈 달아올랐다.

"동정이라고 프리미엄을 붙인 건가요? 그래도 이건 납득이 안 되는데…."

"아니에요…. 그런 게 아니고…."

다급하게 아니라고 외치고는 다음 말을 잇지 못하고 벌겋게 달아오른 얼굴로 벌떡 일어난 다니엘은 사실대로 말하기로 결심했다.

"사실은 병원비가 필요해서…. 어머니가 수술을 하셨는데…. 뇌수술이요…."

얼마나 긴장을 하고 있는지 먼발치에서 다 보일 정도다. 비에 젖어 달라붙은 검은 머리카락과 티끌 하나 없이 하얀 피부, 물 빠진 청바지와 흰 남방을 입은 그는 첫인상 보다 더 선량한 모습이다.

'신부가 되려고 했다더니 날개 잃은 천사야?'

시니컬한 웃음이 '픽' 하고 세어 나오려는 것을 겨우 참았다. 만약 그렇게 물었다가는 유리로 된 벽을 뚫고 나갈 것이 분명했다. 웃음을 참느라 입을 꼭 다물고 있었더니 그는 제 설명이 부족한 줄 알고 더듬거리며 다시 설명을 보탰다.

"그 일에 대해서 돈을 달라는 것이 아니고 그러니까 자매님. 제가 일을 해서 갚을 테니… 빌려주시면…."

"무슨 일을 할 수 있는데요?"

"뭐든지 다요. 접시 닦는 것도 괜찮고 주차나 이런 것도 자신 있어요."

금세 눈을 반짝이며 자신 있다는 것을 강조하는 청년에게 호기심이 생겼다. 설랑은 등받이가 있는 의자에 몸을 약간 눕히고 살짝 돌리며 그가 생각하는 것이 얼마나 현실과 차이가 있는지 신랄하게 꼬집어 주었다.

"접시닦이는 하루 일당이 35000원이고 주차요원도 마찬가지예요. 내가 천만 원은 그쪽 동정에 대한 프리미엄과 봉사료로 준다고 쳐요. 잔액이 1천3백8만 원, 무이자라고 칩시다. 수입이 백 만 원 정돈데 병원비에 생활비로도 부족하죠? 회수 가능성이 전혀 없어요."

설랑의 논리정연한 설명에 그의 얼굴은 이제 하얗게 질렸다. 자신의 상태를 그대로 내보이는 다니엘에게 설랑은 약간은 가학적인 매력을 느꼈다. 왜 하얀 눈밭에, 그 처녀지에 흔적을 남기고 싶은 그런 마음.

"뭐든지 가능하다고 했나요?"

실망으로 시들었던 다니엘의 얼굴이 그녀의 말 한마디에 생기를 되찾았다.

"예. 뭐든지요."

"정부를 원해요."

"예?"

잠시 생기를 찾았던 얼굴은 이제 회색빛이다.

"당신이 원하는 금액에 2천을 더 올려 주겠어요."

이럴 생각은 아니었지만 한번 깨어난 금지된 욕망은 그녀를 불타오르게 했다.

'장난감이야. 조금 가격이 나가는 살아 있는 장난감.'

설랑은 술에 취해 이성을 잃은 상태에서 저지른 어이없는 정사의 증거물인 다니엘이라는 애송이를 세원에 대한 주체할 수 없는 분노를 푸는 도구로 선택했다.

그녀가 원하는 것은 십계명으로 금지하고 있는 간음과 매춘이다. 생각하는 것만으로도 죄가 되는데 생각은 물론 행위까지 요구하고 있는 것이다. 귀가 울리고 심장은 쩌릿쩌릿거렸다. 도망가고 싶어… 이 지옥에서…. 그러나 이성은 그 위험한 제안을 거부하는 것을 허락하지 않았다.

"하겠습니다."

설랑은 자신을 똑바로 쳐다보는 흔들리는 맑은 눈동자에 가슴이 뜨끔했다. 슬프디슬픈 눈으로 몸을 팔겠다는 청년이 너무 서글퍼 보여 양심에 가책을 느낀 것 같다. 그러나 이내 따끔거림을 떨어내고 화홍의 수장 하설랑의 트레이드마크인 무표정으로 돌아와 수표에 액수를 적어 넣고 서명을 했다.

'부욱' 하고 종이가 찢어지는 소리에 다니엘은 마치 자신의 몸이 찢기는 듯한 착각이 들었다. 설랑은 찢어낸 수표를 가지고 책상을 돌아나와 다니엘에게 자리에 앉을 것을 권했다. 이번이 마지막 권유일 것이다. 다음에 만났을 때는 오로지 명령만 내릴 것이고 그는 따라야 할 것이다.

"앉죠. 작성해야 할 서류가 있으니까."

다니엘이 조용히 자리에 앉자 설랑은 테이블 한쪽에 있던 노트북을 펼치고 서류를 작성하기 시작했다.

"기간은 얼마로 할까요?"

"저기…. 계산을 안 해봤어요. 자매님이 계산하셔서 적당한 개월 수로 해 주세요."

"천을 그날 밤 봉사료로 빼면 나머지가 3천3백8만원이고 한 달에 3백씩 계산하면 12개월 조금 못 되네요. 11개월로 하죠."

"예."

다니엘의 대답에 타다닥 경쾌한 소리를 내며 손질이 잘 된 설랑의 손가락이 자판을 쳐 댔다.

"내가 원할 때는 언제 어디서든지 내 요구를 받아들여야 해요."

"예…."

반항의 의지를 상실해 버린 다니엘은 '예'라는 대답으로 일관했고 설랑은 그 내용을 문서로 남겨 프린터로 뽑았다.

"자 서명해요. 주소 쓰고 전화번호 쓰고…."

펜을 건네받은 다니엘은 읽어보지도 않고 쓰윽 서명을 해나갔다.

"읽어보지 않아요?"

"자매님이 알아서 하셨겠죠. 여기…."

설랑은 다니엘이 밀어 올린 서류에 서명을 해 넣고 펜의 뚜껑을 닫으며 물었다.

"이름이 다니엘 아니던가요?"

곰 같던 그의 동생이 분명 그를 그렇게 불렀고 아까 저를 찾아 왔을 때도 그 이름을 댔는데 서류에는 연석형으로 적혀 있었다.

"다니엘은 세례명이고 연석형이 맞습니다."

다니엘이란 이름은 순수했을 때의 이름이다. 그분께서 주신 이름이 이 추접한 관계에서 불린다면 또 죄를 짓는 것 같아 다니엘은 원래 이름을 고집했다.

"난 다니엘이 훨씬 마음에 들어요. 그걸로 부르겠어요."

"저기…."

부탁을 하려던 다니엘의 눈에 테이블 위에 곱게 놓인 수표가 보였다. 그 순간 그는 자신의 처지를 깨닫고 입을 다물었다.

그가 왜 자신의 세례명을 마다하는지 설랑은 이미 눈치 채고 있었다. 순결한 이름으로는 자신과 얽히는 게 싫다는 속마음이 다 들여다보였다. 그래서 그녀도 고집을 부린 것이다. 서류를 훑어보고 나서 반으로 접은 다음 수표를 다니엘에게 밀었다.

"걱정하지 말아요. 심하게 대하지는 않을 거니까."

너무나 쉽게 일이 해결됐다. 영혼을 판 대가치고는 작지만 몸을 판 대가로는 넘치는 액수를 확인한 다니엘은 감사의 뜻을 전했다.

"고맙습니다…."

그의 말이 끝나기도 전에 설랑이 자리에서 일어나자 다니엘은 개인이 발행한 이렇게 큰 액수의 수표가 정말 돈으로 바뀔지가 걱정이 돼 조심스럽게 물었다.

"이거 어떻게 바꾸나요?"

"거기 찍힌 은행 창구에서 바꾸면 돼요. 다른 수표 바꿀 때처럼 똑같아요. 신분증 가지고 가서 현찰로 찾지 말고 원무과에 전화해서 계좌이체를 시켜요. 괜히 큰 돈 가지고 나가다 잃어버리지 말고요."

봉사료, 정부 등등 음탕한 말만 내뱉던 설랑이 너무 자상하게 설명을 해 주자 다니엘은 그녀를 달리 보았다. 다행히도 자신을 정부로 사들인 그녀는 그다지 나쁜 성품은 아닌 것 같다. 짧게 감사의 기도를 올리고 고개를 숙여 인사를 했다.

"그럼 이만 가보겠습니다."

"잠깐만! 조인식을 했으니 악수 같은 거라도 해야 되지 않겠어요?"

"아… 예."

어정쩡하게 다니엘이 손을 내밀었고 물끄러미 그 손을 내려다보던 설랑이 손을 내밀어 그를 확 끌어 당겼다. 갑작스러운 행동에 다니엘이 휘청거리자 설랑은 팔로 그의 목을 감싸 안았다. 그리고 조금 전 친구들과 마신 귀비주[8]의 향내가 고스란히 나는 입술을 부딪쳤다.

"우읍!"

평생 해 보지 않을 거라 믿었던 이성과의 입맞춤을 불시에 당한 다니엘은 괴로운 신음을 흘렸다. 숨이 막혀 벌린 입술 사이로 말랑하고 뜨거운 것이 밀고 들어와 자신의 혀를 쉴 새 없이 가지고 노는 것은 절대 유쾌한 경험이 아니었다. 입 안에

---

8) 귀비주(歸脾酒): 스트레스를 완화시키는 진정 효과가 있는 한방주(漢方酒).

가득 고인 타액을 할 수 없이 삼킬 때마다 그것이 저만의 것이 아니라는 사실에 몸이 스물거렸다.

설랑은 뻣뻣하게 굳은 채 자신의 어깨를 밀어내려고 하는 다니엘 때문에 짜증이 났다. 세원과 할 때보다 더 공을 들이고 있는데 이 애송이가 넘어가질 않는다. 굴리고 빨고 얼려도 뻣뻣하기가 나무토막이다. 설랑은 자기가 먼저 끌어안았던 그의 목을 확 풀고 인상을 있는 한껏 찌푸렸다.

"키스도 한번 안 해 본 거야? 왜 이렇게 못해?"

"아니… 너무 갑작스럽고 또….."

다니엘은 그녀가 변덕을 부려 계약을 파기하고 수표를 빼앗을까 봐 경험이 없는 것이 아니라 놀라서 그런 것이라고 둘러댔다.

죽어도 처음이라고 말하지 않는 그가 키스조차도 처음이라는 것에 올인해도 좋다. 아니 여자와 입술을 부딪친 적도 없을 것이다. 설랑의 눈이 반짝거렸다.

"다시 해 보지. 잘 해야 돼. 나를 실망시키지 마."

"예… 예….."

다니엘은 주님을 생각했다. 죄인을 구원하기 위해서 십자가에 달리시고 못 박힌 그 고통에 비한다면 아무것도 아닌 일이다. 적절한 비유는 못 돼지만 엄마만 살릴 수 있다면, 석규의 큰 덩치가 축 저지는 것을 보시 않아도 된다면 참을 수 있다.

"자세가 불편해서 그런가? 어디 거기로 앉아 봐. 말 놔도 돼지? 아까 주민등록번호 보니까 내가 7살이 많던데."

"자매님 뜻대로….."

설랑은 기어들어 가는 목소리로 대답하는 다니엘의 어깨를 눌러 앉힌 다음 그의 허벅지 위로 올라탔다.

"헉!"

미끈거리는 스타킹의 감촉이 바지를 뚫고 그대로 느껴지고 허벅지로 내리누르는 압박감은 저절로 비명을 내지르게 만들었다. 그 은밀한 밀착에 놀란 다니엘이 크게 숨을 들이마시는 것을 보고 설랑은 미칠 것 같았다. 너무나 재미있는 게임이다. 백지처럼 깨끗한 남자. 왜 남자들이 처녀를 원하는지 알 수 있을 것 같다. 가르치는 재미가 상당할 것 같다.

"나쁜 게 아니야. 넌 이제 신학생도 아니고 그냥 평범한 남자일 뿐이야. 죄를 짓는 게 아니라고. 그런 표정 기분 나빠."

잔뜩 얼어붙은 채 고개를 끄덕이는 다니엘의 뺨을 두 손으로 잡고 다시 모란꽃잎처럼 붉고 매끄러운 입술로 꼭 다문 조개 같은 그의 입술을 살짝 살짝 핥으며 일부러 귀에 들리게 할짝할짝 소리를 냈다.

허락만 해 준다면 귀를 막고 싶었다. 할짝거리는 소리가 지금 자신이 하고 있는 행위의 실체를 너무나 뚜렷하게 알려줘서 괴로웠다. 키스를 어떻게 한다는 것쯤은 알고 있다. 신학생이라고 해도 알건 다 안다. 다만 행하지 않았을 뿐이다. 그녀가 화를 내지 않게 입술을 벌려야겠다고 생각하고 눈을 찔끔 감고 입술을 벌렸다. 그의 혀가 자기력을 가진 자석이라도 되는 것처럼 설랑의 요염한 혀는 춤을 추듯 움직이며 그를 따라 들어가 자신과는 다른 맛이 나는 그를 한껏 희롱했다. 다니엘의 뺨이 점점 달아오르는 것을 느꼈다. 그리고 자신도 물씬 달아오른 것을 인정했다. 설랑의 혀는 자꾸만 안쪽으로 숨어드는 그를 찾아 더 깊은 곳으로 자맥질을 해 댔다.

이럴 수가 없다. 자신의 것이 아닌 다른 사람이 입 안을 휘젓고 다니는데 처음처럼 불쾌한 것이 아니고, 아 설명이 되지 않는다. 상냥하다가 갑자기 난폭해지는 그녀의 절묘한 움직임에 뼈마디가 늘어지는 그런 기분. 감기약을 먹고 난 후 나른한 그 기분!

막혔던 입술이 예고도 없이 개방이 되었다. 숨이 부족했던 두 사람은 숨을 고르며 상대방을 열기 가득한 눈으로 바라보았다. 정신을 먼저 차린 것은 역시 고수인 설랑이었다. 키스의 흔적이 가득 남아 번들거리는 고운 입술을 벌려 예민해진 다니엘의 귓가에 뜨거운 숨결을 불어넣으며 속삭였다.

"호우 메이….(맛있어.)"

"예… 에?"

난생 처음 듣는 이상한 말의 의미를 몰라 눈을 깜빡이는데 다시 그녀의 입술이 내려앉으려 했다. 설랑의 손은 다니엘의 배를 살살 문지르기 시작했다. 딱 한 번의 교육으로도 그의 눈은 저절로 감겼다. 그 순간! 쾅 하고 문이 열리고 요란스러운 중국어가 쳐들어 왔다.

"슈에랑! 이콸 취! 헉!(설랑아 같이 가자 헉!)"

놀라지도 않고 다니엘의 허벅지에서 몸을 일으킨 설랑은 스커트를 내리고 헝클어진 그의 매무새를 가다듬어 주었다. 창피함으로 얼굴은 물론 귀까지 벌겋게 달아오른 다니엘은 죽고만 싶었다. 여자와 이런 친밀하고 은밀한 행위를 한 것도 충격이었지만 그 현장을 다른 사람에게 들킨 것에 비하면 아무것도 아니었다. 쪼르르 앞으로 달려온 지효가 추레한 모습의 다니엘을 보고 설랑에게 물었다.

"쪄스?머?(이건 뭐야?)"

누구냐가 아니냐고 이건 '뭐야'로 물건 취급하는 지효에게 설랑은 그녀다운 직설적인 대답을 해 주었다.

"샤오타이타이!(정부!) 일어나요."

설랑은 넋이 빠진 다니엘의 주머니에 수표를 챙겨주며 처음에 제안했던 대로 악수를 했다.

"잘 가요. 금방 다시 만날 거예요."

만개한 탐스러운 꽃처럼 화사한 미소를 보여주며 예의 바르게 다니엘을 배웅했다. 조금 전 반말을 지껄이며 그를 길들이려고 했던 여자는 사라지고 금세 봄바람처럼 싱그러운 여자로 변신했다. 다니엘은 부정한 짓을 저지른 입술을 지효가 볼까봐 손으로 가린 채 꾸벅 인사를 하고 빠른 걸음으로 설랑의 사무실을 빠져나갔다. 안에서 까르르 웃는 설랑의 웃음소리가 들렸고 다니엘은 울렁거리는 속을 진정시키느라 허리를 굽혔다.

被他烹調
요리당하다

    설랑의 아침은 러닝머신 위에서 경제뉴스를 보는 것으로 시작된다. 걷는 것으로 시작해 점점 속도를 올린다. 할아버지가 길드여 놓은 습관 덕에 하루에 5시간 이상은 자지 않는다. 아무리 아파도 정신을 잃을 정도가 아니면 5시간 이상은 자지 못한다.

    달리기로 땀을 뺀 다음 거품이 듬뿍 나는 샤워젤로 샤워를 하고 나와 미네랄워터를 마셔 톡 쏘는 물로 아직 깨어나지 않는 감각들을 깨우고 화장대 앞에 앉는다. 거울에 얼굴을 비추며 피부 상태를 점검하면서 피부 관리실에 가야 하는 날짜를 계산해 보고 스킨을 듬뿍 바른다. 로션과 크림으로 피부를 정논한 다음 분을 바르고 눈썹에 갈색 아이섀도를 살짝 발라 자연스러운 이미지를 만들어 낸다. 립밤을 먼저 발라 입술에 충분히 수분을 준 다음 닦아내고 보드라워진 입술에 과일 향이 나는 립스틱을 꼼꼼히 펴바른다. 티슈를 물어 유분기를 조절하고 입술을 살짝 벌린 채 마스카라로 속눈썹을 풍성하게 만들어 주면 화장이 끝난다. 전날 밤에 미리 골라 둔 옷을 챙겨 입고 미용실로 향하는 시간이 7시 30분쯤이다.

그곳에서 담당 헤어디자이너와 가벼운 대화를 나누며 그날 의상에 따라 머리 손질을 하고 일주일에 한번은 손톱손질도 받는다.

그녀가 모든 준비를 마치고 출근을 하는 9시는 화홍이 가장 활기에 차는 시간이다. 주방의 직원들과 홀을 담당하는 직원들이 각자 회의를 하고 맡은 일을 해 나간다. 식당에서 제일 활기 찬 곳은 역시 주방이다. 활어차에서 푸드득거리며 몸을 틀어 대는 싱싱한 활어와 조개류가 내려지고 축산유통 회사에서 보내진 냉장차가 신선한 육류들을 납품한다.

주방의 우두머리인 조리장 류 아저씨가 버너에 불을 켜는 것을 신호로 요리를 하는 사람만 17명인 주방의 모든 손들이 바쁘게 움직인다. 야채를 손질하는 사람부터 반죽을 하는 사람 칼질을 하는 사람들이 일사불란하게 움직이고 그 과정에서 나는 소리는 음악 같다.

교자에 넣을 소를 만들기 위해 칼 두 개로 양파를 다지는 소리는 다다다, 깨끗이 까고 다듬은 야채를 맑은 물에 던져 넣는 소리가 퐁, 오늘 쓸 팬을 기름칠해서 불에 달구는 소리는 치지직, 다 된 반죽을 늘이기 위해 면 판에 대고 쳐 대는 덩덩 소리는 설랑에게는 어느 오케스트라의 연주보다 아름다운 선율이다. 맛있는 향과 함께 연주되는 특별한 음악.

"니 하오 마!(안녕하세요!)"

"에이요. 시아쓰 런러.(아이고 깜짝이야.)"

홀 점검을 끝내고 춘장을 볶던 류 아저씨의 뒤에 슬그머니 다가가서 큰 소리로 인사를 했더니 놀란 아저씨는 국자를 내려놓고 가슴을 쓰다듬어 내렸다. 늘 그렇듯 류 아저씨는 공식적인 자리에서는 그녀를 깍듯이 사장으로 모셨다. 좀처럼 감정을 들어내는 법이 없는 설랑도 류 아저씨에게만은 양총을 까며 울던 어린 설랑으로 돌아가 어리광을 부리곤 한다.

"사장님 오늘 너무 예쁘십니다. 이 할아버지의 가슴이 다 울렁거립니다."

"저 오늘은 게살 스프 먹고 싶은데 해 주실래요?"

"그럼요! 이봐 여기 게 살 가져와. 사장님 드실 거니까 제일 좋은 걸로!"

설랑은 류 아저씨 옆에 서서 게살 스프가 만들어지는 것을 지켜보며 주방에 손 볼 데는 없는지 또 새로운 음식에 대해 이야기를 나누었다.

게살 스프로 간단한 아침을 먹고 난 후에는 산더미처럼 쌓인 일들을 처리해 나갔다. 예약된 연회 준비가 잘 진행되고 있는지 살피고 대만 쪽에 있는 부동산이며 왕 여사에게 일임해 놓은 세원의 일이 순조롭게 진행되고 있는 것도 확인했다. 설랑의 오전이 그렇게 비켜나가고 있었다.

다니엘은 아침 면회를 끝내고 은행을 찾았다. 그녀가 준 수표를 내밀었더니 정말 돈이 지급되었다. 통장에 선명히 찍힌 동그라미를 세고 또 세어 보고 미소를 지었다. 비록 영혼과 몸을 판 대가로 받은 것이지만 석규와 자신이 지고 있던 묵직한 짐을 덜어 준 고마운 돈이다. 그걸로 됐다. 다른 생각은 하지 않기로 했다. 생각을 한다고 달라지는 것도 없으니 말이다. 가장으로서 식구들을 지키는 일이 우선 일 뿐 자신의 감정이나 자존심 따위는 얼마든지 버릴 수 있다. 다니엘은 통장을 쫙 펴고 용지에 병원의 계좌번호를 적어 넣었다.

병원비를 해결하고 은행을 나오면서 석규에게 전화를 걸어 병원 앞 식당으로 불러내 해야 할 말이 있어서 일부러 구석으로 자리를 잡았다. 달게 자고 있는데 불러낸 것이 마땅치 않아 퉁퉁 부은 얼굴로 석규가 나타났다.

"고기도 안 사 줄 거면서 외식은 무슨."

"사줄게. 우리 저거 먹을까?"

"엥?"

다니엘이 가리킨 것은 1인분에 25000원 짜리 꽃등심이었다. 보는 것만으로도 군침이 도는 하얀 마블이 촘촘히 박힌 최상급이다. 석규는 다니엘의 눈앞에 손을 흔들어 보였다.

"어이 형, 이거 보여?"

다니엘은 석규의 손을 내리고 주문을 받으러 온 종업원에게 주문을 했다.

"우선 꽃 등심 3인분만 주세요. 그리고 소주도 한 병 주세요."

"예."

종업원이 물러나고 나자 석규가 다니엘을 있는대로 째려보았다.

"무슨 일이야. 너, 말해 얼른!"

"좋은 일이야."

물수건으로 손을 닦으며 머릿속으로 석규에게 해야 할 말을 정리했다. 거짓말을 해야 하는 가슴이 쿵쾅거렸다. 부디 석규가 꼬치꼬치 캐묻지 말고 그냥 넘어가 주길 바랐다.

"좋기는 개뿔이 좋아? 너랑 나랑 생긴 건 달라도 쌍둥인데 내가 몰라? 내 가슴이 이렇게 벌렁거리는데!"

"조용히 좀 해. 사람들이 본다."

버럭 소리를 지르던 석규는 주위를 둘러보고 머쓱해져 입을 다물었다. 종업원이 숯불을 넣어주고 불판 위에 고기를 올리자 치익 소리와 함께 육즙이 배어 나왔다. 아직 불이 다 올라오지 않아선지 매캐한 숯 냄새가 피어올라 왔다. 종업원이 알맞게 잘라주고 나가자 다니엘은 양파며 버섯을 고기 옆에 올렸다.

"그 자매님이 주셨어. 좀 많이."

"자매? 누구?"

석규는 다니엘이 말하는 그 자매가 생판 모르는 남자와 사고를 치고도 당당하던 그 뻔뻔한 여우일거라고는 상상도 못했다. 다니엘이 다니는 본당에 아줌마 중 누가 도움을 준 것일까? 원래 그쪽 인간들은 쪽 팔린 지도 모르고 남자는 형제님, 여자는 자매님 이러잖아?

다니엘은 고기를 뒤집어 놓고 소주병 마개를 돌려 따 석규에게 내밀었다. 석규는 잔을 들어 받고 다니엘에게도 한잔을 따라주었다. 이 인간이 뭔가 분명히 있어. 지나치게 금욕적인 인간이 낮술이라니?

"우선 한잔하자."

'쨍' 하고 잔을 부딪치는 다니엘 때문에 석규는 엉겁결에 술을 들이켰다. 그리고 한입에 몽땅 털어 넣다가 폭탄을 투하한 다니엘 때문에 사래가 걸려 죽을 뻔했다.

"엄마 슬리퍼 신고 간 그 자매님이 주셨어."

"컥! 켁켁!"

"조심해서 마시지."

석규는 숨을 쉬지 못하고 괴로워하는 자신의 등을 두드려주는 다니엘의 손을 확 잡아챘다.

"컥! 미쳐…. 컥컥. 미쳤어?"

"물 좀 마셔."

"집어쳐!"

이성을 잃어버린 석규는 주위의 시선을 아랑곳하지 않고 소리를 질렀다.

"그 돈을 왜 받아! 네가 진짜 호스트냐? 당장 돌려줘!"

"그런 거 아냐."

화를 못 이기고 버럭버럭 소리를 질러 대는 석규와는 달리 다니엘은 너무도 담담했다.

"뭐가 아냐! 그년이 널 언제 봤다고 돈을 줘?"

"일 하기로 했어. 그 자매님은 아주 큰 식당을 해. 호텔보다 더 큰 식당. 거기서 일하기로 했어. 거기는 직원대출 혜택이 있데. 아직 정식 직원은 아니지만 저번 일도 있고 해서 미안하다고 미리 당겨 준다 생각하고 받으라고 하셨어."

"얼마나 받았어."

"4천. 한 달에 3백씩 받기로 했어. 그래서 네가 우유 배달 그만두고 엄마를 보살펴야 될 것 같다."

"무슨 일을 하는데?"

길길이 날뛰던 석규는 거짓말을 못 하는 다니엘이 자연스럽게 말을 잇는 것 보니 타당성이 있는 것 같아 그제야 목소리를 낮췄다. 다니엘은 미리 생각해 두었던 거짓말을 줄줄 내놓았다.

"호텔로 따지면 홍보실에서 하는 일이야. 굉장히 중요한 자린데 마침 일할 사람을 구하고 계셨데."

"그년은 땅 파서 장사 하냐? 무슨 월급을 3백이나 줘?"

"영어도 해야 하고 컴퓨터도 잘 다뤄야 하는 일이야. 작은 돈은 아니지만 과한 대가도 아니야."

석규는 다니엘이 올려 준 고기 대신 소주병을 집어 잔을 찰랑거리게 채워 단숨에 들이켰다.

"썩을. 내가 돈만 있었음 당장 때려치우라고 하는 건데…. 속상해."

"좋은 직장 얻었는데 덕담을 해줘야지 악담을 하냐?"

"명색이 반쪽인데 너를 죄악의 구렁텅이로 밀어 넣어야 하는 내 심정을 네가 알아? 그년 눈에는 색기가 철철 넘쳐. 정조 관념이 전혀 없는 년이라고. 그런 년이 널 가만 둘 것 같아?"

"안 그래. 술 때문에 실수를 해서 그렇지 친절한 분이셔."

얼굴이 다른 이란성 쌍둥이라고 해도 서로에게 예민하게 반응한다. 하나가 우울하면 다른 하나도 덩달아 우울해지고 하나가 아프면 다른 한쪽도 따라서 아픈 것이 다니엘과 석규다. 자신의 기분이 밝아지면 석규도 그럴 것이니 좋은 것만 생각할 것이다. 화대, 봉사료, 정부 이런 말 말고 수표를 어떻게 바꾸냐는 물음에 친절하게 설명해 주던 것을 떠올렸다. 화사하게 웃던 모습과 또 엉망이 된 자신의 옷매무새를 고쳐주던 모습을 생각하니 다행스럽게 마음이 가라앉았다. 다니엘이 진정이 되자 석규도 진정이 되는지 쓰디쓴 입 안을 달래려 고기를 집어넣었다.

"1년이야. 1년이면 그 돈 다 갚을 수 있어. 괜찮아질 거야. 엄마 의식만 차리시면 우리 노점이라도 하자. 돈 벌어서 너도 복학하고 나도 학교로 돌아갈 거야."

"정말 학교로 갈 거냐?"

다행이다. 석규는 다니엘이 자신의 길을 포기하면 어쩌나 노심초사했었다. 저같이 막돼 먹은 놈이 천국과 어울리지 않듯 다니엘도 이 구질구질한 인간세계와는 맞지 않는다.

"내 잘못이 아니잖아. 죄가 된다면 더 노력해서 봉사할 거야. 그렇게 마음먹었어."

"당연해. 잘 생각했어. 자 형도 한잔 더 받아."

잔을 들어 석규가 따라주는 소주를 받아 잔을 부딪치고 입 안으로 흘려 넣었다. 달다. 술이 달수도 있다는 것을 몰랐다.

"다 탄다. 먹자."

석규를 먹이려고 다니엘은 먼저 상추에 고기를 싸고 통통한 마늘 한 점을 올려 먹기 시작했다. 다니엘이 학교로 돌아간다는 말에 안심이 된 석규도 고기를 기름소금에 찍었다.

"나 진짜 궁금한데 어떤 때 형이라고 부르냐?"

"기분 내킬 때만 흐흐. 그동안 못 먹은 거 다 먹을 거다. 각오 해."

"안 돼. 돈 없어. 내일부터 긴축재정이야."

"치사하긴."

서로를 위로하느라 시답잖은 소리를 해 대며 고기를 먹고 술을 마셨다. 다니엘의 코끝이 알싸해지면서 매워졌다. 주책없이 눈가까지 젖으려고 하자 얼른 고기를 입 안에 넣어 꿀꺽 삼키고 입을 열었다.

"천국과 지옥이 어떻게 다른지 아니?"

"돈을 주체를 못 하면 그게 천국이고 땡전 하나 없으면 지옥이야. 나한테는 그래."

석규의 대답에 '풋' 하고 웃고 난 다니엘은 빈 잔 두 개에 술을 가득 채웠다.

"천국하고 지옥은 똑같은 그릇에 똑같은 밥이 담겨져 나와. 그리고 손잡이가 아주 긴 수저가 나오는데 수저가 너무 길어서 혼자서는 못 먹거든? 지옥에 있는 사람들은 수저를 내팽개치고 맨손으로 달려들다가 그릇을 엎어서 바닥에 쏟아 버려 늘 굶주리지만 천국에 있는 사람들은 긴 수저로 밥을 떠서 서로를 먹여 주면서 느긋하게 식사를 즐겨. 그게 차이야. 너하고 나는 지금 천국의 만찬을 즐기는 중이야. 어때 멋지지 않니? 자 천국의 만찬을 위해 건배!"

투명한 소주잔이 부딪쳐 손등으로 차가운 술이 넘쳐흘렀다. 취기가 올라오자 초등학교 운동회 이야기부터 동창 녀석들 이야기로 화기애애해졌다. 걱정을 덜어내고 마신 술은 달았다 그리고 눈물을 막아 주는 고마운 것이라는 것도 느꼈다. 밖으로 흘러내리지 못한 눈물은 다니엘의 가슴에서 샘솟고 있었다.

"네 정부 언제 보여 줄 거야?"

"네게 보여 줄 수 없어. 내가 널 몰라? 날름해 버릴 위험이

다분해. 꿈 깨."

 아까부터 졸졸 쫓아다니면서 다니엘에 대해 지대한 관심을 보이는 지효다. 집요한 지효의 관심을 분산시키기 위해 20명이 예약된 연회실의 세팅을 자처하고 나섰다. 여당 실세들의 모임이다. 꼭 지효가 졸라 대는 것을 피하기 위해서가 아니더라도 귀한 손님일 경우에는 손수 준비를 한다.

 설랑은 테이블 세팅을 마저 끝내기 위해 반대편으로 돌아갔다. 순백의 자기로 된 식기 위에 빳빳하게 풀을 먹여 곱게 접은 붉은 냅킨을 놓고 젓가락 받침 위에 화려한 무늬가 들어간 젓가락을 놓았다. 탕을 덜 작은 그릇과 개인 접시를 놓고 각도를 보는데 상 위로 엉덩이를 걸친 지효가 눈을 게슴츠레 하게 뜨고 물었다.

 "웨이따오 쩐머양?(맛이 어때?)"

 "쩐머 하오 쎄 야, 꾸워디안 더 간쥐에~.(밝히기는. 짜릿했어~.)"

 과장스럽게 몸을 흔들며 대답했더니 지효가 손바닥으로 찰싹 소리가 나게 등을 쳤다.

 "아얏!"

 "농담하지 말고! 정말 그 꼬마랑 즐길 거야? 네 취향 아니잖아."

 "취향은 변해."

 설랑은 다음 세팅을 위해 걸음을 옮겼다.

 "세상에 모든 것은 변해. 나도 그리고 너도 또 다른 사람도.

짙은 목단 향도 바람이 지나고 비가 내리면 옅어지잖아? 난 성인이고 내 한 몸 건사할 충분한 자신이 있어. 즐기면서 살 거야."

"그럼 베테랑을 골라야지 젖비린내 나는 어린애가 뭐야?"

잘못 접어진 냅킨을 폈다가 다시 접으며 지효의 생각을 바로잡았다.

"내가 원하는 건 말 그대로 정부情夫야. 정을 통할 남자 말이야. 성적 노리개가 아니라고. 돈을 주고 몸을 사긴 했지만 오로지 그 짓만을 하기 위해서 계약을 한 건 아니야. 그럴 생각이었으면 호스트를 사는 게 낫지. 내가 말하는 정부는 훨씬 고급스러운 사양을 갖춰야 해. 함께 식사도 하고 영화도 볼 수 있는 그런 친밀한 남자. 물론 섹스도 함께 해야지. 하지만 깊은 관계로의 발전은 처음부터 배제된 사이. 그리고 내 말을 어기지 않는 남자. 그게 내가 원하는 거야."

미처 생각하지 못했다. 설랑이 늘 지독한 외로움을 느낀다는 것을. 어려서부터 같이 자란 자신이 누구보다 그 허함을 잘 알고 있다. 학대라고까지는 할 수 없지만 매정하다는 말이 딱 맞는 할아버지 밑에서 혹독하게 교육을 받으며 자신을 미끼로 돈을 뜯어 가는 부모를 원망하면서 자란 친구다. 겉으로는 호두 껍데기처럼 단단해 보이지만 그 속에는 아직 덜 자란 아이가 들어 있는 설랑. 지효는 와락 설랑을 껴안고 엉엉 눈물을 쏟아 냈다.

"그래그래 넌 그래도 돼. 불쌍한 것 앙앙. 어떤 놈들이든지 우리 설랑이 건드리기만 해 봐. 죽여 버릴 거야!"

"왜 이래? 진정해. 내가 정부 하나 만든다는 데 왜 울고불고 난리니? 그럴 힘 있음 강세원 그 자식이나 죽여주던지."

"뭘로 죽여줄까? 칼? 도끼? 말만 해. 삼합회를 사서 시킬까, 야쿠자가 마음에 들면 그것도 말만 해. 마피아는 안 돼. 총으로 죽이면 시끄러워져."

지효의 말도 안 되는 제안에 설랑은 가라앉았던 기분을 떨쳐 내고 웃을 수 있었다.

"정말 삼합회 사 줄 거야? 훗!"

설랑의 웃는 소리에 지효는 그녀를 안았던 팔을 떼 내고 상 위에 세팅해 둔 냅킨을 펼쳐서 소리 나게 코를 풀었다.

"얘!"

설랑이 비명을 질렀다.

"나오는데 어떡해? 히히. 나 네 정부랑 식사나 한번 하면 안 돼? 내가 교육 잘 시켜 줄 수 있는데 네 말 잘 듣게 말이야."

"싫어. 고양이한테 생선을 맡기지. 너는 안 돼."

"아이 그러지 말고 설랑아~"

옆구리를 간질이며 달려드는 지효를 피해 도망가면서 설랑은 파혼하고 처음으로 속이 뻥 뚫리게 마음껏 웃었다. 구름이 밀려나고 있었다.

엄마는 여전히 의식이 없다. 욕창이 생길 것을 염려해 이리저리 옮겨줄 때도 전혀 꼼짝도 하지 않고 삼일 사이에 척추에서 물을 두 번이나 뺴냈다. 오늘도 서약서에 서명을 하고 물을 뺴냈다. 답답한 마음에 면회를 마치고 병원 앞을 할 일 없이 걸었다.

일주일 후에 출근이라고 석규에게 말했는데 내일이면 일주일이다. 혹시 전화가 올까 잘 때도 휴대폰을 베개 옆에 두고 자는 데도 연락이 오지 않는다. 그녀의 마음이 변해서 계약을 파기하고 돈을 돌려달라고 하면 어쩌나 하는 불안감에 잠을 들지 못했다. 먼저 연락을 해 볼까 하다 꾹 참고 기다렸는데 이제는 해가 뉘엿뉘엿 지기 시작했다. 주머니 속의 휴대폰을 만지작거리는데 벨이 울렸다. 번호를 보니 모르는 번호다. 자매님? 침을 꿀꺽 삼키고 통화를 눌렀다.

"여보세요."

"다니엘 씨? 나 하설랑이예요."

외모처럼 당당하고 활기가 가득 찬 목소리가 들려왔다.

"안녕하세요. 잘 계셨죠?"

"8시에 시간 어때요?"

"어… 디로 갈까요?"

'이 남자 애 왜 이렇게 귀엽지? 어… 디라고 말을 더듬는 걸 보니 혼자 불순한 상상을 하고 있는 것 같다. 정부라고 한데다 첫날 탐색전을 한 거 때문에 한입에 쏵싹 하려고 나오라고 하

는 줄 아나 보다. 어쩌지? 난 아직 그럴 생각까지는 없는데.'

"프라자호텔 로비에서 보죠."

"호… 텔이요? 아… 예."

'호텔이라는 말에 더듬네? 쿡!'

"늦으면 안 돼요. 내가 바빠서 빨리 끝내야 하니까 시간 안에 도착해요."

"예…."

안 봐도 알겠어. 뺨이 화끈 달아오른 채 어깨를 축 늘어뜨리고 체념하고 있겠지? 아주 거짓말은 아니지. 저녁을 먹으면서 또 감정이 그쪽으로 흐르면 위로 올라갈 수도 있으니까.

"그럼 조금 있다 봐요. 조심해서 와요."

"예."

전화를 끊고 병원으로 돌아온 다니엘은 석규를 찾았다. 보호자 대기실에서 김씨 아저씨와 바둑을 두는 석규에게 잠시 다녀오겠다는 말을 하고 양말을 갈아신었다.

"어디 가는데 양말을 갈아신냐?"

"미사. 오늘 금요일이잖아."

"그래? 다녀와. 아 아저씨 내가 안 본다고 또 수 쓰시네! 이거 없던 거잖아요."

바둑에 흠뻑 빠져 의심하지 않는 석규를 두고 복도를 길으며 생각을 했다. 호텔로 나오라는 걸 보면 그것을 하려고 하는 것이 틀림없다. 긴장으로 몸이 뻣뻣해졌다.

'먼저 샤워를 해야겠지? 위생상 문제가 있으니까. 콘돔이라는 거 그건 내가 사가야 할까? 여자들은 처음에 아프다던데 혹 나도 아플까? 아 난 처음 아니지? 얼마나 걸릴까? 바쁘다고 했으니까 오래는 안 잡고 있겠다. 다행이다.'

요즘은 다행할 일이 자주 생긴다. 감사할 일이라고 생각하다 보니 픽 하고 웃음이 나왔다. 몸을 팔러가면서 다행이라…. 기분이 썩 좋지가 않아. 저 쪽에서 다가오는 빈 택시를 보고 손을 들었다. 문을 열고 올라앉자 기사가 행선지를 물었다.

"어디로 모실까요?"

"프라자… 호텔로 가 주세요."

"예에."

기사가 그가 호텔로 가는 이유를 알 리가 없다는 걸 알면서도 달아오르는 뺨과 귀를 어쩔 수가 없었다. 나이 지긋한 기사가 미터기를 누르자 '띵' 소리가 나고 차가 출발했다.

그녀는 잡지를 보고 있었다. 오늘은 자연스럽게 머리를 풀어 내렸고 물빛 바탕에 기하학적인 무늬가 프린트된 소매 없는 원피스 차림이었다. 책장을 넘길 때마다 가느다란 팔목에서 링으로 된 팔찌가 흔들렸다. 그 대범함이 부럽기까지 했다. 남자도 아니고 여자가 음탕한 짓을 하기 위해 호텔에서 남자를 기다리며 저렇게 태연할 수 있다니. 죄악으로 물든 저 자매의 영혼은 분명 검을 것만 같다.

"저기… 자매님."

다니엘의 기어들어 가는 목소리에 설랑이 고개를 들고 싱긋 웃어 보였다. 어색하게 미소를 짓자 휴대폰으로 시간을 확인한 그녀가 자리에서 일어났다.

"막히는 시간일 텐데 시간 안에 왔네요?"

"시간 안에 도착하라고 하셔서…."

설랑은 의자에 두었던 가방을 집어 들며 다니엘을 앞질러 섰다.

"갈까요?"

"예…."

기분이 좋았다. 자신에게는 없는 순수함을 지닌 그를 보면 엔도르핀이 마구 솟는 것 같았다. 이 정도면 피부 관리 횟수를 줄여도 될 것 같았다.

"들어 봐요. 이 집은 티본스테이크가 대표 메뉴예요. 고기도 연하고 소스도 좋아요."

"잘 먹겠습니다."

집에서 하던 습관대로 잘 먹겠다는 대답을 하고 다니엘은 자신이 너무 어린 사내애처럼 말한 건 아닌지 후회했다. 그녀가 먹기 시작하자 다니엘도 포크와 나이프를 들고 열심히 먹기 시작했다. 바쁘다고 했으니 빨리 먹고 자신의 일을 해야겠다고 생각에서다. 다니엘은 그녀에게 잘 보여야 한다는 생각에 숨도 쉬지 않고 고기를 통째 입 안으로 밀어 넣었다.

"배고팠어요?"

"바쁘다고 하셔서."

"천천히 들어요. 체하겠다. 체하면 못 하는 일이잖아요? 자 여기 물."

'병 주고 약 주고.' 설랑은 딱 그걸 흉내 내고 있었다. 묘한 뉘앙스를 남기며 물 잔을 건네고 속으로 키득거리며 웃었다. 그녀의 속을 모르는 다니엘은 물을 마시고 나서 고맙다는 말을 전하고 그녀와 식사하는 속도를 맞췄다.

"얼마 전에 이곳에서 전 약혼자랑 이걸 먹었어요. 그 사람이 좋아했던 거죠. 그런데 반이나 남기더군요. 사랑이 변해서인지 저와는 어떤 음식을 먹어도 맛이 없게 느껴졌나 봐요. 불편해서 다 못 먹겠으면 남겨요. 이해하니까."

"아니요, 맛있어요. 진짜 맛있어요. 말 놓으세요."

"맞다. 내가 말 놓는다고 했죠? 그럼 그럴까?"

"예."

"어머니는 좀 어때? 나아지셨어?"

가녀린 다니엘의 마음을 자극하려 한 말이었다. 그런데 아니나 다를까 울컥하고 뭉클한 것이 다니엘의 가슴 안에 차올랐다. 저렇게 따뜻한 목소리로 엄마의 안부를 물어 준 사람은 설랑이 처음이었다. 목이 금세 빡빡해졌다.

"예, 아직 의식은 없으시지만 더 나빠지지는 않았어요."

"나는 고아야, 나보다는 운이 좋으니까 힘내. 다니엘은 취미가 뭐야?"

"별로, 딱히 하는 건 없어요. 책 보고 음악 듣는 것을 좋아합니다."

"모범 답안적인 취미네. 나도 음악을 좋아해."

진심에서 우러나 한 걱정은 아니었지만 다니엘의 경계심을 풀기에는 더할 나위 없이 좋은 방법이었던 것 같았다.

'남자를 다루는 것은 요리를 하는 것과 비슷하다. 요리를 할 때 꼭 기억해야 하는 네 가지가 있다. 첫 번째가 선료엄격選料嚴格 재료를 잘 골라야 한다. 다니엘이란 순진무구한 영혼은 최고의 신선도를 간직하고 있으니 통과! 그다음이 도공정세刀工精細. 썰기는 정교하고 세밀하게 하라. 물론이지. 정교하고 세밀하게 온몸을 이용해 그를 정복할 것이다. 조미강구調味講究. 맛내기를 연구 한다라…. 음 구미가 당기는데? 잘 훈련시켜서 내 구미에 딱 맞는 그런 정부로 만들어야지. 그리고 맨 마지막이 주중화후注重火候. 불의 가감加減에 주의한다. 화르르 타오르게 할 때와 은근히 달아오르게 적당히 조절하는 것 정말 요리와 같지 않아?'

설랑의 시커먼 속도 모르고 질문에 답만 하던 그가 질문을 되돌렸다.

"어떤 장르를 좋아하세요?"

"그냥 간단한 소품. 귀에 익은 곡들. 크라이슬러의 사랑의 슬픔 알아?"

"아, 그거요. 네, 알죠."

조근조근 조용한 목소리로 정부와 정부가 만나서 나누는 대화치고는 너무 도덕적인 대화를 나누며 식사를 마쳤다. 다양한 방면에 상당한 지식이 있는 설랑과의 대화는 즐겁고 유익했다.

어느 정도 풀어졌던 마음이 다시 굳어지기 시작한 것은 식사를 마친 설랑이 자리에서 일어나자고 했을 때였다. 잠시 잊고 있었다. 그녀가 자신을 부른 이유를…. 어리석게도 잘 아는 사람과 저녁 식사를 하는 기분으로 시간을 보냈다. 그러나 택시를 타기 전에 했던 고민들이 다시 물음표를 달고 그의 머릿속을 헤집었다. 손끝이 얼얼했다.

먼저 나가 계산을 하고 난 설랑이 밖으로 나가기를 권했고 다니엘은 순순히 그녀의 뒤를 따랐다. 식당을 나와 함께 엘리베이터에 올랐을 때 설랑은 주저 없이 1층 버튼을 눌렀다.

"저기 자매님 버튼을 잘못 누르셨어요. 1층은 로비인데요?"

고지식한 다니엘은 그녀와 계약한 대로 정부로시의 첫 일을 해내려고 마음먹고 있었다. 그런데 그녀에게서 뜻밖의 말을 들었다.

"오늘은 여기까지야. 내가 좀 바빠. 저녁 먹느라 시간을 다 보내 버려서 안 되겠어, 미안."

이것이 바로 '주중화후'!

"오늘 하면 안 될까요?"

미리 맞는 매가 더 낫다고 했다. 다니엘은 오면서 느낀 초조함과 불안함을 다시 느끼고 싶지는 않았다. 다시 전화를 기다리는 동안 마음 졸이며 긴장하는 것은 고문이었다. 이왕 버리자고 나선 몸 오늘 해 버려야 한다고 마음먹고 그녀에게 동의를 구했다.

"금방 울 것 같은 표정으로 그런 말하면 못 써 다니엘. 내가 죄를 짓는 것 같잖아."

"괜찮습니다. 제가 원… 하는 거예요."

"그래?"

"예."

엘리베이터의 숫자가 F로 떨어질 때 설랑의 눈이 장난스럽게 반짝이더니 다니엘의 입술을 눌러 버렸다. 부드러운 입술로 입술을 막아 버린 다니엘은 엘리베이터 숫자가 3에서 2로 내려가자 신음 소리를 냈다. 야릇한 감정을 느끼며 내는 신음 소리가 아니라 두려움에서 나오는 소리였다.

'분명 어느 장소에서든지 그녀의 요구를 받아들이겠다고 서명했지만 이곳은 공공장소잖아. 안 돼!'

어깨를 밀어내자 더 달라붙은 설랑은 자신의 욕심을 채웠다.

"읍! 으읍!"

'오, 주여. 저를 이 난관에서 구하소서. 이 자매가 정신을 차리게 하소서!'

간절한 기도를 쉬지 않고 내뱉었지만 제 입술을 부비고 있는 그녀는 그만둘 생각이 전혀 없는 것 같았다. 결국 엘리베이터가 1층에 도착했다. 이런! 다니엘은 사람들의 시선이 쏟아질 것을 짐작하고 질끈 눈을 감아 버렸다. 순간 설랑이 다니엘의 아랫입술을 꽉 깨물고 봉인을 풀어 주었다. 이내 문이 열렸고 순간 설랑과 음탕한 짓을 한 것이 사람들에게 들키지 않고 넘어가자 다이엘은 다리에서 힘이 빠져 그 자리에 주저앉고 말았다.

"그러게 술도 약하면서. 마시지 말라니까. 죄송합니다."

미인에게는 모든 사람들이 친절했다. 엘리베이터 문이 닫혀 있는 동안 무슨 일이 있었는지 모르는 사람들은 누나가 술에 취한 동생을 일으키는 줄 알고 도움을 자청하고 나섰다.

"괜찮습니까? 도와드릴까요?"

"아니요, 감사합니다. 다니엘! 얼른 일어나."

진짜 누나 같은 설랑의 호통에 풀린 다리에 힘을 주고 겨우 일어섰다. 설랑은 사람들에게 가볍게 고개를 숙여 감사의 뜻을 전하고 아직도 정신을 차리지 못하는 다니엘의 팔쌍을 끼고 그 자리를 빠져나와 로비를 가로지르며 까르르 웃었다.

"다니엘 너 너무 웃기다. 겨우 뽀뽀정도로 허물어지다니, 하하."

설랑의 웃음소리에 다니엘의 등에 한기가 흘렀다.

'역시 석규 말이 맞아. 잠시 동안 친절하다고 생각한 거 다

취소야! 이 자매님은 제정신이 아니야 결코! 난 어떡하지? 늪에 빠져 든 것 같아.'

설랑은 요 며칠 동안 다니엘이란 존재를 떠올리기는커녕 자신이 죽었는지 살았는지도 모를 지경이었다. 대만 대사관에서 의뢰한 100인분의 만찬을 준비해야 했다. 본국에서 오는 고위간부급들을 위한 연회라 최고의 메뉴만을 주문했다. 총주방장인 류 아저씨와 메뉴를 짜내느라 머리에서 김이 폴폴 날 지경이다. 중국 요리는 철저하게 분야가 세분화돼 있었다. 주요리主料理를 만드는 스토부鍋部와 전체 요리와 후식을 맡은 부처板部, 빵과 만두 같은 각종 밀가루 음식을 담당하는 덴신부點心部로 나뉘었다.

각 부의 셰프들에게 자신 있는 메뉴 몇 가지씩을 제안해서 기안서를 올리라고 했다. 부처에서 전체 요리로 올린 메이화량차이(매화냉채)와 후식으로 빠스핑궈(사과탕)을 놓고 류 아저씨와 의견을 나누었다.

"혹시 귀빈 중에 핑궈 알레르기가 있다는 말은 없었지?"

"예, 알레르기 주의 사항에 사과는 없어요. 인싱(은행)하고 위토우(토란)만 있네요."

서류를 뒤적이던 설랑이 주요리에 대해서 물었다.

"따솬찌아위(통마늘자라찜)과 베이징카오야(북경오리) 둘 중에 어느 게 더 낫겠어요?"

"음, 베이징카오야는 아무래도 화덕이 본토와는 달라서 제맛을 내기는 힘들 거야. 입맛이 얼마나 고급스러운 사람들인데 섣불리 냈다가 큰일 날 것 같지?"

"올해는 어떻게든지 화덕 기술자를 섭외해야겠어요. 과일 조각하고 접시 장식할 문양 시안은 어디 있지? 어휴 정말 비서를 하나 둬야지 원."

원하는 서류를 찾지 못한 설랑이 서류를 뒤적거리자 류 아저씨가 등을 토닥였다.

"뭘 그렇게 긴장을 하니? 늘 하던 대로만 해. 충분히 잘해 왔잖아."

"아시잖아요. 할아버지께서 만들어 놓으신 개뿔 같은 화흥의 정신. 초지일관! 이게 세뇌가 돼서 안 돼요."

감히 할아버지의 말에 빈정대고 '쿡' 하고 웃는 설랑의 웃음에 류시앙도 기꺼이 동참했다. 한참을 웃던 류시앙은 그녀에게 이번 만찬에 올릴 요리를 직접 해 보는 것을 권했다.

"이번 기회에 오랜만에 솜씨 자랑 한번 해 보지 않을래?"

자신이 가르친 제자 중에서 가장 뛰어난 김긱과 실력을 갖춘 설랑이었다. 경영에만 매달리면서 좋은 솜씨를 썩히는 것이 안타까워 물은 것인데 대답은 역시나 거절이었다.

"싫어요. 칼 놓은 지가 얼마나 오래 됐는데요? 옛날 생각나서 싫어요."

가끔 새로운 아이디어가 떠오를 때 말고는 손님을 위해서

든, 자신을 위해서든 음식을 만드는 일은 없었다. 파란 새벽에 똑똑 떨어지는 물소리만 가득 찬 주방에서 양총을 까던 결코 유쾌하지 않은 기억을 떠올리게 하는 작업을 하고 싶지 않아서 요리에서는 완전 손을 떼 버렸다. 설랑은 옛 생각을 떨쳐 버리고 다시 일로 빠져 들었다.

"차는 어떤 것이 낫겠어요? 안계철관음하고 치흥이 괜찮을 것 같은데…."

고지식한 다니엘은 그녀가 자신을 찾지 않자 피가 말랐다. 어서 빨리 지불한 돈의 대가를 치르고 싶은데 전화 한 통이 없었다. 인당수에 몸을 던질 날을 기다리는 심청이처럼 초조하고 불안했다.

석규에게 그녀의 식당에 취직했다는 거짓말을 한 탓에 아침 8시면 출근하는 시늉을 해야 했다. 공원에 가서 멍하니 지나가는 사람들을 구경하기도 하고, PC방에서 직무 이행을 위한 예습을 하면서 6시가 되길 기다렸다가 병원으로 돌아갔다. 엄마는 이번에도 힘든 시간을 이겨 내고 따뜻한 눈으로 두 사람을 바라봐 주었다. 그런데 문제가 생겼다. 엄마는 수술 후유증으로 가끔 엉뚱한 말을 하거나 사람들을 잘 알아보지 못했다. 뇌를 두 번이나 수술했기 때문에 치매가 일찍 올 수도 있다는 말은 들었지만 기가 막혔다.

그나마 불행 중 다행인 것은 자신과 석규는 항상 기억한다는 것이었다. 처음에는 답답한 마음에 자꾸 묻고 가르쳐 주고 했지만 의식불명 상태로 누워 있는 다른 환자들을 보고 이렇게라도 엄마를 돌려주신 주님께 감사했다. 엉뚱한 소리를 하는 엄마 때문에 6인 병실은 웃음바다가 될 때도 있었다. 게다가 앞쪽에 자리한 할머니 한 분은 엄마보다 증세가 더 심해서 두 분이 이야기를 나눌 때면 병실의 다른 사람들이 배꼽을 잡고 웃기도 했다.

"우리 종수 무슨 과일을 줄까?"

뇌종양 수술을 받은 10살 난 종수에게 종수 엄마가 물었다. 종수가 막 대답을 하려고 하는데 맞은편 할머니가 끼어들었다.

"배추를 줘. 배추가 맛있어."

과일하고 야채를 구분하지 못하는 할머니의 소리에 다니엘의 엄마가 고개를 흔들며 말했다.

"배추보다는 오이가 나아요."

"엄마 무슨 오이가 과일이야."

석규의 핀잔에 엄마는 금방 어리둥절한 표정을 짓다가 울상이 되었다.

"나 왜 이러지?"

"왜 그러긴. 그렇게 비싼 모자를 쓰고 있어서 그렇지. 2천만 원짜리 배 모자."

뇌 수술을 한 사람들은 영락없이 배 모양의 포장지 같은 것들을 하나씩 쓰고 있었다. 석규의 말에 병실이 또 웃음바다가 됐다. 옅은 미소를 짓던 다니엘은 엄마에게 손을 놀릴 만한 일을 권했다.

"엄마."

"응?"

"의사 선생님이 그러시는데 손을 많이 움직이면 기억력이 좋아진데요. 저 집에 갈 건데 뜨개질하실 것 가져다 드릴까요?"

엄마는 손재주가 있었다. 음식 솜씨도 좋았고, 또 바늘로 하는 일은 거의 장인 수준이었다. 사람을 딱 보고 몸의 치수를 재고 게이지를 내서 뜨개질을 시작하면 삼일 만에 스웨터 하나는 거뜬히 만들어 내는 부지런함으로 두 형제를 키운 엄마였다.

"안 그래도 심심했는데… 그럼 코바늘하고 연분홍 면사 좀 가져다줄래? 이제 곧 여름인데 석규 메리야스나 떠 볼까?"

"엄마! 내가 어린애야? 안 입으니까 하지 마. 알았지?"

정색을 하고 마다하는 석규에게 엄마는 엄한 표정을 지어 보였다.

"팬티도 입고 싶지 않으면 가만있어. 엄마가 해 준다면 '네' 해야지. 나쁜 아들."

"이제 안 속아. 절대 난 안 입으니까 다니엘 팬티나 짜 주세요."

"팬티는 무리구요, 저 메리야스 만들어 주세요. 연분홍 말고 하얀 거요."

다니엘이 입겠다고 하자 엄마의 얼굴이 환해졌다.

"그래, 엄마가 예쁘게 만들어 줄게. 연석규! 머리 컸다고 엄마 작품을 마다해? 넌 엄마 아들 아니다."

"내가 아들이 아니면 딸이야? 말이 되는 소리를 해. 엄마 이거 몇 개야?"

자신의 눈앞에 손가락을 흔들어 대는 석규의 등을 한 대 치고 볼을 잡아 늘리는 엄마의 모습에 다니엘은 마음이 놓였다. 잠시 기억을 놓을 때만 석규와 자신이 붙잡아 드리면 생활하는데 큰 지장은 없을 것 같았다. 다니엘은 석규의 어깨를 짚으며 자리에서 일어섰다.

"나 집에 가서 빨래 좀 해 놓고 옷 갈아입고 와서 교대해 줄게."

"출근할 사람이 무슨 교대야? 그냥 자."

"다니엘 너 취직했어?"

몇 번이나 말했는데 또 엉뚱하게 취직했냐고 묻는 엄마에게 석규가 다시 잔소리를 해 댔다.

"엄마, 다니엘 중국집에 취직했다고 내가 그랬잖아. 어마어마하게 큰 중국집에 아주 좋은 자리래."

"나 자장면 먹고 싶어. 석규야, 우리 자장면 시켜 먹자."

다니엘은 금방 자신이 한 질문은 잊어버리고 자장면을 먹자고 조르는 엄마를 석규에게 부탁하고 집으로 향했다.

방에 들어서자마자 갇혀 있던 공기들이 뿜어 내는 탁한 냄새를 없애려 창문을 활짝 열었다. 붉게 물든 노을이 고층 아파트 위에 걸쳐 있었다. 마치 칵테일에 장식으로 얹은 오렌지 같다는 생각을 하고 웃음을 짓던 다니엘은 올라오면서 가져온 고지서들을 정리하며 통장의 잔고를 확인했다. 꽤 남긴 했지만 엄마의 병원비로 남겨 두어야 할 부분을 떼어 놓고 생각해 보니 뭔가 하긴 해야 한다는 결론이 나왔다. 하지만 언제든지 그녀가 원하면 만나서 욕구를 채워주겠다고 서명한 계약서 때문에 안정된 직장은 무리일 것 같아 시간제 아르바이트라도 구할 결심을 했다. 시간제라도 먼저 그녀에게 양해를 구해야 할 것 같아 전화기를 노려보다 침을 꿀꺽 삼키고 수화기를 들었다 저 혼자 고개를 설레설레 흔들며 다시 내려놓았다. 아직 한 번도 계약을 이행하지 않았는데 거기다 대고 뭔가를 요구한다는 것은 도리가 아닌 것 같았다. 며칠 더 기다려 보기로 하고 병원에서 가져온 빨랫감을 들고 목욕탕으로 들어갔다. 겉옷은 세탁기에 넣고 양말과 속옷은 손빨래를 했다.

"이놈의 자식, 양말 좀 제대로 벗지."

죄다 뒤집어 벗어 놓은 석규의 양말을 보며 투덜거리는데 거실 탁자 위에 올려놓은 휴대폰 벨이 요란하게 울렸다. 다니엘은 벌떡 일어나 비누 거품이 묻은 손을 닦지도 못하고 달려갔다.

'엄마에게 무슨 일이 생겼나?'

"여보세요!"

"깜짝이야, 무슨 일 있어?"

오늘은 다니엘을 불러내 계약 조건의 첫 이행을 해 보려 전화를 걸었는데 뭐에 놀란 듯한 그의 목소리에 설랑도 놀랐다.

"아…, 자매님."

"괜찮아?"

"예, 엄마한테 문제가 생겨서 온 전화인 줄 알았어요. 말씀하세요."

"지금 좀 봐야겠는데 나 지난번 거기야. 얼마 후면 도착하겠니?"

내일 만찬 때문에 신경이 날카로울 대로 날카로워진 설랑은 나른하고, 뜨겁고, 촉촉한 유희가 필요했다. 오늘은 또 얼마나 귀엽게 굴까 하는 생각에 저절로 입꼬리가 올라갔다. 장난 좀 친 걸 가지고 주저앉을 정도니 조금 후의 반응은 가히 상상 초월일 것이라 생각했다.

다니엘은 자신이 남자를 사는 일이 다반사라고 생각하는 것 같았다. 그러나 생김새와 말만 그렇지 그녀도 알고 보면 꽤 지고지순한 편이었다. 흐라흐락히지 않아 보이는 외모와 실제로도 그런 성격 탓에 감히 눈길을 보내는 남자는 극소수였다. 그중에서 고르고 고른 것이 세원이었고 3년을 그와 함께 보냈다. 맹세코 그 기간 동안 한 번도 한눈을 판 적이 없었다. 세원에게 만족했기 때문에 다른 남자는 보이지도 않았고 그에게 충실했다. 그런데 차인 것이다.

사랑을 믿어 보려 했는데 그 믿음과 맹세가 얼마나 덧없는지 다시 한 번 뼈저리게 느낀 설랑은 즐기기 위해 만나고 헤어지는 그런 관계만 허락하기로 마음먹은 것이다. 그런데 다니엘과 사고를 쳤고 순도 100%짜리 순진 남을 본 순간 구미가 당겼다. 호스트와 비교할 수 없는 깨끗하고 착한 다니엘을 정부로 삼는다는 것에 짜릿한 희열을 느꼈다. 남자만 정부를 가지란 법 있어? 그들의 심사도 조금은 이해가 되었다. 은밀한 관계를 가질 때의 익숙함과 감정이 개입되지 않는 상큼하고 안전한 관계. 자신이 원하는 바였다. 손목시계를 들여다보니 약속 시간 10분 전이었다. 그때 정확하게 벨이 울렸다.

'왔어!'

설랑은 의자에서 일어나 출입문 쪽으로 걸어가며 물었다.

"무슨 일이죠?"

다니엘인 줄 알면서도 일부러 호텔 직원을 대하는 것처럼 굴었다. 떠듬거리는 말투가 문틈 사이로 들렸다.

"저…, 왔는데요."

"아…, 잠깐만."

'쿡' 하고 웃음이 나오는 걸 참으며 문을 열고 환하게 웃어 보였다.

"왔어?"

"예."

설랑은 호텔 방 안에 있는 자신을 보는 것만으로도 시선을 어디다 둬야 할 지 모르는 다니엘의 손을 잡아끌며 문을 닫고 그를 벽으로 몰아붙였다. 다니엘의 어깨가 한 뼘 정도 높았다.

'내가 166센티니까 그의 키는 한 179?'

"키가 몇이야?"

"179센티요."

"내가 잘 봤네. 나랑 딱 맞아 키도. 너무 작지도 않고 크지도 않고 맞춤이야."

다른 건 하나도 보이지 않고, 말을 하느라 꽃잎처럼 방긋거리는 그녀의 입술만 보였다. 그리고 화한 숨결이 얼굴을 간질였다.

'이런 건 정말 하고 싶지 않아. 빨리 그짓만 하고 보내줬음 좋겠어.'

그의 마음을 읽기라도 한 듯 그녀가 은근한 목소리로 의사를 물었다.

"해도 돼?"

"뭘… 요? 아…, 예."

'해도 돼?'의 의미를 전혀 모르겠다는 듯 묻던 다니엘은 정신을 차리고 고개까지 끄덕이며 "예"라고 대답했다. 그리고 자신에게 뜨거운 숨결을 불어넣고 있는 너무도 위험한 그녀를 피해 살금살금 움직였다.

"하기 전에 씻어야 하죠? 제가 화장실이 급해서 그런데 먼저 할게요."

너무 가슴이 뛰어서 잠깐이라도 피난을 갔다 와야 거사를 치르던 뭘 할 수 있을 것 같아 핑계를 댔는데 눈치 백 단 설랑에게는 통하지 않았다. 다니엘의 거짓말은 세 살배기도 다 알아차릴 만큼 어설펐다. 설랑은 그가 움직이려는 쪽 벽을 한 손으로 탁 소리 내어 짚었다.

"그대로 있어."

허스키한 목소리는 그대로 다니엘의 발목을 묶는 올무가 되었다. 설랑은 엄지손가락으로 다니엘의 아랫입술을 말아 내리며 물었다.

"뭐 먹었어? 향이 나는데?"

"껌…. 자일리톨 껌."

택시를 타기 전에 슈퍼에서 껌 한 통을 사서 두 개를 한꺼번에 씹었다. 샤워할 틈도 주지 않고 덮칠 것을 대비한 비장의 노하우였다.

대답을 들은 그녀의 웃는 얼굴이 살짝 돌아가더니 그대로 엄지로 벌려 놓은 입술 안을 침범했다. 살짝 고개를 디민 달뜬 혀가 부드럽게 다니엘의 혀를 건드렸다. 다니엘은 손가락 보다 더 간지러운 것이 혀라는 것을 처음 알았다. 설랑은 혀의 끝으로 다니엘의 혀를 아래위로 교묘하게 간질이며 단물을 빨아냈다.

그래도 몇 번 만난 사이라고 다니엘의 혀는 거부감 없이 설랑을 맞았다. 지난번에는 충격이었지만 솔직히 이 경험은 좋았다. 부드럽고 따뜻하고 가끔 확인을 하듯 전기 충격을 주는 생경한 느낌은 목을 움츠러들게 만들었다.

설랑이 입술을 살짝 떼서 얼굴의 방향을 바꾸자 그 또한 그녀를 받아들이기 위해 각도를 맞췄다. 그러나 여전히 가느다랗고 긴 팔에 목이 감긴 것이 부담스러운 다니엘은 도마뱀처럼 벽에 딱 손을 대고 있었다. 그녀는 다니엘에게 감았던 손을 풀다가 다시 목을 끌어당겼다. 숨이 찼다. 뒷목에 닿는 그녀의 불꽃같은 손길은 피부에 낙인을 찍고 말 것 같았다.

그를 음미했다. 비릿하고, 또 달콤하고 짜릿한 맛은 그녀의 혈관 속에 가득 찬 차가운 피를 달구기 충분했다. 자신과 맞추기 위해 얼굴을 트는 천사에게 쾌락을 선사하고 싶어 어르고 빨아 물기가 흠씬 오르게 만들었다. 부끄러운 듯 목을 움츠려들기는 해도 그도 즐기고 있는 듯했다. 두 번 정도 건드리면 한 번은 반응을 하며 얽혀 들었다.

순결한 다니엘과 키스를 하는 동안 그 맑음이 자신에게도 스며드는 것만 같았다. 욕정으로 덤벼드는 저를 순수한 열망으로 바꾸어 버렸다.

'안 돼. 내가 원하는 건 욕정이야. 순수함 따윈 머리만 아프다고.'

순간 정신이 든 설랑이 입술을 떼었다.

"하아…, 하아…."

"헉…, 헉"

두 사람 다 부족한 산소를 들이마시기 위해 가슴을 들썩거려 가며 열기가 담뿍 담긴 눈으로 서로의 모습을 바라보았다. 다니엘은 자신이 남긴 흔적으로 번들거리는 붉은 입술을 혀를 내밀어 닦는 그녀의 모습에 더럭 겁이 났다. 그 모습이 너무 은밀해 보였고 에로틱해 보여 절대 움직여서는 안 될 부분이 움직이는 걸 느끼고 다리를 오므렸다. 남 앞에서 한 번도 이런 반응을 보인 적이 없는 착실한 녀석이 오늘은 주인이 돌았다고 저마저 돌았나 보다. 그걸 본 설랑이 만족스럽게 웃으며 다니엘의 손목을 이끌고 침대로 갔다.

"누워."

설랑은 간단하게 명령을 하고 산호색 구두를 벗어 던지며 재킷도 함께 벗었다. 다니엘은 여전히 다리를 오므린 채 어디선가 헤매고 있는 그녀의 이성을 찾아 주려 애를 썼다.

"5분만 시간을 주세요. 씻고…."

"안 씻어도 돼."

"하지만 병균이 있다고 하잖아요. 병에 걸리면 어쩌려고…."

"걸려도 내가 걸리니까 벗기나 해. 내가 벗겨 줘?"

원피스의 지퍼로 손을 올린 그녀는 자신의 요구 따위는 전혀 신경도 쓰지 않을 거라는 것을 안 다니엘은 뒤를 돌아 티를 벗었다. 즐겨 입는 청바지의 단추를 풀어야 했는데 손이 떨려 자꾸 미끄러졌다.

'이걸 벗으면 팬티뿐인데 설마 그것까지 벗으라고 하는 건

아니겠지.'

어디까지 벗을 것인가를 고민하던 다니엘을 설랑이 불렀다.

"나 이것 좀 해 줘. 걸렸어, 아이 참."

그가 등을 돌렸을 때 두 눈 가득 들어온 것은 반쯤 열린 원피스 사이로 보이는 하얀 등이었다. 화려한 레이스가 달린 개나리색 브래지어 끈이 그녀의 가슴이 어디까지 자리하고 있는지를 알려 줬다. 침을 꿀꺽 삼키고 다가가 사시나무 떨듯 떨리는 손으로 최대한 그녀의 피부가 닿지 않게 손끝으로만 잡고 내리려고 했더니 좀처럼 내려가지 않았다.

"옷에 물렸나 봐. 위로 올렸다가 다시 내려 봐."

"예."

이러다가 날이 새고 말 것 같아 단단히 결심을 하고 손에 힘을 줘 위로 올렸다가 쭉 내렸더니 아뿔싸 기다렸다는 듯 원피스가 스르르 떨어져 발목 주위에 섬을 이루었다. 맹세컨대 다니엘은 지퍼를 내려 준 것 말고는 아무 짓도 하지 않았다. 천이 부드러워 저 혼자 내려간 것뿐이었다. 설랑이 돌아선 순간 다니엘의 눈이 동그래졌다. 여자의 몸을 실제로 본 것이 처음이었고, 또 음탕하기 그지없는 그녀의 몸이 이렇게 아름다울 거라고는 생각지도 못했다. 풍만한 가슴의 절반이 브래지어 위로 도도하게 부풀어 올라와 있었다. 속옷 매장에 있는 토르소처럼 휘어진 허리와 풍만한 엉덩이가 완벽한 곡선을 이루고 있다.

'아, 역시 하느님께서는 인간을 사랑하시는 것이 분명해. 그

렇지 않다면 이렇게 아름다운 피조물을 만드셨을 리가 없어.'

아직 인간 세상에 적응을 하지 못한 다니엘의 이런 경건한 생각을 전혀 모르는 설랑은 그가 자신의 몸에 흥미를 느낀다고 생각했다. 그러나 바짝 앞으로 다가섰는데도 여전히 황홀한 표정으로 피하지 않았다.

"아직도 안 벗었어?"

"예?"

약간 짜증이 묻어난 듯한 설랑의 목소리에 다니엘은 정신을 차리고 다시 뒤를 돌아 청바지를 벗었다. 습관대로 차곡차곡 옷을 정리해 바닥에 놓는 다니엘의 몸을 마음껏 감상한 설랑은 약간 빈약해 보이는 그의 엉덩이를 살찌울 음식을 생각했다. 저런 빈약한 몸은 자신의 취향이 아니었다. 뼈대는 좋은데 살이 없으니 잘 먹이고 운동을 시키면 웬만한 모델 부럽지 않겠다고 생각했다. 다니엘이 앞으로 돌아서자 설랑은 자신이 고른 재료가 매력 덩어리라는 것을 알았다. 단단하지는 않았지만 탄탄해 보이는 가슴과 기대 이상으로 힘차 보이는 복근이 그녀의 눈을 즐겁게 했다. 쭉 뻗은 곧은 다리는 체모가 거의 없어 매끈했다.

"먼저 들어가세요."

"뭘 들어가?"

"시트 안으로 들어가셔야죠. 여자가 그러니까, 아래니까…."

"좋아."

설랑은 경험이 없는 그가 리드를 하지 못할 것이라고 생각했지만 어떻게 나올지 궁금해 순순히 시트를 젖히고 가운데로 들어갔다. 쭈뼛거리며 따라 들어온 다니엘은 비장한 표정으로 팬티를 벗어 밖으로 내놓았다. 그리고 더듬거려 설랑의 팬티도 벗기려 했다.

"잠깐! 너 뭐 하는 거야?"

설랑의 저지에 다니엘은 왜 그러냐는 표정을 지었다.

"해야죠."

"바로 하겠다고? 키스도 없이 애무도 없이 그냥 하겠다고?"

다니엘은 당연하지 않느냐는 듯 눈을 깜박거리며 바로 삽입을 해야 하는 이유를 설명했다.

"정부잖아요 저는. 그런 건 사랑하는 사람끼리 하는 거 아닌가요?"

"허!"

이걸 확 밀쳐 버리고 따귀를 올려붙일까 생각하던 설랑은 마음을 고쳐먹었다. 기막혀 하는 자신을 보고 미안한 기색이 역력한 걸 보니 모욕을 주려 한 말이 아니라 정말 살 몰라서 한 말이었다. 그리고! 오늘은 꼭 욕구불만을 해소해야 했다. 설랑은 소리를 질러서 찝찝한 기분으로 하지 말고 달래서 좋게 하자고 마음을 먹고 다니엘의 뺨을 쓰다듬었다.

"있지 다니엘…. 네가 믿진 않겠지만 나는 널 그렇게 생각하지는 않아. 정부라는 말이 거슬리겠지만 나보다 일곱 살이나 어린 너를 남자 친구나 애인으로는 부르지 못하잖아. 우리가 돈으로 계약을 하긴 했지만 내가 그런 행위만 즐기려고 했다면 호스트를 샀지. 조금만 다정하게 해 주면 안 되겠니?"

"어… 떻게요?"

설랑의 슬퍼 보이는 눈에 마음이 흔들린 다니엘은 또 말을 더듬기 시작했다.

"안아 봐. 그럼 그다음은 다 하느님께서 알아서 하게 만들어 놨지. 처음인데 능숙하게 까지는 안 바래."

그가 제일 사랑하는 하느님을 끌어다 넣었다. 그랬더니 바로 반응을 보였다.

"저 어떻게 하는 지 정도는 알아요. 단지 자매님이 그런 친밀한 행위는 싫어하실 줄 알고…. 흠, 그럼 할게요."

남의 집에 들어오는 손님처럼 물어보는 것을 마친 다니엘은 자신이 엎드리면 가는 그녀의 몸이 바스라질까 걱정이 돼 손바닥으로 침대를 짚고, 배운 대로 짙은 향이 배어나는 깊은 입맞춤을 시작했다.

그에게 입맞춤을 하기만 하다 자신이 받는 느낌은 그녀를 충분히 달아오르게 했다. 조금 있다 헤매면 도와줄 생각을 하고 그가 주는 감미로움을 즐기는데 흑 소리를 내고 눈을 떠야 하는 초유의 사태가 발생했다. 브래시어의 후크를 풀고 단단해진 가슴을 찾아 조몰락거리는 다니엘의 솜씨는 초보가 아니었다. 꼿꼿하게 솟아오른 봉오리를 꼭꼭 눌렀다 잡아당기기까지? 어머나! 이럴 수가! 이번에는 후끈한 혀끝으로 어르기까지 했다. 뜨거운 손길로 등을 쓸어내려 온 손이 엉덩이를 부드럽게 매만지며 한 번씩 꽉 움켜잡았다 풀기를 반복했다.

이런 감정일 줄은 꿈에도 몰랐다. PC방에서 모니터로 볼 때는 추잡스럽고 동물적이라고 눈살을 찌푸렸던 행위가 손바닥과 입 안에 허기가 들게 했다. 입 안에 젖가슴을 가득 넣고 빨고 젖을 먹으려는 아기처럼 '춥춥' 소리가 나게 빨았다. 야들한 피부를 깨물어 버리고 싶어 이가 간질거렸다. 끄떡하고 움직였던 놈이 제 갈증을 채워 주지 않는다고 발끈하며 일어서 버리자 놀란 다니엘은 그만 설랑의 가슴을 꽉 움켜잡아 버렸다.

"악 아파! 다니엘. 좀 천천히…, 응?"

"아 예…."

주객이 전도되었다. 설랑은 천천히 하자고 하고 다니엘은 몸을 비틀며 그녀의 위로 쏟아져 내렸다. 몸을 딱 붙인 채 제가 먼저 입술을 벌리고 달려들어 숨을 다 마셔 버리고 거추장스러운 브래지어를 벗겨 바닥으로 던졌다. 그리고는 시트 속으로 들어가더니 설랑의 손바닥만 한 팬티를 사정없이 끄집어 내렸다.

"다니엘?"

"금방 할게요. 잘 못해도 이해해 줘요."

시트를 뒤집어쓴 채 웅얼거리는 통에 설랑은 그의 말을 이해하지 못했다. 그런데 다니엘의 손가락이 그곳의 입구로 살짝 들어오는 것이 느껴지더니 순식간에 그것이 비켜나고 묵직한 것이 입구를 한껏 벌리고 돌진해 왔다.

"안 돼, 악!"

말릴 새도 없이 뜨거운 다니엘의 분신이 완전히 그녀 안으로 들어와 버렸다. 아직 준비가 되지 않았던 근육들이 경악을 했다. 시트를 들추고 다니엘이 다시 모습을 드러냈다.

"악! 아파!"

"아… 파요? 으….”

통증 때문에 설랑이 몸을 비틀며 위로 올라가자 다니엘은 그 미묘한 움직임에 정신을 잃을 것 같았다. 이런 느낌이 세상에 존재하는 줄 몰랐다. 꽉 잡았다가 부드럽게 놓아 주기를 반복하는 뜨겁고 습한 여린 살의 움직임이 아픈 듯하면서 몸이 붕 떠오르는 쾌감 속으로 그를 끌어 당겼다. 얼얼하기도 하고, 순간 뜨겁고 부드럽다가 사르르 녹아내렸다. PC방에서 본 동영상 속의 사람들이 비명을 지르며 이상한 소리를 내던 것을 이제야 이해할 것 같았다. 다니엘은 숨을 쉬는 박자를 놓쳐 버리고도 몰랐다가 호흡이 가빠지고서 헉 하고 뜨거운 숨을 몰아쉬었다.

"허… 헉… 하"

설랑은 어느 정도 열기가 달아올라 몸이 편해지자 움직이지도 못한 채 버티고만 있는 다니엘의 엉덩이를 손바닥으로 쓸어내렸다.

"이제 안 아파. 다니엘⋯."

그의 흐트러진 머리를 당겨 뜨거운 입술로 저만큼 붉게 달아오른 입술에 한껏 불을 붙였다. 손바닥과 손톱 끝을 번갈아 이용해 쓰다듬는 설랑의 손길에 다니엘의 등과 허리에서 촉촉한 땀이 배어 나왔다. 다니엘은 천천히 관능적인 움직임을 시작했다. 그리고 자신이 그토록 경멸했던 행위에 마음을 뺏겨 버렸다. 그녀가 주는 느낌은 롤러코스터를 탈 때처럼 비명과 즐거움을 함께 가져다주었다. 그러면서도 주책없이 커져 버린 놈이 그녀를 다치게 하지는 않을까 걱정이 돼 열기가 가득차 꿈틀대는 몸을 잠시 멈추고 설랑의 상태를 살폈다.

"괜⋯ 찮⋯ 하⋯ 아⋯ 요? 끅!"

"으응⋯."

가슴에서 눈물이 솟아날 것만 같았다. 세원과 몸을 나눌 때 그는 한 번도 자신의 상태를 배려한 적이 없었다. 3년 동안 수없이 관계를 가졌지만 기가 센 두 사람은 서로에게 지지 않으려 주도권을 잡는데 중점을 뒀었다. 심장이 터질 듯한 격렬한 관능의 물결을 불러일으키지는 못했지만 자기도 주체하지 못할 상태에서 저를 보살피는 다니엘의 말은 설랑의 마음을 흔들었다.

설랑에게 문제가 없다는 것을 확인하고 난 다니엘이 다시 움직이기 시작하자 그녀는 어색하고 서툰 그의 몸짓에 맞춰 함께 물결을 탔다. 여자의 것과는 다른 짧고 뭉툭한 그의 유두를 핥았더니 땀이 배어 짭짜름한 맛이 혀끝에 남았다. 그리고 간지러운 이로 그것을 살짝 깨물었다. 그 순간 그녀의 이가 주는 전기 충격을 견디지 못한 다니엘의 몸이 뻣뻣하게 굳었다. 그리고 바로 파정을 맞았다. 설랑은 자신의 깊숙한 곳으로 퍼져 나가는 뜨거움에 기가 막혀 눈을 감아 버렸다.

'아직 채 뜨거워지지도 않았는데 겨우 몇 번 움직이다가 딱 한번 깨물린 것에 쏟아 버리다니. 아까 그 능숙한 손과 입술은 뭐였어? 미쳐 정말!'

침대를 짚은 다니엘의 팔이 덜덜 떨렸다. 익숙하지 않고 너무 충격적인 느낌이라 뇌가 몸을 제어를 하지 못하고 사고를 친 것이었다. 온몸이 홍당무가 된 다니엘은 다음이 생각나지 않아 식은땀이 흘렀다. 잘은 모르지만 이렇게 빨리 끝나 버린 것이 왠지 잘못된 것 같았다. '어쩌지? 빼야 하나? 그대로 있어야 해?'

당황해 귀가 울리는 다니엘의 의식 속으로 냉정한 설랑의 목소리가 파고들었다.

"좀 비켜 봐."

"예? 아…."

패전 장군이 이보다 더 초라할까? 설랑이 몸을 뒤로 빼면서 그를 밀어내자 분리가 된 다니엘은 이마를 손바닥으로 문지르며 무릎을 꿇은 채 사과했다.

"죄송해요…."

"잠깐만."

다니엘의 말을 막고 일어나 시트로 몸을 감싼 설랑이 취조를 시작했다. 초보인지 베테랑인지 헷갈리게 하는 다니엘이라는 애송이의 진실을 알아봐야 했다.

"다니엘."

"예."

"거짓말하면 나쁜 거지? 솔직하게 대답해 줘."

"예."

고개를 푹 숙이고 고개까지 끄덕이는 다니엘에게 설랑이 물었다.

"너 처음이라는 거 거짓말이지? 지난 밤에도 처음 아니었지?"

"아니에요! 한 번도 그런 짓 한 적 없어요!"

설랑은 눈을 부릅뜨고 정색을 하는 다니엘에게 차분하게 설명을 했다.

"아까 하는 것 보니까 네가 나를 헷갈리게 해. 애무를 하는 건 너무 능숙한데 또 너무 빨리 무너져 버리잖아. 그런 건 누구한테 배웠니? 내가 기다리라고 한 동안 다른 여자가 있었어?"

"아니에요. 절대 아니에요. 그건… 그건… 공부한 거예요."

"공부?"

"동생이 돈을 어떻게 마련했냐고 다그쳐서 자매님 식당에 취직했다고 했어요. 출근한다고 나와서 갈 데가 마땅치 않아서 PC방에 갔다가 이걸 해야 하는데 너무 아는 건 없고 그래서 동영상을 봤어요."

고해를 하는 죄인처럼 자신을 보지도 못하고 중얼거리는 다니엘은 너무나 귀여웠다. 그럼 그렇지. 이 천사님이 내게 거짓말을 할 리가 없어.

"이리와 봐 다니엘."

설랑은 말 잘 듣는 아이처럼 제 앞에 얌전히 앉은 다니엘의 손을 잡고 첫 교육을 시작했다.

"네가 본 동영상 같은 것은 결코 좋은 게 아니야. 성욕만 부추기려고 무리하게 움직임을 하는 거거든. 상대방에 대한 배려가 전혀 없어. 내가 원하는 건 그런 것이 절대 아니니까 이제 그런 거 보지 마."

"예."

"남자와 여자가 몸을 나누는 것은 음식을 만드는 것과 같아. 예를 들면 이런 거."

다니엘의 머리를 끌어당겨 향긋한 혀를 사정없이 밀어 넣고 그의 샘이 요동을 치게 만들었다. 아랫입술을 이로 잘근잘근 씹어 오도독거리는 느낌을 한껏 만끽하고 건드릴 때마다 움찔거리는 혀를 가득 머금었다. 그리고 멍해 흐느적거리는 다니엘에게서 입술을 떼었다.

"'뜀'이라고 해. 천천히 데우고 뜨겁게 하다 약한 불로 끓이는 거야."

딱 맞는 설명이었다. 입 안이 확 달아오르고 혀가 부풀어 오르는 느낌이었다. 그의 열기를 눈치 챈 설랑이 짓궂은 미소를 보이며 시트를 밀어냈다. 다니엘은 다시 움츠러들었다. 희고 풍만한 가슴 위에 그녀처럼 도도한 봉오리가 오똑 솟아 있었다. 자신의 입 안에 남겨져 있는 그것들의 감촉과 움직임에 몸이 제멋대로 움직였다.

'안 돼. 다니엘! 죄악이야. 이런 거 느끼면 안 돼. 넌 네 영혼과 몸을 팔겠다고 계약을 했어. 그녀를 만족시켜야 해. 해야 해!

다니엘은 꿀꺽 침을 삼켰다.

" '지엔' 달일 거야. 네가 흐느적거릴 때까지."

설랑의 짓궂은 미소는 사악해 보이기까지 했다. 그의 맨 가슴에 자신의 탄력 있고 뜨거운 젖가슴을 꼭 붙이고 내리눌렀다. 그리고 혀와 입술로 목덜미부터 쇄골을 맛나게 먹어치우고 모양이나 맛이 잘 볶은 콩 같은 유두를 일부러 소리 나게 빨았다. 한 손으로는 안쪽에 바싹 당겨진 배를 문지르며 슬쩍슬쩍 아닌 척하며 허벅지 안을 치고 도망갔다.

"이… 이러지 마요. 안 돼요…."

이러다가 그녀가 일으킨 불길에 화르르 타 들어가 버릴 것 같아 거침없이 움직이는 설랑의 손을 겨우 떼어 냈다. 그랬더니 이번에는 두 팔로 목을 꽉 껴안고 그를 침대 위로 벌렁 눕혀 버렸다. 그 바람에 다니엘의 몸 위로 설랑이 올라오게 됐고 두 사람의 몸이 딱 맞아 버렸다. 자신은 정신이 나갈 지경인데 그녀는 여전히 심술궂게 웃고만 있었다.

"후후. 지금 우리가 하는 건 '빤'이라고 해. 너하고 내가 뒤섞였잖아? 이다음엔 이거 '먼'."

몸을 약간 아래로 움직여 그의 중심에 자신의 중심을 딱 맞추었다. 무섭도록 뜨거운, 모양이 사뭇 다른 두 곳이 자석에 끌리듯 서로를 알아봤다. 설랑은 잔뜩 달아오른 그의 몸에 자신의 몸을 교묘하게 비벼 댔다.

죽고만 싶었다. 자제가 되지 않았다. 조금 전과는 비교할 수 없는 아릿한 아픔과 열락이 혀를 날름거리며 몸을 먹어 들어가고 있었다. 그런 자신의 상태를 알 텐데도 그녀는 여전히 장난치는 걸 멈추지 않았다. 손톱 끝으로 허리를 긁어내리며 몸을 들어 아름다운 몸매를 마음껏 자랑했다. 그러더니.

"뚜껑을 꼭 닫아야 해. 안 그러면 열이 새어 나가서 설익거든."

"윽!"

장난을 치던 설랑이 갑자기 몸을 내리자 다니엘의 부끄러운 부분이 빨려 들어가 사라졌다. 당했다. 뚜껑이 어쩌고저쩌고 하더니 그게 이거였어? 다니엘은 나른해지는 몸과 정신 속에서 생각했다.

'이렇게 뜨겁게 타오르는 열기는 천국에 절대 없어야 한다. 그녀가 주는 황홀함은 지옥에서만 있어야 한다. 천국에 이런 말도 안 되는 쾌락이 주어진다면 천사들이 나 사라지고 말 것이다. 이건…. 해도해도 너무 한. 그러니까 절대 거부가 불가능한 치명적인 유혹이다. 뿌리칠 수가 없어.'

아직 가시지 않은 열기로 가득 찬 방 안에 거친 두 개의 숨소리가 엇박자로 번갈아 울렸다.

"하아… 하…."

"흡… 헉…."

설랑은 땀으로 촉촉해진 이마를 쓸어 올렸다. 숨을 마저 고르고 목이 마르자 시트를 벗겨 내고 자리에서 일어났다. 여기저기 빨간 꽃잎으로 덮인 매끈한 몸이 스탠드의 불빛에 아름다운 음영을 만들어 냈다. 벌거벗은 것을 의식하지 않은 채 냉장고로 가 생수 병을 꺼내 달아오른 목을 축이던 설랑은 물을 마시다 다니엘의 숨소리가 들리지 않자 뒤를 돌아보고는 마시던 병을 내려놓고 침대로 다가갔다. 다니엘은 어깨만 내놓고 온몸을 시트로 돌돌 말고 옆으로 누워 있었다. 설랑은 그가 등을 보이고 누웠는데도 어떤 표정으로 무슨 생각을 하고 있는지 훤히 다 보였다. 등을 돌리고 누운 다니엘은 죄악이라고 생각하던 것에 제 몸이 열렬하게 반응해 버린 것이 서로 부딪혀 거부반응을 일으키고 있을 것이 분명했다.

익숙하지 않은 몸짓이라 조금은 어색한 결합이었지만 자는 물론 그도 충분히 만족했다. 이를 악물고 신음 소리를 내지 않으려는 것이 얄미워 허리를 다리로 힘껏 감아 버렸더니 원했던 대로 몸이 바싹 달아오를 만큼 섹시한 교성을 들을 수 있었다. 그 뒤로는 아무 기억도 나지 않았다. 그만큼 만족한 정사였다.

"다니엘…."

"예…."

목이 꽉 막힌 듯한 다니엘의 목소리가 흘러나왔다. 설랑은 시트를 들추고 들어가 가슴을 가리고 침대에 앉았다.

"후회… 하니?"

"아니에요. 안 그래요."

설랑과 함께 한 행위는 그를 혼돈 속에 빠뜨렸다. 소름이 돋고 몸서리가 쳐져야 맞는 일이었다. 그러나 소돔과 고모라의 죄인들이나 할 법한 행위는 쾌락의 절정이 무엇인지 알아 버리게 했다. 생각하지 않으려 했지만 그런 추악한 쾌락의 늪에서 허우적대던 자신의 모습과 신음 소리가 너무 부끄러웠고 죄를 지은 것 같아 견딜 수가 없었다. 설랑 자매는 선악과를 먹으라고 권한 하와가 아니었다. 그녀가 보여 주긴 했지만 그 선악과를 베어 문 것은 분명 자신이었다. 다니엘에게 그것은 너무나 큰 충격이었다.

설랑은 여전히 꿈적도 하지 않고 등만 보이고 있는 다니엘의 다친 마음을 어루만져 줘야겠다고 마음먹었다. 세원과는 서로의 몸에 남아 있는 정사의 흔적을 지워 주는 것이 최대의 배려였는데 다니엘은 마음이라…. 낯설었다.

"너도 사람이고 나도 사람이기 때문에 서로의 움직임에 반응하는 것은 자연스럽고 지극히 성상적인 거야. 원래 조물주가 그렇게 만들었잖아? 다니엘."

"예."

"'겁' 알아? 겁나다 말고 시간상으로 겁."

"아니오."

다리 사이가 끈적끈적한 것이 굉장히 불쾌했다. 얼른 샤워하고 집에 갔으면 좋겠다는 생각으로 가득 찬 다니엘은 그녀의 말에 건성으로 대답했다.

"나 좀 봐."

부드럽게 어깨를 잡고 살짝 흔드는 설랑의 손길에 다니엘은 굼벵이보다 더 느리게 등을 돌렸다. 땀에 젖은 머리카락이 이마를 덮은 다니엘의 뺨도 설랑의 몸처럼 복숭아 빛이었다. 몸을 나눈 증거로 같은 색으로 물든 상대방을 보는 것은 설랑에게 새로운 경험이었다. 아주 좋은. 부끄러움에 눈을 마주치지도 못하고 시트를 더 끄집어 올리는 그에게 자신들의 인연이 과히 흔하지 않은 것에 대한 이야기를 이어 나갔다.

"겁이 얼마나 긴 시간이냐 하면, 100년에 한 번씩 내려오는 선녀의 옷자락이 사방 40리의 바위를 닳아 없애는 시간이야. 같은 나라에 태어나는 건 1000겁에 한 번, 하루 길을 동행하는 건 2000겁에 한 번, 너와 나처럼 하루 밤을 같이 묶는 건 3000겁에 한 번, 또 부부가 되는 것은 8···."

설랑은 말을 잘랐다. 원래 이야기의 마지막은 부부가 되려면 8000겁이 지나야 가능하다는 이야기였다. 하지만 그 마지막은 정부인 다니엘에게 할 만한 성질의 이야기가 아닌 것 같아 슬쩍 입을 다물었다. 대신 이마에 달라붙은 검은 머리카락을 쓸어올려 주며 자괴감으로 제 자신을 상처 내고 있는 다니엘의 여린 마음을 달랬다.

"우리 인연도 귀한 거야. 3000겁에 한 번 있을 수 있는 일이잖아. 분명 사랑 따위로 영혼까지 나누는 사이는 아니지만 지옥에 떨어질 만큼 나쁜 죄를 짓는 것도 아니야."

"자매님이 나쁜 게 아니에요. 죄는…. 제가 짓는 거구요. 신경 쓰지 마세요. 저 씻어도 되겠어요?"

"어…. 그래. 씻어."

다니엘이 억지로 보여주는 웃음 속에 숨어 있는 슬픔이 설랑의 가슴으로 허락도 없이 스며들어와 버렸다. 설랑은 그가 아직 신학생인 신분으로 여자와 부적절한 관계를 맺은 것에 죄책감을 느껴 그런 눈빛을 담고 있다고 생각했다. 야단을 맞은 아이를 달래는 것처럼 팔을 쓰다듬자 소스라치며 놀라 팔을 뒤로 빼낸 다니엘은 정중하게 요구했다.

"저기…. 잠깐 눈 좀."

"그래."

설랑이 눈을 감자 다니엘은 얼른 침대에서 내려와 욕실로 뛰어갔다. 문이 닫히는 소리가 날 때까지 눈을 꼭 감고 있던 설랑이 눈을 뜨고 한숨을 쉬었다.

"휴…. 천사 하나 거느리기가 만만지 않네. 힘들어."

三千劫的緣分
3천 겁의 인연

처음으로 계약조건을 이행한 지 사흘이 지났다. 다니엘은 여전히 출근을 한다고 아침이면 집을 나서 여기저기를 배회했다. 날이 좋은 날은 공원에서 비둘기에게 먹이를 주며 무료함을 달래기도 하고 제 또래들과 거리 농구를 하기도 했다. 비가 왔던 어제는 시립도서관에서 문이 닫힐 때까지 책을 읽었다. 그런 식으로 오전과 오후를 보내고 날이 어두워지기 시작하면 자리를 털고 일어나 습관처럼 병원으로 향했다.

엄마는 많이 좋아지셔서 혼자 화장실도 가시고 석규랑 밥을 먹을 때는 생선뼈를 발라주시기도 하신다. 그리고 가끔 깜빡깜빡하시는 것도 여전하다. 화장실을 가셨다가 병실을 잊어버리고 일층에서 헤매다가 창피를 무릅쓰고 데스크에 가서 호실을 물으셔서 돌아오신 일도 있다. 머쓱하게 웃는 엄마의 표정 너머에서 불안한 기색을 본 석규와 다니엘은 아직 회복이 되지 않아서 그런다고 위로해 드렸고 엄마는 금세 그 기억을 잊고 명랑해졌다.

오늘도 다니엘은 병원에 들러 출근 인사를 하고 거리로 나와 편의점에서 라면으로 아침을 대신했다. 제대로 챙겨 먹지 못해 쓰린 속을 뜨거운 라면 국물로 달랜 다니엘은 두려워 미루기만 했던 일을 하기로 마음먹고 편의점을 나섰다. 지하철역 계단을 느릿느릿 걸어 내려가 마침 들어오는 전동차에 올랐다.

출근전쟁이 끝난 지하철 안은 머리를 뾰족하게 세운 요란한 십대 두 명이 전부였는데 신기하게도 모든 대화를 욕으로 했다. 휴대폰을 부서져라 닫은 녀석이 바닥에 찍 침을 뱉으며 말했다.

"졸라 재수 없는 년이네."

"야, 로데오 거기 클럽. 물 어때? 쌈박하냐?"

"아 몰라. 너는 친구가 썅년 때문에 열 받았는데 그딴 걸 물어보냐?"

덜커덩거리는 전동차의 움직임에 몸을 맡기고 앉은 다니엘은 그 둘의 대화를 자장가 삼아 눈을 감았다. 멀리 가야 해.

화홍의 별관 송화루는 설랑이 자랑할 만한 풍경을 담고 있다. 본관과 마찬가지로 양면을 통유리로 달아 계절마다 쉬지 않고 피어나는 탐스러운 꽃들과 웬만한 장정의 팔뚝만 한 비단잉어들이 유연하게 헤엄치는 것을 볼 수 있다. 그동안 준비한 만찬을 선보이는 날이 바로 오늘이라 설랑은 잠도 설치고 새벽부터 나와 모든 것을 관장했다. 열 명씩 앉을 수 있는 회전판이 달린 둥근 테이블이 열 개가 놓였고 풀을 먹여 빳빳한 흰 테이블보가 깔렸다. 귀빈에게만 내놓는 푸른색과 금색이 고급스러운 식기들이 활짝 편 꽃잎처럼 자리를 잡고 있다.

서빙을 담당할 직원들이 세팅을 하느라 분주했고 설랑도 그 틈에 섞여 미흡한 것이 없나 살폈다. 총지배인이 설랑의 뒤를 따르며 그녀가 하는 지시를 받아 적었다.

"서빙 할 직원들 중에 향수를 뿌린 사람 있으면 당장 샤워하고 오도록 하세요."

"예."

"나눠 준 프린트대로 인사말 연습은 다 시킨 거죠?"

"물론입니다. 오늘 아침에 테스트를 했는데 한 사람도 빠짐없이 통과했습니다."

총지배인의 시원한 대답에 고개를 끄덕인 설랑은 바쁘게 움직였다.

"주방으로 가죠."

드르륵 소리를 내며 고해실 안쪽 쪽문이 열렸다. 무릎을 꿇은 채 기다리던 다니엘은 그 소리에 움찔 놀랐다. 안쪽에서 제 쪽을 보지 않고 앞쪽을 보고 앉아 계실 신부님의 안정감 있는 목소리가 들렸다.

"찬미 예수님."

"찬미 예수님."

수도 없이 봐 와 익숙하기까지 한 고해 성사지만 다니엘은 손바닥에 식은땀이 배어 나오는 것을 느꼈다. 지금부터 고백해야 할 죄는 어떤 보속[9]으로도 용서받을 수 없을 것만 같다. 이건 주일을 빼먹었다거나 사람을 미워한 죄와는 비교할 수 없는 대죄니까….

신부는 고해 성사를 원하는 신자가 있다는 말에 부랴부랴 고해실로 들어왔는데 인사를 하고는 한마디도 없는 형제에게 고백을 권했다.

"고백하십시오."

"아….."

신부의 말에 다니엘은 눈을 감았다 뜨고 심호흡을 하고 난 뒤 죄의 고백을 시작했다.

"몸과 마음의 순결을 지키지 못했습니다."

사제가 된 후로 수없이 들어 온 단골 죄의 항목이라 신부는 다니엘의 고백에 바로 답변으로 들어갔다.

"젊은 형제자매들이 넘치는 욕구를 자제한다는 것이 쉬운 일이 아닙니다. 우리 인간의 성적인 욕구는 하느님께서 주신

---

9) 보속: 가톨릭에서 지은 죄를 적절한 방법으로 '보상' 하거나 '대가를 치르는' 것을 말한다.

고귀한 선물입니다. 그렇지만 이것을 잘못 사용할 때는 죄가 되지요. 하느님의 창조 사업 그러니까 가정을 이루기 위한 목적으로 성을 사용하는 것이 하느님의 뜻이기 때문입니다. 그렇기 때문에 쾌락을 위해 성을 사용하는 경우에 죄가 되는 것입니다."

신부님의 말 한마디 한마디가 날카로운 칼끝이 되어 다니엘의 심장을 헤저었다. 누구보다 그 죄의 추악함을 잘 알고 있었기 때문에 그 고통은 극심했다.

"간음, 매춘, 혼전순결의 파괴도 교회에서는 죄로 규정하고 있습니다. 혼인 성사를 통하지 않은 성의 결합은 대죄입니다. 형제님께는 지금 전화위복의 지혜가 필요합니다. 성적으로 어렵기 때문에 주님께 더 가까이 나아갈 줄 알게 된다면 이것이 바로 신앙의 신비입니다. 회개하는 창녀를 받아들이시고 그녀를 성녀로 만드신…."

"몸과 영혼을 팔았습니다."

아직 끝내지 않은 제 말을 댕강 자르고 들어와 몸과 영혼을 팔았다고 고하는 형제의 말에 신부는 깜짝 놀랐다. 이 형제가 혹시 요즘 그 남자 접대부라던가 뭐 이런 직업에 종사하는 걸까? 그런데 웬 걸? 더 쇼킹한 고백이 줄을 이었다. 형제는 심한 자책감에 사로잡혔는지 목소리가 덜덜 떨렸다.

"돈 때문에…. 돈을 받고…. 몸을 팔았습니다…."

그 죄는 매춘이다.

"그리고 행위를 하면서 쾌락을 느꼈습니다….”

다니엘은 자신이 저지른 죄를 낱낱이 고백하며 뜨거운 눈물을 흘렸다. 두 개의 짐을 내려놓은 그는 그것과는 비교도 되지 않는 가장 큰 죄를 울면서 고백했다.

"신학생의 몸으로…. 죄를 저질렀습니다….”

"헉!”

엄청난 고백에 신부는 자신도 모르게 소리를 냈고 거기에 놀라 입을 손으로 틀어막았다. 커다래진 눈으로 고해자를 봐서는 안 된다는 규칙을 어기고 슬쩍 잘 보이지 않는 칸막이 저편의 형제를 바라보았다. 그의 어깨가 심하게 들썩거리고 있었다. 겨우 진정을 하고 난 신부는 손을 입에서 떼 내고 다니엘을 조심스럽게 불렀다.

"형제님 몸을 판 이유가 돈이라고 하셨는데…. 돈이 왜 필요하셨습니까?”

"말 할 수 없습니다.”

다니엘은 자신이 저지른 더러운 죄의 빌미로 엄마를 들먹이기 싫었다.

"고해실 안에서는 어떤 거짓도 용납되지 않는 걸 잘 아시지요?”

뭔가 사연이 있는 것이 분명한 형제다. 신학생이라면 일반인보다 훨씬 큰 문제다. 계율을 어기고 간음에 매춘까지 한 저 형제는 무리를 이탈한 나쁜 양이다. 그러나 예수님께서는 아흔아홉 마리의 양보다 길 잃은 한 마리의 양을 중요하게 여기셨다. 도울 수 있는 문제가 있다면 당연히 돕는 것이 사제의 의무다. 신부는 다시 질문을 던졌다.

"그 돈을 자신을 위해서 썼습니까?"

"아…니요…."

"그럼 어디에 쓰셨습니까?"

"병원비에…썼습니다."

"가족인가요?"

"예…."

말을 종합해 본 결과 가족 중의 누가 큰 병을 앓았고 그 치료비를 마련하기 위해 신학생인 몸으로 자진해서 매춘을 했다는 말이다. 아, 머리 아픈 양이군. 신부는 고개를 젓다가 보속을 주기 위해 필요한 정보를 수집하기 시작했다.

"혹 상대방 자매가 유부녀입니까?"

속으로 빌었다. 가지가지 다 했으니 제발 간통만은 하지 않았기를….

"아닙니다. 그 자매님은 결혼하지 않으셨습니다."

"관계가 지속되고 있습니까?"

"예."

"흠."

또 이런 경우는 처음이어서 신부는 난감했다. 보속을 주긴 하겠지만 길 잃은 어린양이 혹, 극단적인 방법으로 죄를 해결

하지 않을까 걱정돼 인간적인 차원에서 죄를 정화시킬 충고를 해 주려 고민했다. 성령이 감동하셨는지 기막힌 생각이 떠올랐다. 그러나 너무 쉽게 해결책을 주면 자신의 죄를 가볍게 생각할까 일부러 목소리를 굵게 깔았다.

"성욕을 절제하지 못하면 우리는 항상 죄에 빠지게 됩니다. 인간의 마음에는 우리를 유혹하는 악의 구덩이가 산재해 있다는 사실을 잊지 말아야 합니다. 음란한 생각과 행위가 바로 그것입니다."

생각을 하는 것만으로도 큰 죄를 몸소 실천까지 했으니 지옥에 떨어진다 해도 할 말이 없다. 다니엘은 신부의 말에 죄책감으로 가슴이 저려왔다.

"관계를 끊지 못하신다면 보속을 준다 해도 별 의미가 없을 것입니다. 죄를 저지르고 고백하고를 되풀이 할 테니까요. 보속으로 한 달 동안 묵주 기도를 올리십시오."

"예…."

한 달이 아니라 죽는 순간까지 기도 할 것이다. 하지만 주님께서 용서를 하신다 해도 자신의 양심은 다니엘이라는 인간을 죽을 때까지 증오할 것이다. 보속을 받고 일어나려던 다니엘의 발길을 신부의 목소리가 잡아 세웠다.

"주의 종으로서가 아니라 인간으로서 충고 하나 하겠습니다. 그 자매 분께서 미혼이시라니 정말 다행이십니다. 혼인으로 주님 앞에 떳떳한 부부가 되시기를 권합니다. 더 이상 죄를 짓지 않을 유일한 길이니 잘 생각해 보십시오."

 의외의 신부의 말에 다니엘은 잠시 동안 머리가 멍해졌다. 결혼? 자매님과 결혼? 죄를 사하는 길이 있다면 뭐든지 할 수 있을 것 같았는데 그건 불가능한 일이다. 자매님이 뭐가 아쉬워서 나 같은 정부랑 결혼을 하겠어…. 충격이 가시자 다니엘의 어깨는 여전히 무거운 죄가 내리눌렸다.

 주방으로 가 음식이 만들어지는 과정을 점검하고 난 설랑은 사무실로 돌아와 한숨을 돌렸다. 모든 것이 착착 돌아가고 있었다. 7시 만찬에 쓰일 푸타오창(불도장)을 담은 옹기가 들어간 솥에 불을 붙이는 것으로 오전 일은 얼추 끝이 난 것 같다. 시간은 12시가 다 되어 가고 있었다. 점심을 먹고 나머지 일들을 관장할 생각으로 늦은 점심을 주문하려던 설랑에게 떠오르는 것이 있었다. 다니엘….

 빈약한 엉덩이와 뼈대는 좋지만 얄팍하던 가슴과 어깨를 보며 잘 먹이면 좋은 몸이 될 거란 생각을 했었다. 개운하지 못하게 헤어질 때까지 슬픈 눈으로 저를 바라보던 것이 마음에 걸렸지만 본시 정이 많은 성격도 아니고 일 때문에 바빠 전화 한 통 하지 않았었다. 출근한다는 핑계를 대고 또 어딘가를 헤매고 있는 걸까? 다니엘을 생각하던 설랑은 재료를 담당할 따하부의 일을 맡아줄 사람이 필요하단 생각을 해 냈고 일단 식사 초대를 하고 그 일도 좀 물어볼 생각으로 전화를 들었다.

신호가 열 번을 넘게 가고서야 다니엘의 목소리가 전화선을 타고 그녀에게 건너왔다.

"여보세요."

"나야."

직원의 안내를 받으며 신발이 푹푹 빠져드는 두툼한 카펫을 밟고 그녀가 기다린다는 방으로 향했다. 설랑 자매는 전화로 점심을 함께하자는 요구를 했고 계약을 이행하기 위해 그는 그녀의 요구에 따라서 화흥으로 왔다. 붉은 치파오를 입은 여자 직원이 공손히 연 문 안쪽에서 설랑의 모습을 발견했다.

늘 정장을 입은 모습만 봤는데 오늘은 그녀도 치파오를 입고 있었다. 연분홍 바탕에 자잘하게 매화 문양이 수놓아진 치파오를 입고 보라색 비단 신을 신은 설랑은 방금 그림에서 튀쳐나온 중국 고전미인 같았다.

"왔어요? 이리와 앉으세요."

직원이 있어선지 설랑은 다니엘에게 말을 높였다. 다니엘이 자리에 앉자 기다렸다는 듯 음식들이 들어와 테이블 위에 놓여졌다. 세팅이 끝나고 나자 설랑은 서빙을 하기 위해 기다리고 있던 직원을 내보냈다.

"혼자 먹기 싫어서 전화했어. 괜찮지?"

"예."

"뭘 좋아하니? 식성을 몰라서 이것저것 가져오라고 했는데…."

상 위에 오른 큰 접시만도 6개가 넘었다. 중국 요리 중에 고급스러운 음식은 탕수육밖에 모르는 다니엘이 알 만한 음식은 하나도 없었다. 설랑은 자리에서 일어나 다니엘에게 다가와 그 앞에 놓인 오목한 그릇을 집어 들었다.

"아침은 뭐 먹었어?"

"그냥…."

화려하고 빛이 나는 설랑에게 아침으로 라면을 먹었다고 고백하면 자신이 너무 초라해질 것 같아 그냥이라고 얼버무렸다. 그냥의 뜻을 눈치 챈 설랑은 탕 국자로 음식을 떠서 다니엘의 그릇에 담았다.

"부드러운 것부터 먹자. 이건 '시에 로우 또우 푸'라고 게살하고 연두부로 만든 수프야. 내가 좋아하는 건데 맛있어."

수프가 담긴 그릇을 주고는 음식을 덜어 낼 접시를 들고 하나씩 설명해 주며 그의 의견을 물었다.

"이건 돼지갈비를 찐 거야. 돼지고기 좋아해?"

"예. 좋아해요."

고해 성사를 봐주신 신부님 때문에 다니엘은 자신이 좀 어디가 이상해진 것 같았다. 아니 설랑 자매도 이상하다. 이런 다정함은 정부에게 베푸는 것이 아닌 것 같다. 오늘 그녀는 짓궂지도 않고 봄볕 마냥 따뜻하다. 결혼? 그녀는 미래의 남편에게도 이렇게 다정하게 대할까? 다니엘의 머릿속에 그림이 떠올랐다. 아침 햇살이 들어오는 주방에서 아침을 먹고 향긋한 커피를 마시며 도란도란 이야기를 나누는 설랑과 그 남편의 모습. 그러다 그녀의 남편으로 자신이 떠오르자 눈을 깜빡거려 그 생각을 얼른 쫓았다.

'어떻게 그런 생각을 하는 거야? 자매가 뭐가 부족해서 나 같은 놈을. 아무래도 다른 성당에 가서 고해 성사를 할 걸 잘못했어.'

"제가 알아서 먹을 테니까 자매님도 드세요."

"내 집에 온 손님이니 내가 시중을 들어야지. 그게 우리 방식이야."

"우리?"

"난 중국인이고 화교야. 국적은 한국이지만. 내가 중국말 하는 거 못 들었어? 옷도 이렇게 입었는데 다니엘 나한테 관심이 너무 없네?"

그러고 보니 첫 날 사무실에서 자매는 친구와 이야기할 때 이상한 말을 했었다. 호텔에서 첫 정사를 치를 때도 이상한 말을 했었는데 그게 중국말이었나 보다.

"중국 사람처럼 안 생기셨어요."

"핏줄만 그쪽을 받고 증조부 때부터 여기서 살았으니 한국인에 가깝지. 자."

다니엘에게 접시를 내려주고 설랑은 제자리로 가서 그에게 덜어주었던 수프를 덜어 조금씩 먹기 시작했다. 다니엘도 얼른 성호를 긋고 그녀를 따라서 음식을 맛보았다. 부드럽게 넘어가는 담백한 맛이 아침에 먹었던 라면 국물과는 하늘과 땅 차이였다.

"맛있어요."

"많이 먹지 말고 조금씩 먹어. 다른 맛있는 것도 맛봐야 하니까."

"예."

수프를 다 먹고 난 다니엘은 해물 요리를 먹기 시작했다.

"다니엘은 좀 잘 먹어야겠다. 말랐어. 살찐 남자는 질색이지만 마른 남자도 별로야. 앞으로 신경 써."

다니엘의 젓가락질이 느려졌다. 잠시 했던 상상이 웃기지도 않은 착각이라는 것을 그녀가 일깨워 주었다. 그녀에게 그는 호스트보다 조금 더 친밀한 정부일 뿐이다.

'뭘 바란 거야? 다니엘 바보.'

"오늘은 출근한다고 나와서 뭐 했어?"

"그냥…."

"일을 도와줄 사람을 구하는데 어려운 일은 아니니까 다니엘, 해 볼래?"

느려지던 젓가락이 아예 멈춰 버렸다. 설랑은 다니엘이 거부하는 줄 알고 설명을 보탰다.

"근무시간에는 절대 안전 보장해. 나는 공과 사를 분명하게 구분하는 사람이야. 사무실에서 계약조건을 이행하는 일은 없어 절대."

"무슨…. 일을 하는데요?"

"'따하부'라고 마른 음식재료를 관리하는 일을 하는 거야. 지금은 부처에 맡겼는데 아무래도 전문으로 할 사람이 필요해. 물론 월급도 따로 줄 거야."

"제가 아니더라도 사람을 뽑으시려고 했던 건가요?"

다니엘의 질문에 설랑이 빙긋이 웃었다.

"왜 내가 성욕을 주체 못하고 생각날 때마다 널 덮치고 싶어서 이런 제의를 한 거 같아?"

다니엘은 설랑의 너무나 적나라한 표현에 화들짝 놀라 고개를 저었다.

"아니에요. 그런 뜻이 아니고…."

"난 장사꾼이야. 내게 손해가 가는 일 따위는 하지 않아. 난 사람이 필요했고, 넌 출근할 직장이 필요해. 상부상조라고 생각해서 제의한 것뿐이야."

말을 마친 설랑은 붉은 젓가락을 들어 우아한 동작으로 송이버섯 한 점을 입 안으로 넣었다.

"제가 해도…. 될까요?"

"이력서하고 자기소개서를 총무부에 넣어. 출근은 언제 가능하지?"

"내일부터요. 아니 오늘부터 해도 돼요."

"오늘은 그냥 가고 내일 아침…."

내일 아침부터 출근한다고 하려고 하는데 문 두드리는 소리가 났다.

"들어와요."

문을 열고 들어선 사람은 얼굴이 하얗게 질린 총지배인이었다.

"사장님. 문제가 생겼습니다."

침착하기로 소문난 총지배인의 낯빛이 변할 정도면 작은 일이 아니다. 만찬이 있는 오늘 저런 표정은 불길해.

"무슨 일이에요?"

"과일 데커레이션을 하던 셰프가 조각도에 손을 찔려서 병원으로 실려갔습니다."

그 말에 설랑은 젓가락을 놓고 벌떡 자리에서 일어났다. 무슨 말인지 몰라 어리둥절한 다니엘을 두고 설랑은 빠른 걸음으로 문을 향해 걸었다. 총지배인이 그 뒤를 따랐다.

"일은 어느 정도 마친 거죠?"

"접시 세 개를 마치고 수박을 조각하다가…."

문이 닫히고 그 다음 말을 듣지 못했다. 큰 방 안에 덩그러니 혼자 남은 다니엘은 어찌지 못 하고 그녀가 사라진 문만 바라보았다.

주방은 일대 혼란이 일었다. 요리 종류가 많아 모두 조리에 매달린 탓에 데커레이션을 맡을 셰프가 없었다. 설랑이 주방으로 들어서자 깐샤오룽샤(바닷가재를 튀긴 요리)를 만들기 위해 가재를 손질하던 류 아저씨가 미안한 기색으로 설랑을 맞앉다.

"내가 좀 더 주의를 줬어야 하는데 내 잘못이다."

"됐어요. 제가 할 테니까 아저씨는 요리에만 전념해 주세요."

"쩐 더 마?(정말?)"

근 5년 동안 칼을 잡은 적이 없어 은근히 걱정이 되기도 했다. 앞치마를 달라고 해서 두르며 설랑이 씩 웃었다.

"이래 봬도 아저씨의 수제자잖아요. 칼 좀 빌릴게요."

"하우 하우!(좋아!)"

혼자서 대충 식사를 마친 다니엘은 더 이상 머무를 이유도 없고 또 사진관이 문을 닫기 전에 이력서에 부칠 증명사진을 찍어야 한다는 생각에 자리에서 일어났다. 가기 전에 설랑에게 인사를 할 생각으로 직원에게 그녀가 있는 곳으로 안내를 부탁했다. 직원을 따라간 곳은 주방이었다. 여닫이문을 열자 후끈한 열기가 다니엘에게 훅 끼쳐들었다.

설랑의 손놀림은 방금 전까지 칼을 잡았던 사람처럼 정교하고 섬세하며 날렵했다. 일단 틀이 잡힌 수박에 둥근 조각칼로 꽃잎을 만들어 나갔다. 조금씩 조각칼을 흔들어 꽃잎이 물결처럼 보이게 만들었다. 그녀의 손길에 수박은 빨간 속살에 흰 테두리를 두른 화려한 꽃으로 피어났다. 꽃잎으로 한 면을 채우고 나서 가장자리를 물결무늬로 깎은 후 랩으로 싸서 냉장실로 옮기도록 지시하고 다음 작업으로 바로 들어갔다.

데커레이션을 맡은 셰프가 미리 뽑아 놓은 도안을 훑어 본 설랑은 무를 물들여 장식려 했던 '봄꽃'이라고 이름 지어진 작업을 시작했다. 무를 1센티 두께로 썰어 칼집을 자잘하게 넣고 소금에 절였다. 무가 야들야들해지기를 기다릴 동안 줄기를 만들 오이는 길게, 나뭇잎을 만들 오이는 돌려 깎기로 껍질을 벗겨냈다. 줄기와 나뭇잎을 다 만들고 나서 소금에 절인 무를 건져냈다. 마치 꽃술처럼 벌어진 무에 치자 물과 분홍색 식용색소로 물을 들였다.

물이 들 동안 다른 장식 하나를 또 시작했다. 양파를 세로로 얇게 썰어 꽃봉오리를 만들고 오이의 껍질로 잎과 줄기를 만든 다음 생강을 절반으로 썰어 흙을 표현하고 체리도 절반으로 잘라 양파에 얹자 순식간에 흰 접시 위에 두 송이의 튤립이 피어났다.

설랑의 신비한 손이 만들어 내는 마술 같은 일을 지켜보던 다니엘은 제가 온 줄 도 모르고 작업에 열중인 그녀를 보고 왼쪽 가슴이 귀뚜라미가 우는 것처럼 찌르르 하고 울리는 것을 느꼈다. 음탕한 말을 할 때는 물론 뚜 매우 짓궂게 굴 때도 그녀는 아름다운 외모를 가지고 있었다. 그러나 지금 자신이 보고 있는 그녀에게서는 성인들의 후광처럼 밝은 빛이 났다.

'설랑 자매는 아름다워. 성녀처럼…. 그런데 왜 이렇게 가슴이 답답하지? 주방이 너무 뜨거워서 그러나? 목이 타.'

정신없이 데커레이션을 하던 설랑은 인삼 모양을 만들 계란

피를 준비해 달라고 하려고 등 뒤쪽의 쿡에게 돌아서다 문 앞에 어정쩡하게 서 있는 다니엘을 발견했다. 그는 저를 보고 까딱 고개를 숙이고는 가겠다는 듯 손가락으로 문을 가리켰다. 설랑은 잠깐 기다리라는 표시를 해 보이고 행주에 손을 닦고는 빠른 걸음으로 다니엘에게 다가갔다.

"미안…. 내가 일이 좀 생겨서. 식사는 다 했어요?"

"예. 아주 맛있게 잘 먹었어요. 초대해 주셔서 감사합니다. 이크!"

예의를 다 갖춰 인사를 하던 다니엘이 화들짝 놀랐다. 류 아저씨가 가재 요리를 하기 위해 기름으로 달군 프라이팬에 술을 떨어뜨리자 불이 확 일어난 것을 본 것이었다. 문 앞에 서 있는 두 사람 사이로 사람들이 부산하게 움직였다. 음식을 들고 나가는 직원들과 음식 재료를 들이는 직원들이 쉴 새 없이 두 사람을 스쳐 지나갔다.

"내일 총무부로 서류 제출해 주세요."

설랑은 사람들의 이목 때문에 다니엘에게 깍듯이 말을 올렸다. 다니엘은 알았다는 뜻으로 고개를 끄덕이고 작별 인사를 남겼다.

"가 볼게요."

"잘 가요…."

각기 인사를 챙긴 두 사람은 등을 돌리고 갈라섰다. 조리대로 가던 설랑의 눈에 후식으로 내고 있는 포춘 쿠키를 담은 접시가 보였다. 초대를 해 놓고 덜렁 혼자 식사를 하게 한 것이 못내 걸려 포춘 쿠키 하나를 집어 들고 금방 문을 열고 나간 다니엘을 쫓았다.

"다니엘!"

설랑이 부르는 소리에 다니엘은 등을 돌렸다. 뛸 듯이 빠른 걸음으로 다가온 설랑은 다니엘의 손을 잡아 손바닥에 포춘 쿠키를 내려주었다.

"저희 집 후식으로 나오는 포춘 쿠키예요. 안에 점괘가 들어 있답니다. 서비스용이라 다 좋은 말이긴 하지만 그래도 행운을 가져다줄 거예요."

"아… 예."

"미안해요. 혼자 식사하게 해서…."

"아니에요."

언제 봐도 상대방의 마음을 상쾌하게 해 주는 그의 미소에 설랑도 미소로 답했다. 다니엘은 두 개의 얼굴을 가진 그녀가 과히 싫지 않은 것을 인정했다. 짓궂은 일을 할 때는 난감하고 당황스럽지만 그 외에는 이렇듯 친절한 자매다.

"저기…. 여기…."

"응?"

설랑의 앞머리에 하얀 것이 붙어 있는 것을 발견한 다니엘은 떼어 주려 손을 뻗다가 마저 뻗지 못하고 손을 내렸다. 왠지 이런 친밀한 행동을 해서는 안 될 것 같았다.

"여기에 뭐가 붙었어요."

자신의 앞머리을 모델로 삼아 뭔가 붙은 자리를 설명했다. 설랑은 다니엘을 보면서 더듬거려 머리카락에서 붙어 있는 것을 떼어 냈다. 떼 내고 보니 작은 오이씨다.

"오이를 만졌더니 묻었네."

"아…, 오이씨."

바보 같은 대답이지만 그 대답이 나와 준 것이 너무 고마웠다. 안 그랬으면 오이씨가 미인을 알아보나 봐요, 같은 엉뚱한 말을 내뱉을 뻔했다. 이상한 일이다. 지금까지 세 번을 만나고 세 번 작별 인사를 하고 헤어졌지만 오늘처럼 어색한 적이 없었다. 그 어색함은 설랑에게도 있었다. 미안함과 혼동되는 그 미묘한 차이를 인식하지 못했지만 분명 그녀에게도 잔잔하게 일렁이고 있었다.

"이제 진짜 갈게요. 얼른 가서 일 보세요."

짧고 가벼운 어색한 순간을 깬 것은 다니엘이었다. 또 잘 가라고 인사를 하기가 뭐해 눈웃음으로 대신 하는데 마침 주방의 문이 열렸다.

"사장님! 계란 피가 다 식었습니다."

"알았어요!"

설랑은 고개를 돌려 크게 대답을 하고 나서 디니엘에게 아주 간단한 인사를 건넸다.

"그럼…."

둘이 마주 보고 살짝 고개를 숙이고 설랑은 주방을 향해 바쁘게 걸었다. 가지런한 그녀의 뒷모습이 문 안 쪽으로 사라지자 다니엘도 등을 돌려 복도를 걸었다. 걸으면서 손에 쥐어진 바삭거릴 것 같은 과자를 한번 내려다보고는 주머니에 넣었다.

겨우 시간에 맞춰 데커레이션을 마친 설랑은 부랴부랴 자신의 사무실로 가 음식 냄새가 밴 옷과 머리에 탈취제를 뿌리고 공들여 화장을 고쳤다. 립 전용 클린징을 화장 솜에 묻혀 입술을 닦고 붓으로 모양 좋은 입술의 윤곽을 따라가는데 지효가 문을 열고 들어왔다.
"남자 만나러 가? 밤중에 무슨 화장이야?"
"웬일이야?"
대꾸만 하고 윤곽을 다 그려 넣은 입술에 옷 색과 같은 분홍색 립스틱을 꼼꼼하게 발랐다. 털썩 소리를 내며 소파에 앉은 지효는 늘씬한 다리를 꼬고 핸드백을 열어 금색 포장지에 쌓인 초콜릿을 까서 입 안으로 쏙 밀어 넣었다. 설랑은 티슈를 물어 립스틱의 유분기를 없애고 화장품을 정리했다.
"또 초콜릿이야? 뭐가 마음에 안 드는데?"
지효는 기분이 우울하거나 화가 났을 때 초콜릿을 먹는 버릇이 있다. 단 것을 먹으면 기분이 좋아진다는 믿음을 가지고 있는데 희한하게도 사탕은 먹지 않는다. 이유는 너무 달기만 한 것은 경박하다나? 초콜릿은 단맛과 쌉싸래한 맛이 공존해 인생과 상통한다는 철학적인 말을 늘어놓을 때는 다혈질에 예쁜 남자애들이라면 사족을 못쓰는 바람둥이 기질이 다분한 지효가 달리 보이기도 한다.

"빌어먹을. 종합주가지수가 955선대야. 아침 장에는 그 밑에서 빌빌 기었고."

"나도 봤어. 어디가 문젠데?"

"위디스 소프트. 1.75% 하락해서 겨우 20만 원대에 턱걸이 했어."

겉보기로는 백치미인이라는 말이 너무 잘 어울리는 지효는 집안 대대로 고리대금을 한 가풍에 무관하지 않게 돈을 불리는데 탁월한 감각이 있다. 설랑이 안전한 투자를 택한다면 그녀는 도박을 즐기듯 왕창 배팅을 하고 그 긴장감을 즐기는 묘한 성향이 있다. 설랑은 올린 머리를 하느라 여기저기 꼽아 넣은 핀을 빼내고 머리카락을 늘어뜨려 빗질을 했다.

"미국과 일본도 이미 60일 이동 평균 선을 이탈했잖아. 국내 증시도 950선의 지지력이 깨지면서 920선이나 930선까지 내려갈 가능성이 높아. 당분간 증권은 불투명해."

"넌 거둬 드릴 거야?"

"큰 일 앞두고 자잘한 일에 신경 쓰고 싶지 않아. 넌?"

"난세에 영웅이 난다잖아? 중국 본토의 학기가 시작되고 나면 수출이 좀 될 거고 그때 25만원까지만 받고 치고 빠질 거야."

"널 누가 말려? 잘 해 봐."

설랑은 말아올린 머리에 아름다운 장식이 달린 상아로 만든 둥근 빗을 꼽아 넣고 어깨에 붙은 머리카락을 떼어 냈다.

"설랑아 나 기분도 꿀꿀한데 쇼핑하자. 샤넬에 새로운 모델의 시계가 들어왔는데 얼마나 예쁜지 알아?"

"오늘은 대만 대사관에서 의뢰한 만찬이 있어. 내일 가자."

"그래서 치파오까지 꺼내 입으셨군. 영감님들 시중들려고? 난 또 정부 만나나 했지. 숫총각은 어때 맛이? 크기는 만족했어?"

친구의 원색적인 질문에 설레설레 고개를 흔들며 일어난 설랑은 진지하게 대답해 줬다가는 물고 놔주지 않을 것 같아 허풍선이 되기로 했다.

"타 헌….(그는….)"

"어떤데?"

호기심으로 눈을 반짝거리는 지효 앞에 느긋이 앉아 그 다음 말을 이었다.

"죽순 같아."

"죽순?"

직업은 못 속인다고 무슨 남자를 죽순에 비교해? 하는 표정을 짓던 지효가 깔깔거리고 웃다.

"깔깔깔. 너 왜 이렇게 재밌니? 딱 맞는 비유잖아. 여자가 내리는 단비에 쑥쑥 자라는 죽순이라…. 난 초고버섯정돈 줄 알았더니. 찌우 슈.(배 아파.)"

"이제 설명 끝. 다시 질문 안 받아. 너도 부러우면 하나 만들던지. 쓰지도 않을 사후 피임약만 사서 쟁이지 말고."

설랑은 사후 피임약은 처방 받아 서랍에 넣어 놓고 정작 남자와 끝까지 간 적이 없는 지효를 놀렸다.

"공산품 같은 사내 녀석들은 싫어. 네 것처럼 천연기념물이라면 모를까. 얼마에 샀니? 내가 두 배 줄게 팔아. 딱지도 뗐으니까 그 정도면 굉장히 잘 쳐 준거야."

"절대 그런 일은 없어. 열 배 아니 네 사랑스러운 주식들을 다 안겨줘도 바꾸지 않아. 늦었다. 정말 안 도와줄 거야?"

손님 맞으러 가려는 설랑을 따라 일어난 지효가 농담을 건넸다.

"도와줄 테니까 나 저녁 줘."

"알았어."

"메뉴는 우 화 로우 돈 주순!"

죽순을 강조하는 지효에게 설랑은 한 가지를 더 첨가해 주겠다고 제의했다.

"초고버섯도 넣어줄게. 됐지?"

"정말? 나 이러다 오늘밤에 잠 못 자고 어떤 놈 하나 잡는 거 아냐?"

병원에 도착해서 담당 의사와 면담을 가졌다. 엄마는 상태가 많이 좋아져서 일주일 후면 퇴원해도 된다고 했다. 머릿속에 장치한 펌프가 제 기능을 잘 해준 덕이다. 기쁜 소식을 안고 돌아온 다니엘의 얼굴이 모처럼 예전의 말간 모습을 찾았다. 병실 식구들 모두가 그동안 고생한 세 식구들에게 축하 인사를 건넸다.

"서운하긴 한데 참말로 잘됐다."

"고마워요. 저 먼저 나가서 미안해요."

"벌써 이렇게 많이 짰어요?"

"하루 종일 하잖아. 쉬라고 해도 말도 안 들어."

다니엘의 메리야스를 뜨겠다고 바늘을 잡은 엄마는 벌써 가슴 가운데만큼 짜 올렸다.

"이리 와봐. 어디 맞나 보자."

순순히 몸통을 내어주고 팔을 벌린 다니엘의 치수를 재어 본 엄마의 안색이 어두워졌다. 예전 치수대로 코를 잡았는데 몸이 야위었는지 폭이 조금 남았다. 다니엘이 마른 것이 자신의 병 수발 때문인 것 같아 코끝이 시큰했다.

"줄었네…. 엄마 때문에 우리 아들 고생해서 삐쩍 말랐어."

"그런 말이 어디 있어요. 이제 퇴원해서 엄마가 맛있는 거 많이 해 주시면 다시 통통해질 거예요. 그치 석규야?"

금방이라도 툭 눈물을 떨어뜨릴 것 같은 엄마를 위해 석규가 나섰다.

"엄마! 다니엘만 보이고 난 보이지도 않아? 봐봐. 여기 내 팔뚝이 다니엘 다리통하고 별 차이가 없잖아."

"너는 살 좀 빼야 돼."

"엄마는 다니엘만 좋지?"

"응."

언제 코끝이 시큰했냐는 듯 활짝 웃는 엄마를 양쪽에서 산처럼 든든한 아들들이 어깨를 감싸 안았다. 이번 시련은 주님께서 깨달음을 주시려 내리신 것이라 생각했다. 천국은 하늘 위에 있는 것도 아니고 교회에 있는 것도 아니라 내가 머무는 곳에, 순결한 마음속에 있다. 그곳을 지옥으로 만들 것인지 천국으로 만들 것인지는 온전히 자신의 선택과 노력이라는 것을 깨달았다.

병마와의 지루한 싸움이 끝났다. 조심은 해야 하지만 앞으로 눈앞이 막막해지는 일은 없을 것 같다. 다니엘은 그런 일이 일어나지 않게 가장으로서 최선을 다해 노력해야겠다고 다짐했다.

따르릉 울리는 전화 소리와 쉬익 하는 팩스 소리가 요란한 화흥의 총무부 사무실에 다니엘이 나타난 시간은 8시 30분경이었다. 증명사진을 붙이고 신학생이었던 것을 감추려 최종 학력을 고졸에 맞춘 이력서를 들고 총무부라고 써진 사무실의 문을 두드릴 때까지 얼마나 두근거렸는지 모른다. 생애 처음으로 출근한 아침이라 콩닥거리는 두근거림에 얼굴이 상기되기까지 했다. 향긋한 커피 냄새가 퍼지는 사무실 안으로 들어서자 몸집이 자그마한 여자 직원이 다니엘을 쳐다보았다. 꾸벅 고개를 숙여 인사를 하자 직원이 상냥하게 인사를 건넸다.
"안녕하세요?"
"예. 안녕하세요."
"무슨 일로…. 아차차…."
뽀르르 소리를 내며 커피를 뽑아 내는 커피 메이커를 끄고 난 직원이 돌아서자 다니엘이 찾아온 이유를 말했다.
"사장님께서 총무부에 이력서를 내라고 하셔서 왔습니다."
상대방이 못 알아들을 것을 염두에 두고 정확한 발음으로 끝을 맺었다. 다니엘은 말끝을 흐리는 좋지 않는 습관이 있어 '저기'라는 대명사로 말을 시작하고 '그래서'라는 부사로 말을 끝낼 때가 많다. 사회인으로서 그런 말투는 합당치 않은 것 같아 어제 저녁 혼자 거울을 보고 맹연습을 했다.
"어쩌죠? 총지배인님께서 위임 받으셨나 본데 아직 출근 전이세요. 차 한 잔 드시면서 기다리실래요?"
"주시면…."
다니엘은 또 말끝을 여물게 맺지 못한 자신을 질책하며 직원이 권하는 자리로 앉았다. 찻잔이 받침과 부딪쳐 달그락거리는 소리가 마시게 될 커피가 꽤 맛이 있을 것 같은 기대를 하게 만들었다. 둥근 쟁반에 찻잔 두 개를 받쳐 온 직원이 막 다니엘 앞에 찻잔을 내려놓을 때 문이 열리고 어제 설랑에게 문제가 생겼다고 찾아왔던 사람이 들어왔다.

"오셨네요. 총지배인님, 이분 사장님께서 이력서 내라고 하셔서 찾아 오셨답니다."

"연석형 씨?"

"예. 연석형입니다."

"반갑습니다. 사장님께 말씀 들었습니다."

총지배인이 내민 손을 잡고 악수를 한 다니엘은 새로운 운명 속으로 한발 내딛었다. 기도하고 묵상하는 생활을 잊고 사람들과 부대끼며 웃고 울고 하는 평범하고 활기찬 생활을 시작한 것이다.

전 직원이 참석한 비취 홀에 조촐한 다과가 차려졌다. 뚜껑이 달린 찻잔이 하나씩 각자 앞에 놓이고 작은 접시에 색색 고운 경단이 올랐다. 아침 조회는 각각 조리장과 총지배인에게 맡기고 거의 참석을 하지 않았던 설랑이 이례적으로 참석해 상석에 앉았다.

다니엘은 맨 끄트머리에 총무부 직원인 경미와 함께 앉아 있었다. 첫 출근이라고 신경을 썼는지 깔끔하게 다려진 흰 와이셔츠에 연분홍색 넥타이를 했다. 드라이를 했는지 조금 붕 뜬 머리가 눈에 띈다. 옆으로 살짝 돌리듯 바람을 넣은 머리는 출근하기 전에 인사를 할 병원에 들렀다 엄마에게 잡혀 한 머리다.

"좋은 아침입니다."

"좋은 아침입니다."

직원들과 눈인사까지 마친 설랑은 어제 있었던 만찬의 결과에 대해 말했다.

"어제 있었던 대만 대사관 귀빈 만찬에 대한 결과는 매우 흡족했다는 평을 받았습니다. 대사님께서 수고한 직원들에게 고맙다는 말을 전해 달라고 하셨고요."

설랑의 말에 직원들의 얼굴에 자부심이 가득 찼다.

"짧지 않은 시간 동안 수고들 하셨습니다. 이번 휴일에는 온 식구들과 회식을 할 예정이니까 모두 참석해 주세요."

"와아…."

직원들의 환호가 가라앉자 총지배인이 일어나서 새로 들어온 직원을 소개했다.

"따하부를 독자적으로 운영되게 돼서 새 식구가 들어 왔습니다. 연석형 씨."

총지배인의 소개를 받은 다니엘이 자리에서 일어났다.

"안녕하십니까? 연석형이라고 합니다. 잘 부탁드립니다."

"반갑습니다…."

직원들의 따뜻한 환영을 받고 머쓱해진 다니엘은 여기저기 고개를 숙이느라 바빴다. 그런데 설랑의 싸늘한 목소리가 화기애애한 분위기를 날려 버렸다.

"조회 끝났습니다. 먼저 일어나겠습니다."

사장이 일어서자 직원들은 모두 자리에서 일어났다. 까딱

하고 고개를 숙인 설랑은 다니엘 쪽은 쳐다보지도 않고 밖으로 나갔다. 저를 본 것 같아 눈인사라도 하려고 했는데 그냥 나가버리는 설랑을 보고 다니엘은 다시 한번 자신의 위치를 뼈저리게 느꼈다.

사무실로 돌아온 설랑은 감정을 다스리지 못하고 드러내 버린 자신에게 짜증이 났다. 정말 별것도 아닌 사소한 일이다. 아니 일도 아니다. 설랑은 눈을 질끈 감았다. 도대체 이게 무슨 짓이야? 누가 이따위 반응을 허락한 거지?

직원들과의 모임에서 끝 쪽에 앉아 있는 다니엘을 보고 기분이 좋았다. 점퍼나 남방 차림만 보다 말끔하게 갖춰 입은 것을 보니 성숙해 보이고 훨씬 더 차분해 보였다. 일어나 인사를 할 때 제 성격만큼이나 부드러운 목소리에 흐뭇했다. 그런데 저 만큼 흐뭇한 사람이 또 있었다. 총무부의 채경미 씨. 다니엘의 맞은편에 앉아 있던 채경미 씨가 인사말을 하는 그를 쳐다보는 눈빛이 얼마나 따뜻한지 멀리 앉아 있는 저에게까지 다 보여 버렸다.

성숙치 않은 감정이 확 밀려들었다. 왜 이런 거 말이다. 비싼 값을 치르고 산 옷이나 핸드백을 들고 거리에 나섰는데 똑같은 것을 발견했을 때 더러운 기분. 사람을 두고는 한번도 그런 감정을 느끼지 못했는데, 이건 다니엘을 돈을 주고 샀기 때문이다.

"내가 샀어. 머리부터 발끝까지. 당연해."

설랑은 자신의 묘한 감정을 그렇게 정당화시키고 서류를 펼쳤다. 대나무 찜기를 교환하려고 견적서들을 받았다. 찜기를 만든 대나무의 생산지와 가격을 꼼꼼히 따지며 한 장씩 견적서를 넘겼다. 숫자를 본 순간 설랑의 머릿속에서 다니엘은 조금 옆으로 밀려났다.

입이 쩍 벌어졌다. 중국인들은 네발 달린 것 중에 책상만 빼고 다 먹는다는 말은 들었지만 이렇게 재료가 많을 줄이야. 차곡차곡 쌓인 마른 재료뿐만 아니라 주방 기구들까지 창고를 빡빡하게 채우고 있었다.

"이거 다 외우시려면 고생 좀 하실 거예요."

"그렇겠네요. 네발 달린 것 중에 책상만 빼고 다 먹는다더니…. 휴우…."

다니엘이 고개를 설레설레 흔들자 경미가 설명을 보탰다.

"네발 달린 것은 책걸상만 빼고, 두 발 달린 것은 사람만 빼고, 하늘을 날아다니는 것은 비행기만 빼고 다 먹는데요."

"아…."

이번에는 고개를 끄덕거려 알겠다는 표현을 했다. 경미는 친절하게 재료를 하나씩 가르쳐 주었다.

"이건 말린 해삼이에요. 이건 양장피구요. 아참, 모든 재료는 중국어로 다시 익혀야 해요."

"중국어요?"

"여기 셰프 분들, 요리사 분들이요. 중국 분들이 계셔서 재고 보러 오시면 원어로 물어보실 때가 많아요. 조금 있다 사무실 가서 제가 뽑아 드릴게요."

중국어란 말에 다니엘은 고생 좀 하겠다는 말이 더욱 실감이 났다.

"여기 통조림들 있죠?"

"예."

"밑에 제조 년 월일 보시고 기간이 짧은 것은 앞으로 빼시고 새로 들어온 것은 뒤로요. 소스도 마찬가지구요."

"잠깐만요. 좀 적구요."

수첩과 펜을 꺼낸 다니엘은 집중을 해 경미가 불러 주는 재료들의 이름을 적고 눈도장을 찍었다.

"와우. 정말 예쁘지 않니?"

"좋다."

지효가 고른 시계는 제 성격처럼 상당히 화려한 디자인이다. 샤넬 특유의 로고가 새겨진 판에 다이아가 두 줄로 겹쳐 둘러져 있다.

"나 이거 할래."

"그래. 이것만 살 거야?"

"응. 오늘은 출혈이 크니까 그만 살래. 여기 계산 좀 해 주세요."

 명품관 직원에게 골드카드를 건네고 영수증을 기다리며 손목에 채워진 새 시계를 들어보며 설랑에게 물었다.

 "네 정부한테는 선물 안 해? 딱지도 뗐는데 기념품으로 뭐 좀 사 주지?"

 "아직…. 사 주고 싶은 마음 없어."

 "왜 사주고 싶다며? 그런 정부를 원한다고 했으면서."

 "소리 좀 죽여. 정부 있다고 광고하고 싶어?"

 "아차차. 미안."

 어깨를 으쓱해 보이고 난 지효는 직원이 내민 영수증에 사인을 하고 화사하게 웃었다.

 "고마워요."

 "감사합니다. 고객님 좋은 하루 되십시오."

 매장 밖까지 나와 허리를 굽히는 직원들의 배웅을 받으며 이번엔 설랑의 옷을 사기 위해 매장 순례를 했다. 매장 안은 벌써 한여름이다. 밤에는 아직 긴 팔이 고맙게 느껴지는 기온인데 하늘하늘한 시폰 원피스에 마린룩이 걸려 있다.

 "여기 괜찮은데?"

 마네킹에 걸린 투피스가 설랑의 눈길을 끌었다. 안으로 들어서자마자 그 투피스를 찍어 사이즈를 부탁했다. 옷을 갈아입기 위해 탈의실로 들어가는데 지효가 안으로 쏙 따라 들어왔다.

"남들이 보면 레즈비언 커플인 줄 알겠다."

"사무실에서도 해?"

"안 했어. 왜 이렇게 관심이 많아? 아니 관심만 많아 너는. 물어보지 말고 네가 직접 해 봐. 사무실 빌려 줘?"

입었던 옷을 벗고 검정 바탕에 흰 도트 무늬가 들어간 슬리브리스 원피스를 걸치자 부드러운 실크의 감촉이 맨 살갗을 애무하듯 타고내렸다.

"넌 좋겠다. 총각 정부가 그리 흔하니? 걔 친구는 없데? 내가 산다고 한번 알아보라고 해."

"총각이 뭐가 대단해? 여자처럼 흔적이 나는 것도 아닌데. 거짓말하면 알게 뭐야?"

"그럼 넌 왜 샀어? 조각처럼 생긴 것도 아니고 스타일도 그저 그런데 넌 샀잖아. 총각이라 더 구미가 당긴 거 아냐?"

지효 말이 아주 틀린 것은 아니다. 세원과 파혼 후 어쩌면 무의식적으로 너무 능수능란한 그와는 다른 풋풋한 남자를 원했는지 모른다. 다니엘과 첫 키스를 했던 날도 순결한 눈밭에 발자국을 찍는 희열을 느꼈으니까.

"틀린 말은 아니고 아마 다니엘 친구 중에 총각은 많을 거야."

"정말?"

"신학생들이잖아. 얼 빠이 우.(바보.)"

"맞다! 나도 천사 하나 살래. 그러니까 네 정부를 만나게 해 달라니까?"

앞섶에 하얀색 프릴장식이 된 칠 부 소매 재킷을 걸치고 밖으로 나온 설랑은 거울에 제 모습을 비추며 지효의 청을 거절했다.

"안 돼. 다니엘은 낯을 많이 가려."

"죽마고우보다 사내가 더 좋단 말이야?"

"그런 거 아냐. 이걸로 할게요."

핸드백을 뒤져 카드를 건네고 설랑은 지효와 눈을 마주쳤다.

"노파심에 말하는데 다니엘보고 정부니 뭐니 이런 소리하지 마. 특히 화흥 안에서는 절대 금지야."

"그게 무슨 소리야?"

"가게에서 일하게 했어. 창고지기."

"오호 일자리까지? 그러니까 때와 장소를 안 가리고 먹어치우겠다?"

"어머니 집에 계시지?"

마구 상상력을 발휘하는 지효를 막는 방법은 딱 하나. 왕 여사를 들먹거리는 것. 사치가 심한 지효는 왕 여사에게 몇 번의 경고를 받았다. 그도 그런 것이 옷과 신발, 백이 영화배우보다 더 많다. 약발은 바로 효과를 보였다.

"엄마한테는 이거 이미테이션이라고 해줘. 응?"

"입 조심하겠다고 다짐해 주면."

설랑의 요구에 지효는 손바닥을 펴고 맹세까지 했다.

"물론이야. 다른 사람 있을 때는 절대 아는 체 하지 않을게.

됐지?"

 긴장을 해선지 하루하루가 쏜살같이 지나갔다. 반나절은 창고에서 재료들과 인사를 나누는 것으로 보냈고 나머지는 사무실에서 재료들의 이름을 외우는 것으로 보냈다. 총지배인은 식당을 둘러보느라 대부분의 시간을 본관에서 보냈고 사무실은 늘 경미와 다니엘뿐이었다. 경미는 다니엘과 동갑으로 전문대를 졸업하고 입사한지 2년째라고 했다. 두 사람은 자연스럽게 말을 트고 친구가 되었다.
 "사장님하고 원래 아는 사이야?"
 "조금."
 "어떻게?"
 "그냥… 소개로 알게 됐어. 마침 사람을 구한다고 하셔서 써달라고 졸랐지."
 한번 시작한 거짓말은 또 다른 거짓말을 만들었다. 진실을 말하면 듣는 사람의 표정이 어떻게 변할까? 사실은 말이야 나는 사장님의 정부야. 이러면 뜨악한 표정을 감추느라 바쁠 것이다. 아직 그런 시선을 이겨낼 자신이 없는 다니엘은 말을 빙 둘러서 했다. 대리 운전을 할 때 그녀의 호출로 만났으니 그것도 일종의 소개는 소개라고 자신을 이해시켰다.
 시계가 8시를 가리키자 경미는 퇴근 준비를 시작했다.
 "퇴근하자."

"총지배인님 아직 안 가셨는데 우리 먼저 가?"

"우린 먼저 가도 돼. 지배인님이야 지금 저녁 시간이라 한창 바쁠 때지만 우리는 일 다 했잖아."

"그렇구나."

가방을 메고 사무실 밖을 나온 경미는 열쇠로 문을 잠갔다.

"지하철 타?"

"응. 아참 그러고 보니까 나 사장님께 인사도 못 드렸다. 며칠 됐는데 인사 드려야 할 것 같아."

그래야 할 것 같다. 그녀와 계약한 기간은 11개월이다. 횟수로 계약한 것이 아니니까 그 일을 하지 않더라고 하루에 한번은 인사를 하고 얼굴을 보는 것이 이치에 맞는 것 같다.

"그래? 그럼 내일 봐."

"잘 가. 지하철 타니?"

"응."

"계단 내려갈 때 조심해. 여자들은 힐 때문에 불안해 보여."

다니엘은 누구에게나 다정하다. 경미가 여자여서가 아니라 직장 동료고 여자들이 힐을 신고 계단을 성급하게 내려가는 것을 볼 때마다 생각했던 것이라 말한 것뿐이다. 그러나 받아들이는 사람들은 그 작은 다정함에 감동을 받는다.

"야 너 매너 굿이다. 간다."

경미는 작게 손을 흔들어 보였고 다니엘도 손을 들어 답례를 했다. 경미가 종종걸음으로 출입문을 향해 가는 것을 보고 난 다니엘은 사장실이 있는 본관으로 올라갔다.

왕 여사에게 가서 부탁한 세원의 일에 대한 정보를 받아 왔다. 그는 자금에 목말라 했고 왕 여사를 통해 어음을 막을 자금을 융통해 줬다. 아직도 분양률은 저조했고 처가에서 급하게 마련해 준 22억을 다 처박고도 헐떡거리고 있다.

너무 쉽게 게임이 끝날 것 같아 뭔가 딱 맞는 폭탄이 없을까 생각하다 무심코 내려다본 모퉁이 쪽 유리를 통해 아침나절의 그 총무부 여직원과 뭔가를 이야기하고 있는 다니엘을 발견했다. 심각하게 무슨 말을 하는 다니엘에게 여직원이 환하게 웃었고 유치하게 둘이 서로 손을 흔들기도 했다. 아침 조회에서 느꼈던 불쾌감이 다시 밀고 올라왔.

주의를 줘야겠어. 다른 여자에게도 보여주는 헤픈 웃음이라면 탐탁지 않다고. 그런 싸구려 웃음을 짓는 걸 보고 즐기려고 상당한 액수를 지불한 것이 아니라는 것을 일깨워 줘야 해. 그럴 리는 없겠지만 거절하면 벌을 주겠어.

통유리 앞에서 물러난 설랑이 다니엘이 퇴근하기 전에 불러 그 문제를 짚고 넘어가기 위해 수화기를 막 집었는데 문을 두드리는 소리가 났다. 설랑은 통화를 잠시 미루고 문을 두드리는 소리에 답했다.

"들어와요."

설랑의 대답에 다니엘이 조금 어색하게 문을 열고 들어와 안으로 들어서지 않고 문 앞에 서서 인사를 건넸다.

"저 지금 퇴근합니다. 말씀드리고 가야 할 것 같아서 들렀습니다."

'말투가 왜 저래? 합니다? 습니다? 공과 사를 구분하겠다는 건가? 그걸 누가 허락했는데? 거절할 수 있는 것도 명령을 내리는 것도 구분 따위를 하는 것도 온전히 내 주권이야.'

생각을 하느라 대답이 없는 설랑에게 머쓱해진 다니엘은 꾸벅 고개를 숙였다.

"안녕히 계십시오."

"다니엘."

"예?"

"문 닫고 들어 와."

감정이라고는 하나도 섞이지 않는 맹물 같은 말투로 다니엘에게 들어올 것을 지시한 설랑이 자리에서 일어났다. 공과 사를 구분하겠다고 한 설랑의 약속을 철썩같이 믿은 다니엘은 설마 하는 의심도 없이 문을 닫고 다가서자 설랑은 단 한마디 말도 없이 그의 손을 잡아 사무실 한쪽으로 이끌었다.

"어…."

다니엘이 그녀에게 잡혀 끌려간 곳은 옷을 갈아입기 위해 놓아 둔 가리개의 뒤쪽이었다. 말이 가리개지 매화와 바위가 수놓아진 하얀 비단 부분으로 두 사람의 실루엣이 고스란히 드러났다. 벽 쪽으로 다니엘을 밀어붙인 설랑이 그의 잘못에 대해 지적을 시작했다. 또렷하게 뜬 눈에서 묘한 광채가 번득였다.

"너는 반성을 좀 해야 해."

"무슨 말씀이세요? 흥분하신 것 같은데… 일단 좀 앉아서…."

진심으로 그녀를 걱정하는 다니엘의 말에 설랑은 잔인한 말로 보답을 했다.

"너는 내 정부야. 나한테 보여 주는 웃음을 아무에게나 헤프게 흘리는 것은 용납할 수가 없어. 공유 따위를 하려고 돈을 주고 산 게 아니란 말이지."

설랑이 내뱉는 단어 하나 하나는 다니엘의 가슴에 못이 되어 박혔다. 정부, 헤프게, 돈을 주고 산 게 아니야…. 지렁이도 밟으면 꿈틀한다고 했다. 다니엘이 온화한 성품이고 돈에 팔린 신세이긴 하지만 사내다. 자꾸 가슴을 후벼 파는 설랑의 말에 반발심이 일어났다.

"웃는 것도 안 된다고는 계약서 조항에 없는 것 같습니다만."

예상치 못한 다니엘의 반격에 설랑은 더 화가 치밀었다. 마음속으로 숫자를 세며 화를 재빨리 가라앉혔다. 큰 소리를 내면 제 감정을 제어하지 못해 상대방에게 틈을 보일 수가 있다. 그것을 방지하려 숨을 크게 한번 들이마시고 한쪽 입 꼬리를 한껏 올려 조소를 지어 보였다.

"그래서? 조항에 없으니까 어떻게 하겠다고? 계약을 파기

할 건가?"

"이건 명백한 계약 위반이고 횡포입니다. 이렇게 나오신다면 파기할 수도 있겠죠."

너무나 당당하게 나오는 다니엘에게 놀란 설랑은 그와의 관계를 퇴보시킬 말을 쏟아 붓고 말았다.

"내가 가만있을 거라고 생각하는 건 아니겠지? 너한테 들인 돈은 어차피 회수 불가능일 것이고 한다고 해도 쥐꼬리만큼이겠지. 그럼 내가 뭘 해야 하나?"

잠시 뜸을 들인 그녀가 생긋 웃었다.

"계약서를 학교로 보내 줄까? 원본으로다가. 어때?"

다니엘은 침을 꿀꺽 삼켰다. 학교로 돌아가 다시 사제의 길을 걷는 것은 이미 포기한 일이다. 아직 자퇴서를 내지 않은 이유는 일반 대학과는 달리 자퇴서만으로는 그 의사를 받아들이지 않는 학교의 특수성 때문이다. 그래서 계약기간이 끝나고 난 후에 충분한 근신 기간을 가진 다음에 자퇴를 할 계획이었다.

'어제 보았던 자상하고 다정한 그녀는 역시 신기루였어. 메두사 보다 더 잔인하고 세상에서 제일 더러운 탕녀일 뿐이야.'

감정이 상할 대로 상한 다니엘은 얼굴이 서서히 굳어져 갔다.

"좋으실 대로. 말씀 끝나셨으면 가 봐도 되겠습니까?"

협박이 먹히질 않자 설랑은 육탄 공세로 나갔다. 손으로 다니엘의 머리를 움켜잡고 한껏 입을 벌려 바로 깊숙이 들어갔다. 애송이 녀석이 얼마나 자신의 몸에 정신을 못차리는지 잘 알고 있다. 칼자루를 잡은 쪽은 나라고. 알아?

"읍!"

놀라 그녀를 받아들이고 말았지만 다니엘은 힘껏 설랑을 밀어냈다. 어깨가 들썩거리며 다니엘에게서 밀려나 버린 설랑은 치욕감에 몸을 떨었다. 감히 나를 밀어내?

"공과 사는 구분하신다고 약속하신 것을 잊으셨습니까?"

"아니. 정확하게 기억하고 있어. 지금은 근무시간이 아니야. 넌 퇴근했고 내 정부로서 일을 할 시간이지. 안 그래?"

"하지만 이곳은 사무실이고…."

"입 닥쳐!"

한 마리의 암호랑이를 보는 것 같았다. 눈에 푸른 불을 담고 소리를 치는 설랑의 엄청난 기는 다니엘을 눌러 버렸다. 그녀는 그의 양복 상의를 거칠게 밀어내며 이를 악다물고 으르렁거렸다. 벽에 딱 붙은 다니엘의 옷을 벗기지 못한 설랑은 이번에는 제 목표가 있는 그의 허리띠 버클을 풀었다. 설랑이 하려는 짓을 깨달은 다니엘이 그녀의 뜨거운 손목을 붙잡았다.

"정신 차려요… 제발… 여기서는 안 돼요!"

"입 닥치라고 했어! 넌 분명히 내가 원할 때면 언제든지 어디서든지 요구를 받아들이겠다고 계약서에 서닝했어. 횡포라고? 고소해. 억울하면 고소해. 판결날 때까지는 네 몸은 내 것이니까 그동안 즐길 거야."

악에 받친 설랑은 세상에 없는 비열한 말을 지껄이며 허리띠를 풀어내고 다니엘의 바지를 벗겼다. 팬티를 끄집어 내리고 원하던 것을 찾아내 감싸쥐고 압박을 주었다.

따뜻한 손이 자신의 부끄러운 곳을 쥐었다 놓았다 하는 굴욕적인 행위에는 수치심 이외의 다른 감정은 들지 않아야 정상이다. 그런데 예민한 귓불을 잡아 늘이며 빨아들이는 그녀의 입술과 혀에 목의 핏줄이 꿈틀거리며 도드라졌다. 잔뜩 긴장한 유두를 손톱 끝으로 꼭 꼬집고 교묘하게 분신을 부풀게 하는 그녀의 현란한 손놀림은 오로지 추잡한 육체의 기쁨만을 허락했다.

이가 부서질 정도로 앙 다물어 신음 소리가 새어나오지 못하게 했다. 몸은 어쩔 수 없이 반응하지만 악마 같은 그녀를 의기양양하게 해줄 소리까지 내고 싶지는 않았다. 쉽지 않을 테지만 해야 한다. 손바닥에 손톱이 박히도록 꽉 주먹을 쥔 채 이 순간 만큼은 벙어리가 되기를 간절히 바랐다.

"이렇게 나오면 재미없어. 다니엘."

설랑의 잔인한 협박에 다니엘은 꾁 막힌 목을 겨우 풀고 덜덜 떨리는 음성으로 겨우 미약한 저항의 의지를 나타냈다.

"나한테… 이래라… 저래라… 하지 말아요. 얼른… 끝내기나…."

"거짓말을 하는 것은 죄라고 네 하느님이 가르쳐 주시지 않았니? 저도 즐기는 주제에. 흥! 넌 벌 받을 거야. 그렇지 다니엘?"

다니엘의 영혼을 짓이기는 것에 희열이라도 느끼는 듯 그녀는 그가 감당하기에는 너무나 가혹한 말만을 골라했다. 설랑이 잔인하게 후벼 판 것은 분명 다니엘의 가슴이었다. 그런데 그녀의 가슴에도 똑같은 상처가 나고 있었다. 설랑은 고개를 저으며 그 상처를 부인했다.

그냥 고분고분 말이나 잘 들으면 이런 짓 하지 않잖아. 네 탓이야. 왜 나를 화나게 하니? 생각 따위는 필요치 않아. 난 내 것을 즐길 거야.

가리개의 흰 비단은 스크린 같았다. 두 사람의 모습을 받아내 실루엣으로 보여주던 가리개에서 설랑의 머리가 아래로 사라졌다. 그리고 잠시 후 벽으로 붙은 다니엘의 실루엣이 휘어졌고 흐느끼는 듯한 그의 애원이 숨찬 소리와 함께 천장으로 올라갔다. 그나마 얼마가지 못해 다니엘의 실루엣도 사라졌다.

月亮代表我的心
달빛이 내 마음을 대신하죠

 폭력이라는 것이 흉기나 둔기 따위로만 이루어지는 게 아니라는 것을 알았다. 설탕처럼 달콤한 숨결, 보드랍고 탱탱한 입술을 겹치고 온 숨을 다 빨아들이는 강압적인 키스, 우악스럽게 쥐었다가 눈물을 흘리게 할 만큼 위로하는 손가락과 손바닥에 그의 굳은 저항의 의지는 봄볕에 녹아내리는 눈처럼 스르르 사라져 버렸다. 밀어냈어야 하는 달뜬 몸을 안아 버렸고 허리를 휘감아 오는 힘 있고 탄력 있는 다리가 주는 조임에 부르르 떨며 파정을 맞았을 때 눈과 귀에서 현란하게 터지던 불꽃들은 그가 그 폭력에 얼마나 약하고 비열한지 다시 한 번 일깨워 주었다.

 떠오른 생각은 자책감을 가져왔고 다니엘은 질펀하고 낯 뜨거웠던 정사의 흔적이 묻어 버린 속옷을 벗었다. 살갗을 데일 만큼 뜨거운 물을 세수 대야에 한 가득 받아 몸이 아플 정도로 괴롭히는 자괴감과 후회를 담은 속옷을 처박았다. 그리고 티슈로 대충 마무리를 한 깨끗하지 못한 몸을 살갗이 데일 정도의 뜨거운 물로 씻어 내렸다.

뜨거운 물 때문에 수증기로 꽉 들어찬 작은 욕실에서 해진 자신에게 갑옷을 두르듯 트레이닝복을 꼼꼼하게 입고 밖으로 나와 뜨거운 샤워로 마른 목을 축이려 냉장고 문을 열고 손을 뻗던 다니엘의 얼굴이 찌푸려졌다. 물통은 텅 비어 있고 신 김치 조각 하나 없는 빈곤한 냉장고 속이 어째 설랑 앞에 섰을 때 초라하다 못해 비참해지는 저를 닮은 것 같았다. 그는 냉장고를 부셔 버리기라도 할 듯 쾅 소리가 나게 문짝을 닫고 싱크대로 가서 수돗물을 한 컵 가득 받아 마셨다. 한 방울도 남기지 않고 다 마셨지만 미지근한 수돗물은 갈증을 달래는 것에는 별 도움을 주지 못했다.

다니엘은 여전히 뜨거운 기가 남아있는 가슴을 달래지 못한 채 방으로 들어가 첫 출근이라 설렌 탓에 치우지 못하고 나간 방을 정리했다. 짝이 맞지 않아 던져두었던 양말의 짝을 찾아 서랍에 넣고 아침 기도할 때 펼쳐 놓은 성서를 닫아 기도상 위에 놓던 다니엘의 손가락이 파르르 떨렸다. 동으로 만든 십자가상 앞에 놓인 손이 너무나 추악하게 느껴져 얼른 등 뒤로 숨기고 눈을 감았다.

사제의 길을 포기하긴 했지만 아직 그분께 허락을 구하지도, 받지도 못했다. 그런 상태에서 가족을 위해 어쩔 수 없다는 면죄부를 줘가며 여전히 간음과 매춘을 하고 있는 자신의 죄가 너무나 무서웠다.

성호를 긋지도 못하고 돌아선 다니엘은 두려운 마음에 한숨을 크게 내쉬고 옷을 걸기 위해 방을 가로질렀다. 입고 나갔던 옷을 옷걸이에 걸던 다니엘은 소스 자국이 난 감색 바지를 발견했다. 셜랑의 점심 초대를 받았던 날 입었던 옷이다. 속옷을 빨 때 같이 빨아야겠다는 생각에 소지품이 들어있으면 빼내려고 주머니로 손을 집어넣자 뭔가 잡혔다. 손을 빼내 펼치자 손바닥에 놓여 있는 것은 가운데 부분이 푹 꺼진 과자였다. 그날 혼자 점심을 먹게 한 것이 미안했던지 뛰다시피 쫓아 나온 그녀가 손에 쥐어 줬던 것이다.

"행운을 가져다줄 거예요."

분명 그렇게 말했었다. 행운을 가져다준다며 옅은 미소를 짓던 그녀는 이슬에 곱게 얼굴을 씻고 나온 아침 해 같았다. 그 여운이 가시기도 전에 얼굴을 바꾸고 잔인한 말과 웃음소리를 내는 도저히 감을 잡을 수 없는 여자…. 다니엘은 그녀를 대신하고 있는 과자를 내려다보며 서운하고 아린 마음으로 물었다. 아까 그 일이 당신이 말한 행운인가요?

저도 모르게 힘을 주었는지 눅눅해진 과자가 바스라졌다. 끈끈하게 달라붙은 과자부스러기를 털어 휴지통에 대고 손을 편 다니엘의 손바닥에 도르르 말린 종이가 있었다. 다니엘은 종이를 펴고 띄엄띄엄 내용을 읽어나갔다.

"구름을 헤치고 달이 나오니 천지가 훤하다?"

제발 그랬으면 좋겠다. 엄마의 병으로 드리워진 구름은 비켜났으니 남은 구름은 한 점. 그녀가 부디 정신을 차리고 과한 요구를 하지 않기를 바라긴 하지만 그건 불가능할 것 같다. 그래서 차라리 마음가짐을 새로 했다. 계약기간이 끝날 때까지 충실히 정부로서 받은 대가만큼 봉사하기로. 다정한 말 한마디에 가슴이 따뜻해지는 그런 착각은 이제 하지 않을 것이다. 손을 털고 난 다니엘은 마저 방 정리를 해 나갔다.

그 밤, 언제 누가 올지도 모르는 사무실에서의 정사가 준 아찔함은 설랑을 자꾸 유혹했고 그녀는 다니엘에게 갈증을 느꼈다. 일주일 동안 5번의 관계가 더 있었고 횟수가 거듭 될수록 마주 대한 그의 가슴에서 나는 스산한 바람 소리가 거세졌다. 다니엘은 배려라는 것은 뺀 기계적인 행위만을 반복하다 절정의 순간이 지나면 바로 몸을 빼내고 정리를 해 준다. 닳고, 닳은 창녀에게 뒤처리를 받은 것 같은 기분에 설랑은 매우 불쾌했다. 거기다 샤워를 하고 나온 그의 몸이 열병에 걸린 것처럼 뜨거운 것도 싫다. 처녀처럼 그녀가 남긴 흔적을 지우겠다는 생각인지 살갗이 벌게질 만큼 뜨거운 물로 샤워를 하는 다니엘이 미웠다. 그의 그런 행동이 자신을 부정한 여자로 취급하고 있다는 것을 모를 만큼 바보가 아니다.

물론 그를 그렇게 만든 것은 자신의 탓이라는 것도 안다. 자신만의 것이라고 생각했던 햇살 같은 웃음을 총무부 여직원에게 보여 주는 것에 너무 화가 나서 마구 지껄인 말에 상처를 입었을 것이다.

하지만 계속 이런 식으로 나오면 곤란하다. 비교적 많은 돈을 주고 산 특별한 정부가 호스트와 다름없다는 것 말이다. 다니엘을 구슬리는 일쯤은 설랑에게 식은 죽 먹기보다 쉬운 일이다. 적당히 미안한 표정에 느릿한 말투로 사과라는 것을 하면 금방 넘어와 오늘밤에는 예전의 수줍던 그로 돌아와 줄 것이다. 마음을 굳힌 설랑은 망설이지 않고 자리에서 일어났다.

"자…."

경미는 빛깔이 고운 배추김치를 양손으로 잡고 먹기 좋게 찢었고 경쾌하게까지 느껴지는 그 소리에 다니엘의 입 안에 저절로 군침이 돌았다. 출근하자마자 주방에서 주문을 받아 총무부에 들렸더니 경미가 집에서 담근 생김치와 밥을 가져왔다고 점심때 같이 먹자고 권했다. 엄마가 편찮으신 뒤로는 김치다운 김치를 먹지 못해 말만으로도 군침이 돌아 기꺼이 응했다.

김치가 귀한 화흥에서 어쩌다 나온 김치에 감탄을 했더니 좀 가져다주겠다고 했었는데 정말 가져온 것이다.

식긴 했지만 윤기가 자르르 흐르는 밥을 듬뿍 떠서 경미가 찢어 놓은 김치를 돌돌 말아 입 안 가득 떠 넣었다. 씹을 때마다 상큼하고 얼얼한 맛이 배어나며 사각거리는 소리가 났다.
"맛있다."
"맛있니? 우리 엄마가 전라도 분이시라 김치는 잘 담그시지. 많이 먹어."
"응. 너도 그만 찢고 먹어."
"알았어. 우리 엄마가 김치 담그기 귀찮다고 많이 퍼내면 등짝을 패시거든? 그래서 조금밖에 못 덜어왔어. 냉장고에 넣어놨으니까 집에 가져가. 먹을 때마다 내 생각하면서 먹어?"
"그럴게. 이게 경미다 하면서 꼭꼭 씹어주마."
"뭐?"
경미를 몰랐다면 혹시 남자로서 저를 좋아하는 것이 아닌가 착각을 했겠지만 그녀에게는 결혼을 약속한 듬직한 남자 친구가 있다.
"엄마는 언제 퇴원하시니?"
"내일."
"잘됐다."
"응. 이제 한숨 놨어."
감칠맛 나는 김치에 연신 밥을 떠먹는 다니엘을 경미가 말렸다.
"야 조금만 먹어. 저녁에 회식 있잖아. 거하게 먹을 테니까 여유를 둬."
"회식?"

"저번에 대만 대사관 연회가 성공리에 끝났다고 사장님이 쉬는 날 회식한다고 했잖아. 그런데 사람들이 늦더라도 근무하는 날 저녁에 하고 쉬는 날 편히 쉬자고 건의해서 오늘 저녁으로 바뀌었어."

"아…. 몰랐다. 그런데 맛있는 거 사줘?"

"그럼. 우리 사장님이 얼마나 화통하신데. 회식은 늘 최고급이야. 최고급 식당에서 먹고 가라오케 하나 통째로 빌려서 원 없이 놀아."

그럴 것 같다. 그녀에게는 최고란 단어가 잘 어울린다. 나와는 정반대인 사람. 다니엘이 그녀를 생각하자마자 기다렸다는 듯 설랑이 나타났다.

"식사 중인가 보군요."

물을 마시던 다니엘은 갑작스럽게 들이닥친 설랑을 보고 놀라 입 안에 머금고 있던 물을 저절로 꿀꺽하고 삼켜 버렸다. 경미가 티슈로 손을 닦으며 자리에서 일어났다.

"예. 생김치가 있어서 조금 가져왔어요. 사장님 뭐 필요하신 것 있으세요?"

"화재보험 만기일이 얼마 남지 않았을 거예요. 이번에는 다른 곳과 계약을 하려고 하는데 약관하고 계약서 좀 찾아줄 래요?"

"예. 잠시만 기다리세요."

설랑의 부탁에 경미는 책상 뒤에 있는 캐비닛을 열고 그 안에 가지런히 꽂혀 있는 서류철 속에서 보험 서류를 찾았다.

다니엘은 밥맛이 뚝 떨어져 버렸다. 경미와 둘이서 먹을 때는 어느 왕의 만찬보다 훌륭했던 점심이 설랑이 사무실로 들어선 순간부터는 세상에서 가장 초라한 밥상으로 변해 버렸다. 지난 며칠 동안 그녀에게 정부로서 충실했고 그녀 또한 몸의 주인으로서 모든 권리를 행사했다. 최악이었다. 마음에 빗장을 깊숙이 걸어 잠근 채 오로지 동물적인 행위만을 하고 또 했다. 고백하자면 그 시간을 즐기고 있었다. 옷을 입고 그녀 앞에 섰을 때는 한없이 작아졌지만 맨 몸으로 마주칠 때는 동등해지는 기분이 든다. 그리고 자신의 격한 몸짓에 흥분하는 그녀를 보면 묘한 정복욕 같은 것을 느꼈다. 찬란하게 빛나던 다니엘의 영혼은 그렇게 점점 빛을 잃어 가고 있었다. 그는 자학이라도 하는 듯 수저에 밥을 가득 떠 경미가 찢어 놓은 김치를 손으로 집어 올려 일부러 우걱우걱 소리를 내며 씹었다.

"사장님, 여기 있습니다."

"고마워요. 식사하는데 방해해서 미안해요. 그럼."

서류를 받아 든 설랑은 다니엘에게도 친절하게 인사를 챙겼다.

"맛있게 먹어요."

다니엘은 볼 안에 가득 든 밥에 목이 막혀 대답을 하지 못했고 그녀는 그의 대답 따위는 애초부터 들을 생각이 없었는지 그대로 사무실을 나가 버렸다. 억지로 밥을 삼키자 목이 찢어질 것 같았다. 아니 심장이 찢기고 있었다.

"깐뻬이… 깐뻬이?"

익숙하지 않은 중국어 때문에 여전히 애를 먹고 있다. 스토부에 가서 받아 온 주문서에는 깐뻬이라는 말린 패주가 들어 있었는데 다니엘은 깐빠오라는 말린 전복밖에 생각이 나지 않았다. 경미에게 전화를 걸었다.

"어…. 경미야 난데 깐뻬이가 뭐지? 아 맞다. 어휴 너 아니면 정말 나 어떡하냐? 고맙다. 응? 정말? 알았어. 그때 봐."

전화를 끊고 돌아서던 다니엘 앞에 잔뜩 굳은 표정의 설랑이 서 있었다. 방금 전까지 환했던 다니엘의 얼굴에 구름이 끼었다.

"오셨습니까?"

깍듯이 고개를 숙여 인사를 하는 다니엘을 보는 설랑은 종아리가 당겨왔다. 화를 누르느라 몸에 힘을 잔뜩 준 탓에 종아리 근육이 경직된 탓이다. 아까도 한번 창고에 들렀다. 진심이 아니긴 하지만 난생 처음 그에게 사과라는 것을 해 보려고 창고를 찾았을 때 그는 그곳에 없었다. 마땅히 있을 곳에 없는 다니엘이 창고 아니면 총무부에서 대부분의 시간을 보내는 것을 알고 있어서 그쪽으로 발걸음을 돌렸다. 유리창 너머로 그가 안에 있는 지 살피던 그녀가 본 것은 총무부 여직원이 손으로 찢어 준 김치를 먹으며 환하게 웃고 있는 다니엘이었다. 더럽게 손가락으로 찢은 김치 따위를 먹으면서도 보여주는 미소를 저에게만 보여주지 않는 것에 돌아버릴 것 같았다. 거기다 분명 경고까지 했었다. 다른 어떤 여자와도 그 웃음을 공유하지 말라고! 그래도 참았다. 차갑게 변해 버린 다니엘이 저 때문에 입은 상처가 병이 되었다는 것을 알기 때문에. 대신 당장 필요하지도 않은 화재보험 서류를 핑계로 들어가 자연스럽게 화기애애한 분위기를 깨는 유치한 짓으로 벌했다.

사무실로 돌아와 일을 손에 잡아도 집중을 할 수가 없었다. 이렇게 겉돌기만 하는 관계로 굳어져 버리는 것이 마음에 들지 않아 다시 계획을 세웠다. 진심을 가장한 거짓 사과를 건네고 다니엘에게서 진심 어린 사과와 함께 예전의 그로 돌릴 방법을 찾다 보니 어릴 적 읽었던 이솝우화가 생각이 났다. 나그네를 두고 바람과 해가 내기를 했었지? 누가 먼저 나그네 옷을 벗길까 하는 이야기 말이다. 차가운 바람은 의기양양하게 자신이 이길 거라며 매서운 바람을 불어 겁을 주어 벗기려 했지만 오히려 옷 앞섶을 단단히 쥐게만 만들었고 해는 따뜻한 햇볕으로 옷을 벗게 했다는 다분히 교훈적인 이야기를 실현해 볼 생각이다.

"다니엘…."

"말씀하세요."

다니엘은 대답만 하고 설랑과 눈도 마주치지 않고 열심히 재료를 확인해 박스에 담았다. 위험하다. 뾰족뾰족하게 가시

돋친 말투가 차라리 안전하다. 저렇게 은근하고 다정하게 다소곳이 불러 놓고 뒤통수치는 것은 사절이다. 그제도, 어제도 호텔로 불러낼 때 전화 속에서 흘러나오는 그녀의 목소리는 지금처럼 나긋나긋했다. 저런 목소리로 부르는 이유는 단 하나. 욕정을 채우고 싶다는 소리다. 나는 그녀에게 남자와 여자가 오로지 감각만을 세우고 하는 혼자서는 못할 장난에 필요한 파트너일 뿐이다.

"미… 안해…."

위츠(상어지느러미)를 찾던 다니엘의 눈과 손이 멈췄다. 활로 바이올린 줄을 켤 때 손가락에 느껴지는 미세한 떨림 같은 설랑의 목소리에 단단하게 쌓아두었던 마음 한구석이 무너져 내렸다. 벌써 말이다. 제길! 이런… 저도 모르게 욕을 하고 만 다니엘은 눈을 감고 잘못을 회개했다.

"나 이런 말하는 거 익숙지 않아서 지금 굉장히 불편해. 그런데 안 하면 더 불편할 것 같아. 너한테 잘보이려고 하는 말 아니야. 나 편하자고 하는 소리니까 그냥 들어. 그날 일은 내가 잘못했어."

다니엘의 뺨이 굳어지며 부지런히 놀리던 손이 멈춘 것을 본 설랑은 사악한 미소를 감추느라 힘들었다. 너무 쉬워서 김새는데? 그러면서도 풍성하게 마스카라를 칠한 속눈썹을 내리깔고 가증스럽게 완벽한 연기를 해 나갔다.

"익숙지 않은 거 또 있어…. 나는 너처럼 착한 남자는 만나보질 못 해서 어떻게 해야 할지 모르겠어. 내 탓만은 아니야. 다른 남자는 그런 말 따위에 상처 입고 그러지 않잖아? 꼭 그렇게 아파하는 거 보여서 나까지 이렇게 아리게 만들어야겠니?"

말을 마치기도 전에 오른 쪽 눈을 타고 흘러 버린 뜨거운 흔적에 설랑은 깜짝 놀랐다. 감정을 들어내지 않고 묻는 것에만 익숙하게 훈련 받고 자란 그녀는 우는 것이 힘들다. 라스베이거스에서 교통사고로 달랑 11달러를 남기고 죽은 부모님의 장례식에서는 저를 영원히 찾아오지 못할 곳으로 가 버린 두 사람이 미워 울지 않았다. 겨우 11달러 남기고 죽은 주제에 장례 비용까지 덮어씌웠다고 고래고래 소리를 지르던 할아버지의 욕 소리가 그녀의 울음을 대신했다. 그리고 유일한 가족이며 애증의 대상이었던 할아버지가 돌아가셨을 때는 우는 법을 잊어버려 울지 못했다. 설랑의 감정이란 감정을 모두 메마르게 만든 할아버지가 보셨으면 흡족해 하셨을 일이다. 그래서 죄책감도 없었다. 그런데 다니엘에게 거짓 연기 따위를 보이는 이 장면에서 눈물이라니!

수습을 하지 못하고 있는 설랑 만큼 다니엘도 놀랐다. 얼마 되진 않지만 지금까지 봐온 그녀는 항상 당당하고 기운이 넘쳐 오만하기까지 했다. 그런데 그녀가 눈물을 흘리고 있다. 그것도 자신 때문에 속이 상해서 말이다. 여자의 눈물이라고는 엄마의 눈물밖에 보지 못했던 다니엘은 적잖이 당황했다.

"왜…그래요? 울지 마요. 다른 사람들이 보면 어쩌려고…."

"미안해… 미안해… 다니엘…."

 거짓으로 시작했던 사과는 어느새 진실이 되어가고 있었다. 미안하다고 되뇌일 때마다 뜨거웠던 속이 점점 후련해졌다. 이제 눈물은 양쪽 눈에서 폭포가 되어서 흘러내렸다. 남 앞에서 울어 본 적이 없는 설랑은 스스로에게 놀란 데다 얕잡아 보던 그에게 눈물을 보여 약점을 잡혔다는 창피함에 손으로 얼굴을 가려 버렸다. 다니엘 때문에 조그마한 구멍이 났던 가슴은 눈 깜짝할 사이에 뻥 뚫려 담보 대신 할아버지에게 맡겨진 그날부터 흘리지 못하고 모아 두었던 눈물이 줄줄 세어 나와 버렸다.

 설랑은 발로 바닥을 차고 주먹을 쥔 손을 부르르 떨며 허락도 받지 않고 튀어나온 감정을 잡지도 못하고 계속 눈물만 흘리는 자신에게 신경질을 부렸다.

"사장님….."

"네가 뭔데? 네까짓 게 뭐라고 흑…."

 감정을 도저히 수습할 수가 없는 설랑은 이 자리를 피해야 한다는 생각에 무작정 등을 돌리다 다니엘에게 팔을 잡히고 자신을 빤히 쳐다보는 그의 놀란 눈과 마주쳐야했다.

 그녀의 얼굴은 엉망진창이었다. 눈물 때문에 마스카라는 번졌고 거기다 손으로 감싼 탓에 얼굴 여기저기에 얼룩이 묻어 있었다. 난감했다. 넘어진 사람은 일으키게 손을 내밀어 줘야 하고 혼자 서지 못하는 사람은 부축해 줘야 한다고 배웠고 그렇게 했다. 우는 사람은 다독여 주고 눈물을 닦아 줬었는데 이렇게 단둘이 있을 때 그녀처럼 강한 여자가 울 때는 어떻게 해줘야 할지 정말 알 수가 없었다.

"그만 우세요…. 화장이 번져요."

"보지 마! 엉… 엉…."

빽 소리를 질렀다. 이런 모습을 들켰다는 것이 너무 화가 나는데 울음은 그치지가 않는다. 다섯 살배기 여자 애 마냥 엉엉 소리를 내며 우는 입을 때려주고 싶다. 거짓으로 사과해 수줍은 그를 되찾으려고 시작한 일이었는데 우습지도 않게 엉엉 우는 꼴이나 보여주다니!

고개를 숙이고 어깨를 들썩이는 그녀에게 깨끗한 비누 냄새가 훅 풍겼다. 그리고 따뜻한 손가락이 예민한 눈 밑을 어루만졌다. 설랑이 초등학교 2학년 이후로 가져 본 적이 없는 맑은 눈을 한 다니엘은 꼼꼼하게 그녀의 눈물을 손가락으로 닦아냈다.

모든 사람에게 있는 엄지손가락일 뿐인데 그녀에게는 진정제가 되어 격해진 감정으로 요동을 치던 가슴이 내려앉았고 멈추라고 명령을 해도 듣지 않고 흘러내리던 눈물이 멈췄다. 설랑의 눈물이 다니엘에게 옮겨갔는지 촉촉해진 그의 목소리가 그녀의 귀로 스며들어 왔다.

"미안한 마음 받았으니까 울지 마세요."

"내가 나쁜 거 아니야. 네가 나쁜 거야."

설랑은 너무나 친근한 느낌이 두려워 매몰차게 그의 손가락을 쳐냈다. 그러다가 다리에 힘이 풀린 바람에 휘청거리다 다니엘에게 다시 팔을 잡혔다.

"이리 좀 앉으세요."

"놔."

"쓰러질 것 같아요."

다니엘은 입으로는 놓으라고 하면서도 잡힌 팔을 빼내지 않는 설랑을 끌고 안쪽으로 들어갔다. 끼고 있던 장갑을 벗어 주방으로 가져가려고 빼 놓은 식용유 통을 깨끗하게 닦고 설랑을 앉힌 다음 주머니를 뒤져 손수건을 꺼내 마스카라의 얼룩을 조심스럽게 닦았다.

"저도 잘못 했어요. 알아요. 요사이에 제가 심했어요."

다니엘은 상처 입은 자신에게 조그만 배려도 하지 않고 하루가 멀다 하고 불러내 이야기 한마디 나누지 않고 정부로서 일을 시작하라는 듯 유혹하는 그녀에게 질렸었다. 그날 이후 두 번째 만났을 때 다니엘은 봄바람처럼 친절하고 화사하게 웃던 그녀의 미소를 지워버렸다. 그녀가 원하는 대로 몸을 겹치고 만지고 격한 숨소리를 내주고 자신만 절정에 오르고 나면 몸을 빼냈다. 성격대로 대범하고 화끈한 몸짓을 한 탓에 기운을 소실하고 꼼짝도 하지 못하고 누워 가쁜 숨을 몰아쉬는 설랑의 뒤처리를 해 주고 사막의 열기보다 더 뜨거운 물로 숨이 막힐 때까지 샤워를 하고 나와 '갈게요' 한마디를 남기고 호텔 방을 먼저 나와 버렸다. 그렇게 그녀에게 모욕을 주는 것으로 상처 입은 자존심을 달랜 것이다.

"너 얼마나 못된 녀석인 줄 알아? 네가 말을 안 들으니까 골이 나서 좀 그런 건데 그거에 꽁해 가지고 나한테 못되게 굴었어. 손님 받는 호스트처럼 제 할 일만 하고 싸늘해져 버리는 너 때문에 내가 얼마나 신경 쓰였는지 아냐고!"

"자매님은 그냥 한 소리지만 저한테는 사실이니까 화나요. 정부 주제에 화내면 안 되는 건 아는데 아직 수련이 덜 됐나 봐요."

설랑은 제 입으로 담담하게 정부라 말하며 빠져 나온 속눈썹을 떼 주는 다니엘에게 자신이 준 상처가 얼마나 큰 것이었는지 깨달았다. 다니엘은 꼼꼼하게 얼룩을 닦아 내며 평소에 가지고 있던 생각 한조각을 보여주었다.

"좋은 분이세요. 제가 아직 정부라는 개념이 익숙하지 못해서 그래요. 자매님 같은 분 없어요. 미안하다는 말 쉬운 거 아니잖아요. 친한 사람에게도 미안하다는 말 어려운데 저 같은 사람에게 과해요."

"다니엘…."

매서운 바람보다 따뜻한 햇볕에게 옷을 벗어주었던 이솝우화 속의 나그네는 다니엘이 아니라 설랑이었나. 햇볕이 되기로 했던 것을 잊어버리고 삭풍이 되어 몰아쳤을 때 눈물을 닦아주고 손을 잡아 준 다니엘은 따스함으로 굳게 닫아 걸었던 그녀의 마음의 빗장을 풀었다.

생경한데 또 아주 낯설지도 않는다. 추운 겨울에 꽁꽁 얼었던 몸이 따뜻한 방 안에 들어서서 포근한 이불을 뒤집어쓰고 있으면 어깨부터 차가운 것이 사르르 녹아내리는 그런 느낌에 콧잔등이 얼얼하고 코끝은 맵다. 매운 것을 먹고 화끈거리는 것과는 다른 느낌의 정체를 알 수 없다. 또 눈물이 차올랐다.

"나 어디가 많이 안 좋은 가봐…. 바보처럼 울고. 한 번도 이런 적 없었어."

"아파요?"

안 좋다는 말을 아프다는 말로 알아들은 다니엘이 설랑의 이마에 손바닥을 가져다 댔다가 자신의 이마를 만져보고 다시 그녀의 이마에 대었다.

"열은 없는 것 같은데…. 아 조금 있는 것 같아요. 일어나세요. 제가 모셔다 드릴게요."

"이렇게 어떻게 나가… 흑… 안 멈추잖아…."

눈물이 멈추지 않은 것이 마치 그의 책임인 양 짜증을 내는 설랑을 감당하지 못하고 어정쩡하게 서 있던 다니엘은 식용유통을 하나 끌어다가 그녀의 옆에 앉았다. 드라마나 영화에서 보면 여자들이 울 때 남자가 어깨를 빌려주곤 한다. 그 사람들이야 사랑하는 사이라 안아주며 어깨를 빌려주지만 그런 사이가 아니니 이 정도가 적당할 것 같아 나란히 앉아있기만 하려고 했는데 고개를 숙인 채 손수건을 대고 어깨를 들썩거리는 설랑을 그냥 둘 수가 없었다.

"이리… 기대 봐요."

자신이 들어도 너무 어색한 목소리였다.

"됐어. 나는 그런 짓 안 해. 훌쩍."

어디서 그런 용기가 났는지 모를 일이다. 울면서도 단호하게 거절하는 설랑의 머리를 슬쩍 당겨 제 어깨에 기대게 했다. 얇은 셔츠 위로 촉촉한 그녀의 왼쪽 뺨이 닿고 매끄러운 머리카락이 손바닥을 간질였다. 36.5도 아니 열이 좀 있는 것도 같으니까 37도 쯤 될까? 그런데 그 온도치고는 어깨에 닿은 설랑의 뺨이 너무 뜨겁게 느껴졌다. 100도는 될 것 같아.

"좀 더 울어요. 눈물도 참으면 체한데요…."

높이 뚫린 뿌옇게 먼지가 낀 창문으로 들어온 햇살이 마주 기댄 두 사람의 등에 하나 가득 햇살을 퍼부었다.

30분쯤 다니엘의 어깨에 기대고 있던 설랑이 사무실로 돌아왔을 때 기다리고 있던 사람이 있었다. 문을 열고 들어선 설랑을 본 세원이 일어섰다. 가는 줄무늬가 들어간 셔츠에 작은 도트무늬가 들어간 와인색 타이를 하고 검은색 슈트로 몸을 감싼 완벽한 차림이었다.

"무슨 일 있나?"

배신자의 말투치고는 상당히 거슬리는 말투다. 그를 사랑한다고 믿었을 때라면 상냥하다는 느낌을 받았겠지만 추악한 뒷면을 봐 버린 설랑에게 걱정하는 듯한 세원의 말투는 역겹기 짝이 없었다. 그가 여기까지 자신을 찾아온 이유가 빤히 내다보였다. 자금이 꽉 막혔으니 나를 어떻게든 구워삶아서 돈을 좀 긁어내려는 거겠지. 적어도 사람이라면 딴 여자와 결혼하느라 버린 전 약혼녀에게 불온한 목적을 달성하기 위해 다가서지는 않을 것이다. 겨우 저 따위의 남자에게 정신을 잃고 매달렸던 저의 어리석은 옛 모습에 치가 떨렸다.

"울었나?"

"아…. 주방에 다녀와서 그래. 교자 속을 만드느라 양파랑 파를 다져서 맵더라고. 그런데 웬 일이야?"

아직 크로스 타임이 끝나지 않아 한가한 화홍의 본관 앞 돌다리를 설랑과 세원이 함께 걸었다. 오늘은 탐색전인지 자금에 관한 말은 꺼내지 않고 일상적인 대화 속에 미안하다는 말을 여러 번 반복했다. 지워진 화장을 다시 하는 것을 보며 은근한 눈빛을 보내는 그를 거울로 보면서 설랑은 속으로 코웃음을 쳤다.

'천박해. 그러니까 지금 네가 그 잘난 낯짝과 매끈한 몸으로 예전처럼 유혹해서 임신 중인 제 마누라가 못 해 주는 재미도 보고 돈도 챙기겠다? 흥. 너 따위는 이제 내 관심의 대상이 아니야. 네가 나를 즐겁게 해 줄 수 있는 단 한 가지는 처절한 파멸뿐이야.'

그런 속마음은 감쪽같이 감추고 머뭇거리는 듯하다가 조그만 목소리로 점심을 권했다.

"점심이라도 들고 가지 그래."

"20분 후에 미팅이 있어서 오늘은 안 되고 다음에 하지."

'다음? 너한테 다음이 있어? 진짜 코미디군.'

"예고 없이 찾아와서 미안해. 사실은….".

비웃음을 가슴속에 갈무리하고 세월의 흔적이 차곡차곡 쌓인 돌다리의 둥근 난간을 손가락으로 문지르면서 거울을 보며 수없이 연습을 했을 대사를 읊는 세원을 주시했다.

"오늘 아침에 집을 나서는데 현관 앞에 콘솔을 보다가 당신 생각이 났어….".

설랑이 준비했던 신혼살림 대부분이 그의 집에 고스란히 남아 있다. 그에게 미련이 남아서 살림을 가져오지 않은 것이 아니다. 그에게 주느니 몽땅 쓰레기장으로 보내버리는 것을 택해야 설랑답다. 그러나 그렇게 하지 않았다. 그의 파멸을 더 극적으로 만들어 줄 소도구로 어울릴 것 같아서 그냥 둔 것뿐이다.

'내 머릿속에 어떤 계획이 짜여 있는지 안다면 내 앞에서 지금처럼 깝죽거리지 못할 거야. 풋!'

"나를 용서하지 마."

"불편하게 그러지 마. 난 다 잊었어. 남보다 더 좋았던 사이야. 이렇게 오며 가며 얼굴 보면서 지내. 친구처럼….".

누가 보면 정말 아름다운 멜로드라마 한편이다. 자신이 버렸던 여자를 다시 찾아와 용서를 구하는 남자와 모든 것을 용서한다는 듯 남자를 지긋이 바라다보며 묘한 뉘앙스를 남기는 여자. 완벽하다!

설랑을 막 돌려보내자 경미가 찾아왔다. 설랑 때문에 입맛이 떨어져 버려 서둘러 수저를 놓고 일어섰는데 그것이 걸렸는지 차 한잔 하자는 제안을 했다. 경미가 정성스럽게 우려 낸 녹차를 투명한 유리찻잔에 담아 건네자 받아 들고 총무부 사무실 밖으로 나선 다니엘의 눈에 설랑이 들어왔다. 그녀가 결코 작은 키가 아닌데도 훨씬 커 보이는 남자는 멀리서 봐도 상당한 카리스마가 느껴졌다. 서로를 마주보며 심각한 이야기를 하는 듯하다 남자가 설랑의 머리카락을 쓰다듬고 그녀는 조용히 그 손을 밀어냈다.

화끈한 열기가 뒤통수를 치고 정수리로 넘어왔다. 찻잔을 들고 있던 손이 떨려 뜨거운 찻물이 손등으로 떨어져서야 정신을 차렸다.

"앗!"

"데었어?"

사무실 문단속을 하고 나온 경미가 다니엘의 짧은 비명을 듣고 물었다.

"아니 괜찮아. 조금 흘렸어."

"어머머…. 저게 누구야?"

경미의 호들갑은 설랑과 함께 서 있는 남자 때문이었다. 눈을 게슴츠레 하게 뜨고 연예인에게 넋을 뺏긴 십대 소녀처럼 그를 바라보는 경미에게 넌지시 그의 정체를 물었다.

"누구야?"

"잘 생겼지? 저 다리 좀 봐. 벗겨 놓으면 얼마나 튼실할까? 우웅."

"결혼할 사람이 서운해 하겠다."

"서운해도 할 수 없어. 잘생긴 건 잘생긴 거지. 우리 사장님은 진짜 눈이 높으신가봐. 저 남자가 어디가 어때서 찬 걸까? 에이 내가 진짜 우리 종섭 씨만 먼저 안 만났어도 대시해 보는 건데. 쿡쿡."

결혼을 얼마 남기지 않고 파혼한 사장에 관해 소문이 분분했는데 그 가운데 제일 많은 표를 얻은 소문이 누군가에게는 잡혀서 살지 못할 기가 센 설랑이 결혼 결심을 번복하고 일방적으로 약혼자에게 파혼을 요구했다는 것이다. 많은 표를 얻은 그 소문에 대부분 사람들이 고개를 끄덕였고 그 소문은 어느새 기정사실로 받아들여졌다.

그 남자다. 철갑을 두른 듯 단단하기만 한 그녀를 무장해제 시켜서 흐느적거리게 만든 사람이나. 흐트러짐이라고는 모르는 그녀를 호스트바의 테이블 위에서 옷을 벗게 만들고 처음 본 대리 운전기사에게 함께 술을 마셔주지 않으면 집을 가르쳐 주지 않겠다고 떼를 쓰게 만들고 휘청거리며 위험하게 도로 한가운데로 뛰어들게 만들었었다. 그리고 필름이 끊어지게 만취한 상태에서 누군지도 모르는 남자와 끈적거리는 밤을 보내게 만든 그 약혼자.

저와는 비교가 되지 않는 멋진 남자일 것이다. 그녀가 택할 정도면 외모는 물론 재력이며 학력, 집안까지 완벽하겠지. 재료를 정리하고 옮기느라 구겨지고 먼지가 묻은 옷차림을 한 자신이 한없이 초라하게 느껴졌다. 그러다가 설랑의 전 약혼자와 자신을 비교하고 있는 것을 발견한 다니엘은 가슴이 뜨끔했다.

'뭐하는 거야…. 왜 너를 저 사람과 비교해?'

남자가 설랑에게 뭔가 이야기를 하자 그녀가 수줍은 듯 곱게 웃었다. 남자는 웃으면서 설랑의 머리카락을 뒤로 넘겨주고 다시 뭐라고 이야기를 하고 다리를 내려왔다. 다시 한 번 뒤돌아서서 들어가라는 듯 손을 저어 보이자 설랑이 고개를 끄덕였고 남자는 가뿐한 걸음걸이로 잔디 사이에 놓인 포석을 밟고 정문으로 빠져나갔다. 그녀는 그의 모습이 사라질 때까지 팔짱을 끼고 지켜보다가 몸을 돌려 본관으로 들어갔다.

"다시 합칠 것 같지 분위기가?"

차를 홀짝거리며 나름대로 분석을 하는 경미에게 저도 모르게 입을 열어 버렸다.

"아니…. 그 사람은 저 사람 싫어해."

"그 사람?"

남자 주인공처럼 애절한 눈빛을 해 가지고 사장을 그 사람이라고 칭하는 것이 이상했는지 되묻는 경미 때문에 정신이 번쩍 든 다니엘은 얼른 변명을 했다.

"영화 한편을 생각해 봤어. 훗! 회식하고 2차도 가?"

"간다니까. 너 가라오케 가봤어?"

"아니…."

대화는 경미와 하면서 신경은 사무실로 올라가고 있을 설랑에게 뻗쳤다.

'왜 다시 만날까? 경미 말대로 다시 시작하려는 걸까? 하지만 남자는 결혼했잖아. 헛소리! 그녀를 몰라? 원한다면 결혼 여부 따위를 신경 쓸 여자가 아니잖아. 거기다 그 남자가 다른 여자와 결혼한다며 청첩장을 돌렸는데도 사랑한다고 못 잊겠다고 몸부림치며 서럽게 울었었잖아. 여전히 사랑하는 사람은 그 사람이고 나는 흔한 유희를 즐길 파트너일 뿐일까?'

다른 사람은 모르는 설랑의 이야기를 알고 있는 다니엘은 가슴이 답답해지는 느낌을 잊어보려고 미지근해진 녹차를 흘려 넣었다.

다니엘은 저녁을 먹으면서 힐끔힐끔 설랑을 훔쳐보았다. 계집아이처럼 엉엉 울던 모습은 싹 사라지고 평소처럼 표정을 읽을 수 없는 서늘하고 무표정한 얼굴로 류 조리장과 가끔 이야기를 나누며 우아한 동작으로 저녁을 먹었다.

그녀는 쌈은 싸 먹지 않고 작은 고기를 기름소금에 찍어 겨자소스로 버무린 야채와 함께 먹고 시원한 맥주를 조금 마셨다. 다니엘은 그녀와 눈이 마주치자 얼른 시선을 돌리고 지켜본 것을 감추려다 손바닥 위에 올려놓은 상추에 고기도 안 올리고 쌈장만 듬뿍 얹어 먹는 실수를 저지르기도 했다.

고기 집에서 배불리 저녁을 먹은 다음 차가 있는 사람들의 차를 나눠 탄 직원들은 2차 장소인 가라오케로 향했다. 총지배인의 차에는 류시앙과 경미 그리고 다니엘이 동승했다. 사람 좋은 류 조리장은 직원들과 스스럼없이 웃고 어깨를 두드리는 후덕한 성품이다. 경미와는 삼촌과 조카처럼 드라마 이야기부터 시작해서 가족 안부까지 물었다. 경미와 이야기를 하던 류시앙의 관심이 다니엘에게 향했다.

"자네 올해 몇 살이지?"

"24살입니다."

"음. 좋은 나이야. 어때 일은 할 만한가?"

"아직 잘 모르겠습니다만 재미는 있습니다."

제 딴에는 사회인의 말투라고 연습하고 또 연습한 다니엘의 딱딱한 군대식 말투에 류시앙은 웃음을 터트렸다.

"하하. 군기가 바짝 들었군. 제대한지 얼마 안 됐나?"

류시앙의 놀림에 차 안에 와르르 웃음이 쏟아졌다. 깔깔거리고 웃던 경미가 갑자기 생각난 듯 류시앙의 어깨를 두드렸다.

"주방장님. 아까요 그 사람 왔었어요."

"누구?"

"왜 있잖아요. 사장님 전 약혼자 분."

"정말?"

왕방울처럼 큰 눈을 끔뻑이며 지대한 관심을 가지고 사실을 확인하는 류시앙에게 경미는 호들갑스럽게 살을 보태 아까의 장면을 설명했다.

"두 분 바라보시는 눈빛이요 어찌나 절절하던지…. 참 그러실 거면서 왜 파혼은 하셨는지."

"뭔가 이유가 있었겠지."

다니엘은 설랑의 변덕으로 결혼이 깨진 것 같다는 뉘앙스를 풍기는 경미의 말을 적절하게 막았다.

"그리고 보면 우리 사장님 정말 대단하세요. 파혼하시고도 흐트러지는 것을 못 봤어요. 심난하셨을 텐데…."

총지배인이 핸들을 오른쪽으로 꺾으며 한 말에 류시앙은 고개를 끄덕였다.

"당연하지. 우리 설랑이가 보통 사람인가? 그 어린 나이에 화홍을 맡아서 이만큼 키워 왔잖니? 전 사장님의 혹독한 훈련에도 눈물 한 방울 안 흘리고 그 일을 다 해냈어. 얼마나 지독하게 굴었는지 아나?"

"심하셨다는 말은 들었는데 어느 정도셨어요?"

류시앙은 생각도 하기 싫다는 듯 손을 내 저으며 고개를 설레설레 흔들었다.

"말도 마. 수전노도 그런 수전노가 없었어. 내가 30년을 넘게 모셨는데 목욕탕이나 이발소 가시는 것을 못 봤어. 머리는 거울을 놓고 손수 이리저리 삐쭉삐쭉하게 자르고 고무대야에 물 받아서 목욕하고 한 겨울에도 불 한번 마음껏 못 때보고 돌아가셨지. 설랑이 데려오고 좀 나아지려나 했는데 웬 걸? 아들 내외가 빌려간 돈을 애한테 지워 가지고 학교 가는 시간 말고는 종일 일만 시켰어. 지금 같으면 아동학대 죄로 끌려갔을 거다."

다니엘은 처음 듣는 설랑의 신상에 관한 이야기에 귀가 솔깃했다. 경미도 손에 물 한 방울 묻히지 않고 태어날 때부터 은수저를 물고 태어났을 것 같은 설랑이 그런 어린 시절을 보냈다는 것을 믿을 수 없었는지 류시앙에게 되물었다.

"사장님께서 정말 그렇게 자라셨단 말이에요?"

"새벽 5시면 깨워 가지고 야채 다듬는 것부터 시작해서 고사리 같은 손에다가 서슬 퍼런 차이다오를 쥐어 주고 야채 한 바구니씩 썰게 하고 학교에 보냈어."

"어머머 정말요?"

지금 이미지와는 너무 맞지 않는 불쌍한 꼬마 설랑의 이야기에 경미가 어머머를 연발했고 다니엘은 조그마한 설랑이 눈물을 흘려가며 매운 양파를 까는 것을 떠올리고 이마가 찌푸려졌다.

"그것뿐이면 말도 안 해. 화교 학교 다니는 애들은 다 어지간하게 사는 애들이거든. 그런데 돈을 고린내 나게 쌓아두고도 설랑이 교복 말고는 제대로 된 옷 한 벌 사주는 걸 못 봤다. 교통비가 아까워서 고물 자전거 하나 사주고 한 시간이 넘게 걸리는 거리를 비가 오나 눈이 오나 통학을 시켰다고. 내가 비쩍 마른 애가 달달 떨면서 오가는 거 보기 싫어서 점퍼 하나 사줬더니 바로 돌려보냈어."

"돌려보내요? 왜요?"

"자신만의 교육법이라 이거지. 독하게 키워서 자기처럼 돈만 아는 수전노 만들려고 말이야."

그래서 그랬구나…. 세상에 어려움이란 모르고 살았을 것 같은 화려한 설랑의 어린 시절이 상처투성이였다는 것을 안 다니엘은 그녀의 단단한 차가움이 조금은 이해가 갔다. 상처가 난 자리에 아물기 전에 다시 상처가 나는 것이 반복되면 딱지가 앉았던 자리가 굳은살이 박여 딱딱해지는 것처럼 그녀도 그랬을 것이다. 설랑을 생각하느라 멍하니 앉아 있던 다니엘의 몸이 살짝 흔들리고 차가 멈췄다. 2차 회식 장소에 도착한 모양이다.

"자 갑시다."

총지배인이 키를 뽑고 차 문을 열자 나머지 사람들도 따라 내렸다.

하나같이 잘 노는 사람들이라 큰 홀이 노래 소리와 환호소리로 쩌렁쩌렁하게 울렸다. 티슈를 날리고 탬버린을 치고 트로트에 댄스곡이 번갈아 불리고 누구 하나 빼는 법 없이 회식을 즐겼다. 거의 광란에 가까운 분위기에 질린 다니엘은 얼떨결에 손뼉을 치고 선배들이 따라주는 술잔을 마다하지 않고 다 받아 마셨다. 얼굴이 벌게지고 목이 화끈거렸지만 사양을 하면 안 될 것 같아 넙죽 받아 마시고 쓰디쓴 혀를 음료수로 적셨다.

마이크를 잡은 류 조리장이 중국 노래를 불렀는데 뜻은 몰라도 음은 매우 아름다웠다. 노래를 아는 사람들은 따라 부르기도 하고 모르는 사람은 다니엘처럼 감상을 했다. 류시앙 조리장이 노래를 끝내고 마이크를 톡톡 치더니 설랑을 불렀다.

"자 오늘 같이 좋은 날 우리 사장님 노래 한 곡 들어야지요?"

"와아!"

직원들은 환호성과 함께 박수를 치며 설랑에게 시선을 모았다. 설랑은 고개를 저으며 거절의 표시를 했다. 사람들 앞에서 노래라니. 사람들을 휘어잡는 것은 자신 있지만 함께 어울리는 것은 잘 하지 못하는 설랑으로서는 직원들 앞에서 노래를 부른다는 것은 카리스마를 잃는 것이라고 밖에 생각되지 않았다.

"사장님! 사장님!"

이제 아예 박자를 맞추어 저를 부르는 직원들의 환호에 설랑은 눈살을 찌푸리려다 그 가운데서 기대가 가득 찬 눈으로 쳐다보고 있는 다니엘을 발견했다. 설랑의 마음이 홱 돌아섰다. 찌푸리려던 눈썹을 느슨하게 풀고 입술을 늘어뜨려 반달처럼 만들었다.

그녀가 자리에서 몸을 일으키자 휘이익 휘파람 소리를 동반한 직원들의 환호가 극에 달했다. 류시앙에게서 마이크를 건네받은 설랑은 자신이 부를 노래의 번호를 눌렀다. 부드러운 크림 같은 음 속에 딸랑대는 종소리가 들리는 짧은 반주가 흘러나오고 설랑의 입술이 열렸다.

ni問我愛ni有多深 我愛ni有幾分
니 원 워 아이 니 요우 뚜오 션, 워 아이 니 요우 지 편
당신은 내게 당신을 얼마나 사랑하는지 물었죠.

我的情也眞 我的愛也眞 月亮代表我的心
워 디 칭 예 쩐 워 디 아이 예 쩐, 위에 량 따이 삐아오 워 디 씬
내 감정은 진실 되고, 내 사랑 역시 진실하답니다. 달빛이 내 마음을 대신하죠.

설랑의 목소리는 달짝지근하면 착착 감기는 묘한 매력이 있었다. 풍부한 울림이 있는 목소리가 직원들의 환호소리를 순식간에 잠재웠다. 가사를 알아듣는 사람들은 노래에 맞추어

가볍게 몸을 흔들고 워낙 유명한 노래라 뜻을 몰라도 익숙한 음을 따라 부르기도 했다.

다니엘에게 자신이 즐겨 부르는 노래를 들려주고 싶었다. 노래 가사 중에 달빛에 자신의 마음을 대신한다는 구절 속에 미안한 마음과 고맙다는 감사의 뜻을 담았다.

ni問我愛ni有多深 我愛ni有幾分
니 원 워 아이 니 요우 뚜오 션, 워 아이 니 요우 지 펀
당신은 내게 당신을 얼마나 사랑하는지 물었죠.

我的情不移 我的愛不變 月亮代表我的心
워 디 칭 부 이 워 디 아이 부 삐엔, 위에 량 따이 삐아오 워 디 씬
내 감정은 변치 않고, 내 사랑 역시 변치 않아요. 달빛이 내 마음을 대신하죠.

輕輕的一個吻 已經打動我的心
칭 칭 디 이 꺼 원~~, 이 징 따 똥 워 디 씬
가벼운 입맞춤은 이미 내 마음을 움직였고,

深深的一段情 教我思念到如今
션 션 디 이 뚜안 칭 지아오 워 쓰 니엔 따오 루 진

깊은 사랑은 내가 지금까지도 당신을 그리워하게 하네요.

ni問我愛ni有多深 我愛ni有幾分
니 원 워 아이 니 요우 뚜오 션, 워 아이 니 요우 지 펀
당신은 내게 당신을 얼마나 사랑하는 지 물었죠.

ni去想一想 ni去看一看, 月亮代表我的心
니 취 샹 이 샹 니 취 칸 이 칸, 위에 량 따이 뼤아오 워 디 씬
생각해 보세요. 보라구요. 달빛이 내 마음을 대신하죠.

중국어라고는 겨우 재료 이름만을 배워가고 있는 다니엘이 설랑의 노래를 알아들을 리가 만무했다. 그런데 참 신기한 일이다. 뜻은 모르지만 설랑이 전하는 아름다운 마음이 그대로 그의 가슴에 와닿았다. 알지? 내 마음…. 미안하고 고마워….

드라마나 영화에서 오로지 한 사람만 클로즈업되는 그런 현상이 그에게 일어났다. 알록달록한 불빛 아래 명주실처럼 고운 목소리로 노래하는 설랑만이 눈에 들어오고 오로지 저에게만 속삭이고 있는 듯한 착각이 들었다. 다니엘은 백 미터를 전속력으로 질주하고 난 뒤처럼 가슴이 들썩거리고 심장이 뛰어 술잔을 쥔 손을 가슴 앞으로 모아야 했다.

我愛上了汝
당신을 사랑하게 됐어요

 오랜 병원 생활을 마무리하는 거국적인 날 두 아들은 엄마를 양쪽에서 부축하고 남은 병실 식구들에게 작별 인사를 나누었다.
 "저 먼저 가요. 얼른 따라 나오세요."
 "전화하고 왕래하고 살게. 알았제?"
 "예."
 옆 침대를 쓰던 할머니의 눈물 바람에 엄마도 기어이 눈물을 빼고 말았다. 원래도 여린 심성을 가진 엄마는 수술 후 더 마음이 약해져 툭하면 눈물을 흘리신다. 활기찬 석규가 큰 소리로 인사를 남겼다.
 "저희 먼저 가보겠습니다. 몸조리 잘 하세요."
 "안녕히 계세요."
 아쉽기도 하고 시원하기도 한 작별을 하고 복도를 걸어 나오면서 엄마는 모자를 짤 계획을 세웠다.

"다니엘 거 마무리하고 모자 하나 짜야겠어. 이거 너무 안 예쁘다. 그치?"

병원에서 구입한 모자가 마음에 안 드신 지 엘리베이터 문에 요리조리 비춰 보는 엄마에게 다니엘이 제안을 했다.

"퇴원 기념으로 제가 예쁜 거 하나 사드릴게요. 어떤 거 쓰시고 싶으세요?"

"엄마. 그거 있잖아 챙 넓고 꽃 달리고 공주병 환자들이 쓰는 거, 그런 거 어때?"

"싫어. 엄마 놀리기나 하고 나쁜 아들. 그냥 사람들이 수술한 거 모르게 그런 거면 돼."

아무리 나이를 먹고 장승 같은 아들들이 있어도 엄마도 여자라는 것을 알았다. 남편을 잃고 쌍둥이를 키우느라 곱던 손끝에 괭이가 박히도록 바느질만 하는 동안 세월이 어떻게 가는 지도 모르고 청춘을 버려 버린 가여운 엄마를 생각하면 콧잔등이 시큰해진다.

"제가 예쁜 거 사다 드릴게요."

"고마워. 다니엘."

"형 우리 엄마 퇴원 기념으로 맛있는 거 먹자. 집에 가봤자 먹을 것도 없잖아."

"그래 그러자."

땡 소리가 나고 엘리베이터가 정지했다. 엄마를 양쪽에서 보호하듯 감싸고 들어가면서 오늘 점심 메뉴에 대해 의견 조정을 했다.

"피자 먹을까? 통닭?"

"엄마가 밥 해 줄게 밥 먹자."

"싫어. 만날 먹는 밥. 오늘 같이 특별한 날에는 좀 특별한 거 먹자. 다니엘 너도 밥 먹기 싫지?"

"그래요. 엄마 오늘은 우리 맛있는 거 먹어요."

휴일 날. 늘 일어나는 시간에 맞춰 일어나 런닝 머신을 뛰는 것으로 아침을 시작한 설랑은 대만 쪽에 있는 부동산을 관리하고 왕 여사에게 투자한 돈이 어떻게 돌고 있는 지 분석에 들어갔다. 결과는 대만족이었고 노트북을 덮고 일어난 설랑은 어젯밤부터 머릿속에 맴도는 노래를 흥얼거렸다.

"니 원 어 아이 니 요우 뚜오쎤…."

그러다 자신을 넋을 잃고 바라보던 다니엘이 떠올랐다.

휴일인데 뭐 할까? 피곤해서 잘까? 그가 무엇을 하고 있을 지 궁금했다. 그런 생각을 하고 있는 자신에게 또 다른 자신이 물었다.

'너 너무 친밀하게 다가서는 거 아냐? 정부는 원래 친밀한 관계야. 아니 그게 아니고 정부의 몸 말고 왜 사생활에 관심을 가지는데? 내 스타일이야. 너 혹시…. 시끄러. 절대 그런 거 아냐.'

의문을 갖는 자아의 입을 닫아 버리고 휴대폰을 열었다.

"역시 자장면은 고춧가루를 뿌려야 제맛이야."
"엄마 양이 너무 많은데 석규 더 먹어라."
다니엘 식구들의 만찬은 화흥의 만찬과는 비교할 수 없을 정도로 소박하다. 색이 짙은 자장 소스와 찐득거리는 탕수육 소스 때문에 신문지를 펼쳐 놓은 상 위에 탕수육 작은 접시 하나에 자장면 세 그릇. 그리고 서비스로 딸려 나온 군만두 접시가 다이지만 세상 어느 만찬보다 만족했다.
"다니엘 너도 더 줄까?"
석규에게 꽤 많은 양을 덜어 주신 엄마가 또 저에게도 나눠 주시려고 하자 다니엘은 고개를 저었다.
"됐어요. 엄마 어서 드세요."
"그래 먹자."
나무젓가락을 벌려 자장이 잘 섞이게 면을 뒤집었다. 자장이 튀는 것을 조심하며 한 젓가락을 입 안에 넣자 다다단 양파와 고소한 춘장의 맛이 일품이다. 양파를 춘장에 찍어 먹고 새콤달콤한 향이 나는 탕수육 하나를 집어 엄마의 입에 넣어 드리는 다니엘은 기분이 너무 좋았다. 감사할 일이다. 이렇게 작은 돈으로도 충분히 행복해질 수 있다는 것이 말이다. 조금만 달리 생각하면 남들은 어렵다고 하는 상황도 그리 나쁘지는 않다.

흐뭇한 미소를 짓고 막 젓가락을 다시 든 순간 주머니에 들어 있는 휴대폰이 요란스럽게 울어 댔다. 그릇을 내려놓고 휴대폰을 꺼내 번호를 확인한 다니엘은 난감했다. 그녀였다.

"안 받… 아?"

"어….."

다니엘은 탕수육을 볼이 미어터지게 밀어 넣고 묻는 석규 때문에 할 수없이 폴더를 열었다.

"예."

"난데."

설랑의 목소리가 엄마와 석규에게 들릴까 후다닥 자리에서 일어나 휴대폰을 들고 현관으로 나가며 양쪽에다 변명을 했다.

"잘 안 들리거든요? 잠깐만 기다려 보세요. 밖에서 받을게요."

슬리퍼를 끌고 밖으로 나온 다니엘은 안에서 들리지 않을 만큼 떨어져서야 설랑에게 답을 했다.

"죄송해요. 엄마랑 동생이 있어서…."

이럴 때는 다니엘이 좀 뻔뻔하거나 융통성이 있으면 좋겠다는 생각이 든다. 목소리만 듣고 누구인지 알 거라고 휴대폰을 들고 종종걸음을 쳤을 이유를 생각하면 과히 기분이 좋지 않다. 다니엘의 그런 행동이 자신을 막달라 마리아처럼 여기고 있는 것 같다. 모든 사람들이 돌로 치려했던 음탕한 탕녀 막달라 마리아… 싫다.

"호텔 로비에서 보자."

호텔에서 점심을 먹고 옆에 있는 백화점에 갈 생각이다. 깔끔하게는 입지만 그저 몸을 가린 다는 개념에서 벗어나질 못하는 다니엘을 잘 코디해서 입히면 훨씬 더 매력적일 것 같다. 옷을 선물하고 난 다음 연극 제목처럼 티타임의 정사도 괜찮을 것 같아 입 꼬리가 올라갔다.

"저기… 빨리는 못 갈 것 같아요."

"왜?"

"지금 식구들이랑 점심 먹는 중이거든요. 금방 먹고 갈게요."

"음… 그래 그럼. 조금 있다 보자."

"늦지 않게 갈게요."

미안한 마음이 가득한 다니엘이 전화를 끊자 설랑도 수화기를 내려놓았다.

'먼저 나가서 점심부터 해결해야겠네. 혼자 먹는 날이야 많지만 어째 오늘은 너무 허전하다. 나 진짜 어디가 많이 아픈가 봐…'

'픽' 하고 혼자 웃음을 지으며 설랑은 외출 준비를 위해 욕실로 들어갔다.

호텔에서 만나사고 하기에 딩연히 정부로서 의무를 하라고 부른 줄 알았다. 그런데 그녀는 호텔 옆에 있는 명품관이 딸린 백화점으로 데려 와 다짜고짜 남성복 코너로 처박았다. 이것저것 다 가져다 쉴 새 없이 대어 보는 설랑을 보면서 설마 했는데 옷을 사 줄 테니까 갈아입으라고 명령했다. 다니엘은 그녀에게 고가의 옷을 받는 것도 부담스럽고 명령에 따르는 것도 싫었다. 그런 모든 일들은 그에게 그녀의 정부인 자신의 위치를 한 번 더 확인시켜 주는 결과만 남기기 때문이다.

설랑은 그런 뜻은 결코 없었다. 늘 명령만 내리는 게 몸에 배서 그런 거지 사실은 권유하는 것이었다. 그렇지만 다른 사람에게는 그것이 명령으로 들린다.

"입어. 네 옷은 너하고 안 맞아."

"제 분수에 과한 옷들이에요. 사양하겠습니다."

"여기 이 재킷하고 바지, 사이즈 좀 주세요."

설랑은 그의 사양은 들리지도 않는 다는 듯 직원에게 사이즈를 주문해 받아들고 다니엘의 손목을 잡고 탈의실 안으로 넣었다.

"사장님!"

"밖에 다 들린다. 그렇지 않아도 저 직원 눈치가 나를 뭐 같이 보는데 들키고 싶어?"

타당한 이유가 있는 설랑의 협박에 다니엘은 목소리를 죽여서 거절의 뜻을 전했다.

"싫다니까요."

"공짜로 주는 거 아냐. 나도 너한테 받고 싶은 거 있어."

"예?"

"일종의 선물 교환이라고 생각해. 당연히 받아야 할 네 몸은 아니니까 안심해. 네가 입어 주면 좋겠어."

성질 같아서는 확 벗기고 직접 갈아입혀 버리고 싶지만 따뜻한 햇살 정책을 상기해 내며 싱긋 웃어 주기까지 했다. 받고 싶은 것이 있다는 거짓말은 즉석에서 생각해 낸 것이다. 대쪽 같은 성질의 여자 그것도 정부에게서 뭔가를 받는 것이 싫어서 밀어내니 뭐 작은 거 하나라도 받아 교환 형식을 취하기로 했다.

'좋겠어'라는 말은 강요가 아니고 부탁이고 그녀는 정말 뭔가 받고 싶은 게 있는 것 같다. 그렇다면 이것은 선물 교환이 맞다. 정부가 정부에게 주는 선물이 아닌 마음을 담은 선물 말이다. 이건 매우 괜찮은 일 같다.

다니엘은 완벽한 설랑의 연기에 넘어가 고개를 끄덕이는 것으로 그녀의 제안을 받아들였다.

"입고 나와. 밖에서 기다릴게."

은근한 눈빛으로 도장을 박고 설랑은 탈의실 문을 열고 나왔다. 직원이 쪼르르 달려와 신상품을 늘어놓았다.

"고객님 신상품인데 한번 보시겠습니까?"

직원이 내놓은 옷을 뒤적이며 다니엘에게 어울린 만한 셔츠 두 개를 더 고르고 바지를 막 집어 드는데 삐긱 소리가 나고 옷을 갈아입은 다니엘이 머쓱한 표정으로 나왔다. 무난한 색만 입다가 밝은 그린색의 재킷과 하얀 라운드 티를 받쳐 입은 다니엘에게서 제 나이 또래의 발랄함이 느껴졌다.

"좋…."

"동생 분께 너무 잘 어울리시네요."

좋다고 말하려던 설랑의 말을 자른 주책없는 직원의 동생이라는 단어는 그녀의 변덕에 기름을 부었다. 7살이나 차이가 나니 동생도 막내 동생 벌인 것은 사실이지만 꾸준히 관리를 한 덕에 제 나이로 보는 사람이 없다. 맞는 말인데도 은근히 기분이 상했다. 자신의 평가가 떨어지기만을 기다리는 다니엘에게 다가가 이리저리 살피고는 고개를 저었다.

"색이 별로 잘 안 맞네. 다른 걸로 입어 봐. 그것 좀 주세요."

설랑은 다니엘에게 자신이 골라 놓은 옷을 건넸다. 은은한 핑크 남방에 베이지색 면 반지는 먼저 입었던 옷보다는 좀 더 나이가 들어보이는 스타일이다. 다니엘은 의심 없이 그 옷으로 갈아입었고 제 나이보다 두서너 살은 많게 보이는 사파리까지 입고 나서야 설랑의 웃는 얼굴을 보았다.

그녀에게서 나는 좋은 냄새는 화장품 냄새였다. 그녀가 바란 선물은 화장품이었는데 큰 용기에 든 것은 마다하고 아주 작은 크림을 하나를 골랐다. 여자에 대해서 전혀 아는 것이 없는 다니엘은 크면 클수록 비싼 줄 알고 작은 것을 고르는 설랑의 귀에다 손을 대고 속삭였다.

"큰 거 사세요. 그 정도는 사 드릴 수 있어요."

"이건 조금 바르는 거라 이 정도면 큰 거야. 고마워 다니엘."

"아하…."

고개를 끄덕이는 다니엘을 본 설랑은 가슴이 뭉클해졌다. 제 주머니 사정을 생각해서 작은 것을 산 줄 알고 큰 것을 사라는 배려가 고마웠다. 세원과 사귈 때는 한 번도 돈에 신경을 쓰면서 물건을 고른 적이 없었다. 둘 다 최고의 것만 선물하고 받았기 때문에 고르고 계산만 하면 끝이었다. 다니엘의 따뜻한 말 한마디가 골드 카드보다 또 동그라미가 무수히 달린 영수증보다 훨씬 좋다.

"고객님 아이크림보다는 링클 케어 제품을 추천해 드리고 싶네요."

"차이점이 뭐죠?"

"아이크림은 예방용이고 링클 케어는 이미 생성된 주름을 완화시켜주는 작용을 하는 거죠. 20대 후반부터는 링클 케어 제품이 효과적입니다."

"그럼 그걸로 줘 보세요."

다니엘은 설랑과 화장품 판매사원의 대화를 통 알아들을 수 없었다. 아이는 눈, 링클은 주름, 케어는 관리하다. 모든 것을 종합해 본 결과 그녀가 사는 크림이 눈가에 주름을 관리하는 것이라는 깃을 알았다. 슬쩍 설랑의 눈가를 살폈다. 주름이라고는 없는데 왜 저런 걸.

"다니엘, 나 이거 살건데… 계산."

"아… 예, 얼마죠?"

엄마 모자도 사고 그동안 고생한 석규에게 티 하나 사주려고 오면서 돈을 좀 찾아왔는데 다행이다. 화장품을 사주고 잠깐 양해를 구해서 모자 사고…. 나름대로 계산을 뽑으며 지갑을 열던 다니엘에게 청천벽력 같은 소리가 들렸다.

"13만 9천 원입니다."

돈을 내던 다니엘이 멈칫하자 설랑은 웃음이 나와 죽을 뻔했다. 여자를 전혀 모르니 아마 화장품이 비싸 봤자 몇 만 원쯤이라고 생각했을 거다. 첫 번째라는 타이틀을 하나 더 뺏고 싶다. 그를 남자로 만든 첫 번째 여자. 그리고 그가 처음으로 화장품을 사 준 여자.

다니엘에게 부담을 주기 싫어 일부러 비싼 제품을 골랐다. 너무 비싸니까 자기가 계산하겠다고 하려고 말이다. 뻔히 아는 형편이니 그 정도 돈을 가지고 다닐 리가 없을 것도 계산해 넣었는데 다니엘이 척 돈을 세서 건넸다. 직원은 앙증맞은 쇼핑백에 넣은 화장품을 건넸고 그가 잔돈을 거슬러 받았다.

"감사합니다, 자 여기요."

설랑은 다니엘이 싱긋 웃으며 건넨 쇼핑백을 받고 얼떨떨해하며 자리에서 일어났다.

'다니엘에게는 작은 돈이 아닌데 어쩌지?'

그런데 그가 사 준 첫 번째 선물이 너무나 욕심이 났다. 비싸서 좋은 것이 아니라 자신만이 받을 수 있다는 사실이 간질거리기도 하고 달짝지근하기도 했다. 옆에서 걷던 다니엘이 혼잣말처럼 중얼거렸다.

"주름 하나도 없는데…."

"없긴, 내 나이가 몇인데. 여자는 25살이 넘으면 늙기 시작해."

감정이 메말라 사막처럼 서걱거리는 가슴인 줄 알았는데 아주 조금 고여 있던 것이 있었나 보다. 보너스로 따라온 주름이 하나도 없다는 다니엘의 말에 가슴이 콩닥거리고 볼이 살짝 달아올랐다.

"그런데 정말 나 이거 사 줘도 되니? 비싼 건데…."

"자매님이 사 주신 옷 하나 값도 안 되는 거잖아요. 남는 장사 했네요 뭐. 저 뭐 좀 살 것 있는데 잠시만 기다려 주시겠어요? 얼른 사 가지고 올게요."

"뭐 살 건데?"

"모자요, 여자들이 쓰는 모자."

설랑은 재빨리 머리를 굴려 여자라는 단어와 모자를 조합해서 결과를 찾아냈다. 다니엘이 아는 여자라고는 자신하고 엄마뿐이다.

'모자라… 아, 다니엘 어머니 뇌수술 하셨지?'

"내가 골라 줘도 돼? 너보다는 같은 여자니까 내가 나을 것 같은데…."

"그래 주실 수 있으세요? 사실은 너무 난감했거든요."

"이쪽으로 와 봐."

엄마의 모자를 사고 석규의 옷은 다음 기회로 미루었다. 다니엘은 4시가 넘어 가자 마음이 급해졌다. 엄마가 돌아오신 첫 날인데 늦게 들어가면 안 될 것 같아 느긋하게 걸으며 주위를 둘러보는 설랑에게 다음 장소로 가자고 권했다.

하지만 설랑은 아직 다니엘을 보내고 싶지 않았다. 오늘은 참 이상한 날이다. 서늘함과 기쁨, 간지러움 등 자질구레한 감정이 마구 튀어나온다. 지금 호텔로 가면 샤워까지 한다고 해도 한 40분쯤 즐기고 나서는 그를 붙잡고 있을 이유가 없다. 엘리베이터를 탈 때도 뚝 떨어져 벽에 찰싹 달라붙어 1층으로 내려오면 깍듯이 인사를 챙기고 후다닥 도망가 버리는 다니엘을 보는 것이 오늘은 싫을 것 같다.

"다니엘, 내가 선물도 받았고 하니까 밥 해 줄게 먹고 갈래?"
"밥이요?"

오늘 귀가 좀 이상한가 보다. 자꾸 이해 못할 말들이 들린다. 주름 하나 없는 그녀가 주름을 관리하는 크림을 사고 한 사람을 위해서 음식을 만든다는 것은 상상도 못한 그녀가 밥을 해 준단다. 사 준다가 아니라 해 준다…. 그건 아주 친한 사람들에게 하는 말 같다. 정부보다는 훨씬 건전한 관계의 사람들이 쓰는 말.

돌아갈 걱정을 하던 다니엘의 마음이 슬쩍 움직였다. 다니엘의 심리 상태를 손금 들여다보듯 빤히 내다보고 있던 설랑은 유약한 여자 주인공 행세를 해냈다.

"혼자 먹기 싫어서 그래⋯."

다니엘의 눈이 두 번 깜빡거렸다.

"사 먹는 것도 질리고 내 손으로 한 밥 혼자 먹는 거⋯ 오늘은 하기 싫다."

말을 살짝 빼면서 끝에다 소리 나지 않는 웃음을 섞었다.

"엄마가 오늘 퇴원을 하셔서 오래는 못 있어요. 8시에는 돌아가고 싶은데 괜찮으시겠어요?"

"충분해."

'딱 걸렸어! 뭘 해 먹이지? 맛있는 거. 보기 좋게 약간 살을 찌울 만한 음식이 뭐가 있을까?'

활짝 웃는 설랑의 머릿속에서는 다니엘에게 해 줄 여러 가지 음식이 파노라마로 흘러갔다.

"뭐 하세요?"

다니엘은 주방에서 바쁘게 움직이는 설랑에게 물었다. 옷을 갈아입고 나온 설랑이 들어간 주방에서 '쏴아' 하는 물소리와 뭘 써는지 다다다 소리가 나자 혼자 거실에 앉아 있기도 심심해서 뭘 하나 들여다보는 것이다.

"불고기. 내가 자주 안 해 먹어서 냉동실에 있는 것으로 활용하려니까 이것밖에 없네. 미안해."

"뭐가 미안해요. 그런데 전 중국 요리 주실 줄 알았어요."

"중국 사람이니까? 어쩌니, 내 입맛은 한국 사람인데."

고기에 빻은 마늘을 집어넣으며 화사하게 웃던 설랑이 다니엘에게 부탁을 했다.

"다니엘 여기 열어 보면 설탕 있거든?"

"여기요? 와….."

설탕이 들어 있다는 곳의 문을 연 다니엘은 잘 정리되어 있는 가지각색의 소스 병을 보고 입을 떡 벌렸다. 가지가지 모양과 색깔의 소스들이 가지런히 정리가 되어 있다.

"직업이 직업이다 보니 자꾸 사들이게 돼. 거기 보면 둥근 나무 뚜껑 달린 유리병 있지? 그게 설탕이야."

"예."

오른쪽 앞줄에 있는 설탕 그릇을 꺼내 뚜껑을 열고 조금씩 부었다.

"됐어요?"

"조금만 더… 됐어."

고기를 조몰락거리는 손놀림부터가 맛깔스럽게 보인다. 조물조물 하다가 뒤집어서 다시 조물거리고 썰어 놓은 야채를 부어 넣고 둥근 철판에 올렸다. 밥이 되고 있는 압력솥의 꼭지가 빙글빙글 돌며 칙칙 소리를 냈다.

다니엘이 포장을 뜯어 준 반찬을 그릇에 담아 식탁에 놓고 가지고 있는 젓가락 중에 제일 좋은 상아 젓가락을 꺼냈다. 설랑은 지금 상황이 신혼부부가 저녁상을 차리는 분위기 같다는 웃기지도 않은 생각을 하다 깜짝 놀라 애꿎은 식탁보를 잡고 반듯이 펴는 시늉을 했다. 다니엘이 불고기를 식탁으로 가져오려고 막 걸음을 뗐을 때 철컥하고 문 돌아가는 소리가 났다.

"와 맛있는 냄새. 너 내가 올 줄 알았어?"

순간 설랑은 물론 다니엘의 동작도 멈췄다. 놀기 좋아하는 지효가 술이 만취가 되거나 왕 여사에게 명품 산 것을 들켜 쫓겨났을 때 아지트로 삼기 때문에 열쇠를 줬는데 지금 같은 상황이 될 줄은 몰랐다. 그전에는 세원이 가끔 자고 가도 집이 워낙 크고 지효와도 잘 아는 사이라 부담스럽지가 않았다. 하지만 다니엘은 다르다!

"설랑아… 헉!"

"헉!"

풍성한 머리를 세팅으로 말아 길게 늘어뜨리고 보라색 실크 블라우스와 검정 바지를 잘 갖춰 입은 지효는 주방으로 들어서다 짧은 비명을 질렀다. 놀란 것은 다니엘도 마찬가지였다. 설랑 자매와 처음 키스한 날 사무실에서 봤던 그 여자다. 다니엘은 자신이 그녀의 정부라는 것을 알고 있을 여자에게 이런 모습을 보이는 것이 창피했다. 설랑은 지효를 내보낼 생각으로 양념이 묻은 손을 씻으며 그녀를 불렀다.

"지효야, 나 좀 봐."

"어머머… 이게 누구세요? 다니엘 씨 아니세요? 반가워요."

설랑의 목소리는 싹 무시하고 일전에 산 샤넬 시계가 번쩍이는 손을 다니엘에게 내민 지효는 놀라 손을 말똥거리고만 보고 있는 그의 손을 덥석 잡고 힘차게 흔들었다.

"아… 예… 저기 사장님 저는 이만….."

"아니 잠깐만. 지효야."

"놀러왔어요? 와우 둘이 아주 신혼 분위긴데?"

돌아가려던 다니엘과 지효를 돌려보내려던 설랑은 그녀가 터트린 폭탄에 경악했다. 신혼 분위기? 말은 하지 않았지만 슬쩍 그런 기분이 들었던 두 사람이 소금 기둥이 되거나 말거나 핸드백을 식탁 위에 올려놓은 지효는 불판을 가져다가 식탁에 놓인 열선 렌지 위에 놓고 자리에 앉았다.

"뭐해? 다니엘 씨 이리 와요. 어머 이름도 너무 멋져. 외국 사람 같다. 설랑아 밥 아직 안 됐어?"

기어이 지효에게 잡히고 만 두 사람은 함께 저녁을 먹었다. 설랑은 속이 상할 대로 상했다. 살 좀 찌워 보려고 정성스럽게 만든 불고기는 손도 대지 못하고 마른반찬만 먹는 다니엘이 이 자리를 지독히도 불편해 하는 것이 한눈에 보였다. 저 계집애는 하필 왜 그때 나타나서 내 계획을 다 흐트러뜨리는 거야?

밥을 먹는 동안에는 잠잠하던 지효는 다 먹고 나자 발딱 일어나 다니엘의 손을 잡고 거실로 끌어갔다. 아무리 친구지만 다니엘의 손을 마구 잡는 지효에게 빽 소리를 지르려다 이미지 관리를 위해 겨우 참고 정리를 하는데 다니엘의 어색한 목소리가 들렸다.

"저기 같이 치워 드리고…."

"됐어요. 식기 세척기에 넣기만 하면 되는 걸 뭘 둘이 해요. 다니엘 씨, 어머 너무 분위기 좋다."

다니엘은 저를 빤히 쳐다보며 혀를 꼬는 지효를 피하고 싶었다. 자신의 주제를 자꾸 일깨워 주는 사람과 나란히 앉아 있는 것이 싫다.

"그래, 우리 설랑이 마음에 들어요? 가슴도 자연산이고… 쟤가 상당히 센데 다리 후들거리고 코피나고 그러진 않아요?"

지효는 설랑이 들을 수 없을 만큼 목소리를 낮춰 다니엘의 눈이 튀어 나올 만한 말을 서슴지 않았다. 원래 장난스럽기도 한 성격에 설랑이 늘 그를 낯을 가리는 천사쯤으로 표현했기 때문에 그것이 진짜인지 확인하고 싶었다. 아니나 다를까 침을 꿀꺽 삼키더니 목에서부터 야들야들한 귓불까지 확 달아오르는 것이 보였다. 너무 귀여워 자기도 모르게 허벅지 쪽으로 손이 갔고 화들짝 놀란 다니엘이 벌떡 일어났다.

"가… 가봐야겠습니다… 놀… 다… 가…."

온몸에 소름이 돋아 혀가 잘 움직여지지가 않았다. 허벅지를 타고 들던 긴 손가락을 느낀 순간 차갑고 습한 파충류가 기어들어 오는 것 같은 공포감을 느꼈다. 설랑 자매 못지않게 예쁜 자맨데 느낌은 너무 달랐다. 자리에서 일어난 다니엘을 본 설랑이 그를 불렀다.

"데려다 줄게. 잠깐만 기다려."

"뭘 가? 이 집 커서 나 하나 있다고 표시도 안 나는데 뭘. 예전에 세원 씨 있을 때도 자주…."

"니 샤오 신 쑤오 화!(말조심 해!)"

팽팽히 잡은 비단 폭을 단숨에 칼로 찢는 듯한 설랑의 카랑카랑한 목소리가 쨍하고 울렸다. 자신의 실수를 깨달은 지효가 바로 입을 다물었지만 다니엘의 표정은 어두웠다. 세원이라는 그 남자. 설랑 자매의 전 약혼자가 이곳에서 그녀와 함께 밤을 보냈단 말인가.

'바보… 당연하지. 결혼까지 하려고 했던 사람인데….'

기분이 몹시 좋지 않다. 스페어타이어가 된 기분. 그가 있었을 그림에서 그가 사라지자 임시방편으로 자기가 들어선 것 같다.

다니엘만 없다면 지효의 머리채를 쥐어뜯고 싶은 심정이었다. 겨우 저번 일을 사과하고 조금 마음을 푼 다니엘에게 그 자식 이야기를 왜 하는 거야? 일생에 도움이 안 돼. 쿵쿵 발소리를 내며 거실로 나온 설랑은 지효의 가슴에 핸드백을 안겨주었다.

"가."

독이 잔뜩 오른 설랑의 기운에 지효는 고개를 끄덕이고 얼른 현관으로 나가면서 다니엘에게 굳이 하지 않아도 될 인사를 챙겼다.

"오늘 즐거웠어요. 다음에 또 봐요."

지효가 나가고 난 자리는 폭풍이 휩쓸고 간 후처럼 고요했다. 고요를 깨뜨린 것은 설랑의 목소리였다.

"가자, 시간이 많이 지났어."

저렇게 큰 소리를 낸 것을 보면 그 약혼자와 정말 좋지 않게 헤어진 것 같다. 어제도 그 사람 때문에 슬퍼 보였는데 조금 전 일로 상처받았을 그녀를 두고 가기에는 발걸음이 떨어지지가 않는다. 그녀의 가족도 아니고 친구도 아니지만 위로해 주고 싶었다.

"아직 6시밖에 안 됐어요. 조금 더 있어도 돼요."

"미안해…. 지효가 나쁜 애는 아닌데 생각보다 말이 먼저 나와. 다시는 이런 일 없게 내가 조심할게."

진심은 상대방의 마음을 움직이는 마법을 걸어준다. 설랑의 진실한 사과에 다니엘은 어색해 이마를 문지르다 설거지를 자청하고 나섰다.

"맛있는 저녁 주셨으니까 저는 설거지해 드릴 게요."

"됐어, 내가 해. 가야 한다며…."

"저 설거지 할 동안에 차 한 잔 주세요. 마시고 바로 갈게요."

"그럼 설거지는 두고 차 마시자."

설랑의 만류에도 불구하고 다니엘은 셔츠 소매를 걷어 올리며 주방으로 향했다. 설랑이 대충 치워 개수대에 넣어 둔 접시를 닦으려 수세미를 집어 들었다. 생소한 그림이다. 저 말고는 한 번도 다른 사람이 들어온 적이 없는 주방에서 팔을 걷어 부친 다니엘이 설거지를 하는 모습은 노래를 부르다 음이 틀렸을 적 머쓱한 것과 같은 기분이 들었다.

"차 안 주실 거예요?"

"응? 아… 뭐 줄까?"

퇴근 시간이라 그런지 정체가 극심했다. 어찌나 차가 막히는지 차를 버려 버리고 싶은 충동이 막 솟구쳤다. 시간은 벌써 7시 20분. 8시까지 도착해야 하는데 갈 길이 멀어 까마득하다. 조바심이 난 설랑은 운전대를 꼭 잡고 고운 이마를 찌푸렸다.

"잘못했어. 지하철 타고 가는 게 빨랐겠다."

"괜찮아요. 조금 늦는다고 전화했어요."

"조금만 더 가면 지하철 역 나오니까 거기서 내려 줄게. 그게 낫겠어."

정말 괜찮은데…. 집에 도착하기 전에는 꼭 그녀의 아린 마음을 달래 줄 말을 해 주고 싶다. 뭔가 이유를 찾아 시간을 벌어야 한다고 생각하는데 눈에 들어 온 것이 있었다. 차 사이를 누비며 호두과자를 팔러 다니는 아저씨를 본 다니엘은 창문을 내렸다.

"여기요!"

천 원을 건네고 호두과자를 받은 다니엘은 창문을 올리고 얼른 봉지를 열어 하나를 꺼냈다.

"드세요, 맛있을 것 같아요."

길에서 파는 것은 절대 먹지 않는 설탕이다. 인스턴트도 피하는데 뭘 넣어서 만든 건지 모르는 호두과자는 생각지도 못했던 것이다. 하지만 받았다. 자신이 받는 순간 좋은 것을 감추지 못하는 다니엘을 보는 것으로 한번쯤은 먹어 줄만 하다. 따끈하고 말랑한 호두과자를 베어 물자 달디단 팥 앙금 맛이 썩 괜찮았다.

"괜찮네…."

"이거 다 먹을 때쯤이면 집에 가겠어요. 하나 더 드릴까요?"

"먹고…."

단 것을 먹으면 기분이 좋아진다고 하던 지효의 말이 맞는 것 같다. 거북이처럼 엉금엉금거리는 차 때문에 끓어올랐던 화가 팥 앙금 따위로 가라앉았다. 길가에서 파는 싸구려 과자가 어느 고급 과자보다 더 맛있게 느껴지는 것은 다니엘의 고운 마음이 덕일까?

양쪽으로 주차를 한 차들 덕에 더 이상 앞으로 나가지 못하고 골목 한쪽에 차를 세웠다. 오는 동안 호두과자를 다 먹고 낮고 안정감 있는 다니엘의 목소리를 원 없이 들었다. 주절주절 늘어놓지는 않지만 물어보는 말에 정확하게 대답해 주고 설명이 부족하다고 생각하면 간단하게 덧붙이는 센스도 있었다. 엄마가 뜨개질을 하신 다는 것도 들었고 석규라는 그 살덩어리가 씨름을 했다는 것도 알게 됐다. 오렌지색 가로등 불빛이 내리쬐는 전봇대 밑에 세운 차 안에서 설랑은 다니엘에게 작별 인사를 건넸다.

"지효만 아니었다면 좋은 날이었을 텐데… 아쉽다. 들어가."

"예…."

망설이기만 하다가 아직도 그녀의 마음을 달래 줄 말을 건네지 못했다. 머릿속에서는 다 정리가 되었는데 목구멍까지 내려오는 길이 천리 길이라도 되는 듯 멀기만 하다. 호두과자로 시간을 벌었는데 이제 더 이상 벌 시간이 없다. 해야 해. 다니엘은 무릎에 놓인 주먹을 한번 꽉 쥐었다 펴고는 입을 열었다.

"인연이 한 가지만이 아니래요. 우연도 인연이고 필연도 인연이거든요."

안전벨트를 풀고 내리는 줄 알았던 다니엘의 엉뚱한 소리에 설랑은 옆으로 고개를 돌렸다. 다니엘은 조용조용하게 이야기를 풀어 나갔다.

"그분과는… 필연이 아니었을 거예요."

아마도 세원과의 파혼을 두고 말하는 것 같다.

"좋으신 분이니까 필연으로 맺어질 분을 만나실 거예요."

"내가… 좋은 사람이야?"

"충분히."

좋은 사람. 어느 누구에게서도 들어 보지 못한 말. 충분하다고 말해 주는 다니엘을 보는 설랑의 눈빛이 흔들렸다. 그러나 바로 평상시의 차가운 눈으로 돌아와 딱딱한 인사말을 건넸다.

"조심해서 가."

"조심해서 가세요."

갑자기 차가워진 설랑 때문에 당황한 다니엘은 뒷자리에서 쇼핑백을 주섬주섬 챙겨 내렸다. 바로 시동이 걸리는 차에서 한걸음 물러섰고 뭐가 급한지 부르릉 소리를 내며 후진을 한 다음 방향을 틀어 사라졌다.

"역시… 주제넘었어. 내일 만나면 사과해야겠다."

자신의 말 때문에 그녀가 차가워졌다는 생각에 근심이 생긴 다니엘은 터벅터벅 오르막길을 올랐다.

톨게이트를 빠져나오자 있는 힘껏 액셀러레이터를 밟았다. 시내를 빠져나오는 동안 욕을 몇 번이나 퍼부었는지 모른다. 옷이 들썩거리도록 펌프질을 해 대는 심장을 달랠 길은 질주밖에 없었다. 고속도로로 들어서자마자 창을 내리고 윙윙거리는 무서운 바람 소리에 복잡한 마음을 던졌다. 좋은 사람? 아니야. 타고나길 그렇게 타고나질 못했어. 앞으로도 좋은 사람 따위는 안 해. 그런 건 미련한 인간들이나 하는 거야. 난 안 해! 그딴 소리하지 마!

미친 듯이 머리카락이 날리고 귀가 먹먹해질 정도의 고속도로의 바람에도 왜 좋은 사람이라는 다니엘의 목소리의 여운은 날리지 않는 건지 설랑은 몰랐다. 한 번도 느껴 본 적이 없는 그 감정은 도저히 해석 불가능이었다.

하루하루가 햇살을 받아 금빛 물비늘을 번쩍이는 잔잔한 호수처럼 평안하고 솜사탕처럼 달콤했다. 엄마는 눈에 띄게 빨리 호전이 되셔서 간단한 음식을 만드시고 다니엘의 속옷도 완성을 하셨다. 퇴근을 하고 오면 환한 불빛과 텔레비전에서 나오는 소리와 왔니? 왔어? 하는 엄마와 석규의 정다운 목소리가 반기는 집이 너무 좋다. 아직은 엄마를 혼자 둘 수가 없어 석규는 제대로 된 일자리를 구하지 못했다. 대신 다니엘이 있는 새벽에 할 수 있는 우유 배달을 다시 시작했다.

어렸을 적에 엄마의 뜨개질 방에는 실을 감는 기계가 있었다. 뭉치 실을 원하는 만큼 두루마리 화장지 같은 형태로 만들어 주는 기곈데 일단 실 끄트머리를 찾아 물레에 건다. 처음엔 불안하게 털털거리는 소음을 내며 돌다가 일정 속도를 타면 뱅글뱅글 돌아가며 모양을 만들어 냈다. 그 기계처럼 엄마와 석규 그리고 저의 일상도 조금은 불안한 출발이지만 금세 자리를 잡을 것이다. 그 일을 위해 죄인의 몸이긴 하지만 아침, 저녁으로 시간을 정해 놓고 간절히 기도했다. 첫 번째는 자신의 죄를 뉘우치고 두 번째로 엄마와 석규의 건강을 빈다. 그리고 제가 아는 모든 사람의 평화를 빌다가 끄트머리에 살짝 설랑 자매의 평화도 빈다. 아는 사람이니까.

화흥에서의 일도 완전히 익혀 경미에게 전화로 물어보지 않아도 척척 주문서대로 재료를 주방으로 보낼 수 있었다. 셰프들과도 친해져 가끔 후식으로 만들어 놓은 뎬신(딤섬)을 맛보기도 한다. 다 좋고 편한데, 한 가지…. 그녀가 화흥에 없다. 경미 말로는 대만으로 출장을 간 것 같다고 했다. 며칠은 편했다. 그런데 그 다음부터는 긴장의 연속이었다. 수시로 메시지를 확인하고 잠을 잘 때도 베개 밑에 넣어 놓고 잠이 들었다. 어제는 아침에 일어나 빈 수신함을 보고는 한참을 액정 화면을 들여다봤다.

다니엘은 조바심이 났다. 보름이 넘게 정부로서의 일을 하지 못했다. 욕정이 솟구쳐서가 아니라 의무 이행도 하지 않고 돈만 받는 것 같아 그것이 마음에 걸렸다. 그리고 간단한 안부라도 전해 줄지 알았는데 북극에 간 것도 아니면서 메시지 한 통 없는 설랑에게 서운했다가 픽 하고 웃고 말았다.

'내가 뭐라고….'

그녀에게는 돈을 주고 산 약간 비싼 장난감일 뿐인데 그런 감정까지 바라다니 참 바보 같다는 생각을 하며 감자 전분을 운반수레에 쌓았다. 고구마 전분도 한 포대 실어야 하고 굴 소스 큰 통도 두 개. 주문서를 생각하며 끙 소리를 내며 만만치 않은 무게의 고구마 전분을 빼내자 훅 하고 하얀 가루가 날아올라 인상을 찌푸리는데 머리 위로 그늘이 졌다. 뒷골이 섬뜩한 느낌에 고개를 들자 설랑이 서 있었다. 하늘색 바지 정장과 재킷을 입고 기하학적인 무늬가 프린트 된 머플러를 맵시 있게 돌려 매고 길었던 머리가 어깨에서 찰랑거리고 있다.

"가루 날려. 조심해서 해."

다니엘은 날아드는 전분 가루를 손으로 저으며 한 발짝 뒷걸음치는 설랑을 보고 장갑을 벗었다.

"안녕하세요…."

"왜 그래? 처음 보는 사람처럼."

"다른 사람 같아요. 머리가…."

제 머리를 가리키며 짧아졌다는 설명을 하자 설랑은 빙긋 웃었다. 대만에 머물 때 미용실에 갔다가 긴 머리보다 훨씬 생동적이고 어려 보인다는 미용사의 꼬임에 넘어가 어깨 정도까지 잘라냈다. 치렁치렁하던 머리보다 가볍고 관리하기도 편해 마음에 들었다.

"재고 파악할 테니까 물품 목록장 준비해. 조금 있으면 조리장님 오실 거야."

"아… 예."

다니엘은 안쪽으로 들어가 선반 위에 올려놓은 파일을 가져와 설랑에게 내밀었다. 눈도 마주치지 않고 파일을 열어 목록을 확인하는 설랑을 보며 다니엘은 대만에는 무슨 일로 다녀왔는지 묻고 싶어 입이 간질거렸다. 그런데 어째 조금 거리가 더 생긴 것 같다. 잊고 있었다. 그녀가 얼마나 감을 잡기 어려운 사람인지…. 그날은 참 다정했었는데 오늘은 또 다른 모습이다. 별명을 지어야겠다. 무지개 여우. 무지개처럼 여러 가지 색을 지닌 앙큼한 여우. 그녀에게 딱 맞다.

"일 안 해?"

"예? 예."

설랑은 찾는 재료가 있는지 맞은편으로 돌아갔고 다니엘은 장갑을 다시 끼고 고구마 전분 포대를 옮겼다.

차곡차곡 포개 놓은 조미료 봉지를 살짝 젖히고 다니엘의 일하는 모습을 훔쳐보았다. 대만에 있는 부동산을 처분도 하고 요리 대회에 나온 새로운 요리도 보기 위해 겸사겸사 출장을 다녀왔다. 갑작스럽게 벌어진 일이라 마지막 비행기로 출발을 했었다. 도착하자마자 대리인을 통해 매매계약을 하고 나머지 땅과 빌딩을 둘러보느라 하루하루를 정신없이 보냈다. 일을 할 때는 잊어버리고 있었지만 호텔의 넓은 침대에 혼자 누워서 다니엘을 생각할 때가 있었다. 내 부재를 궁금해 할까? 아니면 마녀 같은 내가 자리를 비워 시원해 하고 있을까?

비행기가 한국 상공에 들어섰다는 기내 방송을 듣고 계획을 세웠다. 절대 냉정할 것. 사무적인 대화만 할 것. 오랜만에 만난 자신이 그렇게 나왔을 때 다니엘의 반응이 궁금했다. 예상대로 다니엘의 당황한 모습을 본 설랑은 바람난 처녀처럼 가슴이 살랑거렸다. 생각은 했나 보네? 적어도 없어서 시원해 하지는 않았군.

"다니엘!"

"네?"

"이리 좀 와봐."

뭐가 잘못 됐나? 다니엘은 일 처리를 잘못해서 부르는 줄 알고 약간 두려운 마음으로 설랑을 찾아갔다. 파일 안에 끼워진 목록표를 보느라 고개를 숙이고 있는 설랑이 미간을 찌푸리자 겁이 더럭 났다.

"뭐… 잘못 처리한 게 있습니까?"

"나 보고 싶었어?"

"예?"

"보. 고. 싶. 었. 냐. 고."

다니엘은 한 자씩 힘을 주어 끊어 말하는 설랑의 물음에 대답을 할 수가 없었다. 정부가 하기엔 적합하지 않은 말이고 또 여자에게 보고 싶었다는 말은 해서는 안 된다. 아직 그분의 허락을 구하지 못했으니까.

탁 소리가 나게 파일을 닫은 설랑은 그것을 조미료 봉지 위로 밀어 넣었다. 그리고 말랑한 입술을 짧게 마주 댔다 떼어 냈다. 너무나 가벼운 터치여서 현실인지 가상인지 구분이 가지 않을 정도였다. 그러나 마법을 걸기에는 충분했다.

"안 보고 싶었니?"

나비 날개처럼 팔랑거리는 그녀의 음성이 오른쪽 목덜미에 난 솜털을 간질이고 도망쳤다. 거짓말을 할 수 없는 다니엘은 말을 빙 둘러 애매모호한 대답을 내놓았다.

"보고 싶지 않다는 생각은 안 했어요."

"무슨 말이 그래?"

"그게… 그러니까… 아주 많이는 아니고….."

"요만큼?"

다니엘은 엄지와 검지로 5센티만큼 사이를 벌려 보이는 설랑에게 고개를 끄덕였다. 센티로 따지자면 아마 몇 배는 넘을 테지만 그런 말을 했다가 비웃음을 살 것 같아 그냥 고개를 끄덕인 것이다.

"벌려 봐."

"예?"

"입술 좀 벌려 보라고. 나 보고 싶었던 만큼만 벌려 봐."

전분 가루가 묻어 희끗희끗해진 남방의 깃을 잡고 입술을 벌리라는 그녀의 요구를 피했어야 옳다. 그런데 얼굴을 가까이 가져갔다. 5센티를 훨씬 넘게 입술을 벌리고 먼저 그녀의 입술을 찾았다. 상큼한 오이 냄새 같은 향이 나는 립글로스가 발라진 탱탱한 입술에 닿는 순간 오랜 여행을 끝내고 집에 들어섰을 때 느끼는 안도감과 평안함을 음미했다. 자신이 알고 있는 가장 부드러운 것의 이름을 다시 새겨 넣어야 할 것 같다. 입술 안쪽의 야들한 살과 닿는 순간 유혹하듯 한번 건드려 주고 안으로 숨어 버리는 설랑의 혀가 그가 새로 알아낸 최고의 부드러움이다.

이런 것까지 기대한 것은 아닌데 처음이라는 타이틀을 하나 더 뺏어 오게 됐다. 그가 처음으로 덮쳐 키스한 여자. 설랑은 뜨거운 팔이 몸통을 꽉 조여 오는 것을 느꼈다. 갈비뼈가 오그

라들 만큼 우악스럽고 강압적이었다.

아무것도 생각이 나질 않았다. 손을 어디다 두기가 뭐 해 슬쩍 올려놓기만 할 생각으로 설랑의 허리에 가져간 순간 찌르르 전기가 퍼졌고 그녀를 부셔도 좋으니 확 안고 싶은 충동이 이성을 쫓아 버렸다. 이렇게 가는 몸인지 몰랐다. 알싸하면서 달디단 혀가 얽히고 그 안에 고인 단물을 원 없이 빨아들이자 그 소리가 고스란히 귀에 들려와 야릇한 기운이 척추를 타고 발가락 끝까지 흘렀다.

대담해진 다니엘은 자신의 가슴에 눌린 가슴의 맨살을 찾아 블라우스 속으로 손을 집어넣었다. 조심스럽게 올라가는 손등위로 매끄러운 실크 속옷이 흘러내렸고 두근거림이 느껴지는 가슴이 숨어 있는 브래지어가 손끝에 닿았다. 거침없이 밀어 올리고 무게가 약간 느껴지는 가슴 아랫부분을 감싸 올렸다. 무례한 침입에 반기라도 하듯 발끈 솟아오른 봉오리가 잡힌 순간 민망한 중심도 따라 부풀었다. 쥐는 것으로는 성이 차지 않아 허리를 바싹 당겨 안고 약간 휜 가슴을 탐했다.

아직 익숙하지 않은 놀림에 봉오리가 알싸하게 아파 왔다. 너무 놀랄 일이다. 항상 마지못해 안고 만지던 다니엘 대신 엄청난 열기와 불꽃을 가진 뜨거운 사내가 자신의 가슴을 빨아들이고 있었다. 행여나 도망갈까 손으로는 엉덩이를 꽉 움켜잡고 숨이 찬지 헉헉 소리를 내며 축축하게 만든 가슴을 버려두고 옆으로 옮겨가 그곳에도 단비를 내렸다. 강렬하게 몸을 울리는 쾌감에 설랑은 허리를 비틀며 깨끗한 샴푸 향이 나는 그의 머리를 감싸 안았다.

"다니엘… 헉…."

"미안…해…. 그만 할…."

그만 하고 싶었다. 아직 조금 남아 있는 이성이 조리장님이 오시기로 했다는 사실을 상기시켜 주었고 귀하디귀한 그녀가 창고에서 그것도 먼지투성이인 자신과 하고 싶어 하지 않을 것도 가르쳐 주었다. 그리고 혼인을 통하지 않는 육체의 결합이 얼마나 무서운 죄인지도 분명하게 생각났다. 그런데 통제 불가능이다. 말과는 달리 그의 손은 뭔가에 끌리는 것처럼 그녀의 바지단추를 풀고 섬세한 레이스로 장식한 팬티 안으로 미끄러져 들어갔다.

"헉… 안 돼. 다니엘… 그만 해!"

"알았… 어요…. 허헉…."

통통하게 달아오른 살점을 놓기가 싫었다. 너무나 잘 기억하고 있는 그 안의 뜨거움과 부드러움이 입이 말하는 것을 배반하게 만들었다. 단물을 흠뻑 머금은 꽃잎을 슬쩍슬쩍 문지르자 한 손에 담긴 그녀의 엉덩이가 바싹 조여들었다.

다리에 힘이 풀려 도저히 다니엘을 밀어낼 수가 없었다. 그가 주는 알싸하고 얼얼한 자극이 니무나 좋았다. 엉덩이를 집아 주긴 했지만 주저앉아 버릴 것 같아 긴장해 단단해진 다니엘의 어깨를 잡고 버텨야 했다. 갖고 싶어. 당장 그를 품고 싶다고 몸은 아우성을 쳐 댔다.

"다니엘… 다니엘…."

"흡!"

그는 제 이름을 부르는 설랑의 입술을 덮쳐 달콤한 숨을 다시 빨아들이고 뜨거운 자신의 숨을 불어넣었다. 치명적이라는 말을 이런 때 쓰지 않으면 의미가 없을 것이다. 두 사람은 치명적인 유혹에 빠져들었다. 그러나 다니엘은 아직 허락받지 못한 천사. 삐거덕 문이 밀리는 소리가 나고 풍부한 성량의 류시앙의 목소리가 다니엘을 불렀다.

"어디 갔나? 어이! 사장님!"

재고 정리를 하겠다고 이곳으로 호출을 내린 설랑의 모습도 보이지 않고 다니엘도 보이지 않자 안쪽으로 들어선 순간 우당탕 소리가 났다.

"앗!"

"슈에랑!"

설랑의 비명 소리에 놀란 류시앙은 육중한 몸으로 소리가 나는 안쪽으로 뛰어왔다. 하얀 가루를 뒤집어 쓴 설랑과 다니엘이 손을 내저으며 콜록거리고 있었다.

"콜록!"

"에취!"

"아이 요! 슈에랑. 메이셜바 니 젼머양?(아이고! 설랑아. 괜찮으냐?)"

"쓰. 메이 꾸안 시. 에취!(예. 괜찮아요. 에취!)"

"자네 괜찮은가?"

"예, 쿨럭!"

바닐라 향이 진동을 했다. 튀김에 넣는 바닐라 향 파우더가 바닥에 나뒹굴고 있는 걸 보니 위쪽에 올려놓은 걸 끄집어 내리다가 터진 모양이다.

"설랑아 이쪽으로 와라. 자네는 그것 좀 치우고."

"예."

머리를 털며 설랑이 다가가자 류시앙은 큰 손으로 옷을 털어 주며 그녀를 데리고 밖으로 나갔다. 단내가 강한 바닐라 냄새에 싸인 채 남겨진 다니엘은 멍했다. 문이 열리는 소리가 나자 번개보다 빠르게 저를 밀쳐 낸 그녀가 벗겨진 옷을 수습하고 류시앙의 목소리가 들리자 위쪽 선반에서 파우다를 쏟아 버렸다. 하얀 가루는 열정에 휩싸여 달아오른 얼굴을 가리기 충분했고 두 사람이 같이 있을 수밖에 없던 이유까지 만들어 냈다. 설랑의 재치가 아니었다면 둘 사이의 부적절한 관계가 탄로날 뻔했던 위기일발의 순간이었다.

그녀는 모르지만 그녀가 그에게서 빼앗아 간 첫 번째의 타이틀이 하나 더 있었다. 처음으로 그녀의 몸을 탐하고 겁이 나지 않았다. 모든 것을 알고 계신 그분이 두렵지 않았다. 부끄럽지도 않다. 자신의 손길에 바르르 떨며 갈망하던 그녀가 아름다웠다. 그 아름다움은 다니엘에게 앙금처럼 남아 있던 죄책감과 부끄러움을 걷어 갔다. 그리고 손톱만큼 남아 있던 사제가 되고 싶었던 갈망을 산산이 부숴 버렸다. 다니엘은 무릎을 꿇고 흐트러진 파우다 봉지를 박스에 담으며 고백하고 간청했다.

"버리면 죽을 줄 알았는데… 버리고도 살 수 있을 것 같아요…. 용서해 주세요…. 그리고 허락해 주세요."

고해 성사를 봐 주셨던 신부님 말씀처럼 그녀와 부부가 되는 것까지는 바라지 않는다. 현실적으로 불가능한 일이니까. 7살이나 어리고 화장품 하나 사 주는 것도 부담이 가는 가난뱅이에게 그녀는 눈도 뜨지 않을 것이다. 자신의 모든 것을 주관하시는 그분께 허락을 바라는 것은 계약 기간 동안만 그동안만 그녀를… 사랑하는 것.

사무실에 달린 작은 욕실에서 파우더로 범벅이 된 몸을 깨끗이 씻고 머리를 말리고 묶는 것으로 대충 마무리를 했다. 앞머리를 살짝 덮는 스타일로 고정시키고 비상용으로 준비해 둔 검정 원피스를 꺼내 입었다. 갑자기 상을 당하거나 중요한 모임이 있을 때를 대비해 검정 색의 옷을 한 벌씩 가져다 놓는데 오늘도 유용하게 쓰였다.

기초화장을 끝내고 피부에 스며들기를 기다렸다 색조 화장을 해 나갔다. 자연스러운 눈썹을 연출하기 위해 밤색 아이섀도를 살짝 덧바르고 살구색 아이섀도를 눈꺼풀에 펴 발라 부드러운 이미지를 만들었다. 파우더를 꼼꼼하게 펴 바르고 립글로스를 바르다 가운데 통통한 부분에 솔이 닿자 다니엘의 입술이 누르는 듯한 착각이 들었다. 순간 몸이 찌릿찌릿하면서 목뒤의 솜털이 일제히 일어났다. 숨을 쉴 틈을 주지 않고 몰아붙이던 혀의 움직임이 아직도 입 안에 고스란히 남아 있다.

"미쳤어…."

애송이에 불과한 그에게 주도권을 잃을 거라고는 생각하지 못했다. 현란하고 기술적인 손놀림도 아니고 열에 들떠 자기가 무엇을 하는지도 모르는 손길에 폭발해 버릴 것 같은 쾌감과 환희를 느꼈다. 류 아저씨가 나타나지 않았다면 선 채로 관계를 가졌을지 모를 일이다. 정부로서의 발전을 환영해야 하나? 그런데 조금 미안하기도 하다. 자신만 아니었다면 하얀 상태로 남아 있을 순진한 그를 저와 같은 부류로 만들어 버린 것이 마음에 걸린다.

"끝나면 놓아줄 건데 뭐… 알아서 하겠지. 깨끗한 물을 더럽히는 것은 쉽지만 다시 맑게 만드는 것은 어려워. 하지만 그것까지 내가 걱정할 필요 없잖아. 계약이 끝나면 바로 버릴 거야."

차가운 표정으로 돌아온 설랑은 화장을 마무리했다.

迷戀也是愛乎也
미련도 사랑이죠

보통의 중식당이 붉은색으로 요란하게 치장하는 것과 달리 화흥의 인테리어는 나뭇결을 그대로 살린 자연스러움을 가지고 있다. 군데군데, 붉은 등과 술이 달린 매듭이 달리고 화려한 자개로 만든 벽 장식과 세월의 흔적이 고풍스러움으로 남은 고가구가 중국 본토에 있는 식당에 앉아 있는 듯한 환상을 덤으로 준다.

전통악기인 얼후와 월금이 만들어 내는 몽환적인 음이 물처럼 흐르는 화흥의 홀에는 저녁을 즐기기 위해 삼삼오오 모인 사람들로 꽉 차 있었다. 가족도 있고 회사 동료와 함께 온 사람들 그리고 연인들. 가지각색의 사람들이 맛있는 음식과 함께 대화를 나누며 깊어 가는 밤을 즐기고 있었다.

매너 강사에게 정기적으로 교육을 받는 직원들은 최고의 미소와 친절로 손님들을 맞이하고 있었다. 손님들의 표정도 매우 만족한 편이고 갑작스럽게 실시한 화장실 위생 상태도 나무랄 데가 없어 흐뭇했다. 별관을 둘러보려고 현관을 나왔을 때 다리를 건너오고 있는 세원을 발견했다. 양복을 입은 중년의 남자 서너 명과 함께였는데 가증스럽게도 설랑을 발견하자 손을 들어 아는 체를 했다. 다리를 다 건너온 그는 마치 직녀를 만나러 온 견우라도 되는 양 위선이 가득한 다정한 눈웃음을 지어 보이며 그녀 앞에 섰다.

"접대할 분이 중국 요리를 좋아하신다고 해서. 워낙 미각이 뛰어난 분이시라 다른 곳으로 모시기가 어려웠어."

"잘 왔어."

세원은 설랑의 호의적인 대답에 주제넘게도 그녀를 일행에게 소개했다.

"소개해 드리겠습니다. 제 친구이고 이곳의 주인이죠."

"안녕하십니까? 처음 뵙겠습니다."

"안녕하세요. 하설랑이라고 합니다."

세 명의 남자들과 인사를 나누고 총지배인에게 별관으로 자리를 잡도록 지시를 내렸다. 직접 서빙을 해 줄 생각이다. 그의 사업과 관련이 있는 사람들과의 미팅인 것 같으니 빼낼 정보도 있을 것 같다. 사람의 도리를 저버리고 가당치도 않게 다시 자신에게 군침을 흘리는 승냥이를 사냥할 계획에 필요한 정보 말이다. 이럴 때는 머리는 텅 비었지만 빼어난 미모를 남겨 준 엄마에게 감사한다. 아름다운 외모가 아니었다면 그가 다시 자신을 찾아올 이유는 절반으로 줄었을 테니까.

"퇴근하자."
"나는 조금 있다가 해야 해."
"왜? 일이 아직 남았어?"
"내일 조리장님이 새로운 재료 들어온다고 자리 마련해 두라고 하셨거든."
"내일 아침에 해. 저녁에 무슨 창고 정리니?"

급한 일이 결코 아니다. 내일 아침에 나와 20분만 꼼지락거리면 가능한 일을 오늘 하겠다고 마음먹은 것은 설랑 자매 때문이다. 여러 날을 혼자 보냈을 테니 오늘은 분명 호출을 할 것이다. 돌아가다 다시 되돌아올 수 있을 지도 모르고 아니면 5분 안에라도 핸드폰이 울릴지도 모른다. 아니 그전에 자신이 먼저 단축 버튼을 누를 수도 있다. 그러니까 퇴근하는 것은 잠시 보류. 집에도 야근 때문에 늦는다고 미리 전화를 해 두었다.

"어이구 충신 났다. 전분 포대 껴안고 즐거운 밤 보내라. 나 갈란다."
"그래, 참 김치 너무 맛있었다. 내가 밥 살게."
"밥 말고 술이나 사. 요새 짜증나 미치겠어."
"왜? 말을 안 들어?"

사무실 열쇠를 꺼내 든 경미는 통통 부은 목소리로 애인 흉을 봤다.

"남자들은 왜 그러는 거니? 안 되는 줄 알면서도 꼭 통금 시간 넘기고 저랑 같이 있어야만 사랑하는 것이라고 우겨. 처음엔 그전에 보내 준다고 했다가 질질 짜고 매달리고, 것도 안 먹히면 성질부리고. 너도 그래?"

일 분, 일 초 사이에도 세상이 변할 수 있다는 것을 아는 사람이 몇이나 될까? 오늘 오전이었다면 아니라고 자신 있게 대답했을 것이다. 하지만 다니엘의 세상은 변했다.

"같이 있고 싶으니까 그럴 거야. 다른 이유 없이 그냥 보고 싶어서…."

"너나 그렇지. 보고만 있으면 내가 그래? 어유 피곤해 죽겠는데 눈 초롱초롱해 가지고 침 흘리고 덤벼들면 진짜 짜증나. 킥킥. 넌 남자 같지 않아서 별소리를 다 하게 돼."

다니엘은 잔웃음을 뿌리며 문을 잠그던 경미가 날린 말에 턱을 강타당한 것 같은 충격을 받았다.

"내가… 남자답지 않아?"

경미는 너무나 심각하게 묻는 다니엘에게 두 손을 내저었다.

"아니 여성스럽다는 것이 아니라 네가 워낙 다정다감하고 나이답지 않게 진중하니까 부담스럽지가 않다는 거지. 편안하고."

"남자한테 남자 인 같다는 소리는 최대 욕이야. 안 되겠다. 이미지 변신해야지."

"그러지 마. 그럼 너랑 안 논다! 갈게, 수고해."

"잘 가."

경미와 헤어지고 창고로 가면서 꼼꼼히 비교를 해 보았다. 비교 상대는 설랑 자매 전 약혼자. 통상적인 남자답다는 의미를 모두 가지고 있는 그 사람과 외모부터 비교를 시작했다. 저보다 키가 한 6센티는 더 클 것 같고 떡 벌어진 어깨에 고급 양복이 잘 어울리는 전형적인 사업가 스타일이다. 그에 반해 자신은 180센티에서 1센티가 빠지고 그만큼 어깨도 넓지 않다. 고급 양복 대신 일하기 편한 남방이나 점퍼 차림이고 가루가 든 재료를 만지면 어깨나 머리가 하얗게 될 때도 있다.

그 사람은 그녀가 원하는 모든 것을 사 줄 수 있을 것이다. 그리고 그녀도 사람들에게 그를 자신 있게 또 자랑스럽게 소개하겠지? 나처럼 숨겨야 하는 정부 따위가 아니니까.

변하고 싶다. 완벽한 그녀를 무장해제시켜 버린 남자다운 그 사람처럼 강하고 든든한 사내가 되고 싶은 갈망이 생겼다. 설랑 자매가 좋아하는 스타일로 바꾸고 싶다. 여자를 사랑하는 것은 한 번도 생각하지 못했던 다니엘이 변하고 싶은 이유가 사랑 때문이라는 것을 알아차린 순간, 연한 초록빛 희망의 떡잎이 싹을 틔웠다.

짐작했던 대로 세원의 일행은 투자자들이었다. 분양이 안 되는 오피스텔에서 얻은 타격을 완충해 줄 계획을 세운 모양이다. 신도시에 주상복합 건물을 짓기 위해 투자자들을 열심히 설득하는 그에게 가끔 옅은 미소를 지어 주며 호스트를 대신해 손님들을 대접했다. 은근한 목소리로 고마움을 표시하는 세원에게 설랑과의 사이를 묻는 짓궂은 사람이 있었다. 웃기지도 않은 질문에 더 우스운 대답이 흘러 나왔다.

"저에게 과분한 최고의 여자죠."

졸지에 추한 정부가 되어 버린 기분이었다. 제 딴에는 최고의 찬사라고 지껄인 모양인데 구정물을 뒤집어쓴 것처럼 추잡스럽고 모욕적이었다. 다니엘도 이런 기분일까를 생각하다 필요한 정보를 다 얻은 후에 양해를 구하고 자리를 빠져나와 시간을 보니 8시 15분이었다. 퇴근했을까? 가는 중이면 돌아오라고 해야지. 연결음 하나 없는 건조한 '뚜' 하는 소리가 딱 한번 나고 듣고 싶었던 목소리가 새어 나왔다.

"예."

도레미 중에 레쯤 되는 톤의 목소리가 약간 크게 들렸다. 기다리고 있었나?

"퇴근했어?"

"아직 창고예요. 일이 좀 남았어요."

"저녁은 먹었니?"

"아니요, 끝내고 먹으려고요."

다른 때는 '난데 좀 볼까? 기기로 와.' 이렇게 지시하는 말만 하다가 저녁을 챙기는 일상적인 대화는 영 어색하다. 하지만 다음 것도 해 볼 생각이다. 새로운 시도에 정신이 빠진 설랑은 문이 열리는 소리를 듣지 못했고 반짝거리는 검정 구두가 두터운 양탄자를 밟으며 자신을 향해 다가오는 것도 눈치 채지 못했다.

"나 밥 사 줄래?"

가슴이 콩닥콩닥, 숨이 목으로 차올랐다. 밥을 사 달라는 그녀의 말이 너무나 반가웠다. 밥을 먹고 이야기도 하고 출장에서 돌아와서 피곤할 텐데 데려다 준다고 하면 사양하고 지하철로 가야지. 번개같이 짧은 순간인데 완벽하게 코스와 시간까지 잡은 다니엘이 물었다.

"뭐 드시고 싶으신데요?"

"글쎄, 나가서 고르자."

"그럼, 버스 정류장 있잖아요. 편의점 앞에 있는 거 거기서…."

"앗!"

설랑의 놀란 소리가 전화기를 타고 다니엘의 귀에 전해졌다.

"자매님?"

전화기를 움켜잡고 설랑을 부르던 다니엘의 얼굴이 새파랗게 변했다. 전화 속에서 세원 씨! 하는 설랑의 목소리가 점점 멀어지고 안 된다고 하는 소리에 가만 있으라는 남자의 목소리가 들렸다. 그리고 전화가 끊겼다.

능수능란하게 입속을 유영하는 세원의 혀에 뜨겁게 반응하는 연기를 해 보였다. 단단한 팔로 설랑을 감싸 안아 책상 위에 올려놓은 그는 그녀의 다리를 자기 허리에 감고 스타킹으로 감싼 미끌미끌한 허벅지를 쉴 새 없이 쓰다듬었다. 덕분에 스커트가 허리까지 말려 올라갔다. 세원은 설랑의 탐스러운 엉덩이를 짜내는 것처럼 움켜잡고 한때는 달콤했었던 타액을 들이밀었다. 마지못해 그 타액을 빨아들이고 있는 설랑은 흥분되기는커녕 짐승처럼 달려드는 그에 대한 경멸하는 마음만 커졌다. 임신한 부인과의 사이에서 허기가 졌는지 다급하게 팬티스타킹을 밀어 내리는 그의 손길에 몸이 움찔했다. 치한에게 당한 적은 없지만 분명 이 느낌과 똑같을 것 같다. 당장이라도 급소를 걷어차고 싶지만 얼마 남지 않은 파멸의 만찬을 망칠 수가 없어 거짓 신음 소리를 내었다.

"으… 으흡….

"네가 그리웠어, 불꽃처럼 달아오르는 예민한 너를."

"부인은… 그렇지… 않아?"

"비교하지 마. 가치도 없어."

세원이 어려운데 친정에서 더 이상 자금 지원이 곤란하다고 하는 것에 미안해하는 여리디여린 아내는 임신을 한 뒤로는 아이가 걱정된다며 그가 좋아하는 격한 체위는 절대 하지 못 하게 했다. 세원은 아직 국회의원 아버시라는 타이틀 때문에 봐주고 있지만 욕구불만으로 죽을 것 같았다. 그런 반면 자신과 마찬가지로 성에 대해서는 무척 솔직한 설랑은 이렇게 뜨거운 신음 소리를 내며 반겨 주고 있다. 세원에게 이것은 봉사다. 돈줄이 되어 줄 그녀와 즐기고 도움도 받으려면 이 즐거운 봉사를 마다할 필요가 없다. 자신이 본 여자의 가슴 중에 가장 아름다운 가슴을 움켜잡고 비틀자 더욱 진한 신음 소리를 냈다.

빌어먹을! 끝까지 가길 원하는 세원을 달래 빠르게 처리를 하고 나서 자금도 융통해 주겠다는 달콤한 약속까지 하느라 40분이 넘게 걸렸다. 세원이 나가고 집어 든 전화기에서는 뚜뚜 소리만이 흘러나왔다. 세원이 전화를 뺏는 찰나에 끊은 것 같아 가슴을 쓸어내렸다. 머리를 가다듬으며 약속 장소로 나오자 플라스틱 의자에 앉은 사람들 중에서 다니엘을 발견했다. 빵빵하고 클랙슨을 눌렀더니 옆에 앉은 아주머니와 이야기를 나누던 그가 손을 들어 보이고 다가와 차에 올랐다.

"늦지? 갑자기 손님이 와서."

"저도 정리하는 데 시간이 좀 걸렸어요."

"뭐 사 줄 거야?"

"주꾸미가 제철이래요. 옆에 앉아 계시던 아주머니가 맛있는 집을 가르쳐 주셨거든요. 그거 드실 수 있어요?"

"응, 좋아하는 거야."

사실 연체동물과는 별로 친하지 않다. 그러나 좋다고 했다. 목적을 완수하기 위해서긴 하지만 세원의 손길에 혀에 몸을 맡기고 난 후의 기분은 특별한 사람을 속이고 부정을 저지른 여자 같아 연체동물이 아니라 파충류를 권해도 따라주고 싶었다. 웃기지도 않은 감정이긴 하지만 그렇다.

"약수 역 근처래요. 여기서 가까워요."

"안전벨트 매."

다니엘이 벨트를 매자 부드럽게 차가 움직였고 서로 다른 복잡 미묘한 감정을 가진 두 사람이 같은 길을 달렸다.

다니엘과 함께 온 식당의 바닥은 사람들의 발길에 닿고 닳아 반질반질 윤까지 나 있고, 의자는 앉는 부분을 비닐로 덮어 놓은 조악한 철제 의자다. 평범한 사람들이 편한 사람들과 양념이 된 주꾸미를 연탄불에 구워 먹는 원탁이 있는 자그만 식당에서 말끔하게 차려입은 설랑은 매우 튀는 존재였다.

"물! 후우, 후우…."

"물 마시면 더 맵데요. 이거 드세요."

시원한 사이다를 건네자 꿀꺽꿀꺽 마시다 그것도 안 되겠는지 입 안에 잔뜩 머금고 있는 설랑에게서 그녀의 트레이드마크인 차가운 표정은 찾아볼 수 없었다. 매운 주꾸미가 그녀에게서 얼음 같은 차가움을 모두 걷어가 버린 것 같다. 버스 정류장에서 몇 번이나 집으로 가는 버스를 타 버릴까 갈등했다. 전화가 끊기고 가슴을 치는 고동에 잠시 숨을 멈추고 있던 다니엘이 붕 뜬 걸음으로 사무실로 달려갔을 때 미처 닫히지 않은 문틈으로 본 광경이 고뇌의 이유였다.

스커트를 허리까지 밀어 올려 둥근 엉덩이가 들어난 그녀의 가슴을 그 남자가 잡고 있고 그녀가 어떻게 했는지 갑자기 몸을 경직시키며 탄성이 묻은 신음을 토해 냈다. 그리고 보조를 맞추는 듯 가느다란 허밍 같은 설랑의 신음 소리에 다니엘은 크나큰 배신감을 느꼈다. 그녀가 자신과 할 때도 같은 소리를 냈었다는 사실에 꽉 쥔 주먹이 바르르 떨렸다. 그러다 이내 허탈해졌다.

'내가 뭐라고… 그 사람이 먼저 들었던 소린데 바보. 다른 사람과 해도 똑같이 반응하고 저런 소리를 낼 건데… 미련퉁이.'

미련퉁이라 미련도 많아 버스 정류장에서 옆에 앉은 아주머니가 건네는 말을 받아주며 버스 3대를 보내고 그녀를 기다렸다.

사이다를 꿀꺽 삼키고 난 설랑이 자신을 빤히 쳐다보고 있는 다니엘에게 불판에서 몸을 오그리고 있는 주꾸미를 그의 밥 위에 올려주었다.

"먹어. 맵긴 한데 맛있다. 네가 사는 거니까 많이 먹어. 후후."
"네, 자매님도 어서 드세요."
"응, 맛있다."

이마에 맺힌 송글송글한 땀을 닦아 가며 뜨거운지 입술을 오물거리는 설랑에게 씩 웃어 보인 다니엘은 그녀가 건넨 매운 주꾸미를 입 안에 넣었다.

식당을 나와 아직도 입 안이 화끈거린다는 설랑에게 오렌지

주스를 사 주고 주차를 해 놓은 곳을 향하다 액세서리 자판을 발견한 다니엘이 몸을 수그렸다. 보석 대신 알록달록한 유리알을 이어 만든 귀걸이와 목걸이들이 불빛에 반짝거리는 것이 여간 예쁘지가 않았다.

"뭐 해?"

내심 기대가 됐다. 그가 아는 유일한 여자는 자기뿐이니 당연히 자신을 주려고 들여다보는 것이라 넘겨짚은 것이다. 한 짝만으로도 판 위에 펼쳐진 조악한 액세서리를 몽땅 사고도 남을 귀걸이를 하고 있지만 다니엘이 만지작거리고 있는 초록색 구슬이 달린 귀걸이가 탐이 났다.

"경미요. 저번에 김치를 얻어먹었어요. 성의 표시를 해야 하는데 이거 사다 줄까 봐요. 예쁘죠?"

"응? 응, 예쁘다."

사실은 경미를 사주고 싶은 것이 아니라 그녀에게 사 주고 싶었다. 하지만 값비싼 보석만 하는 그녀가 유리알 따위가 성에나 찰까 싶고 또 아까 그 남자를 안고 있었던 것에 대한 작은 벌로 경미를 끌어들인 것이었다.

"그런데 선물로 주기에는 너무 값싸 보이지 않니?"

방금까지 탐나 했던 것은 취소하고 값싸 보인다고 깎아내려 버렸다. 설랑은 아직 다니엘을 잘 모른다. 신물이란 가격보다 그 안에 담긴 마음이 중요하다고 믿는 그에게 그녀의 그런 비아냥거림은 통하지 않았다. 지렁이도 밟으면 꿈틀한다고 약간 꼬인 다니엘의 태도는 상당히 도도하고 불손했다.

"월급 타면 좋은 거 사 주고 당분간은 이걸로 만족하라고 해야죠. 이거 주세요."

그뿐 아니었다. 횡단보도를 건너려고 신호등을 바라보고 있을 때 찬송가를 틀고 바닥을 기며 구걸을 하는 사람이 있었다. 행여 닿기라도 할까 다니엘에게 바싹 다가갔는데 다니엘은 설랑을 두고 그 사람에게 가 버렸다. 귀걸이를 사고 남은 돈을 주머니에 넣었었는지 반으로 접은 천 원짜리 두 장을 바구니에 넣어 주고 돌아왔다. 신호등이 바로 바뀌었고 걸으면서 설랑은 그의 잘못을 지적했다.

"저런 사람들 중에 반은 저게 직업이고, 심지어 정상인도 있데. 함부로 돈 주고 하지 마. 가치 없어."

"좋은 노래를 들은 값이에요. 주크박스라고 생각하면 가치가 충분해요. 가난하긴 하지만 2천 원 없다고 죽지는 않으니까 무리도 아니고요."

짜증이 확 몰려왔다.

'오늘 왜 이러는 거야? 내가 저번에 싫다고 말했는데도 버젓이 그 계집애 귀걸이를 사고 적선을 하지 말아야 할 합당한 이유를 설명했더니 정색을 하고 가난까지 들먹여 가며 대들어?'

모처럼 좋은 날을 망치고 싶지 않아 솟구치는 화를 꾹 누르고 신호등의 경고음을 들으며 횡단보도를 건넜는데 다니엘이 재촉했다.

"시간이 늦었으니까 가까운 데로 가요."

"뭐?"

"해야죠, 그거."

순간 충격으로 설랑의 머릿속이 뒤집어지는 것 같았다. 그것도 코스에 들어 있긴 했지만 다니엘의 입을 통해 듣는 것은 느낌이 너무나 달랐다. 다니엘과 한 계약이 성매매가 주로 포함되긴 했지만 지금 이 느낌은 인터넷으로 만난 어린 남자애와 정사를 즐기기 위해 사람들 눈을 피해 후진 여관 골목을 헤매는 추잡스러운 늙은 여자 같았다. 횡단보도를 건너기 위해 사람들이 다시 하나 둘 몰려들었고 설랑은 너무 어의가 없어 겨우 누르고 있던 화를 폭발시키고 말았다.

"네가 몸이나 팔러 나온 창녀야? 어떻게 그런 말을 할 수가 있니? 응!"

주의 사람들은 창녀라는 단어에 옆 사람과 소곤거렸다. 다니엘도 듣긴 했지만 놀라지 않았다. 대신 무표정한 얼굴로 서늘한 목소리를 내뱉었다.

"그럼 오늘 할 일은 끝난 것 같으니까 갈게요. 운전 조심해서 가세요. 내일 뵙겠습니다."

설랑은 꾸벅 고개를 숙여 인사를 한 다니엘이 공중전화 박스 옆 택시 승강장으로 기 택시에 오를 때까지 땅속에 뿌리박힌 나무처럼 그 자리에서 움직이지 못했다. 다니엘이 탄 택시가 제 앞을 지나쳤고 신호가 바뀌자 사람들은 건너오고 건너

갔다. 뚜르르 울리는 경고음에 겨우 정신을 차린 설랑은 창백한 얼굴로 주차장을 향해 걸었다.

들어오다 열어 본 안방에는 엄마가 깊이 잠이 들어 계셨다. 석규는 한참 게임에 빠져 다니엘이 들어와도 건성으로 겨우 인사만 하고 다시 모니터로 눈을 돌렸다.
"왔어?"
"엄마 약 챙겨 드셨어?"
"응, 으씨 이 짜식이 감히 내 피 같은 돈을 3백만 원이나 따고 날러?"
"일찍 자. 새벽에 나갈 거면서."
"알았어, 조금만 더 하고."
집에서 입는 옷으로 갈아입으며 주머니에서 비닐봉지에 담긴 귀걸이를 책상 서랍 속으로 던져 넣었다. 오늘 자 보고 화가 안 풀리면 경미를 줘 버릴 생각이었다. 하긴 경미 핑계를 대지 않고 당신에게 주는 선물이라고 건넸어도 그녀는 받지 않았을 것이다. 값비싼 진짜 보석만 하는 그녀가 겨우 유리알 귀걸이 따위가 눈에나 찰까….
"야근했는데 뭐 맛있는 거 안 사 줘? 그 아줌마 돈도 많다면서."
"주꾸미 구이 먹었어. 사이다랑."
"맛나던?"
"어, 맛나."

사실 무슨 맛인지 하나도 기억이 나지 않는다. 매워 혼이 나는 설랑에게 사이다 따라 주고 제 마음 추스르느라 맛을 느끼지 못했다. 시원할 줄 알았다. 그녀가 자신을 골리고 속상하게 하는 것의 십 분의 일만 돌려주면 뻥 뚫릴 줄 알았는데 되레 수렁처럼 진득거리는 가슴이 되어 버렸다.

"으씨!"

욕 같지도 않게 담담하게 으씨를 외치는 다니엘을 돌아본 석규가 너털웃음을 터트렸다.

"그것도 욕이라고 하냐? 씨팔, 졸라, 쓰벌, 골라 봐. 이 형님이 특강해 줄 테니…."

욕이라는 것을 하면 가슴이 시원해질 줄 알았더니 이것도 아니다. 가슴은 불덩이를 담은 화로처럼 뜨겁기만 했다.

식은땀으로 손바닥이 축축해 수화기를 몇 번이나 떨어뜨렸다. 칼로 베인 듯하다는 느낌을 온몸으로 느끼고 있었다. 운전을 하고 돌아올 때부터 윗배가 콕콕 쑤셨었다. 집으로 돌아오자마자 다니엘에게 받은 스트레스 때문이라고 생각하고 어떻게 혼을 낼까 궁리 끝에 다니엘이 끔찍히 위하는 그의 가족들에게 자신과 그의 부적절한 관계를 살짝 드러내는 방법을 택했다. 내일 저녁 불러 돌려보내지 않고 밤새도록 그를 가져야겠다는 생각에 사특한 웃음이 나왔다. 샤워를 하고 머리를 말릴 때쯤까지도 별 증상이 없어 위스키를 옅게 해서 한잔을 마시고 잠이 들었는데 안쪽에서 칼로 살점을 베어내는 고통에 몸부림을 치며 일어났다.

제일 먼저 지효에게 전화를 했더니 또 어디 호스트바나 나이트에서 광란의 파티를 벌이는 모양인지 통화가 되지 않았다. 류시앙 아저씨에게도 전화를 걸었지만 전원이 꺼져 있다는 소리만 들었다. 이내 두려움이 되어 그녀를 덮쳤다. 혼자 이렇게 죽으면 시체가 다 부패한 다음에나 발견되지 않을까? 그 순간 퍼뜩 다니엘이 떠올랐다. 하지만 오기로 이를 악물고 119 버튼을 눌렀다. 버튼 하나를 누르는데 또 끔찍한 통증이 허리를 구부리게 만들었다.

"악…."

창자가 다 꼬이는 듯 숨소리도 내지 못할 만큼의 통증이 악마처럼 그녀를 괴롭혔다. 뚝뚝 떨어지는 식은땀이 설랑의 고통스러운 상태를 말해 주었다. 뜨거운 눈물이 두 뺨을 타고 내렸다. 부르르 떨리는 손가락으로 1과 9를 누르며 욕을 해 댔다.

"나쁜 새끼…."

이딴 통증 따위로 운 적도 없고 혼자 죽을 것을 두려워해 본 적도 없다. 그런데 그 망할 다니엘 녀석 때문에 청승맞게 눈물을 흘리는 겁쟁이가 되어 버렸다. 신호가 가는 사이에도 그것이 분하고 서러워 뚝뚝 눈물을 떨어뜨렸다.

"보이… 기만 해. 죽여 버릴 거야… 아악…."

"네 119입니다. 말씀하십시오."

"여기… 삼릉 애너빌… 102동 808호인데…. 제가 배가 아파요… 병원에 가야겠어요….”

심상치 않은 설랑의 목소리에 대원은 바로 구급차를 보내겠다고 준비하라고 지시했고 설랑은 전화를 끊고 걷지도 못하고 거의 기다시피 현관을 향해 몸을 끌었다. 한 번 움직일 때마다 배가 되는 통증을 느낄 때마다 냉정하게 돌아서 택시를 타고 가 버린 다니엘의 모습이 나타났다.

잠이 안 와 이리저리 뒤척이는데 옆에서 큰 대 자로 뻗어 코를 고는 석규 때문에 자는 것을 포기하고 자리에서 일어났다. 깜깜한 방 안에 스며든 건너편 교회의 붉은 네온 십자가의 붉은 빛에 감싸인 채 멍하니 앉아 성질을 부리던 설랑을 생각했다. 그 성격에 전화 한 통 없는 것이 걱정이 됐다. 행여 운전하다 사고를 낸 건 아닐까? 아니면 또 저번처럼 술에 만취해 호스트바나 아니면 그 사람과 있을지도 모르지. 다른 남자와 다리를 얽고 팔로 등을 안고 있는 설랑의 벌거벗은 모습을 떠올리자 저도 모르게 어깨가 경직됐다.

고개를 저어도 뇌리에 찰싹 달라붙은 불안감은 떨어지지가 않았다. 석규의 코 고는 소리가 한 톤을 높여 방 안을 진동시키자 시간을 때울 생각에 일어나 컴퓨터를 컸다. 전원을 누르자 확 터져 나온 파란빛이 피곤에 지친 다니엘의 얼굴을 밝혔다. 인터넷을 연결해 음악 방송을 틀어 놓고 메일함을 열었다.

새벽 두 시가 넘었는데도 힘찬 마야의 목소리가 산바람처럼 시원했다. 확인하지 않고 밀어 둔 메일이 8통이 있었다. 눈에 익은 닉네임들 옆에 곱게 접어진 편지 봉투가 열리기만 기다리고 있는 것 같아 마우스를 클릭해 메일을 열었다.

첫 번째 메일은 기숙사에서 같은 방을 쓰던 지헌 안드레아에게서 온 것이었다. 교정에 잔디가 푸르러서 좋긴 좋은데 잡초도 같이 자라 허리가 휜다는 소식 끝에 내년에는 깍듯이 선배로 모시라는 우스갯소리가 들어 있다. 교정의 풋풋한 풀 냄새까지 싣고 온 메일은 다니엘을 좋기만 했던 시절로 데려갔다.

인가와 뚝 떨어진 곳에 자리 잡은 학교에서는 전교생이 기숙사 생활을 하며 묵상을 하고 열띤 토론을 하고 눈물로 기도하고 평화를 빌었었다. 다니엘은 수단을 입은 선배 신부들을 보며 그 찬란하고 경건한 믿음을 따르고 싶었고 미사를 집전할 때 입는 제의를 어루만지며 그분께 다가가길 바랐다. 하지만 이제는 불가능할 일. 하느님이 용서하신다고 해도 자신이 돌아갈 수 없는 상황이 되었다. 이 죄를 용서하소서…. 그 말밖에는 드릴 것이 없었다.

다음 메일을 열기 위해 마우스를 움직이는 데 핸드폰이 울렸다.

'이 새벽에 누구지? 혹시?'

두근거리는 가슴으로 번호를 살폈는 데 역시나 설랑이다. 망설였다. 그녀가 화를 냈을 때 맞받아쳐서 달라진 것은 아무

것도 없었다. 딱딱하고 차디찬 그녀 안에 있는 꼬마 설랑을 아프게만 할뿐이고 자신도 아플 뿐이다. 그렇다고 마냥 굽히고 들어가면 보잘 것 없는 존재에 불과한 저는 그 불같은 성격에 화르르 타 재도 남지 않고 사라져 버릴 것 같다. 어쩌지? 휴대폰은 그녀의 상태를 알리는 듯 신경질적으로 울어 댔다.

"여보세요…."

말이 없다. 너무 화가 나서 말조차 하지 못하는 건가? 서 있는 거 아닐까? 까무러치기라도 하면 안 되는데. 다니엘이 짧은 생각을 하는 중에 앙칼진 설랑의 목소리 대신 쫘르륵 하는 소리가 나고 '띠띠' 거리는 소리도 났다. 사람들의 말소리도 들리는 데 한 사람이 아니라 남자에 여자 목소리가 섞였다.

"나야…."

고래고래 소리를 칠 줄 알았는데 힘없는 처진 목소리였다.

"예."

괜스레 라는 말이 이럴 때 쓰는 가 봐. "예" 하는 이 자식 단 한마디에 괜스레 또 콧잔등이 시큰하고 눈이 따갑다.

"무슨 일이세요? 할 말 있으시면 내일 아침에 출근해서…."

"아파… 아파 죽겠어. 너 때문이야… 흑."

이런 투정 따위나 하려고 전화를 한 건 절대 아니었다.

'너 때문에! 니 기분 좋으라고 좋아하지도 않고 맵기만 한 주꾸미를 너무 먹은 데다가 네가 계속 부어 준 사이다 안 남기고 다 마시고 그래서, 또 네가 내 속 다 뒤집어 버려서 위경련

이래!'

　이렇게 쏘아붙여 편히 잠자고 있을 그를 깨워 죄책감으로 자기만큼 아프게 할 생각이었다. 그런데 사정도 모르고 사무적인 말투로 딱딱하게만 말하는 다니엘의 말투에 가슴이 무너져 내렸다. 간호사가 꼽아 놓은 주사액이 죄다 눈물로 변했는지 눈물만 줄줄 흘러내렸다.

　"아파… 아파 죽겠어…."

　끊겠다고 고집을 부리는 설랑을 다그쳐서 병원을 알아내 곧바로 택시를 잡아타고 병원에 도착했다. 요란한 소리를 내며 들어오는 앰뷸런스를 피하며 응급실 안으로 들어갔다. 데스크로 가 차트 정리를 하는 간호사에게 설랑의 이름을 대고 그녀를 찾았다. 이름이 특이해선지 간호사는 금방 설랑을 기억해 냈고 그녀가 누워 있는 병실로 안내해 주며 기막힌 이야기를 했다. 혼자서 119를 불러서 왔는데 보호자 분이 아무도 없다고 해서 안쓰러웠다고 했다. 간호사는 옅은 하늘색 바둑판 무늬가 들어간 칸막이를 젖히며 그녀의 이름을 불렀다.

　"하설랑 님, 보호자 분 오셨습니다."

　젖혀진 칸막이 안에 그만이 알고 있는 그녀가 누워 있었다. 손등에 주사를 꼽고 눈물을 닦은 것인지 뭉쳐진 하얀 휴지 뭉치를 머리 위에 올려놓은 채 파리한 얼굴로 잠시 다니엘을 쳐다보다 고개를 돌려 버렸다. 다니엘은 간호사에게 목례를 하고 둘만 있게 되자 어디가 아픈지 많이 아픈지 물어보고 싶은데 말도 못하고 뻣뻣하게 서 있기만 했다.

아무 말도 없이 버티고 서 있기가 뭐 해 침대 밑에 삐뚤게 놓인 슬리퍼를 반듯하게 놓던 다니엘은 자책감에 시달렸다. 너무 많이 아팠나 보다. 항상 빈틈없이 완벽하게 차려입던 사람이 얼마나 아팠으면 파자마차림에 슬리퍼를 신고 병원까지 왔을까. 다 알면서…. 그녀가 얼마나 여린 사람인지 다 알면서 나 아픈 것 십분의 일이라도 아파 보라고 상처를 준 얼치기 같은 자신을 죽여 버리고 싶었다.

"아… 파요?"

설랑은 주저스러움이 잔뜩 묻은 그의 말에 몸을 더 홱 틀어 버렸다. 다니엘이 다시 대화를 시작하려고 할 때 의사가 들어와 설랑의 상태를 알려주었다.

"하설랑 씨 보호자 되십니까?"

"예, 어떻게 된 겁니까? 몇 시간 전까지만 해도 아프지 않았는데."

"위경련입니다. 매운 음식과 청량음료가 위를 자극해서 경련이 일어났습니다. 거기다 알코올까지 합세해서 위를 아주 못 살게 했죠. 사람마다 식성이 있으니까 싫다는 음식 억지로 먹이고 하지 마세요. 오늘 같은 일 또 생깁니다."

충고까지 챙기는 의사에게 목례를 하면서 다니엘은 심장이 바늘로 쪼이는 듯한 간헐적인 통증을 느꼈다. 매운 주꾸미 구이에 사이다. 그녀를 아프게 한 것이 자기가 먹인 음식 때문이였다.

"좋아한다면서요?"

짜증 섞인 다니엘의 말투에 화가 난 설랑이 홱 몸을 돌렸다. 통증 때문에 생기를 잃었던 눈이 화로 번쩍거렸다.

"가!"

다니엘은 딱 그 한마디를 내뱉고 다시 몸을 돌리려는 설랑의 어깨를 아프게 움켜잡고 울어 눈이 퉁퉁 부은 그녀에게 마구 따지고 들었다.

"왜 먹었어요. 그 매운 걸. 못 먹는다면 못 먹겠다고 해야죠. 바보예요?"

"네가 사준 싸구려 주꾸미 따위가 아니라 술 때문이었어. 그러니까 가."

'진짜 모를 일이다. 좋고 싫음이 분명한 사람이 좋아하지도 않은 음식을 왜 그렇게 열심히 먹었을까? 연신 혀를 내두르며 손사래를 쳐 화끈한 기를 날리면서도 맛있다며 오물오물 입술을 움직여가며 상당히 많은 양을 먹었었다. 왜 그랬지? 설마….'

다니엘은 만 분의 일의 가능성을 가지고 있는 그 짐작이 맞았으면 좋겠다는 미련한 바람을 떨쳐 내고 시트를 매만졌다.

"주사 다 들어가면 데려다 드릴게요. 제가 아프게 했으니까…."

"필요 없어."

설랑은 다니엘에게서 첫 번째라는 타이틀을 뺏어만 온 줄 알고 있지만 자기도 모르게 뺏긴 것도 있었다. 처음으로 마음이 무너져 내려 우는 모습을 다른 사람에게 들켰고 처음으로 혼자라는 것이 서럽단 생각이 들었다. 부모님이, 그리고 할아버지가 돌아가셨을 때도 서럽다고 느끼지 않았는데 혼자 앰뷸런스를 타고 오면서 서러움을 실감했다. 생전 처음 보는 119대원에게밖에 아프다고 징징거릴 수밖에 없었다. 그 사람 말고는 들어 줄 사람이 없었으니까. 다니엘을 본 순간 고개를 돌린 것은 '폭' 하고 눈물이 솟아 버렸기 때문이다. 조금만 더 보면 목이라도 감고 늘어질 것 같아서 보지 않으려 했다.

"손 조심해요. 핏물이 올라왔어요."

"가라니까!"

톡 쏘아붙이는 설랑의 목소리에 옆 침대의 보호자가 힐끗 뒤를 돌아보자 눈치가 보인 설랑은 입을 다물었다.

"저 내일 휴무 당겨 쓸게요."

"내 소관이 아니야. 알아서 해."

다니엘의 말뜻을 곡해한 설랑이 대답했다.

이 새벽에 나 찾아오느라 잠 못 잤으니까 하루 챙겨서 쉬겠단 말이지? 난 시장이고 넌 직원이고, 난 네 몸 주인이고 넌 내 정부니까 계산 확실히 하잔 말이지?

"퇴원 수속 안 했죠? 하고 올 테니까 성질부리지 말고 가만 있어요."

"뭐…?"

나이가 많아도 한참 많고 칼자루를 쥔 쪽도 자긴데 감히 어린 계집애에게 겁을 주듯 성질부리지 말고 가만있으라는 다니엘의 말에 설랑은 기가 막혔다. 그녀의 표정을 보고 생각을 읽어 낸 다니엘은 시트를 올려 주며 혀를 쯧쯧 찼다.

"바로 전화 했어야죠. 그러다 혼자 일이라도 당하면 어쩌려고 그러셨어요?"

"내가 죽든 말든 네가 왜 상관이야?"

앙칼진 설랑의 목소리에 아랑곳하지 않고 주사를 꼽지 않은 손을 잡고 눈을 감은 다니엘은 간절한 기도를 올렸다.

"전능하시고 영원하신 하느님 아버지. 아버지께서는 앓는 사람에게…."

제 손을 감싸고 있는 다니엘의 손이 너무 뜨거웠다. 그리고 간질거리는 무엇인가가 자꾸 그의 손바닥에서 제 손등으로 타고 들어와 가슴을 울렁거리게 만들었다.

'기도 따위를 바라고 부른 거 아니란 말이야. 그냥 잘못했다는 그 한마디면 되는데 넌 왜 그렇게 모르니? 바보 같은 녀석.'

원하는 간단한 사과는 해 주지도 않고 눈을 감고 경건하게 기도문만 외우는 다니엘이 꼴 보기 싫어 손을 빼려 하자 그는 강한 힘으로 설랑의 손을 내리누르며 기도를 계속했다.

"주님께 애원하는 저희 기도를 들으시어 설랑 자매의 병을 제게 주시고 건강을 도로 주소서."

 원래 기도문은 '아무개의 병을 낫게 하시며 건강을 도로 주소서'지만 설랑이 손톱만큼이라도 아픈 것을 견디지 못하는 다니엘은 저를 제물 삼아 그녀의 고통이 사라지길 기도했다. 그런 간절한 다니엘의 마음을 모르는 설랑은 다른 사람이 아팠어도 똑같이 해 줄 기도만 해 주는 그가 미워 기도 따위는 듣지도 않고 손만 빼내려고 애를 썼다.

 제 성격만큼 차분하게 퇴원 수속을 하고 돌아온 다니엘은 주사약이 다 들어가길 기다렸다. 설랑을 부축을 하고 병원을 나섰다. 택시를 불러 세워 그녀를 안쪽에 태우고 창고에서처럼 어깨에 머리를 기대게 했다. 과속방지턱이 보이자 몸이 튀어 오를 것을 염려해 든든한 팔로 어깨를 감싸 안는 센스도 보여 주었다.

 설랑은 열쇠를 달라고 손을 내미는 다니엘에게 순순히 열쇠를 건네고 그가 열어젖힌 문 안으로 함께 들어왔다. 아직 싸르르 아픈 배를 움켜잡고 현관을 넘는데 다니엘이 설랑을 불러 세웠다.

 "잠깐 실례요."
 "어머!"
 다니엘은 등과 무릎 뒤에 팔을 뻗쳐 설랑을 안아 올렸다.
 "내려놔!"

"병원에서부터 걷게 하기 싫었는데 사람들 눈이 있어서 못 했어요. 가만 계세요. 침실까지만 갈 테니까."

점점 바보 같아진다. 사실 아까 병원에서 나올 때 팔을 잡아 주긴 했지만 그것만으로는 서운했었다. 내심 영화에서처럼 번쩍 안아 차에 태워 줬으면 하는 마음에 실제보다 더 많이 아픈 척했다. 하지만 덤덤한 그를 보고 자신이 뭘 바랐나 하고 혀를 찼었다. 그리고 웃기지도 않는 상상을 하고 있는 자신의 아둔함에도 조소를 보냈었다.

그저 여리다, 약하다, 아직 사내답지 못하다, 부드럽다, 그런 단어들만이 그에게 어울리는 줄 알았다. 그런데 그렇지도 않다. 단단한 가슴이 있고 강인하지는 않지만 안정감을 주는 팔이 몸을 감싸고 있다. 콩콩 뛰고 있는 심장 소리로 다니엘이 이 상황을 상당히 어색해 한다는 것을 느꼈다.

"목에 팔을 감으면 좀 더 나을 텐데… 흔들리잖아요."

"됐어. 빨리 내려주기나 해."

침실 문을 발로 마저 연 다니엘은 침대를 보고 눈살을 찌푸렸다. 잔뜩 구겨진 시트와 바닥으로 반쯤 흘러내린 이불이 극심한 고통 속에서 혼자 몸부림을 쳤을 그녀의 모습을 보여주고 있었다. 그 시간에 다른 남자와 있을 것을 상상했던 자신이 너무 부끄러웠다. 침대에 설랑을 내리고 이불을 끌어다 덮었다.

"주무세요."

"됐으니까 가. 고마웠어."

다니엘은 가라는 설랑의 말에 대꾸는 하지 않고 물끄러미 쳐다보기만 하다 문을 열고 나갔다. 그는 당분간 자극이 강한 음식을 피하라던 의사의 처방을 떠올리고 회사가 밀집해 있는 곳에 일찍 문을 여는 죽 전문점에 가서 죽을 사러 가는 길이었지만 사정을 모르는 설랑은 다시 한 번 그가 너무 답답하게 느껴졌다. 설랑은 현관문이 닫히는 소리에 이를 악물며 눈을 감았다.

"자매님, 자매님!"

"왜….."

경련은 멈췄는데 이번에는 몸살이 근육들을 괴롭혔다. 만찬 때부터 긴장의 연속이었던 데다가 이어진 대만 출장, 그리고 세원의 근황을 살피기 위한 탐색전에 더러운 손길을 받아들인 스트레스. 다니엘에 대한 분노와 서러움이 몽땅 한꺼번에 몰려와 몸이 물 먹은 솜처럼 무거웠다. 잘 올라가지 않는 눈꺼풀을 겨우 올리자 전화기를 들고 서 있는 다니엘이 보였다.

"못 나가신다고 연락하셔야죠. 전 할아버지가 위독하시다고 말하고 이틀 휴가 냈어요."

"무슨… 말이야…. 할이비지가 편찮으셔?"

"자매님 혼자 못 두잖아요. 8시가 넘었어요. 어서요."

엉겁결에 전화를 받아 든 설랑은 총지배인의 휴대폰을 눌러 몸이 아파 쉬겠다고 전하고 전화기를 다니엘에게 건넸다.

"옷을 갈아입으셔야겠어요. 땀 때문에 축축해요."

그렇지 않아도 등이 땀에 흥건히 젖어 눈을 뜬 순간부터 불편했다.

"옷 어디 있어요?"

"저기 화장대 옆 서랍장 두 번째 칸에."

서랍장으로 가 두 번째 칸을 꺼낸 다니엘은 그녀의 몸에 직접 닿는 속옷을 집는 것이 몸을 만지는 것 같아 선뜻 손을 집어넣지 못했다. 아슬아슬하고 고운 속옷들이 가지런히 자리를 잡고 선택을 기다리고 있다. 언젠가 입은 것을 보았던 개나리색 브래지어와 팬티를 꺼내 하얀 원피스 잠옷 위에 올려놓고 욕실로 가 두꺼운 수건에 미지근한 물을 묻혀 가지고 나왔다.

"수건은 왜?"

"벗으세요. 땀 닦고 옷 갈아입어야죠. 돌아서 있을 테니까 벗고 이불로 덮고 있어요."

뽀송뽀송한 옷이 절대적으로 필요했고 다른 이유도 있어 얌전히 따라주기로 했다. 다니엘만 보면 골려 주고 싶은 그녀의 심술은 손끝 하나 움직이지 못할 것 같던 몸에 산뜻한 기운을 불어넣었다.

"돌아서."

설랑은 다니엘이 돌아서자 이불을 걷고 일어나 잠옷을 벗어 버리고 브래지어를 끌렀다. 팬티를 벗어 브래지어와 함께 바닥으로 떨어뜨려 진한 정사를 나눈 후의 침실 풍경처럼 만든 다음 이불을 뒤집어쓰고 다니엘을 불렀다.

"다 벗었어."

설랑의 말에 돌아 선 다니엘은 흐트러진 속옷이 마치 지뢰라도 되는 듯 발꿈치까지 들고 조심스럽게 피해 이불 아래쪽으로 수건을 밀어 넣어 다리를 닦기 시작했다. 그런데 그것은 완벽한 실수였다. 차라리 다 보고 닦아 주는 편이 안전했다. 보이지 않는 몸을 상상하면서 닦는 것은 사내로서의 본능을 불끈 솟아나게 만들었다. 다리를 다 닦고 나서 날씬한 배를 지나고 풍만한 가슴으로 올라가던 다니엘의 손가락이 뾰족하게 돋아 난 봉오리에 닿자 설랑의 불만이 터져 나왔다.

"닦으랬지 만지랬어?"

"일부러 그런 게 아니라… 안 보여서 그런 거예요. 그렇게 움직이지 말아요."

"네가 자꾸 건드리니까 그렇지!"

조심하려고 하는데 자꾸 몸을 뒤트는 설랑 때문에 다른 편 가슴 봉오리마저 손끝에 닿자 화들짝 놀라 도망가던 손은 함정으로 빠지고 말았다. 무릎을 세우고 그를 기다리고 있던 설랑은 다리로 후끈 달아오른 다니엘의 손을 꽉 죄어 버렸다.

열이 있어 따뜻한 허벅지가 수건을 진 손을 감싼 순간 다니엘의 팔은 나무토막처럼 딱딱하게 굳어 버렸다. 수건을 잡느라 구부린 왼손 검지가 도톰하고 뜨거운 살덩어리에 닿고 까

칠한 느낌이 함께 느껴지자 손가락에서 경련이 일어나는 것만 같다.

"뭐… 뭐 하는 거야?"

"아… 니….”

"얼른 빼!"

심술궂은 설랑이 다리를 벌려 주지도 않고 더 모으면서 빼라고만 하자 땀을 뻘뻘 흘리며 끙 소리까지 내가며 손을 빼낸 다니엘은 허둥지둥 자리를 떴다.

"죽… 데워 올게요."

다리가 풀린 것이 다 보이는 다니엘이 나가고 나자 설랑이 싱긋 웃었다. 다니엘은 다니엘다울 때가 가장 예쁘다. 죽이라… 갑자기 배가 고파지네. 그리고 잠도 와…. 다니엘을 향한 마음이 풀린 설랑의 얇은 눈꺼풀이 사르르 덮였다.

아침이 훌쩍 지나갔다. 한참 푹 자고 일어났더니 다니엘이 쟁반에 죽을 대령했다. 냄새는 맛있었는데 막상 들여다보니 죽이 아니라 거의 밥 상태인 야채 죽이 김을 모락모락 피우고 있다. 분명 잠 든 저를 못 깨워 데우고 또 데우고 한 것이다. 다 퍼져 버린 죽을 맛있다고 먹자 빙그레 웃으며 당분간은 술도 안 되고 찬물도 안 된다고 잔소리를 해댔다.

"나 때문에 휴가 낸 거야?"

침대에 비스듬히 기대어 약봉지를 뜯는 다니엘에게 물었더니 눈은 마주치지 않았지만 또렷한 목소리로 대답을 했다.

"아마도."

다른 사람이 말했다면 절반의 가능성밖에 없는 단어지만 다니엘의 아마도는 100%라는 것을 아는 설랑은 그 대답에 매우 만족했다. 정오의 햇살이 꽤 강렬해 그가 건넨 약을 물과 함께 삼키고 커튼을 쳐 줄 것을 부탁했다. 다니엘은 그녀가 원하는 대로 커튼을 쳐 주고 거실에서 한숨 잘 생각으로 설랑을 눕혀 주기 위해 침대로 다가갔다.

"약 먹으면 졸릴 거예요. 자고 나면 훨씬 기분이 좋아질 거고요."

"저녁엔 가야지?"

"집에서는 출근한 걸로 알아요. 많이 좋아지셨으니까 안심하고 가도 되겠어요."

그녀가 잡아 준다면 머무를 수 있지만 한낱 정부일 뿐이라 먼저 남겠다고 할 수는 없었다.

"니… 아이 워 마? 워 부 아이 니.(너… 나 사랑하니? 난 너 사랑하지 않는데.)"

꿈결 속에 들리는 말처럼 알아듣지 못할 중국어로 중얼거리는 설랑을 바라보기만 했다. 그녀는 잠에 취한 사람처럼 안개기 내려앉은 듯한 뿌연 눈빛을 풍성한 속눈썹으로 감추었다.

"부. 니 쓰 워 더. 워 헌 신 샹 니.(하지만 넌 내 것이고 난 네가 정말 마음에 들어.)"

다니엘의 아마도가 100%의 의미를 담고 있는 것처럼 사랑하지는 않지만 내 것이라는 그녀의 선언은 사랑과 똑같은 의미를 가지고 있다. 아직은 말을 한 설랑도, 또 알아들을 수조차 없는 다니엘도 깨닫지 못하고 있지만 공기 중에 사라지고 있는 음악 같은 중국어는 분명 사랑이라는 뜻을 품고 있었다. 설랑의 속삭임은 마법의 주문이 되어 다니엘의 몸을 그녀 쪽으로 숙이게 만들었다. 커튼으로 걸러 들어오는 부드러운 햇살 속에 두 사람은 서로에게 끌리고 있었다.

설랑은 눈을 감고 저를 향해 내려오는 따뜻한 다니엘의 입술을 기다렸다. 손가락 한 마디 사이도 되지 못할 거리가 너무나 길었다. 기다려 봐도 닿지 않는 입술을 찾으러 살포시 눈을 떴을 때 속눈썹을 건드리며 후끈한 숨을 담은 입술이 눈꺼풀에 내려앉았다. 이불을 움켜잡고 있는 설랑의 손등을 떨리는 뜨거운 손으로 잡은 다니엘은 자신이 유일하게 알고 있는 중국어를 또박또박 말했다.

"워, 아이, 니."

성조도 맞지 않고 발음도 엉망이지만 설랑의 귀에 분명하게 들어왔다. 사랑해.

뜻을 새기고 난 설랑의 눈이 크게 떠졌다가 다시 감겼다. 파란이 일어난 물결처럼 바르르 떨리는 입술이 그녀의 눈을 봉인했다. 아직 남은 이성이 그녀의 입술을 움직였다.

"칭런 얀리 춰 씨스 베이… 얼 빠이 우.(눈에 콩 깍지가 씌었어… 바보.)"

 부끄러움을 버리고 감추기만 했던 마음을 활짝 열고 나서 그녀를 안는 것은 지금까지의 모든 경험과는 비교할 수 없을 만큼 꽉 찬 기분이었다. 누구도 가르쳐 준 적이 없는 움직임이 떠오르는 동시에 행동으로 옮겼다. 다른 사람의 것을 보진 않았지만 분명 세상에서 제일 아름다울 것이 분명한 가슴을 머금고 주인을 닮은 도도한 봉오리를 얼렀다. 톡 터져 버릴 것처럼 알찬 봉오리를 이로 슬쩍 건드렸더니 자지러지는 설랑의 비명 소리에 놀라 그녀를 살피다가 아파서가 아니라 아리고 달뜬 감각에 소스라친 것을 알고 등을 쓰다듬어 진정을 시켰다. 자신의 거친 호흡도 많이 가라앉고 그녀가 어느 정도 진정이 되는 것 같자 허기가 든 두 손이 달 항아리 같은 하얀 엉덩이로 미끄러져 내려갔고 그와 함께 머리도 서서히 아래로 내려갔다. 그리고 듣는 것만으로도 눈살을 찌푸렸을 음탕한 행위를 스스럼없이 해 나갔다. 다니엘의 숨겨진 또 하나의 자아는 대범했다. 이성과 함께 쫓아 버린 본연 대신 자리를 차지하고 난 또 다른 다니엘은 설랑의 엉덩이를 움켜잡고 다리를 벌려 감춰 놓은 보물을 찾아냈다. 통통하고 말랑거리는 젤리 같은 꽃잎을 윗입술과 아랫입술로 지그시 물이 말로는 표현 불가능한 과즙을 마셨다.

 침대의 헤드를 잡고 버티는 설랑의 팔 근육이 잔뜩 긴장되며 들어올려 비틀린 허리 때문에 갈비뼈가 도드라졌다. 한 손으로는 헤드 위 부분을 잡고 무너질 것만 같은 몸을 겨우 지탱하고 한 손으로는 이슬 맺힌 해당화처럼 붉은 꽃잎을 희롱하고 있는 다니엘의 머리를 움켜잡고 거친 숨을 몰아쉬었다.

"허… 헉…. 그만…."

애원을 해도 집요하게 파고드는 뾰족한 혀가 주는 화끈함에 피부에는 땀방울이 맺히고 잔뜩 힘이 들어간 발가락이 아파왔다. 서투르면서도 강렬한 움직임을 하는 그의 혀는 뇌관이 되어 몸 안에 있는 혈관이란 혈관을 죄다 터뜨리고 있었다.

"다… 니엘…. 제발… 제발!"

"하… 아…. 다른 사람은 이렇게 예쁘지 않을 거예요."

그녀의 애원에 겨우 꽃잎을 놓고 고개를 든 다니엘의 눈이 젖어 있었다. 그만큼 오늘 이 경험은 그에게도 충격적이고 거부할 수 없는 치명적인 유혹이었다. 열에 들떠 닫히지 않는 설랑의 입술 사이로 새끼손가락을 집어넣어 아랫입술 안쪽의 야들야들한 피부를 살짝 매만졌다. 다른 손으로는 설랑의 벌게진 귓불을 비비며 욕망으로 가득 찬 눈으로 나른해진 그녀에게 만족한 미소를 지어 보였다.

사람들이 왜 목숨을 버려서까지 험난한 산을 정복하는지 알 것 같다. 자신의 몸짓에 허물어져 내린 그녀를 보는 것은 감춰두었던 사내로서의 야만스러운 자긍심을 끄집어냈다. 손바닥으로 휘어진 허리를 쓰다듬어 내리자 등을 휘어 올린 설랑 때문에 성이 날 대로 난 봉오리가 그의 가슴을 톡 건드리고 내려갔다. 배꼽 아래로 불에 달군 인두가 지나는 듯한 뜨거움이 달아오를 대로 달아오른 분신을 낚아채 올렸다. 여전히 참는 것에 길들여지지 않을 다니엘은 다급하게 자리를 잡고 화끈한 열기를 뿜어내고 있는 깊은 곳으로 자맥질을 해 들어갔다.

"앗… 아…."

전혀 상냥하지 않게 침입하듯 들어온 다니엘을 달래가며 서툴지만 풋풋한 그의 움직임에 보조를 맞추었다. 삐거덕거리는 침대 스프링 소리가 기꺼이 배경음악이 되었고 서로를 애타게 부르는 설랑과 다니엘의 목소리가 노래가 되었다. 평소보다 더 힘찬 움직임에 싸르르 하고 아릿한 아픔에 이어 어느 것과도 비교할 수 없는 강렬한 자극이 설랑을 덮쳤다. 설랑은 폭풍에 휩쓸리는 조각배처럼 몸이 다니엘의 움직임 대로 흔들렸다.

"괜… 찮… 긐… 아요…?"

아픈 사람을 너무 흔드는 것 같아 걱정이 되면서도 움직임을 멈출 수가 없었다. 꽉 낀 신발을 신었을 때처럼 조금 불편하기도 하지만 그것이 곧 희락이 될 것이라는 것을 알고 있다. 하지만 그녀가 못 견디겠다고 하면 그만두어야 한다고 입술을 이로 깨물며 움직임을 겨우 멈췄다. 침대를 짚은 팔이 흔들거렸다. 그만큼 욕구를 참는 것이 힘들었다.

"좋아…. 난, 눈물이 날 만큼 좋아…. 다니엘… 어서…."

어느 때도 맛보지 못했던 혀끝까지 아르르 한 쾌락에 빠진 설랑이 다니엘을 재촉하며 그의 엉덩이를 움켜잡아 더 가깝게 끌어당겼다. 그녀의 동의를 얻은 다니엘은 급했던 박자를 한 템포 늦춰 깊은 곳으로 강하게 파고들었다. 감질나게 할 만큼만 얕게 치고 도망가며 설랑을 달구었다. 두 사람은 서투르기 그지없는 남자와 여자였다. 동시에 느끼는 지독한 열정과 기쁨이 서로의 마음이 스며들어 있기 때문이라는 것은 자각해내지 못했다.

"아아!"

격한 움직임으로 절정을 향해 달렸던 다니엘의 등이 굳었고 설랑도 그의 엉덩이에 손톱을 박아 넣으며 둘이 같이 만들어 낸 천국에 함께 들어가 잔잔한 여운을 즐겼다. 다니엘의 몸이 스르르 설랑에게 겹쳐지면서 뜨거운 입술이 다시 하나가 되어 서로의 공을 치사했다. 입술을 뗀 설랑은 몸을 빼내려는 다니엘의 허리를 꼭 잡으며 고개를 저었다.

"그냥 있어. 겁이 나. 네가 사라져 버릴까 봐…."

눈을 감았다 뜨는 것으로 허락한 다니엘은 설랑의 머리를 자신의 팔에 누이고 땀에 달라붙은 머리카락을 치웠다.

"좋은 꿈 꿔요."

"응."

가슴을 마주 댄 두 사람은 본시 하나였던 것처럼 서로의 몸을 연결한 채 포근한 잠 속으로 빠져 들어갔다. 두 사람이 나

눈 보이지 않는 마음은 삼색 제비꽃 즙이 되어 한여름 밤의 꿈에 나오는 오베론과 티타아니아가 되게 만들 것이다. 갈망으로 오해를 하고 그 갈망으로 다시 오해를 풀며 서로의 팔 안에서 편안한 것이 사랑이라는 것을 깨닫게 되겠지….

마음이 급해 계란을 꺼내다가 하나를 떨어뜨려 버렸다.
"아이 참."
키친타월을 둘둘 말아 서둘러 바닥을 치우고 손가락 굵기로 썰어 소금과 후추로 밑간을 해 놓은 돼지고기에 계란 두 개를 깨뜨려 넣었다. 고구마 전분을 넣고 시간이 지나도 눅눅해지지 않게 하기 위해 얼음물을 조금씩 부어 가며 반죽이 되기를 맞췄다. 기름을 두른 프라이팬 위에 손바닥을 펴 온도를 가늠해 본 다음에 튀김 반죽을 조금 떨어뜨렸더니 뽀르르 소리를 내며 바로 올라왔다. 기름이 튀지 않게 조심하며 반죽을 입힌 고기를 밀어 넣었다.

다니엘과 휴일을 같이 보낸 횟수가 돼지 저금통에 동전이 쌓이는 것처럼 차곡차곡 쌓여 가고 있다. 만나서 이벤트나 뭐 특별한 일을 하는 건 아니다. 둔한 다니엘에게 그런 것을 바라느니 바다가 마르길 바라는 게 빠를 것이다. 다니엘은 표현 방법도 저만큼 성실하고 이기자기하다. 기 직은 화분을 들고 올 때도 있고 스치는 말처럼 호밀 빵을 좋아한다고 한 것을 기억하고 빵 나오는 시간 맞춰서 갓 구운 빵을 사오기도 한다. 예의 바른 다니엘은 집에서 출발하기 전에 출발한다고 전화 해 주고 중간쯤 와서 어디를 지나고 있는지 알려준다. 조금 전 받은 전화에서 지하철로 두 정거장이 남았다고 했으니 금방 도착할 것이다.

튀김옷을 입힌 고기를 다 밀어 넣고 손을 씻는데 벨이 울렸다. 설랑은 수건에 손을 닦으며 이 도령을 맞는 춘향이 마냥 나비처럼 나는 걸음으로 현관으로 나갔다.

"나가. 잠깐만."

다니엘은 문 안쪽에서 설랑의 목소리가 들리자 문이 열릴 동안 어디 이상한 곳은 없나 재빨리 한 번 더 살폈다. 이마로 흘러내린 앞머리를 올리고 '흠' 하고 목소리를 가다듬었다. 등 뒤로 돌린 손에 든 작은 상자에 일주일 내내 머리를 쥐어 짜낸 결정체가 들어있다.

서핑을 하다 우연히 찾아낸 천연 화장품 사이트를 수도 없이 들락거렸다. 혼자서도 화장품을 만들 수 있다는 것에 호기심을 가진 것은 설랑 때문이었다. 저번에 사 준 화장품의 만만치 않은 가격이 부담스럽기도 했지만 시중에서 파는 화장품의 유해한 점을 알고 나니 볼품은 없지만 안전한 화장품을 만들어 주고 싶었다. 이름도 외우기 힘든 여러 종류의 화장품 중에 설랑이 샀던 주름을 펴 준다는 그런 크림도 두어 개가 있었다. 만드는 방법을 꼼꼼하게 공부를 하고 나서 재료를 주문하고 몇 번의 실패 끝에 완성품을 만들었다.

엄마께는 매우 죄송하지만 엄마를 위해 만들었다고 드리고 사용 소감을 여쭤보았다. 결과는 대만족. 피부가 촉촉해지고 자극도 없다는 엄마의 말에 안심을 하고 예쁜 용기에 크림을 덜어 서투르지만 정성껏 포장을 하고 팬시점에서 산 레이스로 된 리본도 달았다. 비록 투명한 플라스틱 용기에 담았지만 그 속에 담긴 사랑의 무게와 부피가 그 부족함을 채우고 남았다.

문이 열리자 좋은 것을 굳이 감춘 묘한 표정의 설랑이 서 있었다. 그녀는 좋다는 것을 이렇게 표현한다. 눈은 새치름하게 입술은 완만한 곡선을 그리며 너무 반갑게도 그렇다고 차갑지도 않게 그를 맞는다.

"왔어? 신 벗고 들어 와. 나 튀김 하는 중이라…."

종종 걸음으로 주방으로 사라진 그녀를 따라 집 안으로 들어서자 고소한 냄새가 진동을 했다. 긴 젓가락으로 튀김을 젓고 있는 설랑에게 오늘의 요리를 물었다.

"뭐예요?"

"탕추러우. 탕수육. 촌스럽게 제일 좋아하는 음식이 겨우 탕수육이잖아 너."

"촌스럽긴요, 얼마나 맛있는데. 제가 뭐 좀 도와드릴까요?"

보통 사내들은 나이가 많건 작건 자기 여자라고 생각되면 은근히 말을 놓는 경향이 있다. 하지만 다니엘은 시금노 깍듯하게 존대를 한다. 설랑은 그런 다니엘의 행동이 자신이 나이가 더 많아서도 또 제가 몸담고 있는 직장의 사장이어서가 아니라 소중하게 여기고 있는 마음에서 우러난 것이라는 것을 잘 알고 있기에 그의 존대가 더 마음에 든다.

"그럼 거기 야채 좀 썰어 줄래?"

"네에."

다니엘은 흰 바탕에 노란 피망이 그려진 도마에 오이와 당근, 양파를 설랑이 지시하는 대로 도톰하고 네모나게 썰었다. 다니엘의 서툰 칼질에 설랑이 까르르 웃음을 터뜨렸다. 언젠가 지효가 비꼬았던 데로 신혼부부의 주방 같다. 튀김을 다 튀겨 낸 설랑은 키친타월 위에 튀김을 담고 소스를 만들 준비를 했다. 편수 냄비에 물을 끓이고 딱딱한 야채부터 차근차근 넣은 다음 설탕과 간장과 소금 조금을 넣어 한소끔 끓였다.

"케첩 넣어 줄까?"

"아니요. 그냥 하얗게요."

그녀는 참으로 관대하다. 화홍에서 일을 하며 알게 된 것 중 하나가 요리사들은 자신만의 레시피가 있고 그것에 대한 자긍심은 상상 초월이다. 똑같은 재료와 방법으로 만든 소스여도 자신이 쓰는 회사 것만 고집하고 재료 하나를 첨가하거나 뺄 때도 고심을 한다. 그런데 설랑은 뭐든지 다니엘이 원하는 취향을 물어보고 거기에 맞춰 음식을 만든다. 예를 들면 보양식이라고 권한 음식의 재료를 알고 깜짝 놀라 손을 저었더니 알았다고 다른 재료로 대처해서 맛있는 음식을 만들어 줬다.

사실은 그게 아니고 다니엘은 닭고기, 돼지고기, 쇠고기 같은 보편적인 육류만 먹는데 보신 음식을 보여주며 만들어 준다고 먹으라고 하면 고개를 설레설레 흔든다. 몸이 마른 편이라 잘 먹여서 좀 튼튼하게 보이고 싶은데 그것만은 절대 양보를 하지 않는다. 그렇다고 포기할 설랑이 아니다. 그 재료들을 가지고 교묘하게 음식을 만들어 꼭 먹이고 만다. 저번 주에도 양고기라고 속이고 개고기로 만든 칭탕 거우러우(개고기 찜)을 먹였고 그제는 새로 들어온 재료 중에 눈에 띄는 것이 있어 퇴근을 하고 불러 튀김을 해 먹였다. 뱀은 중국 음식을 하는 사람이라면 기본적으로 다루고 있어야 하는 재료다. 버릴 것이 하나 없이 모든 것을 요리 할 수 있고 필수 아미노산이 8가지나 함유되어 있어 성인병 방지 작용을 한다. 그리고… 정력 음식이기도 하다. 그래서 자오엔 서돤(뱀 튀김요리)을 장어튀김이라고 속여 먹이고 양심에 찔려 그 요리의 효능을 생각하며 면죄부를 주었다.

'내가 즐기려고 먹이는 게 아니라, 다니엘이 걱정돼서 먹이는 거야.'

고맙게도 잘 속아 넘어간 다니엘은 맛있다고 엄지손가락을 치켜세우며 잘 먹어줬다.

탕수육 소스가 보글거리며 끓어오르자 계피 가루를 조금 넣고 간을 본 다음 물 녹말을 풀어 소스를 걸쭉하게 만들었다. 향긋한 계피 냄새와 함께 알록달록한 꽃이 피어났다.

밤색의 목이버섯과 보라색의 적채, 주황색의 당근, 초록색의 오이, 하얀 색의 양파, 노란색의 미니콘이 들어간 소스를 기름기를 뺀 튀김 위에 끼얹는 것을 보며 다니엘은 감탄을 터뜨렸다.

"늘 보지만 신기해요. 마술 같아요."

"생면이긴 하지만 자장면도 준비했어. 아 그리고 노란색 색소 덩어리 단무지도 사 놨고."

색소 덩어리인 단무지가 없으면 중국 음식을 못 먹는 다니엘을 위해 한 줄 사다가 썰어서 그릇에 담아 놓았다. 먹이고 싶진 않지만 본인이 원하니 어쩔 수가 없다.

"힘들게 뭐하러 그것까지 했어요. 그냥 시켜 먹어도 되는데."

"만들 수 있는데 뭐하러 시켜. 어머니도 맛 좀 보시라고 넉넉하게 했으니까 갈 때 가져다 드려."

말을 해 놓고 귓불이 달아올랐다. 회복기에 있긴 하지만 아직 환자인 다니엘 어머님이 반찬을 만드시는 것은 무리일 것 같아 아침 일찍 일어나 밑반찬 몇 가지와 자장 소스를 만들었다. 그렇게라도 다니엘에게 맛있는 반찬을 항상 먹이고 싶었다.

'그냥 할 줄 아는 거니까 만든 것뿐이지 절대 잘 보이고 싶고 그런 이유는 아니야. 내가 다니엘 엄마에게 잘 보일 필요가 뭐가 있어? 우리 인연은 계약 기간뿐인걸….'

설랑이 다니엘을 싫어해서가 아니라 현실에서 두 사람의 인연이 계속될 가능성은 제로였다. 다니엘이 7살이나 많고 성격도 나쁜 자신을 평생의 인연으로 생각할 리가 없고 또 아직 사제가 되는 것을 완전히 포기했는가의 여부도 정확히 모른다. 궁금했지만 그를 그런 고민에 빠지게 한 장본인이 물어볼만한 질문이 아닌 것 같아 입만 꼭 다물고 있는 중이다. 설사 다니엘이 저를 특별한 감정으로 생각하고 평생 헤어지지 않을 인연을 맺고 싶다고 한다고 해도 넙죽 받아들기에는 껄끄러운 것이 많다.

설랑이 세원을 남편감으로 택한 것은 그가 자신이 정해 놓은 기준에 가장 적합한 상대였기 때문이다. 사업을 하는 저에게 조언을 해 줄 수 있는 경력과 수완, 또 대단하지는 않더라도 비등한 정도의 경제력이 있는 남자를 택해야 결혼 생활에서 불협화음이 없을 것이라 믿었다. 아직 그 기준이 바뀌지는 않았다. 결혼과 연애는 그렇게 분명히 다르다. 다니엘은 좋은 연인이 될 수는 있지만 남편감으로는 적합하지 않다. 아쉽지만 어쩔 수 없는 일이다. 돈을 받고 몸을 내주는 정부에서는 조금 벗어났지만 다니엘이 넘어야 할 산은 여전히 많았다.

"진짜 맛있었어요. 착한 사람들은 다 음식을 잘하나 봐요. 자매님도 잘하고 저희 엄마도 잘하시고 아 또 조리장 님도 좋으시잖아요."
"그린데 니는 왜 오이도 질 못 썰어? 착한데."
"저 안 착해요. 마음에 심술이 하나 가득인 걸요. 아…."
새콤달콤한 탕수육과 고소한 자장면에 탱탱한 잡채까지 배

불리 먹고 설랑과 차를 마시며 썰렁한 농담을 너무 재미있게 나누던 다니엘은 현관 입구에 놓인 장식장 위에 놓아두었던 상자를 들고 왔다.

"저기… 이거."

설랑은 다니엘이 테이블 위로 밀어 놓는 어중간한 크기의 보라색 상자를 집어 들었다. 약간 묵직한 무게감이 느껴졌다. 상자 뚜껑을 열었더니 투명한 플라스틱 용기에 우윳빛이 나는 뭔가가 들어 있다.

"이게 뭐야?"

"아이크림이요. 눈가에 주름 신경 쓰시는 것 같아서."

결코 고급스럽지 않은 용기를 보고 어디 건가 하고 용기 바닥을 보았지만 아무것도 적혀 있지 않았다.

"산 게 아니고 제가 만든 거예요."

"만들어?"

"천연 재료니까 안심하고 쓰셔도 될 거예요. 아무리 생각해도 이건 필요 없는 것 같은데…."

뜻밖의 선물에 설랑은 입을 다물지 못했다. 다니엘은 그런 그녀에게 입 안에 침이 마르게 연습한 말을 들려주려고 입을 열었다.

"니 파오량.(당신은 정말 예뻐요.)"

정성을 다한 선물만으로도 행복에 겨운데 수도 없이 연습을 했을 그 말이 귀에 닿는 순간 가슴 안에서 누군가가 깃털로 심장을 간질이는 듯한 느낌이 들었다.

"당연하지. 쿡!"

도도한 표정으로 당연하다고 외치고 나서 소녀처럼 쿡쿡 웃는 그녀를 보는 다니엘도 웃었다. 선물을 보고 안달이 난 아이처럼 서둘러 뚜껑을 열고 향을 흠뻑 들이마셨다. 신선한 장미 향이 코끝을 간질였다.

"장미향이 나네?"

"로즈힙 오일을 넣었거든요. 이 속에 아카시아 콜라겐이 들어 있는데요 그게 노화 방지 기능에서는 따라올 것이 없데요."

노화 방지라는 말에 설랑은 일부러 인상을 찌푸렸다. 다니엘은 그녀가 자신의 노화라는 말에 기분이 상한 줄 알고 땀까지 뻘뻘 흘리며 해명을 했다.

"절대 그런 뜻 아니에요. 제가 보기엔 소녀 같기만 한데 자매님이 신경을 쓰니까…. 그래서 그런 거지 다른 뜻은 절대 없어요."

다니엘의 열띤 해명에 설랑은 그의 뺨에 츕 소리가 나게 뽀뽀를 했다.

"말 안 해도 알아. 뭐하러 그런 변명을 하니? 다 알아, 고마워."

사랑은 정말 마법이다. 말을 안 해도 눈빛으로도 또 상대방의 호흡이나 그 사람을 감싸고 있는 공기만으로도 모든 것을 느낄 수 있다. 다니엘이 저를 최고로 생각하고 있다는 것을 알고 있는 설랑은 화장품을 내려놓고 다니엘을 보며 그가 가장 예쁘다고 했던 선한 미소를 지어 보였다.
"고마워,. 잘 바를게. 이거 바르고 20대로 돌아가 버리면 어쩌지?"
"설마요… 차 마시고 세차하러 가요. 들어오면서 보니까 얼룩이 많이 졌어요."
"그래, 다니엘 나 지금 세수하고 이거 바를래."
"저녁에 발라야 하지 않아요?"

어두워져서야 집으로 돌아왔다. 손에 든 반찬이 든 찬합과 쇼핑백이 묵직했다. 더 빨리 왔어야 하는데 설랑의 꼬임에 빠져 시간 가는 줄을 몰랐다. 차를 세차장에 넣고 남은 시간 동안 뭘 할까 하다 영화를 보러가기로 했다. 어둠컴컴한 극장 안에서 그녀가 가만 있을 리가 없다는 걸 미처 생각하지 못한 덕에 진땀을 뺐다. 커플석에 앉았는데 팝콘을 일부러 떨어뜨려 찾는 척하면서 더듬는 것부터 시작해서 옆구리 간질이기에 예민한 귀에다가 저 남자 너무 잘생겼다 하면서 뜨거운 숨결을 불어넣었다. 악동이 따로 없다. 하지만 귀엽다. 설랑을 생각하니 싱긋 웃음이 나왔고 얼른 표정을 관리한 다음 열쇠로 문을 열었다.
"다녀왔습니다."
"왜 이렇게 늦었니? 저녁은?"
자려고 이불을 깔던 어머니의 질책에 다니엘은 얼른 화제를 반찬으로 돌렸다.

"이것 좀 받아 오느라고요."

"그게 뭔데?"

거실로 나온 엄마는 다니엘이 뚜껑을 여는 찬합을 들여다보았다. 뚜껑이 열릴 때마다 맛깔스러운 밑반찬들이 모습을 드러냈다. 통깨를 솔솔 뿌린 오징어채 볶음에 홍고추와 풋고추로 모양을 낸 대구 전과 소고기 전, 윤기가 흐르는 잡채가 나왔고 밀폐 용기에는 자장 소스가 들어있다. 언뜻 봐도 보통 솜씨가 아닌 사람이 만든 반찬이다.

"저번에 김치 나눠 줬던 친구 있죠? 경미라고 저랑 같이 근무하는 친구요."

"그래, 알아."

"거기 어머님이 가져가라고 하셔서 들렀다 오는 길이에요. 이것 좀 드셔 보세요."

거짓말이 진실을 말하는 것보다 쉬운 건지 할수록 늘고 자연스러워졌다. 설랑이 만들어 줬다고는 할 수가 없어 경미를 끌어들였지만 그녀의 솜씨를 자랑을 하고 싶어 엄마의 입에 대구 전을 먹여 드렸다.

"어때요? 맛있죠?"

"응… 응 맛있네. 정말 솜씨가 좋으시구나."

요사이 불안했던 느낌은 전을 집어 주며 만든 사람을 칭찬해 주길 바라는 아들의 표정에서 눈 덩이처럼 불어났다. 이십여 년이 넘게 감싸 안고 키운 아들인데 이상한 점을 못 느낀다면 그게 이상한 일일 것이다. 설마… 아니야. 다니엘이 얼마나 원했던 길인데. 그걸 저버릴 리가 없어. 기분 나쁜 느낌을 떼어 내려고 했지만 의심스러운 일들을 종합해 보면 그럴 수만도 없었다. 자신이 병원에 있을 때보다 퇴근 시간이 늦어졌고 휴일에도 반나절씩은 꼭 외출을 하고 온다. 일전에 혼자 사는 조리장이 응급실에 있는데 가 봐야 한다고 새벽같이 나갔던 날은 가족이 없는 분이라 사장님 부탁으로 돌봐야 한다고 이틀을 외박을 하고 들어왔다. 다니엘이라면 사장의 부탁이 아니더라도 도움이 필요한 사람을 내치지 못했을 거라고 생각하고 그냥 넘어갔는데 들어온 아들에게서 희미한 여자 화장품 냄새 같은 것이 풍겼었다. 그리고 오늘은 의심의 깊이가 짙어진 만큼 그 향기가 더 짙다. 어떡하지….

"다니엘…. 그 경미라는 친구 예쁘니?"

어두운 엄마의 표정을 본 다니엘은 안심을 시켜 드리기 위해 엄마가 차마 묻지 못하고 가슴에 담아 두고 있는 말을 먼저 꺼냈다.

"왜요? 그 친구가 저한테 관심 있어서 이런 거 해 주고 저도 그래서 받아 오고 그런 것 같아서 걱정되세요? 아니에요. 경미 가을에 아주 좋은 사람과 결혼해요. 엄마가 걱정하실 일은 없어요. 저 다음 학기에 복학할 거잖아요."

다니엘이 원하기도 했지만 엄마가 기뻐하시는 일이기에 더

욱 사제가 되기를 갈망했었다. 그래서 그 어려운 상황 속에서도 제 마음이 흔들릴까 봐 내색 한 번 안 하시다가 결국 힘에 부쳐 쓰러지시기까지 하셨는데 사랑하는 여자가 생겼다고는 도저히 입이 떨어지지가 않는다. 완전히 회복되고 나시면 사실대로 말씀드리고 용서를 구하겠지만 아직은 아니다.

"미안…. 엄마가 수술하고 나서 예민해져서 그래. 받기만 해서 어쩌니? 네가 자그만 선물이라도 하렴."

"예, 제가 할 테니까 주무세요."

엄마를 방으로 모셔다 드리고 반찬을 덜어내 냉장고에 넣는 다니엘의 마음은 납덩어리처럼 무거웠다. 아무것도 확실치 않는데 욕심만 늘어간다. 그녀가 사람들에게 자랑할 수 있는 남자가 되고 싶고 또 엄마를 실망시키지 않는 착한 아들도 되고 싶다. 두 가지를 완충할 수 있는 지혜와 용기가 아직 그에게는 없다. 하지만 차근차근 준비해 나갈 것이다. 자신의 천국을 위하여….

請愛我一萬年用心愛
나를 사랑해줘 만년 동안 사랑해줘

막 퇴근을 하고 집으로 들어오자 지효의 전화가 걸려왔다. 어쩌려고 말조심하지 않은 것에 정중하게 사과를 한다 싶더니 말이 끝나기가 무섭게 본론을 꺼냈다. 물이 좋은 클럽 하나를 뚫었다고 나오라고 성화를 해 대는 지효에게 몇 번 거절을 하다가 생각을 바꿔 가겠다고 위치를 묻고 외출 준비를 시작했다. 그동안 다니엘 덕에 착실하게만 살았는데 기분 전환도 할 겸 정성스럽게 치장을 하고 술을 마실 것을 대비해 택시를 타고 지효가 가르쳐 준 클럽으로 향했다.

공들여 꾸민 효과는 확실했다. 설랑이 들어서자마자 안에 있는 남자들의 시선이 그녀에게 집중되었다. 브래지어를 하지 않고 가슴이 깊이 파여 골짜기가 선명하게 들여다보이는 옅은 실크 드레스가 호리호리한 몸을 더욱 돋보이게 했다. 하나로 묶은 머리가 미끈한 목선을 드러냈고 아찔하게 높은 굽의 금색 샌들은 가느다란 발목과 탄탄한 종아리를 강조했다. 설랑이 발걸음을 옮길 때마다 가슴의 아찔한 출렁임에 사내들은 무례하게도 침을 꼴깍 삼키기도 했다.

"설랑아, 여기!"

손을 들어 보이는 지효는 아니나 다를까 옆에 남자를 끼고 있었는데 지효의 취향이 절대 아니었다. 말끔하게 양복을 차려 입고 무테 안경을 쓴 것이 무슨 사土쯤 되는 것 같다. 몸에 착 달라붙어 굴곡이 선명하게 드러나는 흰색 니트 원피스를 입은 지효가 호들갑스럽게 설랑을 소개했다.

"여기는 사랑하는 친구 하설랑. 설랑아 이쪽은 김성수 씨."
"반갑습니다. 김성수입니다."
"하설랑입니다."

남자가 내민 손을 잡으면서 설랑은 지효를 슬쩍 째려보았다. 편안하게 술 한 잔하고 지효한테 다니엘에 대해 당부도 할 겸해서 나온 건데 이렇게 엉뚱한 일을 벌여 놓은 줄이야.

"자 자 앉아. 덥지? 시원하게 한잔 마시고 이야기하자. 오케이?"

그냥 일어설 수가 없어 자리에 앉아 지효가 건넨 술을 막 입에 대는데 여우 같은 계집애가 화장실에 간다고 뽀르르 가 버렸다. 머리가 지끈거렸다. 남자도 어색한지 헛기침을 하더니 먼저 입을 열었다.

"경영하신다는 식당에 가 본 적이 있습니다. 음식이 아주 맛깔스럽더군요."

"중국 음식에 맛깔스럽다는 표현은 처음 듣네요."

미소를 지으면서도 직설적으로 콕 찌르는 설랑의 말에 남자는 기분 나쁜 표정을 짓지 않고 너털웃음을 터트렸다.

"아 그런가요? 저는 맛있었다는 표현은 좀 더 잘해 보려고 했는데 틀렸군요."

지효의 대책 없는 행동에 짜증이 나 툭 던진 자신의 핀잔을 남자가 부드럽게 받아넘기자 설랑은 조금 미안한 생각이 들어 그가 꺼낸 말을 이어 나갔다.

"저희 집에 오셨다고요?"

의외로 성수는 대화를 잘 이끌었다. 거의 두 시간을 어떻게 지나가는 줄 모르게 즐겁게 보냈다. 나른한 재즈 선율과 알코올 기운이 대화를 더 즐겁게 만들었다. 회계사인 그는 내놓으라 하는 기업가들이 백 원짜리 하나에도 벌벌 떠는 이야기를 실감나게 해 줘 깔깔거리느라 배꼽을 잡았다.

"그분이 정말 그러신단 말예요?"

"그렇다니까요. 티슈도 반쪽으로 나눠서 쓰신 답니다."

"진짜 상상 밖이네요. 앗!"

누가 기분 좋게 웃던 설랑의 팔을 잡아채 자리에서 일으켜 세웠다. 무례한 손의 임자는 바로 세원이었다. 바람난 부인을 발견한 남편처럼 벌건 눈을 하고 서서는 으르렁거리며 설랑의 손목을 움켜잡아 자기 쪽으로 끌어당겼다.

"이리 나와!"

지효가 발딱 일어나 제지를 했다.

"이봐요. 지금 뭐 하는 거예요? 그 손 놓지 못해요?"

분위기를 감지한 성수가 세원의 손목을 잡았다.

"무슨 일인지 모르지만 그 손 놓으시죠."

"꺼지시지?"

세원의 빈정거리는 말투에 '쿡' 하고 웃음이 나왔다.

'한번 받아줬더니 아주 제 여자 취급이잖아? 그래 오늘 기분도 그렇고 한데 코미디에 동참해 줄까?'

"고마워요, 성수 씨. 제가 알아서 할 테니까 그 손 놔주세요."

"괜찮으시겠습니까?"

"네."

설랑의 계획을 알고 있는 지효는 걱정스러웠지만 입을 다물고 자리에 앉았고 설랑은 세원에게 손목을 잡힌 채 밖으로 끌려 나갔다. 클럽 밖으로 나온 세원은 벽에다 설랑을 거칠게 밀어붙였다.

"앗!"

등과 벽이 부딪친 충격이 만만치 않아 신음이 흘러나왔다. 옷이 밀려 둥근 가슴의 절반이 넘게 드러나 세원의 눈을 더 붉게 충혈시켰다. 다른 곳에서 이미 상당한 양의 술을 마신 듯 시큼한 냄새가 진동을 했다.

동창 모임에 참석했던 세원은 2차가 끝나고 술이나 깰 생각으로 친구들과 함께 클럽으로 들어왔다가 화장실을 가던 중에 설랑을 발견하고 이성을 잃어버렸다. 가슴을 거의 드러낸 차림으로 희여멀건 놈과 뭐가 좋은지 깔깔거리는 그녀를 본 순간 생각할 것도 없이 팔을 잡아끌었다. 저번 일로 그는 그녀의 마음을 어느 정도 다시 얻었다고 착각하고 있었다. 모든 것을 용서하고 받아주는 설랑에게 진심으로 미안한 마음도 들었고 또 별 소득을 보지 못한 부인에게 벌써 질린 참이어서 그 마음이 더했다.

"뭐 하자는 거야?"

설랑은 어느 정도 충격이 가시자 등을 반듯이 펴고 낮은 소리로 간결하고 단호하게 말했다.

"이런 꼴로 다른 사내놈한테 웃는 거 난 못 봐."

"훗! 당신이 뭔데? 내 몸이야. 내 몸으로 뭘 하든 내 자유라고. 알겠어?"

"이… 이…."

이만큼 달궈 놓았으니 그는 분명 거칠게 입술을 훔칠 것이다. 그것이 세원의 스타일이다. 예전에는 마조히즘 기질이 있었는지 그의 거친 애무를 즐겼지만 지금은 아니다. 배신자의 혓바닥 따위는 받아들이고 싶지 않다. 차라리 구정물을 들이키는 것이 그것보다는 나을 것이다. 설랑은 짧은 시간 동안 확실한 결론을 내리고 팔을 들어 세원의 뺨을 힘껏 후려쳤다. 살과 살이 부딪혀 섬뜩한 소리가 났고 세원의 입술이 터져 피가 조금 났다. 뺨에 선명하게 손자국은 설랑의 솜씨를 증명해 주고 있었다. 그가 정신을 차리기 전에 쏟아 부어야 할 준비된 대사가 있었다.

"너는 네 그 사랑스러운 마나님이랑 별짓 다 하면서! 내가 필요할 때 옆에 있어 주지도 않으면서! 나보고 수절이라도 하라는 거야? 나쁜 새끼."

멍하니 서 있는 세원을 보니 확실하게 충격을 받은 것 같다.

'내가 부인과 함께 다정한 모습의 저를 상상하면서 질투에 못 이겨 이런 짓을 벌인다고 생각하고 있겠지? 어디 좀 더 높여 볼까?'

"내가… 얼마나 사랑하는데…. 사랑해서 미칠 것 같은데… 흑…."

거짓 눈물을 흘리며 무릎을 팍 꿇었다. 설랑을 따라 무릎을 꿇은 세원이 그녀의 어깨를 잡고 턱을 들어 올렸다. 흘러내리지는 않지만 눈썹에 이슬이 맺혀 있다. 오랜 세월 동안 그녀와 연인으로 지냈지만 한 번도 우는 것을 보지 못했다. 그런 설랑이 자신 때문에 우는 것은 세원에게 큰 충격이고 한편으로는 안도감과 함께 희망을 품게 했다.

"당신… 아직 나 사랑하나?"

"실수였어. 비켜!"

사랑하냐고 묻는 말에 매우 당황한 표정을 짓던 설랑이 거칠게 세원의 팔을 뿌리치고 일어나 입구를 향해 뛰어갔다. 세원은 술이 확 깼다. 그리고 자신을 파멸로 이끌 착각의 늪에 빠졌다. 설랑이 여전히 자신을 사랑하고 있다는 독이 발린 고백을 그대로 믿어 버린 것이다.

콜택시를 타고 바로 지효에게 전화를 걸었다. 지효는 문 뒤에 숨어 세원이 벌이는 코미디를 다 보았다며 숨이 넘어가게 깔깔거리고 웃었다.
"다음부터는 남자 따위 소개해 주려고 애쓰지 마."
"왜 너도 즐겼잖아?"
"잊고 있었는데 남자라면 신물이 나."
머리를 시트에 기대고 눈을 감았다. 지효는 그녀의 여린 곳을 콕 찔렀다.
"다니엘도 남자잖아. 혹시 너 걔한테 순정을 바치고 싶어 그러는 거니?"
아주 잠깐 동안이지만 그 말에 백만 볼트짜리 번개를 맞은 듯 충격으로 몸의 모든 기능이 멈춘 듯 했다. 지효의 말이 숨겨 놓은 은밀한 비밀처럼 느껴지는 건 무슨 이유일까? 순정? 내가?
"헛소리하려거든 집어치워, 내일 연락하자."
지효와 전화를 끊고 창밖을 내다보았다. 색색의 조명으로 멋을 낸 다리를 보며 그 불빛 사이에 다니엘의 모습이 떠올랐다. 보고 싶다. 당장!

"기사님, 방향 좀 바꿔 주세요."

타다닥 소리를 내면서 계단을 내려오는 다니엘의 심장은 미친 듯이 뛰었다. 설랑이 집 앞이라고 남방 하나만 가지고 오라고 전화를 했다. 목소리가 약간 떨리는 것을 보니 정상은 아닌 것 같았다. 저번처럼 아파서 그런 거라면 바로 병원으로 데리고 갈 수 있게 지갑을 챙겨 넣다가 떠오른 생각에 서랍을 열어 그것을 주머니에 넣고 조심스럽게 집을 빠져나왔다. 약을 드신 엄마는 잠이 드셨고 석규도 고물 컴퓨터로 게임하기 짜증난다고 PC방에 가서 나오기가 수월했다.

삐걱거리는 녹슨 문을 열고 나서자 집 앞 바로 앞에 있는 가로등 밑에 주차해 놓은 트럭과 승용차 사이에 몸을 숨긴 설랑이 있었다. 훤히 들어난 팔이 아직 밤에는 서늘한 날씨에 어울리지 않았다.

"추워서 옷 가져오라고 했어요?"

"응, 조금 춥다."

"자요, 이렇게 해 봐요."

남방을 펼쳐 둘러 주려던 다니엘은 가슴이 절반이나 드러나는 선정적인 옷차림에 깜짝 놀라 입을 다물지 못했다. 설랑은 다니엘이 왜 그런 표정을 짓는지 잘 알면서도 일부러 물었다.

"왜 그래? 처음 봐?"

술기운 때문인지 설랑은 자꾸 철딱서니 없는 지효스러운 장난이 치고 싶다.

'저도 사내니까 같이 잔 여자가 이러고 다니는 건 싫다는 말이지? 다니엘 질투 좀 해 봐. 너 질투하는 거 보고 싶어. 나는 네가 못생긴 총무부 직원하고 말하는 것도 싫은데 너도 내가 이렇게 다니는 게 기분이 좋진 않지? 화내 봐. 응?'

"이렇게 입고 택시 탔단 말예요? 내일 아침 신문에 나오고 싶어요? 사람 놀래키는 취미 있으세요?"

역시 보통의 시시한 남자들과는 다르다. 다른 사내들은 이런 옷차림을 다른 남자들이 보는 것에 열을 내는데 다니엘은 순수하게 자신을 걱정하느라 큰소리를 냈다. 설랑은 다니엘의 목을 감고 쪽 소리가 나게 입술을 빨았다.

"자매님! 안 돼요."

"다니엘. 우리 예쁜 다니엘. 쪽!"

"정신 차려요."

다니엘은 행여나 지나가는 사람들이 있을까 주위를 둘러보랴 집안에서 단잠에 빠져 계시는 엄마에게 들릴까 전전긍긍하며 달려드는 설랑을 진정시키고 남방을 입혀 단추를 목부터 꼼꼼하게 채웠다. 그 와중에도 뺨이며 입술에 키스 세례를 퍼붓는 설랑 때문에 난처하면서도 웃음이 나왔다. 옷을 다 입히고 물었다.

"술 마셨어요?"

"응 조금."

"속 쓰리겠네. 해장국 사 드릴 테니까 드시고 가세요."

"나 못 걷겠어. 길은 너무 울퉁불퉁하고 이건 너무 높아."

설랑이 말한 너무 높은 신의 굽을 보기 위해 몸을 숙인 다니엘은 혀를 찼다. 몸을 일으키고 팔을 내밀었다.

"자 잡아요."

"겨우?"

"네?"

설랑의 겨우라는 투정 섞인 말의 뜻을 알아차리지 못한 둔한 다니엘이 되묻자 설랑은 당연하다는 듯 그의 등을 요구했다.

"업어."

"예?"

설랑의 팔이 저를 바라보고만 있는 다니엘의 목을 감았다. 그의 얼굴로 홍시처럼 달고 시큼한 숨결이 훅 밀려들었다.

"나 못 걷겠어. 술이 올라와서 다리에 힘이 하나도 없어."

하긴 술이 안 취해도 저 정도의 굽으로 경사진 길을 걸어 내려가는 것은 자살 행위일 것 같다. 거기다 안 업어 준다고 하면 불 같은 성격에 무슨 짓을 벌일지 몰라 순순히 등을 내밀었다. 설랑은 기다렸다는 듯 냉큼 등에 엎드렸고 다니엘은 최대한 손이 낳지 않게 조심하며 일어섰다. 조심을 한다고 했지만 닿는 엉덩이의 느낌이 이상한 것을 금방 알 수 있었다. 얇은 드레스 천 밑에 하나 더 있어야 할 천의 감촉이 느껴지지 않는

다. 그러니까 드레스 자락 밑에는 맨살이라는 말이다.

'도대체 겁이 없는 사람이야. 생각만 해도 아찔했다. 오늘 나쁜 놈들이 다 출장을 가서 다행이지 이렇게 입고 돌아다니다니. 어유.'

설랑은 한숨을 내쉬는 다니엘의 목을 잡아당겼다.

"왜? 너무 무겁니?"

"아니요. 그게 아니고…. 저기 혹시 속옷 안 입으셨어요?"

"입었다고는 할 수 없지."

가는 끈 팬티를 입긴 했지만 개구지게 다니엘이 잘 쓰는 애매모호한 말투로 여운을 남기자 그는 정색을 하고 그러면 안 되는 이유를 조단조단 설명했다.

"나쁜 사람들이 예쁜 여자는 더 잘 알아봐요. 못생긴 여자도 이렇게 입고 다니면 침 질질 흘리는데 이럼 안 되는 거예요. 아셨어요? 속옷도 꼭 챙겨 입고 저녁에 다니실 때는 노출이 적은 옷을 입으시면 좋겠어요."

"영감처럼 구시렁거리기는. 너 때문이야. 다른 남자들은 9시에 들어가야 하지도 않고 외박해도 되는데 넌 신데렐라처럼 시간만 되면 '휭' 하고 가 버리잖아. 이렇게 입었어도 옆에 네가 있으면 되는 문제야. 그럼 내가 여기까지 오지도 않았을 거라고."

교묘한 설랑의 언변에 다니엘은 모든 것을 자신의 탓으로 받아들였다.

"죄송해요."

"거봐 네 탓이지?"

고개를 끄덕이는 다니엘의 목에 힘줄이 선 것을 본 설랑이 물었다.

"무거워? 내릴까?"

"하나도 안 무거워요. 좀 더 드셔야겠어요. 허리도 너무 가늘고…."

"거짓말! 목에 힘줄 선 거 다 보인다. 여기 봐."

날카로운 손톱 끝으로 목의 힘줄을 살짝 그으며 내려가자 다니엘은 확 밀려드는 뜨거움에 어쩔 줄을 몰랐다.

"하… 지 마세요. 넘어져요!"

"내가 뭘? 하하"

세원과 마주하고 섰을 때 느꼈던 약간의 불안감과 끈적한 손길이 주던 찜찜함이 다니엘의 순수한 마음에 희석이 되는 것을 느낀 설랑은 가슴이 후련해 크게 웃었다. 그런데 그 웃음을 뚫고 무시무시한 고함 소리가 들렸다.

"야! 다니엘!"

두 사람은 그 자리에 우뚝 설 수밖에 없었다. 30미터쯤 앞에서 옆구리에 끼고 있던 만화책을 내팽개치고 자신을 향해 다니엘의 동생 실딩어리가 돌진해 오고 있있다.

재방송은 재미가 없다. 그것도 싫어하는 주인공이 나오는 것을 또 봐야 한다면 더 재미가 없다. 다니엘과 어영부영 생각도 나지 않는 첫날밤을 보낸 다음날도 이런 기억이 있었다. 살덩어리 동생 앞에 나란히 앉아 취조를 당했던 것을 재방송하고 있는 자신의 꼴이 우습기만 하다. 그런데 어쩌면 쌍둥이라는데 저렇게 틀릴까? 다니엘이 계약에 관해 털어놓자 길길이 날뛰며 작은 호프집 안을 무너뜨릴 작정인지 무식하게 고래고래 소리를 지르는 게 정말 못 봐주겠다.

"이봐! 아줌마. 내가 저번에도 경고했지? 우리 다니엘 건드리지 말라고!"

"연석규! 함부로 굴지 마. 너한테 그런 말 들을 분 아니야."

"이런 쓰팔!"

설랑은 기가 막혀 눈을 감고 머리를 뒤로 젖혔다. 누가 보면 동성애자 사이에 끼어 든 이상한 여자로 보일 것이다. 석규는 속이 탄지 500CC 한 잔을 단숨에 벌컥벌컥 소리를 내며 들이켰고 눈을 감은 설랑을 본 다니엘은 걱정으로 속이 새카맣게 탔다. 테이블이 쪼개져라 잔을 내려놓은 석규가 앞으로 어떻게 할 것인지 물었다.

"어떻게 할 거야? 둘이 계속 이렇게, 그러니까 그러고 살 거냐?"

차마 부적절한 관계를 직접적으로 들먹이지 못하고 돌려서 물었더니 다니엘도 목이 탄지 맥주로 입술을 적셨다.

"내가 시작한 거야. 자매님은 잘못 없어."

"왜 잘못이 없어? 그날도 너 덮치고 돈 핑계로 젊은 애 끼고 놀아 보려고 했던 년이야!"

"그런 말 쓰지 말라고 했지! 왜 말을 못 알아듣는 거야? 내가 먼저 시작했어. 그날도 분명 내가 합의해서 한 거였으니까 입 다물어."

눈을 감고 있던 설랑이 놀라 슬며시 눈을 뜨고 다니엘을 쳐다보았다. 처음 듣는 강한 어조에 그날 일을 둘이 좋아서 했다며 적극적으로 저를 보호하고 나서는 그가 카리스마 있게 보였다. 석규도 지금까지는 못 봤던 다니엘의 강한 태도에 놀랐는지 잠시 입을 다물었다. 그리고 차분한 어조로 다시 입을 열었다.

"그럼 학교는 어쩔 거야? 그만둘 거냐?"

"아니."

나란히 앉아 있는 두 사람의 마음은 사뭇 달랐다. 사제가 되는 공부를 계속 하겠다는 다니엘의 선언에 설랑은 심장에서 바람이 새어 나가는 듯한 소슬한 느낌이 들었다. 그를 평생 사랑할 것이라 마음먹었던 것은 아니었지만 어쩌면 평생을 볼 수도 있다는 생각을 하고 있었는지 모르겠다. 그것도 신부가 아니라 그냥 남자로서…. 그 부질없는 희망은 다니엘의 단호한 대답에 사라졌다. 복잡한 머릿속에 검은 수단을 입은 다니엘의 모습이 그려졌다. 본시 입었어야 할 옷이라 그런가 너무 잘 어울린다. 온화한 미소로 웃고 있는 그 모습은 설랑에게 슬픈 그림으로 다가왔다.

씻을 수 없는 죄를 지은 몸이긴 하지만 아직 양심이라는 것이 남아 있어 차마 한번 이탈한 사제의 길에 다시 오를 수는 없다. 그리고 설랑에게 사랑을 느껴 버린 가슴도 일조를 했다. 그 길을 다시 가겠다고 한 것은 아직은 자신의 결심 때문에 상처 받을 사람들을 보고 싶지 않아서다.

꽃 같은 나이에 혼자되셔서 사제가 되길 원하는 아들을 격려하며 이끌어 주신 어머니가 완전히 회복될 때까지만 숨기고 싶고, 쌍둥이라 맞먹는 동생이긴 하지만 형이라고 믿고 의지하는 석규에게도 당분간은 숨기고 싶다. 그리고…. 그녀에게도 영원히 감출 것이다. 착한 사람이라 겉으로는 들어내지 않아도 눈이 벌게지도록 울 것이다. 계약이 끝나면 인연도 다할 텐데 쓸데없는 멍에를 지워 주고 싶지 않다. 그분께서 내리시는 모든 벌은 오롯이 혼자 받을 것이다.

"말이 돼? 길에 쓰레기 하나 버리는 것도 죄라고 하는 녀석이 죄악이 덕지덕지 묻은 몸으로 사제가 된다고? 돌았어?"

"내가 할 일이다. 네가 대신 할 수도 없고 어느 누구도 대신 할 수 없어. 지은 죄는 평생을 두고 갚을 거야. 지옥에 떨어져서라도… 받을 거야."

다니엘의 지옥이라는 말에 설랑의 머리끝이 쭈뼛거리며 섰다. 제 욕심만 채우느라 다니엘이 짊어진 고뇌의 무게가 얼마나 무거운 것인지 한번도 생각해 보지 못했다. 다른 남자에게는 일상에서 충분히 일어날 수 있는 일에 불과하지만 그에게는 지옥을 감수해야 할 만큼 힘든 결정을 내린 일인 것이다. 몸의 순결뿐 아니라 마음의 순결까지 잃어버린 그에게 기다리고 있는 것은 심판뿐.

"당분간 엄마한테는 비밀로 해 줘. 너만 입 다물면 모든 게 조용해지니까 부탁 좀 하자."

"내가 입 다문다고 하자. 네 가슴에 돌덩이는 어쩔 건데?"

잊고 있었던 가장 중요한 다니엘에 관한 문제에 설랑은 다리에 힘이 술술 풀렸다. 그러나 걱정했던 것과는 달리 다니엘은 바로 명확한 답을 내놓았다.

"그런 거 없어. 어떤 때보다 행복해."

본디 하나였던 다니엘을 느끼는 것은 석규에게는 당연한 일이다. 거짓말이 아니다. 자신의 가슴으로 다니엘의 햇솜같이 뭉클한 행복이 전해졌다. 말도 안 돼. 어떻게 행복이 저 따위 여자로 생겨 날 수가 있어? 멍해 있는 석규를 두고 자리에서 일어난 다니엘은 설랑을 챙겼다.

"걸을 수 있으세요?"

"응."

"너 먼저 들어가. 나는 자매님 모셔다 드리고 갈게."

석규는 제 앞에서 일어나고 있는 상황에 눈이 왕방울만 해졌다. 여자라고는 엄마밖에 모르던 다니엘이 자연스럽게 여우 같은 아줌마의 손을 잡고 어깨를 잡고! 여우가 꼬리를 치느라 일어나면서 슬쩍 비틀거리자 허리를 잡았다. 이럴 수가 이럴 수가!

"들어가세요."
"옷 가져가."

안으로 들어오지 않고 현관에 서서 들어가라고 권하는 다니엘에게 물어볼 말이 있다. 설랑은 그가 잠근 남방의 단추를 공들여 천천히 풀었다. 네 번째 단추를 풀며 아까부터 입 밖에 내고 싶었던 말들을 흘렸다.

"나 때문에 지옥에 떨어지는 거… 두렵지 않니?"
"훗!"

두려운 마음으로 묻는 대답에 다니엘은 너무도 쉽게 '픽' 하고 웃어 버렸다. 불안해 하는 설랑의 눈에 진실한 눈빛으로 마주하고 행복으로 가득 찬 마음을 보여주었다.

"천국이나 지옥은 모두 자기 마음속에 있는 거예요. 제게 두려운 건 지옥이 아니라 자매님을 못 만나서 사랑이라는 것을 모르고 이번 생을 사는 거죠."

"나는 너한테 사랑을 줄 수가 없어."

불빛에 비친 유리알 같은 눈동자가 미안함을 가득 담고 있었다. 다니엘은 손을 뻗어 뺨에 붙은 머리카락을 귀 뒤로 넘겨주며 그 미안함을 덜어내 주었다.

"이미 많이 주셨어요. 더 주시면 심장이 터질 걸요?"

손톱만큼의 마음도 주지 않았는데 심장이 터질 것 같다는 진실한 다니엘의 말과 눈빛에 아빠에게 매달리는 꼬마처럼 두 팔로 그의 목을 감싸 안았다. 그리고 귀로는 알아들을 수 없는 말을 속삭였다.

"워… 메이… 여우 니… 찌우 후우… 부샤 취….(나는 네가 없으면 살아 갈 수 없어….)"

다니엘은 파르르 떠는 설랑의 허리를 안고 그녀의 어깨에 턱을 걸쳤다. 한 손으로 떨고 있는 그녀를 진정시키려 척추의 골을 따라 손바닥을 움직이며 느릿느릿하고 부드럽게 물었다.

"무슨 뜻이에요?"

"너 때문이라구. 내가 잘못한 거 아냐."

"알아요."

설랑은 허리를 감고 있는 팔을 떼 내고 손바닥으로 다니엘의 뺨을 감싸쥐었다. 그에게 다짐받을 것이 있다. 아니 조금만 솔직해지자면 그에게서 받아야 할 다짐이 아니라 다시는 없을 사랑을 느껴 버린 자신에게 받아야 할 다짐이었다.

"내가 준 건 몸뿐이야. 마음 따위 준 적도 없고 주지도 않을 거야."

"예…."

순종의 말에도 심장이 난도질 당할 수 있다는 길 조금 전까지는 몰랐다. 아리고 숨통이 막혀 왔다. 숨이 쉬고 싶어. 내 숨이 아니라 그의 숨을. 설랑은 다니엘의 얼굴을 끌어당겨 한껏 벌린 입술로 쌉싸래한 맥주 맛이 나는 혀를 말아당겼다. 좁디좁은 입안에 자신의 흔적을 새겨 놓으려는 듯 천장을, 오돌톨한 혀끝을, 말랑한 볼 안쪽을 할 수 있는 모든 것을 다해 애무했다. 그렇게 그녀는 다니엘의 안에서 막힌 숨을 풀었다.

깊은 숨을 나눠 마시고 나서 설랑을 안고 여운을 즐기던 다니엘은 집에서부터 가지고 온 것이 생각이 나 잠시 몸을 떼어냈다.

"줄 거 있는데. 자 눈감아 봐요. 눈뜨면 안 돼요."

"뭔데?"

"그냥, 그저 그런 거예요."

여전히 애매한 다니엘의 말에 설랑은 말 잘 듣는 아이가 되어 싱글거리며 눈을 꼭 감았다. 부스럭거리는 소리가 나더니 그의 손가락이 귓불에 닿았다. 얼마나 조심을 하는지 그 떨림이 고스란히 전해졌다. 그리고 차갑고 날카로운 것이 귀를 뚫고 들어왔다.

"귀걸이야?"

대답 대신 '훗' 하는 웃음소리가 들리고 반대편 귀에도 똑같은 느낌이 들었다. 스르르 눈을 뜨니 머쓱하게 웃고 있는 다니엘이 보였고 귓불에는 조금 묵직한 것이 달랑거렸다. 콘솔 위에 있는 거울로 그것의 정체를 확인한 설랑은 차가운 전율을 느꼈다. 언젠가 눈물 나게 맵던 주꾸미 구이를 함께 먹었던 그날 욕심냈던 초록색 유리알이 달린 귀걸이가 제 귀에서 반짝거리고 있었다. 거울 속의 다니엘이 어색한 듯 '흠' 하고 목을 고른 다음 감춰두었던 진실을 고백했다.

"실은 자매님에게 조금 서운한 감정이 있어서 경미 핑계를 댔어요. 그리고 너무 싼 거라 망설여지기도 했고요, 마음에 안 드시면 버리셔도 돼요."

몸을 돌린 설랑은 격해진 감정을 다스리지 못해 선뜻 입을 떼지 못하다 겨우 목소리를 내 기쁨과 원망이 함께 섞인 묘한 마음을 드러냈다.

"세상에서 가장 탐나는 거였어. 거리의 좌판에서 파는 싸구려 액세서리 따위가 너무 갖고 싶었다고. 디자인이나 색이 마음에 들어서가 아니라 네가 고른 거니까. 나쁜 자식. 나는… 당연히 내 건 줄 알고…. 기대했는데 다른 여자 거라고…."

"자매님이 저를 놀리는 것에 십분의 일만 돌려주면 마음이 시원해질 줄 알았죠. 하지만 아니었어요. 돌아와서 바로 많이… 후회했어요. 이제 그런 거짓말하지 않을 거예요."

다니엘의 다짐에 설랑은 눈물을 흘리지 않으려고 애썼다.

"나 좋아. 너무 좋아서 미칠 것 같은 것도 병일까?"

자그마한 선물로 최고의 찬사를 받은 다니엘은 좋은 기분을 감추지 못하고 정말이냐고 물었고 고개를 끄덕인 설랑의 눈에서는 눈물 한 방울이 떨어졌다. 다니엘은 언세나 그랬딘 깃치럼 무릎을 살짝 구부려 세심하게 눈물자국을 닦아 주고 가슴에 안아 체온을 나누어 주었다.

사랑은 꿈틀거리는 애벌레 같다. 통통한 몸을 움직이며 안 먹는 척 앙큼을 떨다가 어느새 푸른 잎을 다 먹어 치워 버린다. 야금야금, 소리도 없이 마음을 다 먹어 버리는 사랑이라는 애벌레가 아직도 꿈틀거리며 다잡은 마음을 먹어 들어가는 것을 느끼고 있는 설랑은 갈등이 최고조를 달렸다. 다니엘을 위해서는 그를 놓아줘야 한다는 것을 알지만 그에게 영원을 약속해 줄 수도 없으면서 놓지 못하는 자신의 욕심에 머리가 멍해 몽롱한 나날의 연속이다.

개운치 않은 설랑의 의식을 깨우려는 듯 마사지를 받기 위해 침대 위에 놓아 둔 핸드폰이 벨을 울려 댔다. 나른해 저절로 감긴 눈꺼풀을 뜨지 않고 더듬더듬 핸드폰을 받았다.

"하설랑입니다."

"나야, 방금 입금 확인했어. 고마워."

"아…."

세원이었다. 마사지를 받으러 오는 길에 23억 원을 세원의 계좌로 보냈다. 저를 낚아 올릴 미끼라는 것을 꿈에도 모르는 채 고맙다고 하는 그의 아둔함에 찬사를 보냈다. 왕 여사가 받은 어음 날짜 변제일이 내일인데 그 돈을 구하지 못한 세원에게 두말도 하지 않고 빌려주었다. 한 번 더 틈을 주어 왕 여사에게 그가 추진하고 있는 주상 복합건물을 담보로 잡을 것이다. 조사해 본 결과 그것을 거둬들이면 세원에 대한 응징은 물론 금전적으로도 상당한 이익을 낼 수 있다는 결정을 내렸다.

"약속어음을 끊어주지. 저녁에 들를게."

"필요 없어. 당신이 편할 때 돌려주면 돼."

잠시 동안 침묵이 흘렀고 세원의 목소리가 전화를 타고 건너왔다.

"나를… 믿나?"

내가 저를 믿을 수 있다고 생각하는 멍청한 자식. 그 오만함은 어디서 나온 거야? 우궤이[10]!

"아니, 믿지는 않아. 데인 상처가 아직도 너무 쓰리니까. 하지만 믿고 안 믿고의 차이가 내겐 없어. 당신을 다시 가질 수 있다면 불구덩이 속이라도 난 뛰어들어."

"웩!"

설랑의 앙큼한 연기에 지효는 작게 야유를 보냈다. 세원은 설랑에 대한 욕심이 눈처럼 커졌다. 구관이 명관이라는 말이 있듯 그녀가 가진 매력이 새록새록 떠올랐다. 열정으로 가득 찬 뇌쇄적인 몸, 그리고 23억 원을 약속어음 한 장 받지 않고 빌려줄 수 있는 두둑한 배짱. 이 모든 것을 목말라한 그는 그녀가 살짝 얼려 놓은 살얼음을 단단한 얼음으로 착각하고 발을 내딛어 버렸다.

"하여튼 저녁에 들르지."

"그래. 기다리고 있을게."

---

10) 우궤이: 거북이 귀신이라는 심한 욕.

은근한 여운을 남기며 전화를 끊고 나자 돌아눕던 지효가 깔깔대며 장담했다.

"넌 꼬리가 12개는 달렸을 거야."

12개였으면 좋겠다. 그럼 이 골치 아픈 문제를 간단하게 풀어내 버릴 테니까….

"하설랑!"

"응? 왜…."

옆 침대에서 종아리에 마사지를 받고 있는 지효가 부르는 소리에 번뜩 정신이 든 설랑은 늦은 대꾸를 했다.

"다니엘한테 내 크림 좀 달라고 해. 너 아주 다리미로 편 것처럼 탱탱하잖아? 배 아파."

"그걸 왜 나한테 물어. 만든 사람한테 달라지."

곤두박질하던 주식이 확 뛰어 전부터 탐냈던 다이아 목걸이를 사서 하고 나타난 지효에게 다니엘의 선물을 은근히 자랑했었다. 볼품은 없지만 효과 하나는 확실했다. 피부에 탄력이 생겨 그가 찾아내지 못한 미세한 잔주름까지 몽땅 사라질 정도였다. 설랑의 자랑에 남이 저보다 좋은 걸 가지는 꼴을 못 본 지효의 심술에 또 발동이 걸린 것이다.

"조금 있다가 다니엘 씨한테 가야지. 말리지 마. 말리면 확 불어 버릴 테니까."

"알아서 해."

설랑의 시큰둥한 반응은 나름대로 자신감이 있어서다. 다니엘은 절대 지효의 소원을 들어주지 않을 것이다. 엄마에게 드린 크림도 사실은 저를 주려고 하는 것을 감추기 위한 것이라고 했었다. 거기다 자기만 봐 주길 바라는 억지를 잘 알고 있으니 머리 아플 일은 하지 않을 것이라 생각했다. 갑자기 설랑이 눈을 팍 떴다.

"잠깐만요. 그만해야겠어요."

"왜 그래?"

설랑은 마사지사의 손길을 멈추게 하고 등을 닦으며 핸드폰을 챙겨 들었다.

"일이 있어. 넌 마저 하고 와. 아참, 내 허락 없이 다니엘에게 찾아가지 마. 약속해."

"알았어. 되게 비싸게 굴어 계집애. 얼른 가 봐."

가운을 건네받아 입은 설랑은 갑자기 떠오른 기발한 생각을 정리하며 샤워실 안으로 들어갔다. 지효는 그 등 뒤에 대고 혀를 날름거렸다.

"메롱, 약속은 깨지라고 있는 거야."

我們之天國
우리들의 천국

　재료가 들어오는 날이라 아침부터 시작한 일이 점심을 먹고도 끝나지를 않았다. 식용유와 여러 종류의 캔과 프라이팬 등 유난히 무거운 것들이 대부분이어서 어깨가 뻐근하고 허리를 펼 때마다 꼬리뼈가 '찡' 하고 울렸다.
　장갑을 벗고 소나무 향이 짙은 도마 위에 엉덩이를 걸치고 앉자 다듬어지지 않는 거친 결이 엉덩이를 콕콕 쑤셨다. 일할 때는 그나마 잊고 있었던 작고 뾰족한 가시가 한숨 돌리는 기미를 보이자 가슴을 맹렬하게 찔러왔다.
　석규에게 들키고 난 후 두 사람의 관계는 표면상으로는 크게 달라진 것이 없었다. 하지만 조금만 들여다보면 미세한 변화가 보였다. 자신은 사랑이라고 생각하고 그녀는 욕정이라고 주장하는 행위를 하는 공간이 호텔에서 그녀의 집으로 고정됐고 그 횟수도 현저하게 줄었다. 그녀 곁에 있을 수 있는 유일한 방법인데 정부로서의 매력이 떨어진 건 아닌지, 설랑에게 자신이 모르는 나쁜 일이 생긴 것은 아닐까 걱정스러웠다.

설랑이 그를 위해 준비하고 있는 것을 알 리가 없는 다니엘은 하루하루가 불안하고 초조했다.

"진짜 무지개 여우야. 휴…."

"무지개는 무슨, 설랑이는 꼬리가 12개 달린 요물 중에 요물이라고요."

지효의 낭랑한 목소리에 다니엘은 자리에서 벌떡 일어났다. 먼저번의 유쾌하지 못한 기억 때문에 본능적으로 긴장을 했다. 매력적인 미소를 지으며 창고 안으로 걸어 들어오는 지효에게 놀라 인사를 할 정신도 없었다.

"세 번째 만나는 건데 인사 정도는 해야 예의 아닌가요. 다니엘 씨?"

빙긋 웃으며 살갑게 구는 지효에게 적응이 불가능한 다니엘은 의례적인 안부를 물었다.

"잘 계셨습니까?"

"아니요. 다니엘 씨 때문에 잘 못 지냈어요."

"예?"

설랑의 친구가 왜 자신 때문에 잘 못 지냈다고 하는지 다니엘은 알 수가 없었다. 내가 혹시 빈틈을 보인 걸까?

"나도 가지고 싶은데 주면 안 돼요? 얼마면 돼요?"

다니엘은 화가 솟구쳤다. 설랑의 제일 친한 친구가 지금 자신에게 무례하고 무리한 요구를 하고 있는 것이다. 그녀와 그런 관계라고 무시하고 돈으로 몸을 사려는 지효라는 여자의 따귀라도 올려붙이고 싶다. 하지만 주먹을 꽉 쥐는 것으로 분노를 삭이고 정중하게 거절했다.

"다른 데 가서 알아보십시오."

장갑을 다시 끼고 앉아 있던 묵직한 도마를 들고 놓아 둬야 할 장소로 움직였다. 지효는 주인을 따르는 강아지처럼 졸졸 따라오며 끈질기게 요구했다.

"나도 좀 줘요!"

"안 돼요."

"얼마든지 준다니까?"

더 이상 참는다는 것은 다니엘에게도 불가능한 일이었다. 걸음을 멈추고 눈을 감고는 정확하게 셋을 세고 난 그가 뒤로 홱 돌아섰다.

"이것 보세요!"

"설탕이 거 만들면서 조금만 더 하면 되잖아요? 조잔하게."

지효는 무슨 뜻이냐는 듯 멀뚱멀뚱 눈을 뜨고 바라보는 다니엘에게 설명을 보탰다.

"아이크림 말예요. 설탕이 아주 다리미로 편 것처럼 쫙 펴졌잖아요."

"안 돼요."

몸을 사겠다는 굴욕적인 요구는 아니지만 다니엘은 일언지

하에 거절하고 돌아서 걸음을 옮겼다.

"왜? 설랑이가 알면 발광할까 봐 무서워서 그래요? 내가 입 다문다니까. 응?"

"다른 사람 거는 안 만들어요."

탁 소리가 나게 도마를 내려놓고 프라이팬을 가지러 돌아갔다.

"당신 설랑이 사랑해?"

"아니요."

프라이팬 두 개를 양손에 들고 부지런히 발을 움직였다. 사랑한다고 어떻게 말할 수 있어…. 나처럼 보잘것없는 남자가 사랑한다고 하면 아마 모든 사람들이 그녀를 비웃을 것이다. 어쩌다가 저런 남자에게 틈을 보였냐고 말이다. 저를 비웃는 것은 얼마든지 참을 수 있지만 그녀가 웃음거리가 되는 것은 용납할 수 없다. 다니엘이 그러던지 말던지 지효는 하나하나 콕콕 집어 가며 그의 심리 상태를 파악해 나갔다.

"다니엘 씨는 설랑이를 사랑해. 그래서 그 애만을 위해 뭔가 해 주고 싶어서 화장품을 만들었고, 유일한 의미를 담은 것이라 다른 사람은 못 만들어 준다는 거죠? 맞죠?"

제대로 정곡을 찔려 긍정도 부정도 못하는 다니엘은 입을 다물어 버리고 아까 정리해 놓은 당면 봉지들을 끄집어내 다시 차곡차곡 쌓는 것으로 지효를 무시했다.

"와우 대단해. 러브, 대로망이야. 우리 설랑이를 사랑할 수 있는 남자가 생기다니."

"그런 거 아니라니까요!"

지효는 저도 모르게 꽥 소리를 지르고 얼굴이 벌게진 다니엘을 보고 까르르 웃다가 웃음을 멈췄다. 그리고 정색하며 쫑알거렸다.

"아니 왜 소리를 지르고 그래요? 아니면 나도 만들어 주던지! 응? 하나만 만들어 줘요."

아, 이 여자는 피곤해. 같은 여자라도 사뭇 느낌이 다르다. 그녀는 귀찮은 느낌이 들지 않는데 팔을 잡고 늘어지는 진드기 같은 이 여자는 정말 속수무책이다.

"그러니까 80그램짜리 아이크림 하나 만드는데 14,000원이 들었단 말이지?"

"예. 이게 기구가 있어 양을 정확히 재야하는데 전 없어서 패키지 상품으로 샀거든요."

"60그램짜리 용기면 단가가 더 낮아지겠군."

종이에다가 뭔가를 부지런히 적어 넣는 설랑을 보며 다니엘은 고개를 갸우뚱거렸다. 퇴근 후에 집에서 보자고 해서 잔뜩 기대에 부풀어 석규에게 늦는다고 전화까지 하고 달려왔는데 보자마자 화장품 이야기를 꺼냈다.

"다니엘 너 장사 한번 안 해 볼래?"

"장사요?"

"인터넷으로 천연 화장품을 파는 거야. 넌 자본도 별로 없고 기술력도 없어. 소수만을 위한 특별한 화장품. 그걸 컨셉으로 잡는 거지."

설랑은 어리둥절해 있는 다니엘에게 그동안 사업을 하면서 쌓은 노하우와 경험으로 짠 사업계획을 설명했다.

"화장품은 거품이 많은 사업 중 하나야. 거액의 모델을 써야 하고 홍보비, 또 고급스러운 용기가 가격을 부풀려. 미국에 본사가 있는 J&C란 화장품 회사가 있는데 남편 제럴드와 부인 캐시가 설립한 회사야. 설립 당시에는 집 차고가 공장이었고 직원은 두 사람이 전부였어. 사업 계획서를 들고 융자 신청했다가 다 거절당했거든. 그 회사의 성공 비결은 그때 당시만 해도 생소했던 천연 재료로 만든다는 것과 적절한 가격이었어. 거품이 되는 모든 과정을 생략해서 가능했던 케이스야. 우리는 기존의 화장품 사업과 J&C사의 중간 틈새를 파고드는 거지"

"하지만 저는 화장품에 대한 지식도 없고 그냥 레시피대로 만든 것뿐이에요. 그런데 어떻게…."

다니엘은 밑도 끝도 없는 화장품 사업 이야기에 말끝을 잇지 못했지만 설랑은 자신감으로 눈이 반짝거렸다. 일단 계획을 잡고 나니 얼른 일을 시작하고 싶어 몸이 근질거렸다.

"네가 만든 화장품은 효과가 매우 좋아. 저번에 사 준 비싼 것보다 훨씬 부드럽고 향도 좋아. 요즘은 자연주의 추세라 천연 재료라는 점을 잘 홍보하면 충분히 사람들의 관심을 끌 수 있어. 네 양심상 나쁜 재료는 안 쓸 거고 정확한 양을 넣을 거니까 품질은 보증이 돼."

"전 잘 모르겠어요. 그렇게 큰일을 해낼 자신도 없고요."

설랑은 하나의 문제를 생각할 때 반드시 해결 방법도 미리 준비해 둔다. 모든 독에는 그에 맞는 해독제가 꼭 있는 것처럼 말이다. 세상과 부딪치는 법을 모르는 다니엘이 조그만 장사도 아니고 사업이라는 것에 상당한 부담감과 두려움을 가질 것이라는 것을 미리 염두에 두었고 해결 방법으로 그가 가장 소중하게 여기는 가족을 택했다.

"너는 학교로 돌아가면 별 문제 없지만 세상에 남아 살아가야 할 어머니와 동생을 생각해 봐. 너야 물질이 필요 없겠지만 그분들은 다르잖아. 일단 시작해 기반만 잡히면 네 동생이 대신해서 계속 이어갈 수 있어."

다니엘은 양손을 깍지 끼고 짧은 생각에 빠졌다. 그녀는 내가 다시 학교로 돌아간다는 말을 곧이곧대로 믿고 남은 식구들 걱정을 했던 모양이다. 모두 다 얼음이라고 하지만 그녀는 이렇게 따뜻하고 좋은 사람이다. 할 수 있다면 이번 기회를 놓치고 싶지 않다. 열심히 해서 성공해 엄마와 석규도 잘 보살피고 싶고 또 어느 정도 기반을 잡으면 그녀에게 부끄럽지 않은 한 남자로 서고 싶은 욕망도 일어났다.

"제가… 할 수 있을까요?"

설랑은 떨리는 음성으로 불투명한 앞날을 조심스럽게 타진

해 보는 다니엘에게 힘을 실어주었다.

"넌 잘할 수 있어. 내가 옆에서 도울 거니까 마음 놓고 네가 할 일만 열심히 해."

설랑은 그를 위해 기획하고 추진시킬 일이 두고두고 그의 여린 살을 긁어내릴 갈고리가 될 것을 알았다. 기대에 가득 찬 다니엘에게 미소를 지어 보이는 설랑의 숨겨진 가슴은 벌써부터 가는 생채기가 나고 있었다.

"식구들에게 충분히 이해 가게 설명해 주고 결과를 알려 줘."

"당연히 좋아하실 거예요."

"잘될 거야. 자 그럼 얼른 가서 의논 해."

먼저 자리에서 일어난 설랑을 따라 일어난 다니엘은 요사이 그녀의 미지근한 행동이 석규 때문인지 묻지 않고는 또 잠을 설칠 것 같아 선뜻 움직이지 못했다. 설랑은 나가지 않고 머뭇거리는 다니엘에게 미소를 지어 보였다.

"왜 무슨 할 말 있어?"

"석규 때문에 마음 상하셨죠?"

"아니야. 왜 내가 너무 조신하게 구니까 적응 안 되니?"

"익숙하지 않으니까…."

"네 동생이 마음에 든다면 거짓말이지. 네 동생이니까 참은 거지, 다른 사람 같으면 어림없어. 다니엘, 여자는 말이야 참 복잡 미묘해. 가끔 이유 없이 감상적일 때가 있거든? 나는 봄이 가고 여름이 올 때쯤이면 만사가 느슨해져. 고질병이고 불치병이야."

 감정을 죽이는 훈련을 받아 다니엘 앞에서 말고는 진실한 눈물도 흘리지 못한 그녀가 계절이 간다고 마음이 흔들릴 리가 없다. 그녀가 슬퍼지는 이유는 이미 그를 놓아 줄 작업을 준비하기 시작했기 때문이다. 다니엘과 만나는 횟수를 줄인 것이 그 작업의 시작이었다.

 타고난 배우처럼 완벽한 연기로 다니엘의 마음을 풀어 준 설랑은 그를 배웅했다. 다니엘이 검지를 뒤꿈치에 찔러 넣어 신을 신는 동안 설랑은 지금 지하철이 다니는지 석규에게는 뭐라고 변명했는지 같은 자질구레한 질문들을 했다. 다니엘은 설랑의 질문에 합당한 대답들을 해 주면서 정작 하고 싶은 말을 못해 벙어리 냉가슴을 앓았다. 신까지 다 신어 버리고 난 그는 더 이상 지체할 구실이 없어져 버리자 헛기침을 몇 번 하고 나서 자신의 소망을 그녀에게 전했다.

 "안고 싶어요."

 설랑은 귀를 의심했다. 다니엘이 저를 원한다고 하고 있는 이 순간이 현실일까? 그녀의 반응이 없자 몸이 단 그는 온 마음을 뒤집어 보여 주었다.

 "그러지 않고 견딜 수 있을 것 같지가 않아요. 손에 닿을 거리에 자매님 두고 돌아서는 거 이제는 못 하겠어요."

 "다니엘… 내가 말했잖아. 내 컨디션이…."

 차근차근 관계를 정리하기 위해 한 그녀의 변명은 갑작스럽게 밀어닥친 열에 들뜬 입술에 갇혔다. 다니엘은 설랑의 뺨을 감싸 안고 제 뺨이 홀쭉해질 때까지 놀란 혀를 빨아들였다. 숨을 쉬기 위해 입술을 떼는 그 짧은 순간마저 아쉬워 서로의 얼굴에 뜨거운 숨결을 쏟아 부었다. 다니엘의 놀랄 만한 정열에 설랑은 굳은 결심을 잠시 미루고 불꽃을 일으키는 다급한 그의 손길에 부응했다.

벽 안에 설랑을 가두고 으스러뜨릴 듯 내리누르며 그녀를 느끼지 못해 목말라했던 손바닥으로 봉긋하고, 탄력 있고, 가늘고, 풍만한 모든 느낌을 게걸스럽게 움켜잡았다. 타이트한 스커트를 밀어 올리고 몸을 꽉 조이고 있는 반질한 팬티스타킹을 끌어내렸다. 설랑이 엉덩이를 벽에서 떼 내 돕자 스타킹을 종아리까지 밀어내지도 못하고 이번에는 가는 끈이 달린 손바닥만한 팬티를 탐냈다. 길고 곧은 손가락이 그것을 밀어내릴 때 설랑은 그의 지퍼를 잡고 밑으로 내렸다. 거친 숨소리 사이에서도 금속성의 마찰음은 지독히도 섹스러웠다. 절대 크지 않은 그 소리가 두 사람의 귀에는 정확하게 들렸고 조금 남아있던 여유를 몰고 나가버렸다. 다니엘의 허리가 앞으로 밀어졌고 설랑은 그를 맞아 다가섰다.

"하아…, 하아…."

어깨에 손톱을 박아 넣으며 좁은 몸 안을 꽉 차지해 버린 다니엘에게 매달렸다. 설랑의 엉덩이를 움켜잡은 다니엘의 손이 강한 압박을 해 왔고 그와 동시에 강렬한 움직임이 시작되었다. 해일처럼 큰 몸짓으로 뜨거운 몸을 뒤집었다. 설랑은 다니엘이 주는 아릿함과 즐거움에 심장이 다 덜덜 떨렸다. 땀이 배어 나오는 단단한 목을 감싸 안자 그가 했던 고백이 떠올랐다.

'두려운 건 지옥이 아니라 자매님을 못 만나서 사랑이라는 것을 모르고 이번 생을 사는 거죠.'

그의 목을 더 세게 당겨 안으며 영원히 입 밖에 내지 못할 화답을 가슴에 묻었다.

'내가 천국을 믿는다면 그건 네가 만들어 준 천국일 거야. 눈 감는 날까지 그리워할 거야. 고마워. 나 같은 여자에게도 천국을 보여 줘서. 다니엘…, 워 아이 니.'

復讐
복수

 시간은 눈 깜짝할 사이에 지나갔다. 이제는 여름의 절정이다. 비가 자주 내리고 아스팔트에서는 아지랑이가 피어올랐다. 십 년 만에 찾아 온 무더위 속에서 설랑과 다니엘은 더위를 느낄 새도 없이 부지런히 일을 해 나갔다. 다니엘은 따하부에 새로운 직원이 오고 인수인계를 하고 나서 설랑이 줄은 댄 일본의 천연 화장품 전문가에게 스파르타식 수업을 받고 돌아왔다. 자고 먹는 시간만 빼고는 공부하고 실험하는 데 온 시간과 노력을 다 받쳤다. 설랑은 딱 세 가지만 완벽하게 마스터하라고 했다. 보습제 성분이 들어간 립 밤과 아토피 스프레이와 그리고 제일 먼저 만들었던 아이크림. 이것이 다니엘이 만들고 판매할 화장품의 종류다.
 다니엘은 쉴 새 없이 쏟아져 나오는 그녀의 사업 전략에 혀를 내둘렀다. 화장품 가격을 원가의 몇 곱절로 책정한 그녀에게 처음에 말했던 이야기와 다르다고 너무 과한 가격은 원치 않는다고 하자 그래야만 하는 이유를 차근차근 설명해 주었다.

"J&C사는 인터넷이 없었던 시절에 그야말로 입소문으로 오랫동안 공을 들인 케이스야. 지금은 그럴 필요가 없지. 인터넷이 있으니까. 너는 시간이 별로 없어. 네가 학교로 돌아가기 전까지는 어느 정도 안정선 안에 올려놔야 한다고. 그리고 당분간은 어머님이 도와주신다고 해도 일할 사람은 세 사람 뿐이야. 박리다매는 무리란 말이지. 많이 만들어 내려면 그만큼 규모가 커야하고 미안하지만 네 능력 밖이야."

"하지만 원가의 몇 배나 되는 가격을 받는 것은 잘못된 거예요. 조금 낮춰도 될 것 같아요."

"요즘 같은 불경기에는 아주 싸거나 아주 비싼 것, 이것만이 승부수가 나는 거야. 중산층 정도면 그 정도에 눈 하나 깜짝하지 않아. 정직한 네 마음은 알겠는데 부담스러우면 네가 정한 가격을 제외한 나머지는 사회에 환원하면 되잖아?"

다니엘은 환원이라는 말에 마음이 끌렸다. 자신뿐만 아니라 여러 사람을 도울 수 있는 사업이라니. 가슴이 설레었다. 귀신같이 다니엘의 심리를 읽어 낸 설랑은 그 결심을 굳힐 한마디를 더 꺼냈다.

"고객들에게 좋은 일을 할 수 있는 기회까지 덤으로 주는 거야."

그 말에 홀딱 넘어간 다니엘이 고개를 끄덕이는 것으로 가격 책정이 끝나자 그 정도의 가치를 뒷받침해 줄 고급스러운 사이트 디자인과 용기 디자인을 의뢰했다. 용기는 일정하게 골이 들어간 약간 불투명한 것으로 정했고 뚜껑이 닿는 부분에는 금판을 둥글게 둘렀다. 그 위에 두 사람이 머리를 맞대고 지은 회사 이름이 선명하게 박혔다. '단미'. 사랑스러운 여자, 달콤한 여자라는 뜻을 가진 순 우리말을 동시에 고르고 흡족해 했다.

  다니엘은 외진 곳에 있는 점포를 하나 구했다. 옥탑 방까지 재료를 옮기고 완제품을 내가기에는 한계가 있기 때문에 무리를 했다. 모든 준비가 끝났을 때는 석규와 설랑도 어느 정도 서먹한 관계가 정리가 되었다. 그렇다고 아주 친절한 사이도 아니지만 석규도 그녀를 여우라고 부르지 않고 설랑도 석규를 살덩어리라고 부르지 않을 정도는 되었다.

  사이트를 개설하기 전부터 설랑은 인맥을 총동원해 고정 고객 확보에 나섰고 덩달아 지효까지 홍보 요원이 돼서 자신이 다니는 미용실은 물론 돈 꽤나 있는 친구들에게 홍보를 했다. 석규와 다니엘은 인터넷을 통해 홍보를 하고 주문이 들어오는 대로 화장품을 만들었다. 처음부터 큰 욕심을 갖지 않고 시작한 일이라 한 개, 두 개 주문이 들어올 때마다 신기해 하며 다니엘의 아이디어인 손으로 직접 쓴 카드까지 동봉해 택배로 물건을 보냈다. 정성을 알아주는지 일정한 주문이 계속 유지가 되었고 통장에는 잔액이 차곡차곡 쌓였다. 대박까지는 아니지만 기대 이상의 선전에 설랑은 슬쩍 웃어 주는 것으로 다니엘의 노고를 치사했다.

설랑은 잔잔한 라운지 음악이 흐르는 커피숍에서 냉녹차를 마시며 세원을 기다렸다. 얼마 전에 회수했던 금액에 배를 얹어 빌려 주었다. 길지도 않은 게임을 끝낼 때가 멀지 않았다. 가상의 인물에게 빌린 것처럼 해서 공증을 받았고 그 날짜가 정확하게 12일이 남았다. 공증을 하면 어음에 쓰인 날짜에서 하루만 넘겨도 재판 없이 집행문만 받으면 일주일 후에는 채무자에게 알리지 않고 바로 압류를 할 수 있다.

그동안 세원의 마음을 사로잡기 위해 그와 시간을 보내는 것도 소홀히 하지 않았다. 다니엘이 신경이 쓰여 많은 사람들이 오가는 화흥에서 만나는 것은 서로에게 좋지 않을 거라는 핑계를 대 세원이 들르는 것을 막았고 일주일에 한 번은 밖에서 만나 식사를 하고 선물을 주고받았다. 그리고 아주 가끔씩 그의 의심을 풀기 위해 짙은 애무도 허락해 주었다. 그러나 빌정난 수컷처럼 허락된 범위를 넘어 몸을 탐하려 달려드는 그의 손길이 너무 소름이 끼쳐 언제나 여지를 두고 브레이크를 걸었다.

"그걸로 만족해. 딴 여자를 품은 몸을 받아들이기까지 하라고는 강요하지 마. 상처받는 거 이제 싫어."

"집사람은 지금 임신 중이야. 당장 이혼은 불가능해."

원하는 방법대로 정욕을 풀지 못해 눈이 벌게진 세원은 이혼이라는 극단적인 단어도 서슴지 않았다. 이렇게 달뜬 남자를 다루는 것은 이성적인 상태보다 훨씬 수월하다. 먼저 그의 입술을 찾아 미끈한 혀를 밀어 넣어 아찔한 기교로 얽고 빨아 타액을 다 삼키지 못할 만큼 흥건하게 녹이고 눈물 한 방울을 첨가했다.

"기다릴게… 언제까지라도…."

그 말에 세원은 소중한 보물을 쓰다듬는 듯 얼굴을 매만지며 고개를 끄덕였다.

설랑은 자신이 원하던 대로 모든 일이 순조롭게 진행되는 것을 지켜보며 서운한 마음을 떨쳐 내는 훈련도 함께 쌓았다. 일이 바빠지자 자연스럽게 다니엘과 만나는 횟수도 줄어들어 보름에 한 번 정도 만나 그간의 갈망을 푸는 것으로 만족했다. 다정한 성격의 다니엘은 일을 하는 중간 중간 전화를 해 안부를 묻고 옆에 있는 석규가 들을 새라 작은 소리로 사랑한다고 전했지만 그 소중한 전화도 조금씩 끊어 나갔다. 두 번에 한 번을 받고 그 다음 주에는 세 번에 한 번만 받았다. 다니엘의 왜 그러냐는 조심스러운 물음에 부동산 때문에 무척 복잡한 일이 생겨서 마음의 여유가 없다고 둘러댔다. 설랑은 벨이 울릴 때마다 통화하고 싶은 충동을 참아 냈다. 의심할 줄 모르는 다니엘은 그녀를 가슴에 안고 머리카락을 쓰다듬으며 도와줄 수 있는 능력이 있었으면 좋겠다며 안타까워했다. 다니엘 때문에 아린 가슴을 달래는 설랑에게 세원의 목소리가 들렸다.

"뭘 그렇게 생각해? 사람 오는 것도 모르고…."

"아… 왔어?"

"가자, 점심은?"

"아직, 당신은?"

"잘됐다. 가부키 갈까? 당신 거기 문어 초밥 좋아하잖아."

또각거리는 구두 소리를 내며 세원의 옆에 나란히 붙어 커피숍을 빠져나가는 설랑의 심장이 달아올랐다. 뜨끈한 피가 혈관을 팽창시키며 달음질을 시작했다. 조금만 기다려 그 얼굴에서 미소가 싹 사라지게 해 줄 테니까…. 그녀의 머릿속을 읽지 못하는 세원은 거짓된 화사한 웃음에 넋을 잃고 슬며시 손을 잡았다.

이제는 완전히 회복을 한 엄마가 포장을 도와주셔서 일이 훨씬 수월해졌다. 좁은 점포는 공장 겸 가게가 되어 제 기능을 100% 이상 발휘해 주고 있다. 삐걱 문이 열리고 은행에 다녀온 석규가 포장을 하고 있는 다니엘과 엄마에게 통장을 자랑스럽게 내보였다.

"짜잔! 이거 보여? 총 잔액이 공이 몇 갠 줄 알아? 엄마 좀 봐봐."

"어디… 하나, 둘, 셋…. 어머, 이게 진짜야?"

부자들이 보면 아무것도 아닌 금액에 세 사람은 가슴이 설레었다. 평생 동안 이렇게 큰 액수가 잔액으로 떡 하니 들어 있는 것이 엄마에게는 처음이었다.

"오늘은 주문 몇 개 들어 왔어?"

"잠깐만…."

다니엘은 컴퓨터를 켜고 마우스를 클릭해 주문 의뢰서를 살폈다.

"아이크림이 12개, 립밤이 20개네. 오늘은 좀 작다."

"작으면 많은 날도 있지 뭐. 엄마 우리 돈 벌었는데 고기 먹을까? 돼지 갈비 어때?"

"좋지. 안 그래도 밥 차리기 싫었는데. 다니엘 우리 오랜만에 외식하자."

"아, 전 다녀올 때가 있어요. 엄마, 석규랑 드세요."

설랑과 근사한 점심을 먹고 백화점에 갈 계획을 세워 두고 있었다.

"어디 갈 데 있니?"

"친구들 만나기로 했어요. 학교 친구들이요. 방학이라 다들 나왔다네요. 얼굴이나 보기로 했어요."

"그래, 얼른 갔다가 천천히 와. 엄마, 우리 다니엘 몫까지 다 먹자."

다니엘이 만날 사람이 친구가 아니라 설랑이라는 것을 알고 있는 석규가 이런 식으로 돕고 나오자, 엄마는 의심 없이 술 많이 마시지 말고 일찍 오라는 당부를 했다. 골목으로 나오자마자 전화를 걸어 언젠가 스테이크를 먹었던 그 레스토랑에서 점심을 사 주고 싶다고 했더니 그녀는 너무나 기분 좋게 먼저 가서 기다리겠다고 했다. 지하철을 타고 다시 택시로 갈아타고 뛰어서 도착해 먼저 와 있던 설랑이 미리 주문해 놓은 티본 스테이크를 먹으며 이야기를 나눴다.

"왜 맛없어요?"

"아니 맛있어. 너 작지 않아? 좀 더 먹어."

설랑은 배가 빵빵해져 더 이상 들어 갈 틈이 없었다. 세원과 점심을 먹은 지 한 시간도 되지 않은 위에 스테이크는 무척 부담스러웠지만 다니엘을 실망시키지 않기 위해 점심 전이라며 맛있게 먹는 시늉을 해 보였다.

"나 다이어트 해야 돼. 허리가 장난이 아니야."

고기를 다니엘의 접시에 덜어 주며 다이어트 핑계를 대자 그는 동의하지 못하겠다는 듯 고개를 저었다.

"지금도 날씬한 편인데 어디를 다이어트 하겠다고 그러세요?"

"미리미리 조심해야 해. 여기서 1킬로도 더 느는 것은 용납 못해."

"예쁜 사람들은 욕심이 끝이 없나 봐요. 우리 이거 먹고 쇼핑하러 가요."

"쇼핑?"

고기를 우물거려 삼키고 물을 마시고 난 다니엘이 좋아 죽겠다는 표정으로 입을 열었다.

"저 돈 많아요. 오늘 석규가 잔고 뽑아 왔는데 비용 다 제하고 기부할 거 떼 놓고도 많아요. 옷 사 드릴게요. 좋은 걸로요."

"근면해야 해 다니엘. 언제 어떻게 될지 알 수 없는 것이 장사야. 항상 반쯤은 덜어 놓고 생각해야 한다고. 마음만 고맙게 받을게."

설랑은 상냥하게 거절했지만 다니엘은 고집을 부렸다.

"제 월급 몫으로 나온 돈이에요. 저 쓸 일도 별로 없어요. 아… 쓸 데가 없어서 자매님 옷 사 드리는 것은 아니에요."

"알아. 하지만 내가 입는 옷은 가격이 만만치 않은 걸?"

"혹시 백만 원 더 해요?"

다니엘에게 백만 원의 가치가 얼마나 큰 것인 줄 알고 있는 설랑은 더 이상 거절 할 수가 없었다. 분명 백 원짜리 하나까지 다 긁어서 모은 금액이 백만 원일 테니까. 괜히 생각한다고 저가의 옷을 고르는 실수 따위는 하지 않을 것이다. 설랑은 그 돈에 맞춰 최고의 옷을 사서 그를 기쁘게 해 주기로 마음먹었다.

"그렇게 많이 준비했어? 두 벌 사도 되겠다."

"두 벌 사 드려도 돼요?"

설랑은 다니엘의 성의를 생각해 여러 벌의 옷을 갈아입는 수고도 마다하지 않았다. 탈의실에서 나와 모델처럼 이리저리 몸을 돌려보며 빤히 쳐다보고 있는 다니엘에게 의사를 물었다. 어느 것을 입어도 예쁘다고만 하는 다니엘 때문에 직원이 쿡쿡 웃기도 했다. 설랑이 고른 옷은 가슴이 깊이 파인 소라색 탱크탑과 슬릿이 허벅지 중간까지 들어간 흰 투피스였다. 늘씬하고 곧은 다리가 시원해 보이는 디자인은 설랑에게 썩 잘 어울렸다.

58만 원을 계산한 다니엘은 그녀에게 예쁘고 좋은 옷을 사줄 수 있다는 것이 꿈만 같았다. 엄마의 병원비 때문에 고통받기 전에는 가난이 불편하다는 것을 몰랐다. 물질이라는 것을 탐하면 시야가 흐려지고 탐욕으로 영혼이 시든다고만 배웠다. 그런데 그런 물질로도 행복해질 수 있고 행복하게 해 줄 수 있다는 것을 알았으니 탐욕이 되지 않게 잘 조절하면 오늘처럼 큰 기쁨을 다시 만끽할 수 있을 것 같다.

이런 옷 몇 벌쯤은 물론이고 조그마한 보석도 사줄 수 있을 그때까지 그녀가 그전 약혼자와도 또 다른 어떤 남자와도 특별한 인연을 만들지 않았으면 좋겠다는 욕심이 생겼다.

다니엘은 계약 기간이 끝나고 학교 문제를 원활하게 해결하고 돌아오면 그녀에게 부탁을 할 생각이었다. 열심히 노력해서 당신에게 어울리는 훌륭한 남자가 될 테니까 조금만 기다려 달라고…. 착한 그녀는 그렇게 하겠다고 흔쾌히 고개를 끄덕여 주지 않을까?

쇼핑을 하고 분위기 좋은 카페에서 이슬차를 마셨다. 짧지만 마음이 넘나드는 사랑을 나누고 11시가 넘어서야 다니엘의 동네 어귀에 차를 세우고 난 설랑은 고마다는 말을 챙겼다.
"잘 입을게."
"입어 줘서 고마워요. 뭐 사고 싶은 거 있으면 생각 해 놔요. 당장은 무리지만 다음 달에는 사 드릴 수 있어요."
설랑은 눈을 반짝거리며 다음 달을 기약하는 다니엘의 손을 잡았다.
"넌 분명 천사가 맞을 거야. 사람은 사람을 이렇게 행복하게 해 줄 수 없을 테니까."
"행복은요 주는 사람이 얼마나 주느냐가 문제가 아니라 받는 사람이 얼마만큼 받아들이느냐에 따라 틀려요. 전 그냥 인간 남자일 뿐이에요. 천사가 아니라…."
"다른 남자가 이런 말을 하면 느끼할 텐데 이상하지? 네가 하면 담백해. 훗! 늦었다 들어가 봐."
조금 더 같이 있고 싶지만 헤어짐을 대비해야 하는 설랑은 다니엘을 돌려보내려 했다. 그런데 팔을 벌리고 가까이 다가온 다니엘이 나지막한 목소리로 그녀를 불렀다.
"이리와 봐요."
헤어지기가 너무 아쉬운 다니엘은 따뜻한 팔로 설랑을 껴안고 날이 샐 때까지 혼자 있을 그녀를 위해 달콤한 주문을 걸었다.

"운전 조심하고 좋은 꿈꿔요. 악몽을 꾸거나 천둥이나 번개 이런 거 무서우면 전화하고 손톱만큼만 아파도 전화해요. 알았죠?"

"응…."

살짝 파인 등 골짜기를 오르내리는 다니엘의 부드러운 손은 포근함을 몰고 왔다. 그냥 이렇게 시간이 흘러가게 두었으면… 아니 이 시간이 정지해 버렸으면…. 마주 안고 있어서 그런가? 두 사람은 같은 생각을 하며 서로의 체온으로 시리고 불안한 마음을 녹였다.

"다니엘이 왜 이렇게 늦을까? 석규야 전화 좀 넣어 봐."

11시가 넘어가자 불안해진 엄마가 느긋하게 누워 텔레비전을 보고 있는 석규를 재촉했다.

"엄마 다니엘이 어린애야? 그 인간들 알잖아. 절대 나쁜 짓 안 해. 밥 먹고 또 신앙이 어쩌고, 저쩌고 하면서 술 한잔하고 올 거야."

"넌 다니엘이 좀 이상한 거 못 느끼겠니? 엄미는 깁이 나."

석규는 엄마의 말에 뒷목이 뻣뻣해졌다. 눈치를 채신 건가? 아닌데…. 다니엘 잘하고 있잖아. 요새는 자주 만나지도 않고 거짓말도 늘어서 천연덕스럽게 구는데. 하지만 혹시나 하는 마음에 방해 공작 프로그램을 미리 깔아 줄 생각으로 엄마에게 퉁퉁 부은 목소리로 투덜댔다.

"아 뭐가 이상해? 엄마 또 머리 아파?"

"장난 아니야. 다니엘이 휴일이거나 늦는 날에는 늘 같은 향기가 나. 여자 화장품 냄새 같은 거."

"아이고 어머니. 화장품 장사가 그럼 화장품 냄새나지요. 난 또 뭐라고…."

화장품 냄새로 의심하는 엄마를 수술 때문에 아직 온전치 않아서 그렇다고 생각한 석규는 시큰둥하게 대꾸를 하고는 다시 텔레비전으로 시선을 돌렸다. 양반은 못 되는지 바로 문을 열고 다니엘이 들어섰다.

"다녀왔습니다. 석규야 너 쓰레기 좀 내놓지. 고양이가 죄다 파헤쳐 놨잖아."

"아씨 이놈의 고양이들 다 잡아다가 고를 내던지 해야지."

툴툴거리며 일어나 테이프와 가위를 들고 밖으로 나가는 석규와 엇갈려 방으로 들어온 다니엘이 엄마 앞에 앉았다. 다니엘이 방바닥에 앉는 순간 의심스러운 문제의 그 향이 은은하게 풍겼다. 엄마는 굳은 표정을 애써 감추며 다니엘에게 먼저 말을 건넸다.

"다니엘 왔니? 그래 친구들 만나서 좋았어?"

"예. 엄마도 석규랑 갈비 맛있게 드셨어요? 약은요?"

"갈비도 많이 먹고 약도 먹었어."

다니엘은 말을 마치고 다음 말을 잊은 채 자신을 빤히 쳐다보는 엄마가 이상해 뺨을 쓸어 보았다.

"왜 뭐가 묻었어요?"

샤워를 하고 난 뒤라 립스틱 자국이라든지 그런 흔적은 없을 텐데…. 엄마의 계속되는 시선에 다니엘이 다시 물었다.

"진짜 뭐 묻었어요?"

"다니엘."

"예?"

어서 빨리 물어보고 아니라며 환하게 웃는 다니엘의 답을 들어야만 뿌연 안개 같은 의심과 불안감이 걷힐 것 같아 말을 꺼냈다.

"엄마가 머리가 아직 다 안 나았나 봐…."

"머리 아프세요?"

놀라 다가와 이마를 짚어 보는 다니엘에게서 떨어져 앉아 있을 때보다 진한 향이 맡아지자 엄마는 절망했다.

"열은 없는데 병원에 갈까요?"

"다니엘. 엄마가 뭐 물어봐도 될까?"

다니엘은 많이 심각하고 조금은 슬픈 엄마의 표정에 직감적으로 불길한 일이 일어난 것을 감지했다. 뭐지?

"좋아하는 여자 있니?"

"엄마… 무슨 말씀을 하세요, 여자라뇨."

느닷없는 엄마의 날카로운 질문에 도둑질을 하다 걸린 사람처럼 숨이 턱 막혔다. 딱 잡아떼는 것만이 지금 다니엘이 할 수 있는 최선의 선택이었다. 다 털어놓고 무거운 굴레를 벗어 버리고 싶지만 겨우 회복한 엄마를 위험에 빠뜨릴 수는 없었다. 엄마는 주저하면서도 물어볼 말을 차분하게 말했다.

"너한테… 늘 같은 향기가 나. 저번에 반찬을 들고 온 날도 그랬고 그 뒤로 가끔 네가 늦는 날이면 어김없이 묻어 났고 지금도 나."

혀로 하는 거짓말은 늘었지만 놀라면 눈이 커지고 저도 모르게 침을 꿀꺽 삼키는 버릇은 아직 고치지 못한 다니엘을 본 엄마의 가슴은 두려움으로 쩍 벌어지는 것만 같았다.

"그런… 거니?"

말 중간을 자르고 끝이 파르르 떨리는 엄마의 목소리에 다니엘은 일단 향이 묻어나는 것에서는 시인을 했다.

"아주 많이 아름답고 착한 분이세요. 처음 느낀 감정이라 마음이 흔들려요. 아주 많이요. 반찬도 경미가 아니라 그분이 나눠주신 거고 자주 만났어요. 오늘도 만나고 오는 길이에요."

"그럼 있긴 있다는 말이네?"

'아니다'라는 대답을 듣기를 바라며 수심이 가득한 엄마의 얼굴을 보면서 입 안에 가득 부풀어 오른 말을 차마 뱉을 수가 없었다. 해 버리고 나면 제 답답한 가슴이야 시원하게 뚫릴 테지만 엄마의 가슴은 폭탄이 떨어지고 난 자리처럼 움푹 패여 버릴 것을 잘 알고 있기 때문에 다니엘은 그 말을 꿀꺽 심켰다.

"그분… 제게 너무 과분한 분이세요. 욕심내고 싶지만 그럴 수 없어요. 저 같은 보잘것없는 사람이 욕심낼 만한 분이 아니니까요. 그분도 저를 그렇게 생각하시지도 않고요. 그냥 가족도 없고 사람이 그리워서 제게 잘해 주시는 것 같아요."

기대도 하지 않지만 그녀는 한 번도 사랑한다는 말을 하지 않았다. 아니 좋아한다는 말조차 한 적이 없다. 피나는 노력으로 그녀가 원하는 남자가 되기 전에는 혼자가 아니라 서로 사랑하고 있다는 말은 할 수 없을 것이다.

"저 다음 학기에는 학교로 돌아갈 거고 엄마가 걱정하실 일은 안 할 거예요. 걱정 끼쳐드려서 죄송해요."

나쁜 것도 아니고 썩 좋지도 않는 대답에 엄마는 잠시 멍한 상태가 되었다. 다니엘이 사제가 되길 바랐던 이유 중 하나가 자신의 고달픈 삶 때문이기도 했다. 너무도 젊은 나이에 남편을 잃고 아이 둘을 데리고 살아오면서 부딪혔던 수많은 세상과의 마찰에 몸서리를 쳤었다. 그런 자신을 지탱해 준 것이 신앙이었고 은연 중 매사에 신중하고 차분한 다니엘이 사제가 되었으면 하는 바람을 가지고 있었는데 다니엘도 같은 뜻을 가지고 있다는 것을 알았을 때 너무 기뻤다. 거기다 이 세상은 만사에 낙천적이고 무딘한 석규와는 달리 유약한 다니엘이 살아가기에는 만만치 않은 곳이라고 생각했다. 그런 다니엘이 가장 행복할 수 있는 일은 사제가 되는 것뿐이라고 믿고 있는 엄마는 죄인처럼 고개를 푹 숙이고 있는 아들의 손을 잡았다.

"엄마는 믿어. 세상 사람들이 다 아니라고 해도 난 믿어. 엄마 실망시키지 않을 거지?"

따뜻한 엄마의 손이 죄인에게 내려지는 낙인처럼 뜨겁게 느껴지고 울컥하고 서러움이 올라왔다. 선뜻 그렇게 하겠다고도 그럴 수 없다고도 하지 못하는 자신의 처지와 우둔함에 갑갑증이 몰려왔다. 눈 딱 감고 지금까지 차곡차곡 쌓은 것보다 그 사람이 더 소중하다고, 곁에 머물고 싶다고 용서해 달라고 말씀드릴까? 하고 싶은 말은 삼켜도, 삼켜도 다시 밀고 올라왔다. 하지만 정작 입에서 튀어나온 말은 마음에 없는 말이었다.
"예, 걱정 마세요. 엄마 주무세요."
"그래, 엄마 걱정 안 해."
머쓱하게 웃는 것으로 엄마를 안심시킨 다니엘은 방으로 돌아와 뻣뻣해진 얼굴을 손바닥으로 감싸고 깊은 한숨을 몰아쉬었다. 깊고 어두운 물속으로 한없이 가라앉는 것처럼 막막했다. 이런 나약한 의지로 앞으로 파도처럼 덮쳐 올 일들을 헤쳐 나갈 수 있을 지 확신이 들지 않는다. 하지만 그녀를 덜어내고도 살 수 없다.
"죄송해요…."
눈자위로 화한 기운이 퍼져나가며 뜨끈한 것이 고이기 시작했다. 눈물을 떨어뜨리지 않으려 고개를 젖히고 코끝이 시큰한 기운을 떨쳐내고 나서 보고 싶은 사람의 향기가 배어 있는 옷을 갈아입었다.

고만고만한 사람들이 사는 동네에 어울리지 않는 고급 승용

차가 가파른 오르막길을 올라오고 있었다. 비까지 내려 동네가 초라하기 그지없었다. 지효는 움직이는 와이퍼 사이로 다니엘이 일러준 삼미 슈퍼를 찾느라 기웃기웃 이쪽저쪽을 살폈다. 설랑이 전화를 잘 안 받는다며 얼마 전에 말한 힘든 일이 무엇인지 혹시 아냐는 물음에 개업 인사 겸 찾아오겠다고 생떼를 썼다. 설랑이 세원과의 일을 마무리하고 나면 적극적으로 둘을 엮어 볼 생각이다. 이미 버린 몸이니 신부인지 신랑인지도 못할 건데 설랑의 신랑이 되면 다니엘은 남는 장사를 하는 것이다.

'표면적으로야 다니엘이 많이 처지긴 하지. 돈이 있어? 아니면 집안이 좋아? 특별히 잘 생기기를 했어? 거기다 군식구까지 딸려 가지고 최악의 조건으로 가득 찬 선물 세트잖아. 하지만 뭐 돈은 평생 쓰기만 하고 죽어도 될 만큼 설랑이가 가지고 있고 또 다니엘 씨도 코 묻은 돈이긴 하지만 제 밥벌이는 하니까 제쳐 두고. 결정적으로 둘이 좋아하잖아? 설랑이가 언제 그렇게 나긋나긋한 눈빛으로 사람 쳐다본 적 봤어? 없지? 그리고 누가 걔 비위를 맞추고 살아? 세상에 그런 남자는 없어. 날개 부러진 천사 다니엘 씨나 되니까 기적적으로 가능한 일이라고.'

혼자만의 상상에 흐뭇한 웃음을 짓던 지효는 슈퍼라는 말이 무색할 정도로 코딱지만 한 구멍가게 앞에서 우산을 받치고 서 있는 다니엘을 발견했다.

"녹차하고 커피 있는데 뭐 드실래요?"

"녹차요. 인스턴트 커피는 못 마시거든요. 동생이랑 함께 산다고 하지 않았어요?"

지효는 은근히 다니엘의 동생에 대해 관심도 있어 찾아오겠다고 했다. 설랑의 말에 의하면 다니엘은 쌍둥이라고 했다. 남이 가지고 있는 좋은 것을 보고 손에 넣지 않으면 경기를 할 정도의 특이한 성격의 지효가 가지지 못한 딱 한 가지가 있다. 다니엘 같은 착한 정부. 그의 쌍둥이 동생이라면 닮았을 가능성이 50% 이상이니 이 언덕배기를 오를 이유는 충분했다.

"엄마 정기검진 날이라 모시고 병원에 갔어요."

딸깍 소리가 나고 파란 가스레인지 불이 곰돌이가 그려진 하얀 법랑 주전자의 몸통을 감쌌다. 작은 주전자가 뽀르르 소리를 내며 김을 피워 올리자 찻잔에 티백 녹차를 밀어 넣고 뜨거운 물을 부었다. 다니엘은 받침도 없는 찻잔을 지효 앞에 내려주고 형편없는 접대에 사과했다.

"녹차도 인스턴트밖에 없네요. 다음에 제가 좋은 차 사 드릴게요. 오늘만 참아 주세요."

"총각이 끓여주는데 내가 괜한 까다로움 피우죠? 호호."

"이제 총각 아닌데…."

저처럼 싱거운 농담을 건넨 다니엘이 씩 웃었다. 무섭고 퇴폐적이라고 생각했던 지효는 직설적인 화법으로 당황스럽게만 하지 않는다면 꽤 괜찮은 사람이란 생각이 들었다. 여장부처럼 시원시원하고 화통한 것이 마음에 든다. 다니엘은 혼자 생각에 소리 나지 않는 웃음을 짓고 지효가 잔을 들자 제 잔을 감싸 쥐고 한 모금을 마셨다. 쌉싸래하면서도 정갈한 녹차의 맛이 입 안 가득 퍼졌다.

"설랑이 걱정 돼서 밤잠 설치고 그런가 보다. 다크써클 졌네."

"일도 바쁘고 걱정도 되고 그래요."

십여 일 전에 마지막으로 만났을 때 엄마 때문에 걱정이 돼 연신 시계를 들여다보는 것을 보고 설랑이 이유를 물었다. 그녀는 아무것도 아니라고 어설프게 둘러대고 헤어진 다음날 아침 일찍 어렵다고 했던 일이 더 힘들게 돼서 당분간은 만나지 못할 것 같다고 일이 끝나면 연락하겠다는 간단한 메시지만 달랑 남겼다. 하지만 다니엘이 시간이 날 때마다 문자를 넣고 음성을 남겨도 답을 주지 않았다. 여러 가지 추측을 하다가 문득 떠오른 생각은 잠을 자다가도 다니엘을 벌떡 일어나게 만들었다. 그 약혼자와 다시 관계가 회복돼서 저를 밀어내는 건 아닐까 하는 생각에 가슴이 철렁 내려앉았다.

"자매님이 많이 힘드신 것 같아요. 그렇게 마음 상하는 일에서 좀 자유로워져도 될 텐데. 이미 많이 가지셨잖아요…."

다니엘은 설랑이 힘들어하는 일이 사업 때문인 것으로 넘겨짚고 한 말이었다. 지효는 우아하게 찻잔의 손잡이를 잡고 살짝 흔들면서 은근한 목소리로 물었다.

"왜요. 설랑이가 힘들다고 화끈하게 안 놀아 줘요?"

자신이 감당하기에는 너무 원색적인 질문에 당황한 다니엘은 목에 사래가 걸리고 말았다.

"컥…."

지효는 등을 두드려 주려는 제 손을 밀어내고 됐다며 눈물이 쏙 나오게 컥컥거려 겨우 숨을 쉬고 난 다니엘에게 뭐 그런 것 가지고 그러냐는 듯 핀잔을 주었다.

"내 말투가 원래 그런 거 알잖아요. 적응 좀 해요. 한두 번 보고 말 사람도 아닌데…. 찾아가 봐요. 저녁엔 집에 있으니까."

"제가 먼저 찾을 수 있는 입장이 아니잖아요."

"설랑이가 먼저 찾아가면 화내?"

"그래서는 안 될 것 같아 한 번도 먼저 찾아가 본 적이 없어요…. 저기 혹시 예전 그 약혼자 분과…."

차마 끝까지 물어보지 못하고 말끝을 흐리는 다니엘의 질문에 찻잔을 내려놓은 지효는 그가 다 알고 있는 줄 알고 두 사람의 운명을 갈리게 할 엄청난 말을 해 버리고 말았다.

"설랑이 그렇게 막 놀아나는 애는 아니에요. 그 사람과는 일 때문에 그런 거니까 의심하지 말아요. 내가 장담하는데 다니엘 씨랑 계약하고 부터는 다른 남자는 없었어요. 이틀만 기다려요. 내일이 공증 서류에 사인하는 날이에요. 모레면 모든 일이 깨끗하게 끝나니까 설랑한테 가까운 외국이라도 나가자고 해봐요. 그동안 일을 그만큼 만드느라 몸이며 신경이 축날 대로 축났어. 다니엘 씨가 잘 다독여 줘요."

지효가 무슨 말을 하는지 도저히 이해를 할 수가 없었다. 이틀이라는 날짜는 뭐고 공증은 뭐지?

"공증이 뭡니까?"

"아주 좋은 거예요. 재판을 하지 않아도 집행문만 받으면 압류가 가능하죠. 설랑이가 그거 하느라 그 자식한테 공을 들인 거예요."

'압류? 드라마에서 보면 양복을 입은 남자들이 우르르 몰려와 사업이 망한 집에 빨간 딱지를 다닥다닥 붙이며 압류라는 대사를 하는 것이 단골로 나오는데 그럼 그녀가 전 약혼자의 재산을 압류한다는 말인가?'

"모레면 그 자식은 말 그대로 뭐 하나 차고 길거리로 나 앉게 될 거예요. 늙어 죽을 때까지 재기란 절대 불가능할 걸? 참 호적에도 빨간 줄 갈 거야. 인생 끝나는 거지."

벌이 들어가 윙윙거리는 듯한 먹먹한 귀로 지효가 한 말을 다 듣고 나서 한참을 정리를 하고 난 다니엘의 얼굴에서 핏기가 사라져 버렸다.

"다니엘 씨 괜찮아?"

걱정스럽게 묻는 지효의 목소리 따위는 들리지도 않았다. 그의 머릿속을 온통 다 차지하고 들어앉은 생각은 그녀가 죄를 짓기 전해 말려야 한다는 생각밖에 없었다. 복수는 복수를 낳을 뿐이고 그 사람을 괴롭힌 죄는 온전히 그녀가 다 받아야 한다.

'그러면 안 되는 거예요… 제발 그러지 말아요.'

자리에서 일어난 다니엘은 신음 소리처럼 말을 내뱉었다.

"가 봐야겠어요… 가서 보고…."

"내가 데려다 줄게요."

심상치 않은 다니엘의 표정에 백을 집어 들고 일어서는 지효가 보이지 않는 듯 다니엘은 사무실 문을 열고 부슬거리는 빗속을 내달렸다.

"다니엘 씨! 다니엘!"

지효의 외침이 내리막길을 전속력으로 질주하는 다니엘의 등에 꽂혔지만 그는 앞으로 전진 하는 것만 아는 물고기처럼 설랑을 향해 뛰었다.

비 때문인지 음식의 풍미가 더 짙었다. 왁자지껄한 결혼식 피로연이 열리는 비취 홀에 들른 설랑은 특유의 붉은색으로 장식된 연회장 안을 들여다보았다. 희囍 자를 겹쳐 써 두 배의 기쁨을 나타내는 금색의 囍(희)자가 찍힌 마름모꼴 모양의 붉은 종이가 여기저기 걸린 연회장은 화교인 신랑과 한국인 신부의 결혼식 피로연이 열리고 있었다. 나란히 서서 손님들에게 선물용으로 잘 포장한 사탕을 나눠주는 모습이 유난히 눈에 들어왔다.

짧은 소매의 붉은 치파오를 입은 신부가 눈부시게 아름다웠다. 뛰어난 미모는 아니지만 흰 피부가 붉은색과 잘 어울리고 신부 특유의 화사한 미소가 행복해 보였다. 직원들이 둥근 테이블 사이를 열심히 오가며 서빙을 하는 것을 지켜보다 신랑, 신부에게 간단한 인사를 전하기 위해 두 사람이 서 있는 쪽으로 향했다.

"축하드립니다. 행복하세요."

"아, 사장님."

계약을 위해 들렀을 때 만난 적이 있는지라 서로 미소를 지으며 간단한 인사를 나눴다. 신랑은 설랑이 자신과 같은 화교라는 것을 알고 친척을 만난 것처럼 반가워했었다. 남의 나라에서 사는 소수의 사람들이라 꼭 친척이 아니더라고 친척만큼 끈끈한 유대 관계를 가지는 관습은 3세, 4세에게도 고스란히 남아 있었다.

신부가 옆에 있던 바구니에서 답례용 사탕을 꺼내 설랑에게 전했다. 알록달록한 문양이 들어간 사탕 봉지를 들고 설랑은 감사의 말을 전했다.

"페이 창 씨에 띠에. 공 시! 공 시! 신 훈 콰이 러….(감사합니다. 축하드려요. 즐거운 신혼되시길….)"

신혼부부와 함께 고개를 숙여 인사를 하고 매력적인 미소로 마무리를 하고 난 설랑은 홀을 담당하는 직원을 불러 쌍화주 雙和酒를 서비스로 내라고 지시했다. 쌍화주는 부부가 즐기는 술로 달콤하고 마시기가 좋을 뿐만 아니라 자양강장 효과까지 있는 재주 많은 술이다. 사탕 몇 알 받은 것치고는 과한 답례지만 받고 좋아할 부부를 생각하니 마음이 따뜻해졌다.

비취 홀을 빠져나온 설랑은 손에 쥔 사탕을 내려다보며 쓴웃음을 지었다. 결혼식에서 손님들에게 사탕을 주는 전통은 달콤하게 살겠다는 뜻을 담고 있는 것 같다. 다니엘을 보내고 나면 다시는 달콤한 인생이 없을 자신을 위로하듯 하나를 까서 입 안에 밀어 넣고 단맛을 음미했다. 청포도 맛이 나는 사탕은 금세 모든 미각을 달게 마비시켰다. 사무실로 향하던 설랑은 유리창을 타고 내리는 비 때문에 슬며시 짜증이 났다. 비는 모레까지 계속 내린다고 했다. 파렴치한 인간을 벼랑 끝으로 몰아내는 날은 해가 쨍쨍하게 빛나는 날이 좋은 텐데….

"사장님."

설랑은 아무리 바빠도 뛰는 것이 금지된 규칙 때문에 빠른 걸음으로 걸어오며 저를 부르는 직원을 보고 걸음을 멈췄다.

"무슨 일이에요?"

"손님이 찾아오셨어요. 전에 따하부에 근무하던 연석형 씨가 찾아오셨습니다."

다니엘이? 무슨 큰일이 난 걸까? 연락도 없이 여기까지 온 것을 보면 보통 일은 아닌 듯하다. 말을 듣는 순간 풍랑에 흔들리는 조각배처럼 심장이 요동을 쳐댔다. 좋지 않아. 심히….

유리창에 줄무늬를 아로새기는 빗줄기를 보며 설랑을 찾아왔던 첫날이 생각났다. 그때도 지금처럼 비에 젖어 후줄근한 모습으로 그녀를 기다렸다. 기다면 긴 시간이 지났고 관계도 정부에서 조금은 나아졌지만 기가 죽는 것은 여전했다. 하지만 그렇다고 그녀를 두고 볼 수 는 없다. 소중한 그녀의 영혼이 지옥으로 떨어지는 것을 무슨 수를 써서라도 막아야 했다. 그런데 그 무슨 수가 뭔지 지금까지도 알아내지를 못했다. 비에 젖어 차가운 손을 깍지를 껴 이마에 대고 간절한 마음으로 기도를 올렸다.

"그 사람의 영혼을 내치지 말아 주세요. 좋은… 사람입니다. 자매님께 주실 고통이 있다면 대신 제가 짊어질 수 있도록 허락해 주세요."

기도가 끝나자마자 문이 열리는 소리가 나 다니엘이 자리에서 일어났다. 비를 맞은 자신을 보고 놀라워하는 설랑이 보였다.

"비 맞았어? 잠깐만."

수건을 가지러 사무실에 달린 욕실로 가는 설랑의 앞을 다니엘이 재빠르게 막아섰다. 아무 말도 없이 슬픈 눈으로 설랑을 내려다보던 다니엘이 왜 그러냐고 물어보려 입을 벌리려던 그녀를 으스러지게 껴안았다.

"다니엘 무슨 일 있어? 왜 그래…."

통통거리며 자신의 가슴에 대고 울려 대는 다니엘의 심장 소리에 그가 느끼는 감정이 결코 좋은 것이 아닌 것을 알았다. 설랑은 손을 뻗어 차가운 머리카락을 쓰다듬으며 등을 토

닿았다.

"하지 마세요…. 그러면 그 사람이 다치는 게 아니라 자매님이 다쳐요. 제발 그만두세요."

순간 눈이 커진 설랑은 무서운 힘으로 팍 소리가 나게 다니엘을 밀쳐 냈다. 다니엘이 말하는 것이 세원에게 하려는 응징에 관한 것이라는 것을 안 순간 화끈한 열기가 등을 타고 올라와 뺨까지 확 번졌다. 추한 모습을 들켜 버린 부끄러움과 당황스러움이 설랑을 한순간에 마녀로 바꿔 버렸다.

"입 다물어."

"제 말 들으세요!"

으르렁거리듯 낮게 경고하는 설랑의 말을 자르고 벼락같은 소리를 내지른 다니엘은 다시 그녀의 어깨를 잡고 눈을 마주쳤다. 어깨를 잡은 손이 부들부들 떨리고 있었다. 두려움으로 잠긴 목을 겨우 풀어 그녀가 이 무서운 일을 멈춰야 하는 이유를 설명했다.

"복수는 미련한 짓이에요. 그 사람을 엉망진창으로 만든다고 해서 자매님이 받은 상처가 나아지진 않아요. 그런 부질없는 짓으로 영혼을 더럽히지 마세요. 제발요…."

차라리 다른 사람이었다면 이런 반발심은 생기지 않았을 것이다. 하지만 빛과 어둠 같은 저와 다니엘의 차이를 느껴 버린 설랑은 그를 자신이 있는 곳으로 끌어내리고 싶은 사특한 욕구를 느꼈다.

'왜 내가 너에게 이렇게 부끄러운 감정을 느껴야 해? 날 사랑한다면서! 왜 너만 착한 척, 천사인 척하는 건데. 나에게 네가 맞춰주면 되잖아. 그런 놈은 재고의 가치도 없이 벌을 줘야 한다고 해 주면 되잖아!'

"난 네가 믿는 신 같은 건 믿지 않아. 나를 화나게 하는 놈들은 그에 합당한 처벌을 받아야 한다는 게 내 믿음이고 신앙이야! 그리고 주제넘게 내 일에 대해 함부로 입 놀리는 것 다시는 용납하지 않겠어."

꽁꽁 얼어붙은 차가운 눈으로 저를 정부라 조롱하며 뒤틀린 조소를 짓는 설랑 때문에 다니엘은 심장이 발기발기 찢어지는 것 같았다. 조롱을 당해 부끄러워 화가 나는 것이 아니라 독과 같은 말을 토해 놓는 설랑이 가여워 미칠 지경이었다. 어느 것 하나 부족함 없이 넘치게 가지고 있지만 아직 여물지 않은 영혼으로 떼를 쓰는 어린아이처럼 악다구니를 써 대는 그녀를 들여다보는 다니엘은 물러서지 않고 더 강하게 나섰다.

"자매님이 나이는 저보다 많을 줄 모르지만 철부지 꼬마보다 못해요. 형편없어요! 왜 한발 뒤로 물러서는 법을 몰라요? 불꽃에 데일 줄 뻔히 알면서 자꾸 다가서기만 하는 자매님을 전 두고 볼 수 없어요."

"두고 보지 않으면?"

잔인한 미소를 띠며 시니컬하게 묻는 설랑에게 내놓을 것이 하나도 없다는 것을 깨달은 다니엘은 그녀가 웃을 거라는 것을 알면서도 혼자만의 착각으로 만든 답을 내놓았다. 기적이 일어나길 바라며 진심을 담아 말해 나갔다.

"만약 자매님이 이 일을 그만 두시지 않는다면 저는 죽을 때까지 다시는!"

그가 말하려는 것이 무엇인지 알고 있다. 자신을 버리겠다는 말이다. 버려진다는 것이 얼마나 끔찍한 것인지 이미 경험으로 알고 있는 설랑은 바싹 말라 버석거리는 입 안을 축일 수도 없었다.

"보지 않을 거예요. 자매님이 말씀하셨던 그 하찮은 3000겁의 인연은 끝나요. 윽!"

말이 끝나기를 기다렸다는 듯 설랑의 매서운 손길이 공기를 가르고 날아가 다니엘의 뺨을 힘껏 후려쳤고 물방울을 떨치며 그의 고개가 돌아갔다. 그리고 설랑의 비아냥거림이 섞인 선언이 선포됐다.

"계약파기 사인쯤이라고 해 두지. 미리 지불한 네 화대는 돌려받지 않겠어. 썩 꺼져!"

모욕적인 말을 듣고도 그의 눈은 잔잔한 호수처럼 맑고 깊었다. 몸을 반듯이 편 다니엘은 설랑에게 다짐을 받듯 되물었다.

"정말… 인가요? 항상 저를 화대를 주고 산 정부로만 생각했었어요?"

'그럴 리가 없잖아. 내가 이런다고 그동안 내가 너에게 기대고 화내고 울고 웃었던 것을 모두 의심하는 거니? 그러지 마.

나한테 너를 죽이는 일을 하라고 강요하지 마. 제발. 그냥 가.'

가슴이 너무 아파 대답을 하지 않고 냉랭한 눈으로 미처 지우지 못한 비웃음을 짓고 있는 설랑을 보고 다니엘은 허한 웃음소리를 냈다.

"잊고 있었어요. 제가 얼마나 하찮은 인간인지…. 조금은 아주 조금은 정부보다 나은 감정으로 대해 주신 줄 알았어요. 아니었는데…."

그의 말 한 마디 한 마디가 불화살이 되어 날아와 설랑의 아린 가슴에 박혔다. 다니엘의 맑고 깊던 눈에 분노가 차올랐다. 그는 이글거리는 눈으로 노려보며 마지막 인사를 건넸다.

"미리 받은 화대는 최대한 빨리 돌려드리겠습니다. 천국과 지옥이 있다는 것이 이렇게 고마운 것인지 몰랐군요. 적어도 죽어서는 자매님을 볼일이 없을 테니까요."

너무나도 잔인한 말. 너는 죄인이니 지옥에 떨어질 거라는 무서운 말을 남긴 다니엘은 그녀에 대한 영원한 복수를 맹세하듯 쾅 소리를 내며 문을 닫고 나가 버렸다. 잠시 동안 멍하니 서서 심하게 눈을 깜빡이던 설랑은 등을 꼿꼿이 펴고 책상으로 가서 오늘 해야 할 일의 마무리를 위해 컴퓨터 전원을 켜고 평상시와 다름없이 자판을 두드렸다.

모니터에는 설랑의 숨이 끊어질 듯 괴로운 마음이 고스란히 담겨졌다. 떨리는 손가락 때문에 키를 잘못 눌러 한글로 써지던 것이 영어로 도배가 되어도 눈치를 채지 못한 설랑은 미친

듯이 글씨를 찍어나가다가 얼굴이 일그러지며 주먹을 쥐고 쾅쾅 소리가 나게 자판을 내리쳤다.

"감히 나한테! 죽여 버릴 거야. 네놈도 그 파렴치한 쓰레기 같은 녀석처럼 인생의 밑바닥까지 끄집어 내려 버릴 거야. 두고 봐. 나를 버린 놈들이 어떤 대가를 받는지!"

목에 핏대가 서게 부르짖던 설랑의 고개가 덜덜 떨렸다. 축축한 느낌에 내려다본 가슴과 팔에 다니엘의 젖은 옷에서 물이 밴 흔적이 고스란히 남아 있었다. 다니엘의 눈물로 젖은 것 같은 짙은 흔적이 서럽다고 아우성을 쳐댔다. 싸늘하고 매끄러운 책상 위로 뺨을 대자 매워진 콧날을 타고 눈물 한 줄기가 뺨으로 흘러내렸다. 닦아 내지 않고 그냥 두었다. 닦아 내면 또 기다렸다는 듯 새 눈물이 흘러내릴 것 같아 닦을 수가 없었다.

"네가… 내 마음 알아?"

너무도 작은 목소리를 흘리고 난 설랑은 붉은 등이 걸릴 때까지 꼼짝도 못하고 다니엘이 산산조각 내 버린 마음을 추스르느라 가쁜 숨을 몰아쉬어야 했다.

다행히 병원에 다녀오시느라 지친 엄마는 사무실에 나가시지 않아 다니엘이 뛰쳐나간 것을 모르고 깊이 잠이 들어 계셨다. 엄마를 집에 모셔다 드리고 사무실에 들렀다 다니엘 대신 사무실을 지키고 있던 지효와 마주친 석규는 흥분한 채 씻고 나와 머리를 닦는 다니엘을 향해 바로 탐문 수사에 들어갔다.

"야, 그렇게 미인이면 진즉 그렇다고 했어야지. 진짜 예쁘더라. 쭉쭉 빵빵에 도도한 성질머리며, 딱 내 취향이야."

"라면 좀 끓여 봐. 소주 한잔하자."

"너 실연 당했냐? 꼴이 영락없는데? 비를 맞고 돌아다니지를 않나 이 오밤중에 라면에 소주?"

"응."

무덤덤하게 '응'이라고 대답하고 머리를 닦은 수건을 목에 걸치는 다니엘이 심상치 않았다. 그 여우랑 무슨 일이 있나? 다니엘이 매우 심난한 것을 눈치 챈 석규는 벌떡 자리에서 일어나 어떻게 끓여 줄 건가를 물었다.

"어… 그러자. 달걀 넣어 줄까?"

불어 퍼진 라면을 안주 삼아 오늘 따라 쓰디쓴 소주를 목안으로 털어 넣었다. 쉬지 않고 다섯 잔을 털어 넣어도 입 안만 쓰고 취하길 바랐던 심장은 끄덕하지도 않고 술의 힘을 빌려 정지시켜 버리고 싶었던 뇌도 말짱했다. 더 마셔야 하려나? 술병을 집어 드는 다니엘의 손을 막은 석규가 병을 들어 잔을 채웠다.

"미남 자작이면 삼 년이 재수 없다 잖냐. 뭐 네가 미남이라는 소리는 결코 아니다."

석규의 실없는 농담에 다니엘의 얼굴에 미소 비슷한 것이 떠올랐다. 조금 기분이 나아진 것 같아 슬쩍 실연의 진위를 캐

물었다.

"아줌마하고 잘 안 돼?"

"끝났어."

간단명료하게 못을 박고 난 다니엘은 다시 술잔을 입에 대고 이번에는 취해 주길 바라며 뜨거운 술을 꿀꺽 삼켰다.

"잘했다. 이제 모두 잊고 봄이 되기만 기다려. 네 하느님한테 빌어. 여우 같은 아줌마 싹 지워 달라고."

후르르 소리를 내며 라면 발을 빨아들이고 난 석규가 한 충고에 다니엘은 고개를 저었다. 마지막 잔으로 마신 소주가 드디어 효과를 발휘하는지 혀끝이 얼얼하고 기분이 좋아졌다.

"기도 같은 거 할 필요 없어. 얼마나 된다고… 지우고 말 것도 없어. 특별히 한 것도 없어. 아… 웃기다. 말하다 보니까 없어졌네. 훗!"

좋아한다고 말해 준 적도 없고 사랑한다고 해 준 적도 없고 보고 싶다고 해 준 적도 없어서 다행이야. 잊을 것도 없네. 또 없네. 빌어먹을!

"자 마셔라. 마시고 잊어. 거짓말하면 벌 받아. 다니엘 너 닭대가리 맞지? 생긴 게 다르다고 쌍둥인 거 만날 잊어버려. 속에서 아주 활활 타고 있구먼."

"술 때문에 그래."

속지 않을 것을 알면서도 그렇다고 한마디하고는 기름기가 둥둥 뜬 라면 국물을 떠 마시는 다니엘에게 석규는 위로랍시고 유치한 이야기를 늘어놓았다.

"여우가 너 성가시게 하고 못되게 군 것만 생각해. 그럼 치떨려서 빨리 잊을 거다."

다니엘은 그런 험한 꼴을 당하고도 석규가 그녀를 여우라고 부르는 것이 못마땅했다. 그러면서 질리게 미련한 자신을 저주했다. 더 이상 그녀의 이야기를 듣고 싶지 않아 화제를 돌렸다.

"내일 새벽에 일찍 나가서 오늘 못한 거 마저 해서 오전 중에는 택배로 보내야지. 우리 이것만 마시고 끝내자. 자 단미의 무궁무진한 발전을 위해 건배!"

"그래, 잘 먹고 잘살자!"

쨍그랑 소리를 내고 투명한 유리잔이 부딪치고 시합이라도 하듯 단숨에 들이켠 두 형제는 주섬주섬 술자리를 치우고 평상시와 다름없이 고린내 나는 발 탓을 하기도 하고 잠잘 때 엉겨 붙지 말라고 핀잔을 주면서 몽롱한 잠 속으로 빨려 들어갔다.

설랑은 은빛으로 빛나는 아이언과 드라이버를 만지는 세원의 옆에 서서 직원에게 최고가로 풀세트를 추천해 보라고 했다. 황공한 표정을 지어 보인 직원은 가게 안에서 가장 비싼 세트를 내보였고 설랑은 세원에게 의향을 물었다.

"어떤 거 같아? 내가 보기엔 괜찮은 것 같은데."

"좋지. 돈이 얼마짜린데…."

아무리 생각해도 그녀를 버리고 아내와 결혼을 한 것은 엄청난 판단착오였다. 질리긴 했지만 꾹 참았더라면 머리 아프게 위자료를 줄일 걱정을 하지 않아도 됐을 것이다. 설랑이 주는 물질의 편안함을 느꼈을 것을 생각하니 돌로 발등을 찍고 싶었다.

어느 정도 자금이 회수될 줄 알고 한 달로 끊어 준 약속어음 날짜를 못 맞출 것 같아 혹시나 하고 설랑에게 고민을 털어놨더니 돈보다 당신이 더 소중하다는 짠한 말과 함께 대만에 불려 놓은 부동산을 처분한 돈이 며칠 안에 들어오니 그 돈으로 부족한 부분을 메우느라 빌린 돈을 갚아 버리겠다고 하는데 아, 그 후련함은 말로 다 할 수가 없었다.

"이걸로 할래? 내일 맑다는데 필드에 나가자. 골프장 밑에 있는 장어 구이 집 맛있잖아. 당신 요새 고민하느라 기운 없어 보여 걱정이야."

"당신이 다 해결해 주는데 무슨 걱정."

은근한 눈길로 미소 짓는 세원에게 답으로 화사한 미소를 지어 주며 카드를 직원에게 건넸다. 계산을 끝내고 싱글벙글 웃으며 트렁크에 골프채를 넣고 차로 들어온 세원은 설랑의 허리를 필로 김싸며 조각 같은 귓불에 뜨거운 숨을 불어넣으며 느글거리는 말을 속삭였다.

"장어 먹고 힘내서 뭐 해…. 보여 줄 사람도 없는데."

"당신도 참."

살짝 얼굴을 붉히는 척했더니 아예 이제 몸을 바싹 잡아당겼다. 때와 장소도 모르고 단단해진 사악한 몸이 허벅지에 느껴지자 온몸에 벌레가 우글거리는 듯해 소름이 쫙 끼쳤다.

"응?"

설랑은 동의를 바라는 세원의 물음에 뾰족한 손톱으로 손등을 살짝 긁으며 은밀한 약속을 해 주었다.

"당신 이혼할 때까지 기다리겠다는 말 취소야. 나도 참기 힘들어. 내일 스케줄 다 비워 줄 수 있어?"

"그럼… 그럼!"

소풍 날짜를 받아 놓은 어린아이처럼 들떠 연신 그럼을 외치는 세원을 보는 설랑의 입매가 살짝 올라갔다. 오늘까지는 웃는 걸 허락해 주지. 내일부터는 절망의 나락이 얼마나 깊은지 느끼게 될 테니까….

"오늘은 왜 이렇게 일찍 왔어?"

"넌 언제 왔어?"

세원과의 일로 너무 피곤하고 찝찝한 기분 때문에 뜨거운 물에 몸을 담그려고 집으로 돌아왔는데 지효가 거실에서 영화를 보고 있었다.

"내일 나도 가야지. 대리인이잖아. 그 자식이 황당해 하는 꼴 구경도 하고 말이야."

"고맙다."

툭 말을 던지고 방으로 들어가 옷을 갈아입고 가운을 입는 설랑을 쫓아온 지효는 그녀의 눈치를 보며 넌지시 물었다.

"다니엘 씨 안 만나?"

"응, 끝냈어."

설랑의 끝냈다는 소리에 화들짝 놀란 지효가 그게 말이 되냐는 듯 수선을 피웠다.

"아직 계약 기간 남지 않았어? 손해가 얼만데? 그런 사람 구하기 힘들어. 미쳤어, 계집애."

"정부 하나 버렸다고 미쳤어? 미쳤다는 말은 그 반대의 상황에 어울리는 말이지. 훗!"

머리에 숨겨 있던 실 핀을 뽑아내는 설랑의 헛웃음에 지효는 인상을 찌푸렸다.

"다니엘 씨가 말렸지?"

핀을 뽑던 설랑의 손이 멈추고 거울 속의 지효에게 섬뜩한 눈빛을 보였다.

"사실대로 말할게. 내가 그 일 발설했어. 알고 있는 줄 알고 그런 거니까 도끼눈 뜨지 마. 하지만 이건 아니다. 너 다니엘 씨 특별하게 생각하잖아. 하지 마. 그 개자식 하나 잡으려고 진짜 좋은 사람 놓치는 거 미친 짓이야."

귀걸이를 빼며 거울을 통해 옳은 말을 하는 지효에게 한껏 비아냥거렸다.

"소설 쓰지 마. 특별? 하, 가난뱅이에 몸이나 파는 정부 녀석하고 나를 엮어?"

"넌 뭐가 대단한데? 돈만 많지 너나 나나 따뜻한 마음 한 조각 갖지 못한 불쌍한 인간들이야. 다니엘은 돈만 없지 다른 모든 걸 가진 남자야. 몰라?"

"그만 못해!"

말이 끝나기도 전에 화장품 병이 날아가 화장대 거울을 박살을 냈다. '쩍' 하고 유리가 갈라지는 소리가 났고 두 사람의 모습이 산산조각이 났다.

"네가 뭘 안다고 함부로 지껄여? 그 자식은 사제가 꼭 되고 말거래. 더러워진 몸이라도 하고 말거라는데!"

"다니엘 탓하지 마. 내가 널 몰라? 너는 그 사람이 사제가 되지 않겠다고 개자식 후려잡는 거 하지 말라고 해도 넌 했어. 안 그래?"

미친 사람처럼 고래고래 소리를 지르던 설랑은 지효의 반격에 입을 다물지 못했다. 분명 그랬다. 다니엘이 멈추지 않으면 다시는 안 볼 거라고 했을 때 그를 모욕 주고 뺨을 쳤다. 그를 보내기 위한 마음이 대부분이었지만 제 고집도 상당한 작용을 했었던 일이다.

"미친년!"

지효는 제 성질대로 거친 욕을 해 대고는 거실로 나가 핸드백을 집어 나가 버렸다. 설랑은 고개를 빳빳이 들고 욕실로 가 뜨거운 물을 받고 거품이 나는 목욕제를 풀었다. 몽글몽글 피어나는 거품을 손으로 저어 물 온도를 조절한 다음 가운을 벗고 감각이 하나도 느껴지지 않는 물속에 묻었다. 지효 말이 맞다. 다니엘이 더한 조건을 걸었다고 해도 내일 자신은 세원을 짓밟아 뭉그러트리고 있을 것이다. 그리고….

"아무도 내게 가르쳐 주지 않았잖아."

엄마도 아빠도, 할아버지도 어떤 것이 옳고 그른 것인지 알려 주지 않고 정해 놓은 길만 가라고 다그쳤었다. 그래서 그녀는 가던 길에서 돌아서는 법을 알지 못했고 후회라는 마음이 무엇인지도 알 수 없었다. 설랑은 아주 조금 찡하고 답답하고 숨이 차는 증상이 알지 못하는 그 마음이라는 것을 알아차리지 못한 채 물속으로 얼굴을 숨기고 바닷물처럼 짠 눈물을 흘렸다.

어젯밤까지 멀쩡했는데 새벽부터 갑자기 어깨가 무너져 내리는 것처럼 쑤시고 식은땀이 줄줄 흘러내렸다. 목은 바싹 타들어 가 사막의 모래알이 굴러다니는 것처럼 깔깔하고 등줄기로는 얼음을 문지르는 것 같은 오한이 나고 턱을 달달 떨리게 했다. 석규가 사 온 약을 먹고 오늘 하루는 푹 쉬기로 했다. 엄마와 석규가 사무실로 나가고 약 기운 때문에 나른한 몸을 누이고 있는 다니엘을 규칙적으로 울리는 시계소리가 잠이 드는 것을 허락하지 않았다. 자는 것을 포기한 다니엘은 팔로 환한

빛이 들어오지 않게 눈을 가리고 설랑을 생각했다.

오늘은 그녀가 그 남자를 파멸시키는 날이다. 그 모습이 눈에 선했다. 파멸의 여신처럼 당당하게 서서 그의 무릎을 꿇리고 당한 만큼 갚아 주는 모습이다. 다른 한 팔을 뻗어 더듬더듬 휴대폰을 찾아 열고 액정을 보며 한숨을 쉬고는 전화번호를 뒤져 통화 버튼을 눌렀다.

"사람들 와 있네. 먼저 내려. 주차하고 따라갈게."

설랑은 강제 집행을 할 집행관들이 기다리고 있는 것을 보고 차에서 내렸고 지효는 주차를 하기 위해 차를 후진시켰다. 능숙하게 주차를 끝내고 안전벨트를 풀고 차 문을 여는데 휴대폰이 울렸다.

"네, 정지효입니다."

"저 다니엘입니다."

"다니엘 씨!"

지효는 다니엘의 목소리가 너무 반가워 저도 모르게 큰 소리를 내다 설랑이 들을까 봐 다시 문을 닫고 전화를 받았다. 다니엘은 기운이라고는 전혀 느껴지지 않는 느린 말투로 지효에게 의례적인 안부도 묻지 않고 바로 설랑을 부탁했다.

"자매님… 옆에 계셔 주세요…. 말려 달라고 하고 싶지만 들을 사람이 아니니까…."

안 봐도 설랑에게 모진 꼴을 당하고 밀려났을 것이 뻔했다.

그런데 이런 전화 따위나 하고 이 남자 왜 이렇게 대책 없는 거야. 씨, 그런데 난 또 왜 짜르르 가슴이 울리는 거야?

"씨! 당신 바보야? 그딴 년 뭐가 걱정이 돼서 전화질이냐고. 당신이나 잘살아. 저거 아주 독기 창창해서 지금 그 개자식 삼켜 버리려고 눈 부라리고 있으니까 걱정 말아요."

"그 사람… 아시잖아요. 보기보다 강한 사람 못 되는 거…."

"알았어요, 알았어. 그럴 리는 없겠지만 뒤로 넘어가면 내가 이 한 몸 희생해서 받쳐 줄게요. 됐어요?"

"감사합니다."

조금 전까지는 그녀가 정말 미웠다. 하지만 소용돌이의 중심에 서 있다는 말을 듣는 순간 미움은 걱정으로 변해 버렸다. 아마 아마도 말이야… 그녀가 더한 죄를 짓는다고 해도 미워하는 것은 불가능할 것 같아. 그치?

아내는 부른 배 때문에 한 손으로 허리를 받치고 뒤뚱거리며 걸어 와선 크림을 발라주며 미안함을 전했다.

"죄송해요. 아버지가 힘드신가 봐요. 이번 문제만 해결되고 나면 적극적으로 당신 돌봐 주신다고 약속하셨어요."

"신경 쓰지 마. 몸도 무거운데. 다 잘 해결됐어."

세원은 설랑과 골프를 치러 가기로 한 시간이 다 됐는데 따라다니며 이것저것 챙겨 주는 아내 때문에 안달이 났다. 솔직히 말하면 몇 번 도와주고 나서 그 뒤로는 본체만체하는 장인한테 꽤 격한 감정을 가지고 있는 것이 사실이다. 하지만 그는 처세술의 귀재다. 설랑을 확실하게 다시 제 여자로 만들고 아내가 아이를 낳을 때까지는 절대 그런 낌새는 내보이지 않을 것이다.

"다녀올게. 아, 나 오늘 늦으니까 어머님 만나서 쇼핑도 좀 하고 맛있는 것도 먹고 그래. 내가 잘해야 하는데 괜히 당신 걱정만 시키고 미안해."

말로 인심은 다 쓰고 이마에 쪽 소리가 나게 뽀뽀를 해 주는 것으로 서둘러 마무리를 하고 골프 모자를 챙기는데 현관 벨이 울렸다.

"누구지?"

부를 대로 부른 배를 밀며 현관으로 나가는 아내를 보고 세원은 골프가방을 둘러메고 뒤를 따라 나왔다. 인터폰을 받던 아내가 다급하게 세원을 불렀다.

"여보… 집행관이라는데 무슨 말이에요?"

"뭐?"

인터폰에서 굵은 남자의 목소리가 흘러나왔다.

"법원 집행관 사무실에서 나왔습니다. 문 여십시오."

골프가방을 내려놓고 다가온 세원이 모니터를 들여다보니 40대 후반 정도 돼 보이는 꽤나 신경질적인 외모의 사내가 얼굴을 들이밀고 있었다.

"뭔가 잘못 아시고 계신 것 같습니다. 집을 잘못 찾아오신 것 같은데요."

집행관이라면 압류를 하는 법원 사람들인데 나한테 무슨 압류야. 이 미친놈들이 아침부터 재수 없게…. 세원의 얼굴이 굳어진 것은 바로 그때였다. 중년의 남자가 물러나고 설랑이 모습을 드러냈다. 잊고 있었던 싸늘하고 차가운 표정의 그녀가 입을 다물지 못하는 세원에게 명령했다.

"문 열어."

발품을 팔아가며 골라 들여놓은 가구들이 윤이 반질반질 나게 잘 닦여 있고 노란색 로봇 청소기도 콘솔 옆에 얌전히 앉아 있었다. 시체처럼 시퍼렇게 질린 세원의 뒤에 숨다시피 서 있는 배부른 여자를 보고 설랑은 고른 치열을 보이며 씩 웃었다. 집행관들은 서류를 보며 확인을 했다.

"강세원 씨 되십니까?"

"네…."

기계적으로 입을 여는 세원은 설마 하는 기분으로 생긋 웃는 설랑을 쳐다보았다. 그녀가 그럴 리가 없어. 아니야!

"채권자 왕용현 씨의 대리인 정지효 씨와 채권자 하설랑 씨의 입회 하에 강제 집행합니다. 집행해."

세 명의 사내들이 압류 딱지를 들고 안으로 들어와 살림에 붙이기 시작했다.

"좀 실례할게요."

지효가 신을 벗고 들어와 살림살이들을 짚어 가며 압류 딱지를 붙이는 작업을 거들었다.

"이게 돈이 얼마 자린데. 양심도 없는 인간이 아주 잘 쓰고 있었네. 어쭈? 이건 또 뭐야? 설랑아 이것도 붙인다. 네가 산 청소기. 집행관 님 이것 꼭 부치세요. 이게 보기에는 그냥 청소긴데 굉장히 비싼 거예요."

지효의 호들갑스러움에 세원의 아내는 거의 기절 직전에 이른 것 같았다. 설랑은 세원의 팔을 잡고 겨우 버티며 바들바들 떠는 것이 안쓰럽기까지 했다. 승자로서의 여윤가? 훗! 설랑은 시니컬한 웃음을 날렸다.

"여보… 저게 무슨 소리예요. 난… 난 도저히 이해가 안 가요."

"당신은 들어가 있어. 별일 아니야. 나랑 이야기 좀 하지."

아내를 방 쪽으로 밀고 나서 제 손을 잡아채려는 세원의 손을 쳐낸 설랑은 자신의 복수를 멋지게 마무리하기 위해 그를 미치광이로 만들 말을 쏟아 냈다.

"제가 설명해 드리죠. 결혼식만 남았었는데 그쪽이 배가 부른 바람에 이 사람이 나를 버리고 당신을 택하더라고요. 돈 조금 있는 고아 화교 계집애보다는 국회의원 아버지를 둔 당신이 더 구미가 당겼을 테니까. 이 집에 있는 살림 절반은 내가 채워 넣은 거예요. 내가 들어와서 살 집이었으니까. 그리고 당신 남편이 몸으로 봉사해 준 대가로 돈을 좀 빌려 줬는데 갑자기 내가 곤란한 일이 생겨서 회수해야겠어요. 일단 이것부터

하고. 윽!"

 세원의 추잡한 행적을 끄집어내던 설랑은 세원의 무지막지한 손길에 연이어 뺨을 얻어맞고 머리채를 잡혀 머리가 벽에 쿵쿵 찍혔다. 그녀가 자신에게 복수를 하기 위해 차근차근 준비해 왔다는 것을 알아차린 세원은 야수가 되어 그녀를 치고 박았다. 금세 설랑의 코에서 빨간 피가 뚝뚝 떨어지고 머리카락이 한 움큼 뽑혀 나갔다.

 "이 쌍년, 오늘 네 숨통을 끊어 버릴 거다! 네가 나를 속이고 잘도!"

 미쳤었다. 공증이 어떤 효과를 발휘하는지 너무도 잘 알고 있었으면서 철석같이 그녀를 믿고 꼭두각시처럼 이리저리 조정을 당했다니! 세원은 눈이 뒤집혀 오로지 설랑을 죽여야겠다는 생각으로 그녀의 목을 쥐려 했다.

 그 소동에 압류를 하던 집행관들이 달려와 제지했지만 미친 듯이 날뛰는 세원의 손은 몇 번이나 설랑의 머리를 흔들고 겨우 떨어졌다. 지효는 거실 슬리퍼를 집어 들어 집행관들에게 잡힌 세원의 뺨을 양쪽으로 번갈아 쳤다.

 "버러지 같은 새끼. 감히 어디다 손을 대?"

 "네년도 한 통속이지? 같이 죽여주마. 이리와! 이 더러운 짱꼴라 년들아!"

 지효는 자신들이 중국인인 것을 빗대 모욕적인 말을 지껄이는 세원의 얼굴에 침을 뱉었다.

"뭣! 왜 짱꼴라 년 침 맞으니까 기분 더럽냐? 더럽고 아니꼬우면 고소해. 너 따위는 열 명도 상대해 줄 수 있으니까! 당신 똑똑히 봐. 당신 남편이란 인간이 어떤 인간쓰레기인지. 우리한테 감사해. 실상을 보게 해 줬으니까."

자신의 눈앞에 펼쳐진 아비규환을 감당해 내지 못하고 주저앉아 배를 움켜잡고 있는 세원의 아내에게까지 악다구니를 쓰고 나서 지효는 몸을 펴지도 못하고 잔뜩 구부린 채 벽을 잡고 버티고 있는 설랑을 부축했다.

"설랑아 괜찮아? 헉, 이 개새끼."

눈 깜짝할 동안 벌어진 일인데도 설랑의 상태는 처참할 정도였다. 입술과 코에서 피가 뚝뚝 떨어지고 뺨이 벌겋게 부어오른 데다 아침에 미용실에 들러 손질한 머리는 수세미가 됐고 바닥에는 뽑힌 머리카락이 나뒹굴었다.

"지효야… 앰뷸런스…."

"설랑아!"

말을 채 맺지 못하고 설랑은 눈을 뒤집고 지효의 팔 안에서 목을 꺾어 버렸다. 붉은 피와 비교되는 맑은 눈물방울이 맺힌 눈은 영 떠지지 않을 것처럼 무겁게 덮였다.

再見我的愛人

안녕, 내 사랑

"이봐요! 애가 무슨 고기 덩어린 줄 알아요? 주사 잘 놓는 사람 오라고 해요!"

자다 뛰쳐나왔는지 지저분한 머리 한쪽이 푹 눌린 인턴이 혈관을 못 찾아 바늘을 자꾸 뺐다가 넣는 걸 반복하자 찢어진 지효의 목소리가 기어이 터져 나왔다. 여전히 어리벙벙한 인턴을 젖히고 간호사가 정맥을 찾아 주사를 꽂았다.

설랑은 벽에 머리를 부딪쳐선지 구토 증세를 보여 응급실로 들어오자마자 CT를 찍었다. CT 상으로는 깨끗하지만 결과를 지켜봐야 한다는 의사의 말에 입원을 하기로 했다.

병실로 올라가는 도중에도 구토 증세는 여전했고 보이지 않던 멍까지 하나 둘씩 올라와 파랗고 가시색 깊은 보랏빛 멍이 얼굴을 덮었다. 입술은 터져 검붉은 딱지가 앉았고 모양 좋은 코도 탈지면이 박힌 우스꽝스러운 모습이었다. 침대를 옮겨

준 남자 조무사와 간호사가 나가고 나자 잠시 눈을 감고 있던 설랑이 눈을 떴다.

"지효야…."

"괜찮아? 의사 부를까?"

"괜찮으니까 목소리 조금만 낮춰."

괜찮을 리가 없다. 멍이 든 곳은 여지없이 욱신거리고 머리카락이 뽑힌 자리도 만만치 않게 아팠다. 쿵쿵 골이 울리고 속도 조금 메슥거렸다. 서른 해를 넘게 살면서 할아버지 말고는 어느 누구에게서도 싫은 소리 한번 들어 본 적이 없다. 그런 그녀가 굳이 세원을 자극시킨 이유는 폭행죄까지 추가하고 싶어서였다. 모든 것을 빼앗고 전과자라는 낙인까지 꾹 눌러 주는 것까지가 그녀가 바라는 응징이었다.

"진단 3주 이상 나오겠지?"

"그렇지. 이렇게 묵사발이 됐는데 3주만 나올까…."

말끝을 흐린 지효가 벌린 입을 다물지 못했다.

"너… 3주 이상 내서 그 개자식 구속시키려고 일부러 맞은 거야?"

"말이 뭐가 그래. 일부러 맞진 않았어. 피하지 않은 것뿐이고 진단 추가하게 머리가 아픈 걸로 밀 거야. 거짓말 아니고 정말 아파. 나, 화장실."

설랑이 '끙' 소리를 내며 너덜너덜해진 몸을 추스르고 일어나자 지효가 부축해 화장실로 향했다. 일을 보고 나서 손을 씻다가 거울을 보고 난 설랑은 흐린 미소를 지어 보였다.

"엉망진창이네. 지효야 네가 대리인 좀 해 줘."

"당연하지."

"고 변호사님과 상의해서 그 자식한테서 땡전 한 푼까지 긁어 와. 폭행 건도 바로 조사받을 수 있게 조치해 줘."

"합의금도 두둑이 받아 주지. 또 뭐 달리 할 건 없어?"

"다니엘에게 연락하지 마. 이번에도 내 말 무시하고 네 마음대로 하면 다시는 너 안 볼 거야."

보고 싶다. 너 때문에 아프다는 원망 섞인 한마디에 땀까지 흘리며 뛰어온 다니엘이 보고 싶다. 자꾸 빼내는 손을 붙잡고 진심으로 기도해 주고 나보다 더 아파 해 주고 듬직하게 퇴원 수속을 해 주었고…. 어느새 추억이 되어 버린 이야기들이 줄줄 꼬리를 물고 나와 하나도 다치지 않은 가슴이 다친 몸보다 더 아리고 쓰라렸다. 상처를 소금으로 박박 문지르는 느낌은 쉴 틈을 주지 않고 설랑을 괴롭혔다.

"나 아니면 친구도 없는 게 똥배짱이네. 알았어, 안 해. 얼른 가서 눕자."

"환자복으로 갈아입어야지."

"잠깐만."

지효에게 도움을 받아 옷을 벗는데 '익' 소리가 절로 나왔다. 얼굴만 그런 줄 알았더니 등이며 허리에도 서서히 멍이 드러났다. 멍이 가실 때쯤이면 설랑은 자신이 원했던 대로 세원에게서 모든 것을 거둬들일 것이다. 그 생각이 설랑에게 진통제가 되고 수면제가 되어 편안한 잠으로 빠질 수 있게 했다.

"그러니까 석규 네가 겨울이 되기 전에 모든 것을 인수받아야 해. 지금도 잘하고 있지만 내가 도와줄 수 없을 때를 대비해서 마음의 준비를 해야 할 거야."
다니엘은 점심을 먹고 과일을 먹으면서 식구들에게 자신이 마음먹은 계획을 밝혔다.
"그냥 학기에 맞춰 복학하면 안 되겠니? 꼭 수도원까지 가서 기도할 필요가 뭐가 있어."
"기도해야 할 것이 너무 많아요. 엄마가 이해해 주세요. 석규 너도."
원래 말수가 많은 편은 아니지만 눈에 띄게 말수가 줄고 눈빛이 깊어진 다니엘이 기도해야 한다는 것이 무엇인지 아는 엄마와 석규는 동의한다는 뜻으로 고개를 끄덕였다. 요사이는 적막한 수도원이 너무 간절하게 생각났다. 한 하늘 아래서 그녀를 잊는다는 것은 불가능한 일이라는 것을 깨닫고 난 뒤로 마음은 더 조급해졌다.
모든 것이 다 그녀와 닮은 것 같다. 길에 지나가는 그녀와 전혀 다르게 생긴 여자도 그녀처럼 보이고 그녀의 차 번호도 아닌데 같은 차를 보면 눈은 차를 따라간다. 옷을 사 주고 또 사 주겠다고 장담했던 날이 지났는데도 통장에는 잔고가 남았다. 아마 다시 이 통장이 비는 일은 일어나지 않겠지? 설랑을 떠올리는 것만으로도 가슴이 저리는 다니엘은 방울토마토 하나를 입에 넣고 일어났다.

"저, 재료 상에 좀 다녀올게요."

"석규랑 같이 가. 몸도 좋지 않으면서…. 석규야 형 따라갔다 와."

"그래, 같이 가자."

"아니 혼자 다녀올게. 석규 넌 고객 이름 확인해서 엄마랑 카드 작업 좀 해 줘. 그게 급하니까."

지효 자매가 중요한 일이라며 만나기를 원했다. 눈이 멀 만큼 보고 싶은 그녀를 떠올리게 하는 지효를 만나는 것은 상당한 용기를 필요로 하는 일이었다. 설랑에게 왜 불꽃에 데는 줄 알면서 뒤로 물러서는 법을 모르냐고 화를 냈었는데 저도 똑같은 행동을 하고 있다. 설랑의 머리카락 끝도 보지 않아야 겨우 잊을까 말까인데 지효를 통해서라도 그녀를 만나고 싶어 찌뿌드드한 몸을 이끌고 집을 나섰다.

설랑과의 약속을 또 깨뜨린 지효는 변호사와 상담을 끝내고 대리인이 되는 서류를 작성하고 나서 다니엘을 만났다. 간단히게 서로의 안부를 묻고 나서 꽤 많은 소스를 끼얹어가며 설랑의 상태를 설명했다. 지효의 말대로라면 설랑은 지금 중환자실에 있어야 할 것이다.

"어찌나 미친놈처럼 애를 쳐 박았던지 얼굴을 알아볼 수가 없어요."

"그래요?"

뭔가 잘못됐다. 이 정도 했으면… 아니지, 다니엘이라면 설랑이 '다쳤다'의 '다' 자만 들어도 벌떡 일어나서 병원이 어디냐고 다그쳤어야 했다. 그런데 이 반응은 뭐야?

"자매님이 좀 잘 보살펴 주세요."

"다니엘 씨 안 가 볼 거예요?"

"네."

마음으로는 설랑이 다쳤다는 말을 전해 들은 순간 벌써 병원에 가 있었다. 보는 것조차 아까운 그녀를 때렸다는 그 잘난 남자에게 주먹을 날리고 목을 조르는 상상도 했다. 하지만 찾아가는 실수를 저지르지는 않을 것이다. 인연이 끝났으니까…. 그리고 그녀는 정부인 자신에게 싫증이 났다. 마지막 남은 자존심까지 무너뜨리며 버려진 정부라는 타이틀로는 그녀 앞에 서고 싶지 않다.

"계산은 제가 하겠습니다. 살펴 가세요."

계산서를 들고 일어나 고개를 숙이는 다니엘을 따라 일어선 지효는 그에게 지금 자신의 행동이 가져올 결과에 대해 정확히 말해 주었다.

"오늘이 아니면 두 사람 관계는 회복할 가망이 없어져요. 이해해요, 내 말?"

다니엘은 지효의 권유를 확실하게 거절했다.

"100% 이해합니다. 우리 관계는 돈으로 사고판 부적절한 관계일 뿐이고 그 이상도 그 이하도 아니었어요. 자매님이 계약을 파기하셨고 전 자유로운 몸이 됐죠. 그게 우리 사이에 있었던 일의 모든 것입니다…. 그럼 먼저 가 보겠습니다."

공손하게 인사를 건네고 거침없이 계산대로 걸어 나가는 다니엘을 멍하니 바라보던 지효는 혀를 끌끌 찼다.

"이놈의 계집애가 아주 사람을 잡았네. 얼마나 모질게 내쳤으면 저럴까…."

지하철을 타고 집으로 가다 한 정거장을 미리 내려 각자의 목적지로 열심히 걷는 사람들 속에 섞였다. 느릿느릿 걸으며 사람들을 구경하고 횡단보도 앞에서 신호등 색이 바뀌길 기다렸다 건넜고 전단지를 나눠 주는 아주머니들에게서 받은 전단지를 멀찌감치 가서 안 보이게 버렸다. 놀란 그녀가 혼자 아파하고 있을 텐데 너무도 자연스럽게 집으로 돌아가고 있는 자신을 발견한 다니엘은 한 가지 깨달음을 얻고 그 자리에 멈춰 섰다.

마치 저는 티끌 하나 묻지 않는 순수한 사람인 양 그녀에게 너는 죄인이라고 몰아붙인 것이 오만이라는 것을 일었다. 그녀는 자존심과 오기로 그 남자를 응징했고 저 또한 그 자존심과 오기로 그녀에게 가지 않았다. 착한 척, 겸손한 척한 것은 모두 위선이었다.

  양쪽에서 그를 잡아당기는 보이지 않는 팔들 중 어느 쪽으로도 몸을 맡길 수 없는 다니엘은 돌아가야 할 곳을 잃어버렸다. 만신창이가 된 채 누워 있을 설랑에게도 갈 수가 없고 세상 사람이 다 믿지 않아도 그만은 믿겠다는 엄마에게도 돌아갈 수가 없었다. 어디로 가야 하나. 내가 서야 할 곳은 어디지? 멍하니 그 자리에 발을 붙이고 서 있던 다니엘의 어깨를 툭 치고 지나가던 사람이 사과를 했다.

"죄송합니다."

"예….."

  같이 고개를 숙여 사과를 받고 난 다니엘에게 눈에 익은 번호의 버스가 들어왔다. 다니엘은 그 버스를 꼭 타야 할 이유가 생각났다. 마지막 사람이 발을 계단에 올리는 것을 본 그는 전력을 다해 버스를 향해 뛰었다. 가까스로 올라탄 다니엘을 태운 버스는 앞에 밀린 차에게 '빵' 하고 경고성 클랙슨을 울리고 무거운 몸을 움직였다.

"아주머니, 사이다 한 병 더 주세요."

  혀끝이 타 들어가는 것 같아 입술을 모으고 숨을 몰아쉬었다. 차가운 사이다를 건네주며 덩치가 좋은 주인아주머니가 호탕하게 웃었다.

"어이구, 이 총각은 맵게 해 달라더니 우네. 아주 울어."

"너무 매워요, 후후."

다니엘은 이마와 턱을 타고 흘러내리는 땀을 연신 물수건으로 훔쳐 내며 눈가에 맺힌 눈물까지 닦아냈다. 맵고 뜨거운 주꾸미를 오물거리며 눈을 찔끔 감아 속눈썹에 매달린 눈물을 떨궈 냈다. 다친 그녀 때문에 속상해 하는 미련한 마음에 치를 떠는 또 하나의 자신에게 변명 거리로 매운 주꾸미를 들이밀고 조금씩 눈물을 흘렸다.

대리인으로 일을 봐야 하는 지효가 간병인을 데려다 놓고 가서 불편한 것은 없었다. 불편한 것은 마음 뿐. 입으로는 다니엘에게 연락하면 다시 보지 않는다고 못을 박았지만 그 마음 밑에는 은근히 지효가 자신의 상태를 알려 주길 바랐던 마음이 깔려 있었다. 치사하지만 어쩔 수가 없다. 진심 어린 위로가 어떤 약보다 주사보다 효과가 빠르다는 것을 알아 버린 설랑은 그를 기다리고 있는 마음을 인정했다. 휴대폰을 열고 싶은 것을 꾹 누르고 억지로 잠을 청하고 점심을 먹고 검사를 했다. 돌아와서 지효의 연락을 받고 간병인의 부축을 받아 침대에 눕는데 창밖으로 보이는 풍경에 마음을 뺏겼다. 아파트 위에 걸쳐진 붉은 노을은 설랑에게 주문을 걸었다.

"아주머니."
"네, 뭐 불편해요?"
"죄송한데 휴대폰 좀 빌려 주시겠어요?"

속이 더부룩해 액체로 된 소화제를 사 먹고 점심은 걸렀다. 오늘은 유난히 주문량이 많아 아침부터 다른 생각은 할 새도 없이 일에 매달렸다. 아이크림과 립밤에 이어 내놓은 아토피 스프레이가 돌풍을 일으키고 있다. 저먼 카모마일 에센셜 오일을 첨가하는데 이 오일은 아토피의 가려움증을 진정시키고 염증 때문에 생길 수 있는 스트레스를 완화시키는 효과를 가졌다. 주로 아이를 가진 엄마들이 주문을 하는데 온몸에 번진 아토피 피부염에 바르는 연고보다는 뿌리는 스프레이 타입에 천연 재료라는 것이 크게 어필한 것 같았다. 아이크림과 립밤을 써 보고 품질에 신뢰를 가진 주부들은 아이들을 위해서도 '단미'의 제품을 구입하는 것을 주저하지 않았다.

벌써 여름의 끝자락이었다. 새봄이 되기 전에 다니엘은 학교로 돌아가야 했다. 모든 것을 석규에게 일임해야 하니 남은 기간 동안 완벽하게 제품 만드는 법을 전수해 주기 위해 날을 새워 가며 같이 작업을 할 때도 있었다.

"몇 도야?"

"73도."

알로에 베라 겔을 가열하고 있는 석규가 온도를 재서 알려 주었다.

"붕사 넣어도 되겠다."

"알았어."

석규가 붕사를 넣는 동안 다니엘은 올리브 오일과, 동백유,

달맞이 오일, 카렌듀라 오일에 저먼 카모마일 에센셜 오일을 섞었다. 섞은 것을 막 레인지에 올리려는 순간 책상 위에 올려놓은 휴대폰이 울렸다. 바지에 손을 닦고 뛰어가 휴대폰을 받았다.

"네, 연석형입니다."

뛰어와서 전화를 받느라 약간 숨이 찬 목소리로 대답을 했는데 아무 소리가 없었다.

"여보세요?"

그래도 응답이 없자 전화번호를 확인했다. 모르는 번호다. 누구지? 혹시?

"여보…."

"뚝!"

말을 채 잇기도 전에 무례하게 끊어 버리는 전화는 다니엘의 신경을 잔뜩 긁어 놓았다. 혹시나… 어쩌면… 하는 심정으로 배터리가 남았는데도 항상 가득 충전해 놓고 석규 몰래 메시지 함을 들여다보고 한숨을 쉬곤 했었다. 이유는 다름 아니라 설랑 때문이었다. 그녀의 전화번호가 아닌 낯선 번호라는 사실은 가시가 되어 대답 없는 전화로 부풀었던 다니엘의 가슴을 찔러 바람을 빼냈다. 얼마나 강한 사람인데…. 한 번 아닌 것은 절대 아닌 사람이니 아프다고 해서 내게 연락할 리가 없잖아. 잊어, 잊어야지 별수 없어. 터벅터벅 걸어가 레인지에 불을 켰다.

"걸음걸이가 왜 그래? 땅 꺼지겠다."

"피곤해, 속도 엉망이고. 이것 좀 보고 있어. 블렌더 가져올게."

구부정한 어깨와 등이 영감이 따로 없다. 형의 그런 뒷모습에 석규는 속으로 혀를 끌끌 찼다. 아프겠지. 첫사랑이고 첫 여잔데 그리 빨리 잊혀질까…. 나같이 막 나가는 놈도 한 달은 끙끙 앓는데. 하지만 어쩌겠어. 그 아줌마는 네 손에 잡힐 만한 여자가 아니야. 네가 감당하

기엔 과해서 설사 이루어진다고 해도 그 기에 눌려 숨 막혀 죽어. 그래서 깨뜨리신 거니까 다시는 생각도 하지 마.

"아, 빨리 가져와. 다 끓었다!"

간병인 아주머니에게 고맙다는 말과 함께 휴대폰을 돌려주고 침대에 누워 칸막이를 쳐 달라고 부탁했다. 칸막이 안에 혼자 누워 그와의 모든 것을 부정하기 시작했다. 다니엘과는 인연이 아니야. 정말 우리가 사랑하는 인연이라면 내가 이렇게 아프면 저도 느껴야 하는 거 아냐? 나는 이렇게 아파 죽겠는데 다니엘은 너무 멀쩡하게 잘도….

전화를 놓칠까 뛰어와 받느라 약간 숨찬 다니엘의 목소리를 활기에 찬 것으로 오해한 설랑은 심사가 뒤틀려 상상에서나 가능한 일은 현실에서 일어나지 않는다고 다니엘과의 인연을 부정하는 유치한 짓도 서슴지 않았다.

"미워… 미워 죽겠어."

서러운 마음을 달랠 수가 없는 설랑이 할 수 있는 일은 아기처럼 몸을 웅크리고 흐느끼는 소리가 새 나가지 않게 베개에 얼굴을 묻는 일뿐이었다.

화흥의 정원은 빨갛고 노란 낙엽들이 차곡차곡 쌓여 알록달록한 비단을 깔아 놓은 것 같았다. 별관의 인테리어를 바꾸는 공사를 하느라 본관에만 손님을 받을 수 있기 때문에 식사 시간이면 북새통을 이루었다. 등이 달린 아름다운 정원을 내려다보며 식사를 하는 손님들은 맛과 서비스에 만족해 하며 즐거운 대화를 나누었다.

공사를 하느라 출입을 통제해 놓은 별관 뒤, 작은 정원의 정자에서 설랑은 고즈넉함을 즐기고 있었다. 머리를 틀어 올려 칠보 비녀를 꽂고 검정 비단에 희고 파란 꽃잎을 수놓은 치파오를 입은 설랑은 환한 달빛 속에서 꿈처럼 떨어지는 낙엽들의 수를 세기라도 하는 듯 하염없이 바라보았다. 여름보다 약간 해쓱해진 모습이지만 냉염한 아름다움이 한층 빛을 발했다. 손을 뻗어 붉디붉은 단풍잎 하나를 주워 들고 하릴없이 빙빙 돌리다 보니 할아버지가 곧잘 읊으시던 시가 생각났다.

人道海水深 不抵相思半
사람들은 바닷물이 깊다고 말하지만 내 그리움의 반에도 미치지 못하리.

　　海水尚有涯 想思眇無畔
　바닷물은 끝이라도 있을진대 내 그리움은 까마득히 끝도 없구나.

　그 먼 옛날에도 이별의 아픔은 같았나 봐. 설랑은 모든 이별 노래가 제 이야기만 같았다. 이 병은 계절이 바뀌어도 사라질 기미가 보이지 않는다는 것을 생각해 내고 허한 웃음을 흘렸다. 여름 끝에서 가을이 깊어지는 동안 세원과의 모든 일은 끝이 났다. 지효는 대리인으로서 일을 착착 진행시켜 말끔하게 마무리 지었다. 전치 6주의 진단과 향후 결과를 봐야 한다는 소견서로 세원을 폭행죄로 구속시켰다. 합의를 해 달라고 애원하는 구구절절한 그의 편지는 뜯지도 않고 쓰레기통에 버렸다. 몸을 추스르자마자 성능 좋은 진공청소기처럼 그의 모든 것을 거둬들였다. 담보로 잡은 복층 오피스텔을 다른 사람 명의로 돌려 소유하게 되었고 그가 시작하려던 주상복합 건물은 기초 작업만 마친 상태에서 공사가 중지되었다. 설랑이 그것을 인수받아 공사를 계속 해 나가고 있는 중이었다. 복층 오피스텔은 이윤을 조금 남기더라도 분양을 해야 했기 때문에 입주자들을 경제력이 있는 30대 초반에서 후반의 전문직 미혼들로 잡아 기본적인 살림살이들을 무상으로 제공하는 전략을 써

80% 이상의 분양률을 이루어 냈다.

 모든 것을 다 돌려받고 전보다 부유해졌지만 딱 하나 잃어버린 것이 있었다. 겨우 온기가 돌기 시작했던 심장은 자취도 없이 사라지고 무표정한 얼굴에 맞는 싸늘한 심장이 자리를 잡았다. 가을이라 그런지 소슬하게 부는 밤바람이 허한 설랑의 가슴에 파고들었다. 계절이 바뀌고 다시 바뀔 때가 되도록 다니엘은 연락 한 번을 하지 않았다. 지효를 통해 가끔 소식을 듣긴 했다. 단미의 판매량도 안정선이 되어 직원도 채용했고 그리고 가을이 끝나기 전에 수도원으로 들어갈 것이라는 것도 전해 들었다. 가을이 깊어지는 것을 보며 설랑은 입 안이 바싹 말랐다. 수도원으로 들어가는 것을 몰랐을 적에 잠들지 못하는 밤이면 당장이라도 다니엘에게 달려가고 싶었다. 하늘을 찌를 것 같은 자존심이나 어울리지 않는 두 사람에 대한 주위 사람들의 시선 따위는 다 내팽개치고 너 때문에 아파서 살 수가 없다고 고백하고 따뜻한 품에서 그동안 쌓아 놓은 눈물 보를 터뜨리고 싶었다. 이렇게 아픈 나를 두고 가지 말라고 잡고 싶었다. 하지만 돌아간다는 그에게 그런 고백은 할 수가 없었다. 너무 쉽게 자신을 포기해 버린 다니엘이 밉고 그를 원하는 그분이 싫었다. 눈시울이 뜨거워지는 것을 느낀 설랑은 소스라치며 자리에서 일어났다.

 "슈에랑. 쌴스 디얀 하오 부 하오… 쌴스 디얀 하오 부 하오… 휴….(설랑, 정신 차려, 정신차리라고… 휴….)"

다시는 다니엘 때문에 울지 않을 거야. 설랑은 백 번도 더한 부질없는 다짐을 다시 한 번 하며 손가락으로 조금 새어 나와 버린 짠 눈물을 찍어 내고 두꺼비가 조각된 둥근 다리를 건넜다. 일생에 단 한 번일 인연을 제 손으로 놓느라 얄팍해진 여인의 가슴에서 새어 나오는 한숨을 달빛이 감싸 밤하늘로 날렸다.

몸 하나 떠나는 일에 짐은 왜 이렇게 많은지. 오후부터 싸기 시작한 짐은 가방 두 개를 가득 채웠다.
"다니엘, 이거 영양제야. 너무 절제한다고 몸 상할까 봐 엄마 걱정이다."
"엄마는 참, 저 건강한데 무슨 영양제요."
"그래도."
"꼭 챙겨 먹을게요. 고맙습니다."
영양제를 받아 든 다니엘은 환한 미소로 엄마를 안심시켰다. 다시 사제가 되려고 떠나는 길이 아니다. 입학할 때 서약했던 신학생으로서 지켜야 하는 마음과 몸의 순결을 지키지 못했다. 몸의 순결이라면 한 번 눈감고 속이고 돌아갈 수도 있지만 마음의 순결을 설랑에게 줘 버린 다니엘은 한 번도 의심하지 않았던 꿈과 바람을 접으러 수도원 행을 택했다. 지은 죄를 고백하고 회개하며 자신을 돌아다볼 시간이 필요했다. 마음을 추스르고 나서 자퇴 신청을 할 생각이었다.

다니엘이란 이름을 버리고 연석형이라는 이름을 선택했다고 해서 달라지는 것은 별로 없을 것이고 설랑에게 돌아가려고 내린 결정이 아니기 때문에 그녀를 다시 볼일 또한 없을 것이다. 다시 한 번 마음을 다잡고 난 다니엘은 짐 정리를 마저 해 나갔다.

"정말 그렇게만 하면 만나 줄 거야?"
"그래, 이 미련 곰탱아. 얼른 전화 끊고 데리고 나와. 나 지금 출발할게."
"알았어."
계단에 쭈그리고 앉아 전화를 받고 난 석규는 벌떡 일어나 부랴부랴 집 안으로 들어가 짐을 싸고 있는 다니엘을 붙잡고 옷걸이에서 옷을 내려 갈아입으라고 독촉을 했다.
"왜 그래?"
"이 형님이 환송식해 주려고. 아, 얼른 입어. 시간 없어. 가면 사내놈들만 질리게 볼 텐데 눈요기도 하고 술도 한잔하고 그러자."

갑자기 들이닥친 지효가 물 좋은 곳을 발견했다며 반 강제로 옷을 갈아입히고 질질 끌이딩겼다. 심난하기도 하고 혼자 지새울 밤이 길기도 해 나중에는 순순히 따라나섰다. 지효의 말대로 물은 좋아 보였다. 괴롭고 짜증나는 현실을 무디게 만드는 낮은 재즈 선율이 잔잔히 깔린 홀을 지나 룸으로 들어온 지효는 오지에(Augier) 한 병과 과일 안주를 주문했다.

"코냑 싫은데. 가벼운 걸로 하자."

"됐어, 난 코냑이 땡겨. 내가 키핑 해 놓은 거 있지? 물 타서 가져오면 죽을 줄 알아."

안면이 있는 듯한 웨이터는 호스트를 불러 줄지를 물었고 지효는 헛소리하지 말고 빨리 술이나 가져오라고 웨이터를 내쫓았다. 그러더니 깜빡 잊었었다는 듯 백을 들고 일어섰다.

"휴대폰을 안 가져왔네. 목마르면 먼저 마시고 있어. 나 차에 좀 갔다 올게."

"알았어."

"편한 데로 가자. 여기 무지 비싼 거 같은데…."

"내 친구가 웨이터로 있는데 자기 체면 좀 세워 달라고 통사정을 하잖아. 절반은 그놈이 부담할거니까 걱정 말아."

술 한잔하자고 해서 포장마차나 호프집을 생각했는데 택시까지 잡아타고 한강 다리를 건너 와 버렸다. 석규가 끌고 온 곳은 입이 쩍 벌어지게 크고 고급스러운 곳이었다. 대리 운전을 할 때 많은 술집을 들어가 봤지만 이곳에 비할 곳은 없는 것 같았다. 입구에 들어선 석규는 누군가를 찾았고 안쪽에서 그 웨이터가 나오자 얼른 명찰을 확인하고 넉살 좋게 어깨를 툭 쳤다.

"짜식, 좋은 데서 일하네? 인사해라 우리 형님."

어리둥절하던 웨이터는 석규의 말속에서 힌트를 얻고 바로 안면을 싹 바꿔 석규와 팔을 흔들어가며 악수를 하고는 다니엘의 팔짱을 꼈다.

"어서 오십쇼, 형님. 자, 오늘 제가 환상적인 서비스로 모시겠습니다."

"아차차, 돈을 깜빡하고 안 뽑아 왔다. 다니엘 먼저 들어가 있어. 나 돈 뽑아 올게. 야, 계집애들 절대 들이지 마."

"그럼 나도 같이 갔다 다시 오자."

석규를 따라가려는 다니엘의 팔을 석규의 친구라는 웨이터가 잡아끌었다.

"형님 우선 룸으로 들어가셔서 제 체면 좀 세워 주십시오. 돈 많이 뽑아 와라!"

"어…."

팔을 잡힌 다니엘은 어두컴컴한 술집 안으로 끌려 들어갔고 석규는 들어가 있으라는 표시로 고개를 끄덕이며 계단을 올라갔다.

술이 유독 쓴 날이 있는데 오늘이 그날인 것 같다. 호박 빛의 코냑을 밑이 눙근 잔에 따라 손바닥의 온기로 데워 한 모금을 머금고 혀를 돌려가며 맛을 음미했다. 평소 같으면 향긋하고 짜릿했을 코냑이 익모초처럼 써 잔을 내리고 안주로 나온 치즈로 혀를 달랬다.

"얘는 왜 안 오는 거야?"

나간 지 꽤 됐는데 지효가 돌아오지 않자 설랑은 핸드백을 뒤져 휴대폰을 찾았다. 끊고 걸기를 반복해도 지효와 통화가 되지 않았다. 신경질이 나 '탁' 소리가 나게 휴대폰을 닫고 소파로 던져 놓는데 문이 열렸다.

"어딜 갔다 와? 사람 기다리게…."

문을 열고 들어오다 장승처럼 뻣뻣하게 굳은 사람은 지효가 아니었다. 약간 길어진 머리카락에 크게 뜬 눈 굳게 다문 입술, 불면증의 원인이었고 가슴앓이의 원인인 다니엘!

첫날처럼 자신은 문 앞에 서 있고 그녀는 룸 안에 있었다. 의심하지 못한 것이 실수였다. 갑자기 술 한잔하자며 한강을 건너고 처음 보는 친구에게 자신을 밀어 넣고 돈을 뽑아 온다고 나간 석규를 의심했어야 한다. 거기다 방만 가르쳐 주고 급한 일이 있다며 뛰어가 버린 석규 친구의 행동도 부자연스러웠는데… 바보같이! 이런 일 따위는 바라지 않았어. 그러면서도 닫히지 않는 눈에는 한가득 설랑이 들어왔다. 앓고 난 사람처럼 야위었어…. 안 좋은 일이 있어서 혼자 술을 마시고 있는 걸까. 채 30초도 되지 않는 시간일 뿐인데 뇌는 무시무시한 속도로 그녀에 대한 궁금증을 마구 쏟아 냈다.

지효가 전화를 받지 않는 이유를 알아차린 설랑은 떨리는 손을 감추려 테이블 위에 있던 손을 내리고 자신이 들어도 너무나 차분한 목소리로 문을 닫아 줄 것을 부탁했다.

"문 좀 닫아 줄래? 소리가 시끄럽다."

맞은편 룸에서 노래를 부르는지 반주와 돼지 멱따는 소리가 새어 나오고 있었다. 문을 닫고 여전히 그 자리를 고수하고 있는 다니엘의 시선을 피하며 묵직한 술병을 들어 올렸다.

"내가 꾸민 짓이라고 생각하지 마."

"제가 벌인 일도 아니에요."

다니엘을 담았다 억지로 떼어 낸 마음자리에 새로운 상처가 났다. 행여 하는 미련한 마음이 잠깐 들었었다. 그가 지효에게 부탁해 이 자리를 만든 건 아닐까 하는….

'그런데 아니래, 빌어먹을 오늘따라 술이 너무 독해.'

겨우 한 잔 마셨을 뿐인데 술잔이 어른거렸다. 잔에 술을 따르지 못하고 테이블에 흘린 설랑을 보고 빠른 걸음으로 다가온 다니엘은 크진 않지만 단호한 목소리와 함께 설랑의 손에서 술병을 빼앗았다.

"그만 마셔요."

머리가 빙 도는 것이 여간 기분 나쁜 것이 아니다. 속은 풍랑을 만난 배처럼 뒤집히려고 한다. 욱 하고 뜨거운 물이 밀고 올라와 설랑은 손으로 입을 막았다.

"욱!"

몸을 구부리며 괴로워하는 설랑을 본 다니엘은 놀라 다가와 팔을 잡고 상태를 살폈다.

"괜찮아요? 오바이트 할 거 같아요?"

이런 꼴이라니…. 마지막일지도 모르는데…. 화가 나 눈물이 솟구쳤다. 왜 나는 이런 모습으로 남아야 해? 나는… 나는 좋았던 네 모습만 기억하고 있는데 왜 나는 네게 추하고 더러운 모습만 보이는 거니?

"됐어!"

다니엘의 손을 뿌리치고 숨을 들이켠 설랑은 이마를 짚으며 소파로 몸을 기댔다. 지효가 키핑 해 놨던 거라 들어올 때부터 절반 정도밖에 되지 않았던 술병을 보고 다니엘은 기가 막혀 했다.

"혼자 이걸 다 마신 거예요? 미쳤군요."

"내가 미치든 말든 네가 무슨 상관이야? 나가!"

구부렸던 몸을 발딱 일으켜 바락바락 악을 써 대는 설랑을 본 다니엘은 그녀를 둘러메고서라도 당장 이곳을 빠져나가고 싶었다. 그냥 보지 않고 떠났으면 좋았잖아. 이렇게 조마조마한 사람을 어떻게 두고 가나. 하지만 이제는 돌이킬 수가 없다. 그녀의 말대로 나는 그녀와 아무 상관도 없는 사람이니까.

"일어나세요. 집에 모셔다 드릴게요."

"데리러 올 사람 있으니까 빨리 꺼져. 나 결혼해."

설랑의 입술을 벌리고 나온 무시무시한 단어는 다니엘을 바삭바삭 소리를 내며 부숴 버렸다. 설랑은 다니엘을 떠나보낸 그 시간부터 하루하루 사는 것이 너무 지겹고 낙엽이 하나 둘 떨어질 때마다 다시는 그를 볼 수 없는 곳으로 보내야 하는 날이 다가오는 것을 느껴 몸서리가 쳐졌었다. 그런데 아무 일도 없었던 것처럼 다 잊은 듯 너무나 밝고 평안하고 온전한 그 앞에서 더 이상 혼자서 초라해지긴 싫었다. 그래서 거짓을 사실처럼 만들어 잔뜩 움츠러든 자신을 포장했다. 그 포장을 더 화려하게 장식하기 위해 묻지도 않는 말들을 쏟아 냈다.

"좋은 사람이고 능력 있는 남자야. 집안도, 학벌도 모두 대만족이야."

"축하드려요. 잘됐어요. 제가 사제가 된 후라면 좋았을 텐데 아쉽네요. 그랬으면 혼인 성사는 제 손으로 올려 드릴 수도 있었을 텐데 정말 아쉬워요."

그녀처럼 능력 있고 아름다운 여자가 혼자 살 이유가 없는데도 다른 남자와 결혼하는 모습은 그려 보지를 못했다. 이제는 정말 나머지 잔정까지 다 끌어 모아 가지고 돌아가야 하나봐. 축하를 한 건 잘했어. 그 말밖에 할 말이 뭐가 있겠어? 그런데 이건… 이건 너무 괴로워.

"돌아간다는 말은 들었어. 언제 가니?"

"내일이요."

정말 싫다. 내가 결혼한다는데 넌 아무렇지도 않아? 니는 네 그림자만 봐도 아픈데… 응! 설랑은 반반한 다니엘의 가슴을 손톱을 잔뜩 세워 파헤쳐 버리고 싶었다. 술 때문에 헛구역질을 한 것을 빗대어 의미심장한 말을 흘렸다.

"한 달 후에는 해야 할 것 같아. 배불러서 드레스가 맞지 않기 전에…."

설랑이 날린 가시가 잔뜩 돋은 거짓말은 그대로 다니엘의 심장에 박혀 피를 빨아들였다. 술 때문에 그런 것이 아니라 아이를 가져서 헛구역질을 한 것이었다. 다른 남자의 아이를 가진 그녀는 이미 오래전에 저를 잊었던 것이다. 아이… 그녀의 아이….

충격을 받은 것이 확실한 다니엘의 표정에 설랑의 잔인한 혀는 춤을 춰 댔다.

"유아 세례도 못 해 주겠네. 아, 그건 하겠다. 내 장례 미사는 해 줄 수 있겠지? 부디 좋은 신부가 되길 바라."

마지막 순간에는 그를 다시 보고 싶다. 육신은 알아보지 못하더라도 영혼으로나마 세월이 다니엘을 어떻게 변화시켰는지 보고 싶다. 머리가 하얗게 세고 등이 굽은 모습이어도 단번에 그를 알아볼 것 같다. 죽는 날까지 한시도 잊지 못할 테니까…. 팔을 잡고 있던 다니엘의 손이 물러나고 머리 위로 그의 잔잔한 목소리가 내려앉았다.

"예…. 그럴게요. 가봐야겠어요. 아침 일찍 들어가야 해서요. 자매님. 평화를 빕니다."

머릿속에서는 자신은 결코 지켜보지 못할 설랑의 일생이 흐르기 시작했다. 얼굴이 보이지 않는 남자와 웨딩드레스를 입고 결혼식장 통로를 걸어가고 그녀를 닮은 아이를 안고 유아세례를 받고 조금 더 시간이 흘러서는 아이의 손을 잡고 화흥의 정원을 걷는다.

'아… 나는…. 사제가 될 수 없어요. 그래서 당신의 마지막을 지켜보는 것도 허락받지 못하는데….'

분명 땅을 딛고 걷고 있는데도 구름을 밟은 것처럼 바닥의 단단한 느낌이 들지 않는다. 뭔가가 손에 잡혔고 본능적으로 돌려 문을 열었다. 몸을 밖으로 밀어내고 소리가 나지 않게 문을 닫는 것으로 3,000겁에 한번 있는 인연이 아니라 8,000겁에 한 번 있는 인연이길 바랐던 바람을 잘라 냈다.

"손 가만 못 둬? 이 미련 곰탱이가!"

프렌치 키스를 즐기던 지효는 은근슬쩍 가슴을 덮어 오는 큰손을 끄집어내며 귀를 잡아당겼다.

"악! 이 아줌마가 정말. 아, 만나 준다며!"

석규는 볼을 퉁퉁 부어 올렸다. 다니엘을 그 술집으로 들여보내기만 하면 만나 주겠다는 제안에 돈에 눈이 멀어 예수님을 판 가롯 유다처럼 그 안에 여우가 기다리고 있을 거라는 것을 짐작하면서도 유혹을 떨치지 못했다.

지효를 보고 열이 달아 쫓아다닌 지가 벌써 두 날째다. 치음 만난 날 정말 다니엘 동생 맞냐고 물어보더니 고개를 끄덕이자 뚱한 표정으로 '쌩' 하고 나가 버렸다. 몇 번 만나고 느닷없이 반말로 동정인지를 물었다. 그러길 바라는 듯한 눈빛에 그렇다고 했더니 그 뒤로 데이트 비슷한 것을 몇 번하고 나서 왜 그런 질문을 했었는지를 알았다. 설랑이 가지고 있는 것 중에 딱 하나 갖지 못한 것이 있는데 그게 총각인 애인이란다. 거기다 그녀는 서른이 넘도록 고이 지켜온 순결을 자기만큼이나 순결한 남자가 아니면 주기 싫다는 이상한 사고를 가지고 있었다. 그래서 총각인 척 키스도 서투르게 더듬는 것도 서투르게 해서 의심을 피했는데 그만 거사를 치르려다 딱 들키고 말았다. 눈이 번쩍 뜨이게 아름다운 나신을 보고 서투른 척해야 하는 행동 지침을 깜빡 잊고 평소대로 나갔다가 뺨에 빨간 손자국이 난 채 침대 밖으로 굴러 떨어지는 모욕을 당했다. 별난 여자. 그리고 자신도 참 별났다. 그전까지는 '한번 즐겨 볼까' 하는 생각이었는데 눈에서 별이 반짝이게 따귀를 맞고 무시무시한 욕을 퍼부으며 맨 몸인 것도 잊고 저를 올라탄 채 머리카락을 쥐어뜯는 마녀가 분명할 그녀를 사랑하게 되어 버렸다.

"만나 준댔지 자 준댔어? 까불지 마라, 곰탱아. 이 누나가 오늘은 무척 중요한 일을 성사시켜야 하기 때문에 너랑 놀아 줄 시간이 없어."

석규는 건방지게 검지로 자신의 이마를 쿡쿡 누르는 지효의 손가락을 잡고 힘을 주었다. 전직 씨름 선수인 그의 손아귀 힘은 무지막지했고 뼈가 부서질 것 같은 통증에 지효는 비명을 질렀다.

"엄마야! 너 안 놔? 놔!"

"너야말로 까불지 마라. 이 아줌마야. 내가 마음만 먹으면 그 간당간당한 허리 똑 분질러서 반으로 접어가지고 주머니에 넣어 다닐 수도 있어. 나 같은 영계가 좋아한다고 해 주면 황송해 해야지."

황송이 아니라 황당한 석규의 말에 입을 다물지 못하던 지효는 비명과 함께 무시무시한 욕을 퍼부었다. 얼마나 열이 났는지 자신이 중국어로 욕을 하고 있다는 것도 몰랐다.

"꺼우 짜이 즈! 빠 니앤 쭈 즈와 추 라 이!(개자식! 눈알을 파 버릴 거야!)"

"쯧쯧. 하나도 못 알아먹겠다. 이 맹한 아줌마야. 듣는 사람이 알아먹어야 욕이 돼지."

"아악! 미친놈!"

"아악!"

히스테릭하게 소리를 지르던 지효가 분을 풀지 못하고 석규의 손등을 물어뜯었고 후끈했던 차 안은 두 사람이 번갈아 내지른 비명에 들썩거렸다. 밀치고 달려들고 하던 두 사람을 구한 것은 지효의 휴대폰 벨 소리였다. 석규는 물어뜯긴 것이 골이 나 지효를 자기 무릎에 엎어 한 손으로 내리누르고 전화를 받았다.

"여보세요, 헉헉! 가만히 안 있어?"

"내 놔! 내 전화를 왜 네가 받아! 이 곰탱아!"

석규는 지효가 악을 쓰던지 말든지 통화를 시도했다.

"말씀하십시오, 정지효 씨 전화입니다."

"지효… 좀 바… 꿔요…."

목소리의 주인공에 화들짝 놀란 석규는 얼른 지효에게 휴대폰을 건넸다. 구겨졌던 몸을 일으키며 휴대폰을 넘겨받으며 자기가 아니라고 하라는 듯 손을 내젓는 석규에게 도끼눈을 떴다.

"아이구 허리야, 이 새끼 조금 있다 봐. 죽여 버릴 테니까! 설랑아 왜?"

"너랑… 인연 끊을… 거야…, 나쁜…."

"설랑아? 설랑아!"

말을 맺지 못하고 목소리가 사라져 버린 설랑을 부르던 지효는 얼굴이 새하얗게 질려 휴대폰을 내팽개치고 시동을 걸었다.

"왜 그래? 무슨 일이야?"

"큰일 났어. 이를 어째. 야, 너 나중에 죽여줄 테니까 나 좀 도와줘. 설랑이가 쓰러졌나 봐 사실은…. 내가 술에 약을 탔어. 수면제 말이야. 다니엘 씨하고 어떻게 다시 해 줘 보려고 둘 쓰러지면 호텔에다 데려다 주라고 그 썩을 웨이터한테 돈까지 쥐어 줬는데 일이 꼬였나 봐. 어떻게 해. 이 계집애 길에 뻗어 있으면? 정신 잃고 쓰러졌는데 차가 치이면? 아앙, 나 미쳤었나 봐."

"뭐? 그럼 우리 다니엘도 쓰러진 거야? 이씨! 하여튼 일생에 도움이 안 되는 아줌마야."

석규는 열심히 다니엘에게 전화를 걸다 없는 번호라는 안내 음성을 듣고서야 오늘 오후에 휴대폰을 정지시켰다는 것을 생각해 냈다. 시동은 걸렸는데 액셀을 밟을 생각도 하지 못하고 핸들만 잡고 바들거리는 지효에게 석규가 꽥 소리를 질렀다.

"너 우리 다니엘 조금이라도 다치면 죽을 줄 알아! 자리 바꿔. 덜덜 떨고 운전도 못하면서 언제 갈 거야?"

"으… 응…."

자리를 바꾸고 나서 석규가 핸들을 잡은 지효의 차가 급발진을 하며 답답한 영혼들을 구제하러 나섰다.

아침 일찍 일어나 샤워를 하고 머리를 정갈하게 빗고 집에서 엄마가 새벽부터 준비한 풍성한 아침상을 받아 깔끄럽지만 국과 밥을 맛있게 먹어 보여드렸다. 자꾸 이것저것을 챙겨주려는 엄마를 말리는 것으로 괴롭고 걱정스러웠고 즐겁기도 했던 짧은 소풍을 마무리했다. 베이지색 면바지와 흰 남방에 검정 점퍼를 입은 다니엘은 짐을 다 챙겨들고 나와 엄마를 안고 작별 인사를 나눴다. 작아져 버린 엄마의 어깨에 턱을 고이고 다정한 말로 걱정을 덜어드리려 노력했다.

"약 꼬박꼬박 챙겨 드시고요. 사무실 일은 식구들 있으니까 소일거리 한다 생각하시고 무리하시면 안돼요. 가서 자주 편지할게요."

"알았어, 엄마 걱정하지 말고 열심히 해."

석규는 시간을 더 지체하면 엄마가 기어이 울어 버릴 것 같아 서둘러 마무리를 지었다.

"누가 보면 뭐 외국에 몇 년씩 나가는 것 같네. 얼른 가자. 차 시간 늦겠다."

"갈게요."

골목까지 따라나와 손을 흔들던 엄마가 눈물을 보일까 봐 급히 등을 돌리고 돌아서 계단을 올라가 현관문을 열고 들어가시는 것을 본 다니엘의 마음은 납덩어리처럼 무거웠다. 삼미 슈퍼 앞을 지나며 석규에게 당부를 했다.

"엄마한테 짜증내지 말고 항상 편하게 해드려. 부탁한다. 형이 돼서 너한테만 짐만 잔뜩 지우고 미안하다."

"저기… 어제 일 안 물어 보냐?"

지효와 함께 술집 주변을 샅샅이 뒤지다 못 찾고 만에 하나 하는 마음으로 설랑의 집으로 갔더니 다행히 소파 위에서 수면제의 힘으로 세상모르고 잠이 들어 있는 것을 확인했다. 집으로 돌아온 석규는 잠이 든 다니엘을 깨워 어떻게 된 것인가 물어보려다가 둘이 뭐가 안 맞았으니 중국집 아줌마를 버려두고 왔을 거란 생각도 들고 괜한 짓 한 것에 야단도 맞을 것 같아 슬며시 엄마 방에 가서 잠을 잤다.

"고맙다는 말 못 했구나. 지효 씨한테도 고맙다고 전해 줘.

자매님께서 좋은 신부가 되라고 축복해 주셨다. 나도 행복하시라고 했고. 마음은 있었는데 찾아가기 뭐해서 작별 인사 못할 거 걱정했더니 너희들 덕분에 자연스럽게 인사드렸어."

야단을 맞을 줄 알았는데 칭찬을 받자 석규는 호들갑을 떨며 문제의 사건에서 슬그머니 발을 뺐다.

"아, 내가 분명 말했거든 넌 정리했다고. 꼬셔도 안 넘어간다고 했는데 그 계집애가 자꾸 부추겨서 홀딱 넘어갔어. 미안해."

"말투가 뭐 그러냐? 좋아하는 사람한테 계집애라니, 고쳐."

"알았어. 어, 버스 온다. 뛰어!"

추억만 남은 사회에서의 마지막 걸음을 숨을 곳으로 데려다 줄 버스를 향해 힘껏 내딛었다. 출퇴근 시간이 지나선지 버스 안은 한가했다. 창밖으로 스쳐가는 간판들과 노란 낙엽을 떨쳐 내는 은행나무 가로수를 보며 속으로 되뇌었다.

잘 지내세요. 좋은 분이시니까 분명 행복해지실 거예요. 자매님 부담스럽지 않게 잊어 볼게요. 잘 될지는 모르겠지만 그래 볼게요.

지끈거리는 머리가 베개 밑으로 빨려 들어가 버릴 것 같은데다 밖에서 나는 참을 수 없는 소음에 설랑의 얼굴이 찌푸렸다. 지효가 누군가와 이야기를 하는 것 같은데 꿱꿱 지르는 소리가 거위보다 더 시끄러웠다. 몇 시지? 출근해야 하는데. 화장대 위에 놓아 둔 시계를 본 설랑은 눈을 질끈 감았다. 1시가 넘어가고 있었다. 사장이 돼서 지각이라니. 아, 정말 너 날이 갈수록 한심해져. 빨리 씻고 출근을 해야겠다는 생각에 문을 열던 설랑의 귀에 지효의 욕이 마구 날아들었다.

"네 형이라고 감싸고 드는 거야? 내 말이 틀려? 이 곰탱아! 그게 뭐가 달라? 처녀도 아닌 여자가 처녀인 척 시집가는 것하고 여자랑 별짓 다 해 봤으면서 순결한 척 속이고 신부가 되려고 들어가는 놈이 똑같지 틀려? 길가는 사람 잡고 물어봐!"

저도 모르게 숨이 훅 들이마셔졌다. 다니엘이 어제 내일 들어간다고 했으니 오늘이 바로 그 날이다.

'가 버렸나 보다. 손에 잡히지 않는 파랑새처럼 나를 떠나 천국으로 돌아가 버렸어. 그런 날이 정말 와 버렸네….'

설랑은 커튼 사이로 헤집고 들어오는 찬란한 햇살에 조소를 보냈다. 돌려받으셔서 기쁘신가요? 그래서 저렇게 밝은 햇살로 자축하시나 보군요. 지금 제게 얼마나 잔인한 벌을 내리셨는지 혹시 아시긴 아시나요?

"끊어! 또 전화하면 내일 신문에 대문짝만 하게 나오게 해 줄 테니까!"

고래고래 악을 쓰고는 전화를 던져 버린 지효는 얼음물로 분을 삭이려 주방으로 들어가다 문을 열고 나오는 설랑을 발견했다.

"잘 잤어?"

"그래, 덕분에 푹 잤다. 아주 나를 죽일 셈이었어? 술에다

약에다.”

 냉장고 문을 연 지효가 얼음물을 권하자 머리를 젓고 시원한 오렌지 주스를 한 컵 가득 마셨다. 새콤한 과즙이 알코올이 휘저어 놓은 속을 씻어 내렸다. 지효는 물속에 든 얼음을 녹이려 컵을 흔들며 어제 일에 대해 그녀다운 사과를 했다.

 “변명하자는 건 아닌데 난 정말 네가 행복해지길 바랐어. 나하고 인연을 끊는다고 해도 그건 알아줘.”

 “그거 병이야. 아니라는데 혼자서 소설 쓰는 거. 다니엘에 대한 감정이 특별하게 변했었다는 거 사실이야. 인정해. 그 자식 때문에 힘들었었고 알다시피 다니엘은 보통 남자와 달라서 많이 기댔지만 평생 기댈 수 있는 상대가 아니라는 거 한순간도 잊어 본 적 없었어. 저만 착한 척하는 꼴도 보기 싫고 나한테 이래라저래라 강요하는 것 용납 못해서 과히 좋지 않은 모습으로 계약 파기했는데 네 유치한 작전 덕에 좋게 끝냈어.”

 “좋게 끝냈어?”

 “내가 죽으면 다니엘이 장례 미사 봐 주기로 했어. 다니엘은 어린양을 먹이는 목자가 될 것이고 나는 그 목자가 사랑하는 백 마리의 양 중에 한 마리의 양이 될 거야.”

 가톨릭에 대해 아는 것이 전혀 없는 지효는 갑자기 양을 들먹이는 설랑의 말을 이해하지 못했다.

 “양? 수도원에서 양도 길러? 너 보고 와서 거들래?”

 설랑은 지효에게 고개를 설레설레 저어 보이고 욕실로 향했다.

"내가 너하고 무슨 말을 하겠니? 나 출근할거야. 넌 어쩔거니?"

"먹을 것도 없는데 너 따라가서 점심이나 먹어야지. 내가 어제 얼마나 출혈이 컸는지 알아? 술값에 룸 비에 웨이터한테 쥐어 준 돈에 약값에. 가서 풀코스로 먹을 거야."

손가락까지 꼽아가며 계산서를 뽑는 지효를 두고 욕실로 가 그대로 입고 잔 통에 잔뜩 구겨지고 불쾌한 냄새가 나는 옷을 나비가 고치를 벗는 것처럼 훌훌 벗어 버렸다. 아름다운 나신이 드러났고 거침없는 손놀림으로 샤워기를 틀었다. 계절과 맞지 않는 차가운 물은 섬뜩하기까지 했지만 심장을 얼려야 하는 설랑에게는 딱 맞는 온도였다. 샤워기의 물줄기는 얄팍해진 설랑의 어깨며 등을 뚫기라도 하려는 듯 강하게 내리 꽂혔다. 고개를 숙인 설랑의 검은 머리가 물에 젖어 해초처럼 얼굴에 달라붙었다. 그 사이로 허하디 허한 웃음이 새어 나왔다.

"훗!"

빗소리 같은 물소리에 웃음을 흘리고 난 설랑은 힘이 풀린 다리를 지탱하려 벽에 손바닥을 짚었다.

'넌 좋겠다. 행복해서…. 나는 아마 평생 이런 기분으로 살아야 할 것 같아. 비를 잔뜩 머금은 먹구름이 온통 하늘을 덮어 버린 그런 날처럼 말야. 네가 말했었지. 천국과 지옥이 있어서 다행이라고. 그런데 난 죽지도 않았는데 지옥이 너무 빨리 와 버린 거 같아. 아니야 그냥 해 본 소리야. 오늘부터 어제의 열 배쯤 바쁘게 살 거야. 대책 없이 착하기만 했던 네 생각 나서 내 성질 거슬려가면서 착하게 사는 일 따위는 하지 않을 거고 쭉 살아오던 대로 열심히 일하고 즐기면서 살 거야. 예전에 네 옷 사러 가서 누나라는 소리 듣고 발끈해서 나이 들어 보이는 스타일로 골라줬었는데 이제는 내가 더 나이가 많다는 것이 다행이라는 생각이 드네? 너보다 빨리 죽어야 네가 내 마지막을 지켜봐 줄 테니까 말야. 우리 그날 다시 보는 거지? 안녕… 안녕 다니엘….'

다니엘을 내려놓은 버스는 유연하게 몸을 틀어 구불거리는 길을 따라 다음 목적지로 향했다. 가방 하나를 메고 하나는 손에 들고 익숙한 풍경을 잠시 둘러보았다. 완만한 곡선을 그리는 뒷산도 그대로였고 여름이면 친구들과 피리병을 놓던 자그마한 개울도 여전히 맑았다. 흙 냄새가 섞인 바람 냄새를 맡으며 수도원으로 가는 오르막길을 걷기 시작했다. 입구에 선명하게 쓰인 수도원 이름을 보자 가슴 하나 가득 숨긴 비밀이 더 무거워졌다. 200미터쯤을 걷자 수도원의 높고 육중한 문이 나타났다. 다니엘은 주저하지 않고 인터폰을 눌렀다.
"찬미 예수. 무슨 용건이십니까?"
"오늘 입소하기로 한 연석형, 다니엘이라고 합니다."
잠시 후 '끼익' 하는 소리를 내며 왼쪽에 있는 작은 문이 열리고 안쪽으로 갈색 수사복이 살짝 비쳤다. 다니엘은 망설임 없이 그 안으로 들어갔고 열렸던 흔적을 남기지 않으려는 듯 재빠르게 닫힌 문은 철컥하는 소리로 세상과 다니엘을 격리시켰다.

再次深情相擁

한 번 더 깊은 사랑으로 끌어안아요

2년 후.

퉁퉁 부은 눈을 급한 대로 얼음찜질을 했는데도 별 효과를 보지 못했다. 윙윙 돌아가는 드라이어의 소음이 상당히 귀에 거슬린 데다 미용사의 섬세하지 못한 손놀림에 머리카락이 잡아당겨지자 설랑은 머리 손질을 포기했다.

'오늘따라 원장은 왜 없는 거야? 짜증나.'

"그만 하죠."

미용사의 사과 따위는 받고 싶지 않아 의자에서 일어남과 동시에 가운을 벗어 던져주고 미용실을 나와 버렸다. 지하 주차장으로 내려가 리모콘으로 시동을 걸고 운선석에 올라 안전벨트를 잡아 빼던 설랑은 무심코 본 빈 옆자리에서 어제 밤부터 오늘 아침까지 저를 괴롭힌 사람의 잔영을 보고 미처 다잡지 못한 상처가 다시 헤졌다. 충격에 손에서 힘이 풀려 안전벨트는 '휭' 소리를 내고 제자리로 돌아가 버렸다. 설랑은 그대로 시트로 몸을 젖히고 있는 대로 인상을 찌푸리며 눈을 감았다.

"잘한다. 지금까지 정신 못 차리면 어쩌자는 거야? 정신 못 차려!"

스스로에게 짜증 섞인 호된 질책을 하고 다시 눈을 뜬 설랑은 그의 잔영을 떨쳐 내려 빈 옆자리를 노려보았다.

"내 기도 따위는 하지도 마. 다시는 허락 없이 내 꿈에 나타나지 마."

고질병이고 불치병이다. 계절이 바뀌거나 아니 고백하자면 시시때때로 악몽에 시달린다. 다정한 미소, 싱그러운 목소리, 따뜻한 품, 얼굴은 보이지 않는데 이런 것들로 구성된 그의 이미지가 여전히 저를 위로하고 안아주는 것은 가위에 눌린 것처럼 고통스러웠다. 그가 신의 종이 되었다는 것을 잊지 못하고 눈을 뜨면 사라진다는 것을 느끼며 꾸는 꿈은 신이 자신에게 내린 벌이었다. 신음 소리를 내지 않고 참고 감수해 보려 하지만 새벽녘에 흥건히 젖은 눈으로 숨이 막히는 꿈속을 헤쳐 나오는 것은 가혹했다. 오늘 아침도 그 벌을 받느라 밤새 울었던지 일어났을 때는 귓속에 눈물이 스며들어 있고 눈은 퉁퉁 부어올라 처참했다. 설랑은 차 안의 시계로 시간을 확인하고 안전벨트를 다시 끄집어내며 카랑카랑한 목소리 대신 착 가라앉은 목소리로 보이지 않는 그에게 중얼거렸다.

"부탁이야. 나도 좀 살자."

'딸깍' 소리가 나고 안전벨트가 메고서는 익숙하게 핸들을 돌려 주차장을 빠져나가는 설랑의 옆모습이 오늘따라 유난히 야위어 보였다.

딸깍 소리가 나게 현관문을 닫고 마당으로 나온 다니엘은 높은 빨랫줄에 걸어 놓은 이불에 집게를 집으려 까치발을 하고 있는 하숙집 아주머니를 보고 어깨에 멘 숄더백을 잠시 내려놓고 그곳으로 가 대신 집게를 꼽아주었다.

"아…. 연상. 아리가또.(아…. 연상. 고마워요.)"

일본인답게 자그마한 친절에도 고개를 숙여 고맙다고 전하는 아주머니에게 싱그러운 웃음을 보여준 다니엘은 지난 2년 동안 친아들처럼 보살펴 준 고마움을 허리를 굽히는 깍듯한 인사로 보답했다.

"오바사마…. 이마마데 오세와니 나리마시따.(아주머니. 그동안 감사했습니다.)"

"와까레루까라 사비시이데스네. 고레까라 서우르니 이랏샤룬데스까?(서운하네요. 정이 많이 들었는데. 지금 바로 서울로 가나요?)"

"이이에. 소쓰교시키니 산까이마스요. 서우르니 이럿샷따라 제히 렌락꾸 구다사이네?(아니요 졸업식에 참석해야 돼요. 서울 오시면 꼭 연락주세요. 아셨죠?)"

"와까리 마시다. 소쓰교우 오메레또우 고자이마스.(그렇게요. 졸업축하해요.)"

아주머니가 내민 손을 잡고 악수를 하고 난 다니엘은 하숙집을 뒤로 하고 나와 졸업식장으로 가기 위해 익숙한 주택가 골목길을 걸으며 가슴을 쫙 폈다. 2년이라는 짧고도 긴 시간은 그를 성숙한 사람으로 만들었다. 아픈 만큼 성숙해진다는 노래 가사처럼 쓰라리고 아픈 시간을 보내고 난 지금에서야 도망치는 것으로 제 상처를 달래기만 급급했던 어수룩한 청년에서 사랑하는 사람이 아프기 전에 먼저 안고 달래 줄 수 있는 가슴을 가진 남자가 된 것이다. 그래서 그는 주저하지 않고 돌아간다. 혼자 아파했을 제 사랑을 품으러….

쉴 새 없이 에어컨을 돌려도 만만치 않은 화력의 열기로 주방 안은 등이 축축해지게 더웠다. 빨간 불이 화르르 타오르는 화덕에 얹어진 프라이팬을 솜씨 있게 돌려가며 차오판을 만드는 세프에게 간단한 격려의 말을 전한 설랑은 오리를 손질하고 있는 류 아저씨에게 다가갔다.

"니 하오 마."

"슈에랑. 니 하오 부 스 아이 요…. 라오바안. 환 잉 꽝 린.(설랑아 안녕…. 아이구. 사장님 어서 오십시오.)"

다른 사람들이 있는 자리에서는 깍듯이 설랑을 사장으로 모시는 류시앙은 말을 바꿔 다시 인사를 했다.

"아저씨는 참…. 뭐 하세요? 오리네요?"

"특별주문을 하신 분이 계셔서 솜씨 좀 발휘해 보려고."

류 아저씨가 만들고 있는 탕은 숫 오리의 머리를 쪼개 동충하초 다섯 뿌리를 꼽아 넣고 나머지는 뱃속에 넣어 맑은 물에 푹 끓인 후에 양념을 해서 만든 요리로 국물 맛이 담백한 최고의 보양식으로 그만큼 가격도 만만치 않은 진귀한 요리다. 설랑은 이 특별한 요리를 시킨 손님이 궁금했다.

"아는 손님이세요?"

"지효, 봐."

류시앙은 싱글벙글하며 주문서를 설랑에게 건네주었다. '아저씨 지효 아가들이 맛있는 거 먹고 싶데요!'라고 휘갈겨 쓴 글씨는 지효의 악필이었다.

"올라가 봐야겠어요."

"그래, 조금만 기다리라고 해. 내가 최고의 요리를 해서 올릴 테니까."

"쌍둥이라고 해도 너무 먹는 거 아니니? 나중에 관리를 어떻게 하려고 해?"

"그런 거 몰라. 우리 곰탱이가 먹고 싶은 건 다 먹으라고 했어."

손으로 짠 소라색 니트 원피스를 입고 둥근 배가 복스럽게 보이는 임산부는 지효다. 곰탱이 석규와 치고 박고 육박전에 신랄한 욕 세례에 하루도 조용할 날이 없이 전쟁 같은 연애를 했고 결혼해 달라고 조르는 석규에게 코웃음을 치고 얼마나 튕겼는지 모른다. 참다, 참다 인내심의 한계를 느껴 버린 석규가 덜컥 선을 보고 약혼 날을 잡아 버린 사태가 벌어지자 정신을 차린 지효는 현실과 영화를 구분하지 못하고 약혼식장을 뒤엎는 만행을 저지르고 그를 되찾았다. 그리고 왕 여사에게 통장이며 모든 재산을 다 빼앗기고 쫓겨났다.

그동안 차곡차곡 쌓은 기술력과 신뢰로 탄탄한 중소기업으로 발돋움한 단미의 이사인 석규지만 큰손인 왕 여사에게는 구멍가게 주인보다도 더 못한 존재로밖에 보이지 않았다. 그 일로 지효는 시댁이며 남편 석규에게 큰소리 '땅땅' 치며 잘살고 있다. 거기다 이번에 쌍둥이까지 가져서 여왕도 이런 여왕이 없다.

단미는 색조 화장을 뺀 기능성 화장품에 주력을 하고 있다. 세 명으로 출발한 회사가 지금은 직원이 30명인 중소기업으로 성장했다. 더 키울 수도 있는데도 무리한 투자는 피한다는 원래 방침을 고수하고 있다. 그럴 때마다 회사의 성격이 다니엘과 꼭 닮았다는 생각을 하곤 한다.

석규와는 지효 때문에 아직 인연이 닿고 있다. 다니엘을 후린 아줌마라고 빈정거리고 보기만 하면 눈을 부라리던 것은 싹 사라지고 누나를 대하듯 공손하고 깍듯해졌다. 의젓하게 버르장머리 없는 지효의 응석을 다 받아주는 석규를 보면 또 다니엘이 생각나는 것은 어쩔 수가 없었다.

다니엘은 학기가 시작되자마자 일본으로 유학을 떠났고 엄격한 교칙 때문에 편지도 보내지는 못 한다고 했다. 일 년에 두 번 보내오는 편지로 잘 지내고 있다는 것을 확인한다는 석규의 설명에 착하고 성실하니까 잘할 거라고 살짝 웃는 것으로 아직 추스르지 못한 마음을 숨겼다. 설랑의 사랑은 다니엘이란 해가 없이 그녀의 눈물로 양분을 삼아 미미하게나마 조금씩 키가 자라고 있는 푸른 나무다. 어느 누구도 눈치 채지 못하게 단단하게 철갑을 두르고 자신이 생각해도 너무나 잘 버텨주고 있다.

오리 한 마리를 야금야금 먹어 치우고 차 한 잔을 마신 지효는 새우로 만든 것 같은 요리를 젓가락으로 집어 입 안에 넣고 오물거리다 눈살을 찌푸렸다.

"뭐야? 룽징 샤런이 아니잖아."

"룽옌 샤런이야. 버섯으로 만든 가짜 새우. 너 기름기 너무 먹어. 콜레스테롤 수치까지 올리고 싶지 않으면 그걸로 만족해. 모양은 똑같으니까."

"새우가 좋은데…. 참 이거."

젓가락을 놓는 지효는 그제야 생각이 났는지 가방에서 포장지에 쌓인 비누 하나를 꺼냈다.

"우리 신제품이야. 탈모로 고민하는 사람들을 위해 개발한 거야. 써 보고 효과 말해 줘."

"그럼 노인정이나 가야지. 나 탈모 없어."

"예방도 하니까 써 봐. 좋은 거야."

비누의 향기를 맡은 설랑이 물었다.

"향이 복잡해. 라벤더도 아니고 레몬도 아니고…."

"난 그런 거 몰라. 곰탱이가 만들고 팔아서 벌어다 주면 쓰기만 하니까. 아 배부르다. 후식 줘. 여러 가지 응?"

설랑이 인터폰으로 후식을 주문하고 얼마 있지 않아 여직원 둘이 큰 쟁반에 하나 가득 가지가지 후식을 들고 나타났다. 비워진 그릇을 치우고 아기자기한 후식들을 내려놓았다. 투명한 수정교자에 고소한 깨가 촘촘하게 붙은 깨떡, 바나나를 튀겨 설탕 시럽으로 옷을 입힌 바스 산야오 등등이 올랐다. 금색 테두리를 두른 작은 접시에 옹기종기 모여 있는 포춘 쿠키가 눈에 들어온 설랑은 손을 뻗었다. 다 좋은 말만 들었다는 것을 알지만 지효가 기분이 나쁠 때 단 것을 먹는 것처럼 긍정적인 글귀는 같은 효과를 내줄 것 같다.

"그거 순전 공갈이야. 만날 좋은 말뿐이잖아. 사람한테 어떻게 좋은 일만 생겨?"

"철들었네. 후후."

바삭한 껍질을 깨물며 거짓이라도 좋으니 좋은 운세가 걸리기를 빌었다. 돌돌 말아진 운세 종이를 펼쳐든 설랑의 표정은 양갓집 처자가 딱 버티고 있는 성적표를 받아든 학생 같았다.

"왜? 돈 나갈 수래? 봄이니까 물가를 조심해라 뭐 이 딴 거야?"

"진짜 공갈이네."

"어디 어디."

설랑의 손에서 운세 종이를 낚아챈 지효가 또박또박 읽어나갔다.

"마른나무에 단비가 내리고 골짜기에 햇빛이 든다? 이게 무슨 말이야. 아하…. 이거 맞다. 내가 준 탈모방지용 비누가 단비네. 네 뻣뻣한 머리카락에 단비를 내려서 부드럽게 하고 반짝반짝하게 만들잖아."

운세를 본 순간 거창한 착각을 했다. 마를 대로 마른 가슴이 촉촉해지고 음침한 골짜기 같은 자신에게도 햇살 같은 좋은 일이 일어나길 바랐다. 결코 일어나지 않을 일이라는 것을 알면서도 잠시 가슴이 기대로 두근거리기까지 했다.

"그런가 보다. 네가 행운의 여신이다. 얘, 그만 좀 먹어!"

교자를 안 빼앗기려 팔을 높이 쳐들었던 지효는 휴대폰이 울리자 교자를 꿀꺽 삼키고 전화를 받는데 금방까지 곰탱이라고 한 것이 너무도 무색하게 코맹맹이 소리로 남편을 불렀다.

"여보옹, 왜? 보고 싶어도 참으라니깐 또 전화야? 뭐? 나는 잘 못해. 우리가 쓰는 건 북경어라니까. 홍콩 애들이 쓰는 광둥어는 많이 틀려. 아 잠깐만. 설랑아 너 광둥어 하지?"

"광둥어는 왜?"

"설랑이가 좀 해. 엄마가 홍콩 분이셨거든. 어디라구? 알았어. 사랑해 곰탱아."

지효는 설랑이 물어보는 말은 무시하고 쪼르르 전화에 대고 닭살스러운 목소리로 석규에게 좋알대고는 통화를 끝냈다.

"나이 값 좀 해. 요새 초등학생들도 그런 멘트는 안 하겠다."

"내 나이가 뭘? 우린 공식적으로 네 살 차이야. 이 뛰어난 미모 덕에 완벽 커버지. 설랑아 너 아르바이트 좀 해라."

"나 굉장히 바쁘거든? 곰탱 씨 불러서 집에나 가셔."

"홍콩에서 바이어들이 왔다는데 당연히 내가 통역할 줄 알고 통역사 수배를 안 했데. 30분밖에 안 남았다는데 어떡해? 좀 봐줘. 계집애 친구 좋다는 게 뭐야?"

지효를 이길 수 있는 사람은 세상에 오로지 왕 여사뿐일 것이다. 석규가 더 버르장머리를 버려 놔 어찌나 졸라 대던지 딱 한 시간이라는 다짐을 받고 운전기사 노릇까지 해야 했다. 호텔 입구에서 먼저 와 기다리고 있던 석규가 차에서 내리는 두 사람을 반겼다. 지효가 자석에 끌려가는 것처럼 제 남편 팔에 찰싹 달라붙어 함박웃음을 짓자 석규 역시 큰 덩치에 맞지 않게 해맑은 웃음으로 답하고 두 사람을 보며 고개를 흔드는 설랑에게 꾸벅 인사를 했다.

"죄송합니다. 이 사람이 당연히 할 줄 알고 제가 대처를 못 했지 뭡니까? 너무 긴박해서 설랑 씨 끌고서라도 와야 된다고 신신당부를 했습니다."

"수고비 두둑이 준비해 두세요."

"예, 그래야지요. 자, 이쪽으로."

석규의 안내를 받아 올라간 곳은 원목 테이블과 검정 가죽 등받이 의자가 가운데 놓여 있고 앞쪽에는 대형 스크린이 달려 있는 8인석 규모의 콘퍼런스룸이었다. 들어오자마자 약속이라도 한 듯 석규의 휴대폰이 울리고 왁자지껄한 대화가 오갔다.

"오셨다구? 알았어. 내가 지금 집사람하고 내려갈게. 물론이지. 모셔 왔으니까 걱정 마."

"왔어?"

"바이어들 왔다네. 당신 나하고 내려가서 간단한 인사정도나 좀 해 줘. 나 외국사람 만나면 바싹 언단 말야. 설랑 씨 잠시만 계세요. 얼른 내려갔다 올게요."

좀 배우라니까 안 배워서 성가시게 한다고 나무라는 지효를 달래서 석규가 나가자 설랑은 콤팩트를 꺼내 빈틈이 없는지 다시 한번 살폈다. 스커트의 주름을 펴고 크림색 실크 블라우스의 둥근 깃을 매만지는데 문 두드리는 소리가 들렸다. 얼른 백에 콤팩트를 집어넣고 일어서자 문이 열리고 바이어가…. 아니 그가 들어왔다. 하늘이 무너진다고 해도 이렇게 놀라울 수는 없을 것 같다. 발바닥이 바닥에 딱 붙어 버리고 점점 커져 가는 눈동자에는 그의 모습이 가득 찼다. 비행기를 탔을 때 귀가 막히는 것처럼 멍해져 아무 소리도 들리지 않있다. 그는 검은색 슈트에 타이를 하지 않고 흰 셔츠를 입었다. 머리카락이 조금 짧아졌고 키도 더 자란 것 같다. 다니엘이 돌아왔어.

성큼성큼 힘찬 걸음걸이로 걷는 그가 낯설게 느껴졌다. 결코 눈에 띄는 스타일이 아니었는데 오늘 그의 모습은 명동에 내다놓아도 단번에 찾을 수 있을 만큼 시선을 끄는 남자로 변해 있었다. 변하지 않는 것이 있다면 수줍은 듯하면서도 거짓 없는 맑은 미소, 그 미소로 안부를 물었다.

"잘 계셨어요?"

일분 일초도 잊어 본 적이 없는 사랑하는 사람이 눈앞에 있었다. 수도원에서 두 달 동안 기도를 하고 학교를 자퇴하고 석규에게만 그 사실을 알리고 바로 일본으로 유학을 떠났다. 화장품에 대해 체계적으로 공부를 하며 배운 것과 생각했던 것을 응용해 신제품을 만들어 보내고 이메일과 전화를 통해 석규와 함께 상의하면서 단미를 이끌어 나갔다.

세월이 흘러도 옅어지기는커녕 점점 짙어지고 아물지도 않고 진물이 나는 상처를 감싸고 낯선 땅에서 살아가는 것은 살아가는 것이 아니라 살아내기였다. 그녀가 부담스러워하지 않게 잊어 보려 했지만 불가능했다. 살아있어도 죽은 것이나 다름없는 정신으로 살다 용기를 내 설랑을 물어본 것은 석규가 약혼녀가 아닌 지효와 결혼을 한다고 알렸을 때였다.

다른 사람의 아내가 되어 있을 그녀를 마주 볼 용기가 없어 석규의 결혼식에 참석하는 것을 심각하게 고민했었다. 하지만 동생이 결혼을 한다는데 형이 돼서 안 간다는 것도 말이 되지 않아 가기로 결심하고 결혼한 설랑이 어떻게 사는지 물었다. 무슨 소리냐는 석규의 반문에 입 안에 침이 바싹 마르고 수화기를 잡은 손에 힘이 잔뜩 들어가 손가락이 부러질 것 같았다.

그녀는 결혼한 적이 없었다. 남편도 없고 아이도 없다. 다니엘은 신음 소리를 냈다. 답답하게도 자존심을 지키겠다고 둘 다 거짓말을 한 것이었다. 설랑은 결혼이라는 거짓말을 또 자기는 사제가 될 거라는 거짓말을….

당장 돌아오고 싶었지만 그녀에게 어울리는 당당한 남자로 서고 싶어서 수시로 석규를 통해 소식을 듣는 것으로 학기가 끝날 때까지 불안한 날들을 보냈다. 늘 기도했던 대로 설랑이 아주 건강하다는 것과 사업에서도 여전히 남다른 감각으로 잘 해 나가고 있다는 소식을 들으며 감사했다. 다행히도 짧다면 짧고 길다면 긴 시간 동안 설랑에게 새로운 인연이 나타나지 않았다. 그녀를 놓치고 구멍이 난 가슴 안에 꽁꽁 묶어 두었던 그 말을 하기 위해 졸업식을 위해 입었던 슈트 차림 그대로 비행기에 오른 것이 오늘 낮 12시였다.

바라보는 것 말고는 어떤 것도 할 수 없는 설랑은 다정한 목소리로 안부를 묻는 다니엘의 목젖이 자꾸 움직이는 것을 보고 그도 상당히 긴장한 상태임을 알았다. 집에 다니러왔을까? 변한 것도 같고 변하지 않는 것도 같고…. 모르겠어. 무슨 말을 해야 하지? 설랑은 여기저기로 도망가 버리는 정신을 추스르고 겨우 답을 했다.

"좋아, 잘지내. 그런데 나 또 속은 거니?"

"죄송해요. 자매님께 부탁드릴 일이 있는데 제가 만나자고 하면 안 만나 주실 것 같아서 석규한테 부탁했어요. 재수 씨는 모르는 사실이고요."

"아…난 진짜 바이어인 줄 알고 바쁜데… 간신히 시간을 낸 거야."

다니엘은 묻지도 않는 말에 혼자 대답하고 있는 설랑을 유심히 살폈다. 오른손에 낀 연한 물빛의 아쿠아 마린을 박은 백금 반지만이 눈에 들어왔다. 다니엘이 찾는 것이 무엇인가를 눈치 챈 설랑은 엉성한 해명을 했다.

"반지가 헐렁해져서 맡겼어…. 다이어트 하거든."

"아이는…."

자신이 결혼했다고 철썩같이 믿는 다니엘에게 설랑은 눈을 깜빡이며 어색한 미소를 지어 보였다.

"그때 걔 하나야. 여자 애."

"남편 분과는 행복하세요?"

"물론. 매우 만족해. 좋은 사람이고…."

다음 말은 다니엘의 넓은 가슴에 부딪쳐 그 안으로 배어들었다. 그는 힘들게 거짓말을 하느라 파리해진 그녀를 나무랐다.

"왜 그런 거짓말을 해서 이렇게 멀리 돌아오게 만들어요! 미치지 않는 것이 이상했어요. 당신 곁에 다른 남자가, 당신의 아이가 있는 모습을 그리면서 그 남자가 죽어 버리기 빌었다고요. 그러면 당신을 되찾을 수 있을 거라고 생각해서요!"

다니엘은 설랑이 자신의 품 안에 있다는 것을 확인이라도 하려는 듯 그녀의 목에 얼굴을 묻고 그리웠던 향기를 들이마셨다. 원망으로 시작했던 말은 어느새 뜨거운 사랑 고백으로 변했다.

"나는 그냥 평범한 남자예요. 당신을 사랑하고 사랑 받고 싶은 그냥 남자요. 사제가 되는 것은 내가 원하는 행복이 아니었어요. 당신을 만나지 못했다면 그 길이 천국으로 가는 유일한 길이었겠지만 이제는 아니에요. 내 천국은 당신이니까…."

무릎에서 힘이 쭉 빠졌다. 수도 없이 상상하고 꿈까지 꿨던 일이 현실이 되어 버린 순간 어떤 상황에서도 냉정하게 대처할 수 있는 하설랑은 사라져 버렸다. 다니엘이 안고 있었기 망정이지 혼자 서 있었다면 털썩 주저앉는 꼴을 보이고 말았을 것이다. 일생에 단 한번 찾아왔던 사랑, 제 손으로 놓아주고도 원망하면서 못 잊어 아렸던 사랑, 그가 자신의 신을 두고 자신을 선택해 돌아왔다.

'어떻게 너를 사랑하지 않을 수가 있어…. 내 거짓말을 믿고 네가 나를 사랑하지 않았던 그날들도 혼자서 사랑하고 있었단 말야. 알아?'

"비켜!"

설랑은 다니엘을 밀어내고 그가 준 상처로 온통 멍들고 아린 가슴을 보여주었다.

"나 보고 거짓말했다고 따질 자격 있어? 넌 나한테 어떻게 했는데? 사랑한다고 하면서도 돌아가서 신부가 될 거라고 한 게 누군데? 그래서 놓게 한 게 누군데! 다 알면서 놔 줬단 말야…. 내 가슴에서 네 자리를 다 뜯어내고 나면 죽는 거 알면서도…. 참고 보냈는데…. 네가 원한다니까. 나보다 신이 더 좋다니까 보내려고 딴 남자랑 결혼한다고 거짓말했어! 그런데 아무렇지도 않은 듯이 혼인 성사 따위나 들먹이고…."

장례 미사를 드려달라는 요구에 너무나 담담하고 순순히 알았다고 평화까지 빌어주고 나가 버린 다니엘의 뒷모습을 문틈으로 지켜보며 주저앉았던 그 밤의 기억이 떠오르자 심장이 벌벌 떨리고 삭혀 둔 진한 눈물은 허락도 받지 않고 제멋대로 또르르 뺨을 타고 내렸다.

다니엘은 언젠가처럼 눈물로 범벅이 된 설랑의 뺨을 떨리는 손가락으로 닦아주며 일을 그렇게 만들게 한 못난 자신의 자격지심을 끄집어냈다.

"그때는 자신이 없었어요. 당신처럼 빛나는 사람에게 결코 어울리지 않는 초라하고 덜 자란 남자애였을 뿐이었잖아요. 당신과 나란히 서 있던 약혼자를 보면서 키가 좀 더 자랐으면 좋겠다…. 그 사람처럼 돈도 많았으면 좋겠고 정부가 아니라 당당한 남자로 당신이 힘들 때 마음 놓고 어깨를 기댈 수 있는 그런 사람이 되고 싶었어요. 그때는 꿈이었지만 저 노력했어요. 키도 4센티 자라서 이제 183센티고 당신이 기대도 끄떡없을 만큼 어깨도 단단해요. 화장품에 대한 공부도 마쳤고 예전에 사 드렸던 그런 옷도 한 달에 한 벌이 아니라 얼마든지 사 드릴 수 있어요."

다니엘이 저와 그 인간쓰레기 세원을 비교해 부끄러웠다는 고백에 설랑은 기가 막혔다.

"어디 비교할 사람이 없어서 그런 인간과 너를 비교한 거야? 너 정말 바보구나."

"이 정도면 다시 정부로 계약해 줄 수 있겠어요?"

느닷없고 엉뚱한 다니엘의 제안에 설랑은 눈물을 닦아 주고 어깨에 올려 놓은 그의 손을 뿌리쳤다.

"정부라면 아주 신물이 나. 너한테 질려 버렸어. 다른 데 가서 알아 봐."

정부는 계약으로 맺어진 시한부적인 생명을 가진 불안한 관계를 의미한다. 다니엘의 고백을 들으며 마음 한구석에서 무서운 속도로 피어오르던 영원히 하나가 되는 바람을 무너뜨린 정부란 단어를 내뱉은 그를 다시 보고 싶지 않았다.

다니엘은 설랑이 짜증을 내며 의자에 올려둔 핸드백을 집어 들자 당황했다. 제 욕심으로야 당장이라도 청혼하고 싶지만 그랬다가 설랑이 코웃음을 칠 것이 두려워 우선 예전처럼 정부로 지내면서 서서히 평생을 같이할 인연으로 발진시켜 나갈 생각이었다. 이제 정부로도 싫은 걸까? 문 쪽으로 걸어가려는 설랑을 팔을 벌려 막았다.

"잠깐만요."

"비켜 줄래? 너하고 할 말 다 했고 오해는 다 풀렸으니까 그만 가 봤으면 하는데?"

"정부가 싫으면 이름 붙이지 말고 그냥 만나요. 그러니까 자매님이 필요할 때 한 달에 한 번, 아니 그건 너무 길어요. 보름에 한 번, 보름에 한 번만 만나 주세요. 예전보다 더 잘 할게요. 예쁜 꽃도 사드리고 맛있는 것도 사드리고 또….”

설랑은 진땀을 흘려가며 잘하겠다고 다짐하는 다니엘이 굳이 정부라는 단어를 고른 이유가 아직도 자신과 차이가 너무 많이 난다고 생각해서 감히 입 안에 고인 말을 하지 못한 것이라는 것을 알아차렸다.

'내가 뭐가 대단하다고. 나도 결점 투성이야. 나이도 많고 부모님도 없고 화도 잘 내잖아. 널 때리기도 했고…. 거짓말하고 남의 가슴에 피멍이 들게도 했어…. 알잖아, 나 그렇게 나쁜 여잔데 네가 손해 보는 거야. 바보.'

설랑이 아무런 대답도 하지 않자 다급해진 다니엘은 비장의 카드를 꺼냈다. 그녀에게 돌아오려고 결심한 순간부터 열심히 연습했다. 유창하진 않지만 뜻은 충분히 전할 수 있다.

"워 아이 시 니 라. 슈에랑. 워 메이 여우 니, 찌우 후우 부샤 취. 워 아이 니.(죽을 만큼 사랑해요. 설랑…. 나는 당신이 없으면 안 돼요. 사랑해요.)"

뚜렷하게 들리는 다니엘의 절절한 고백은 그것이 끝이 아니었다.

"당신의 유일한 남자로 평생을 함께하고 싶어요. 설랑…. 저와 결혼해 주세요."

설랑은 불안해 하는 것이 다 들여다보이는 눈빛으로 저를 내려다보는 다니엘에게 긴장이 돼 바르르 떨리는 입술을 벌려 기쁘면서도 걱정스러운 마음을 보여 주었다.

"난 일곱 살이나 많아…."

"전 일곱 살살이나 어린 애송이잖아요. 그래도 좀 봐주세요."

"넌 처음이었지만 난 아니었어…."

"사랑한 건 제가 처음이죠? 그럼 내가 처음이네. 고백하는데 전 첫사랑 있었어요. 저도 처음은 아니에요."

"성격도 나빠. 심하게."

"좋은 분이세요. 나쁜 사람이었다면 이렇게 마음을 뺏길 리가 없어요."

"난 부모님…."

부모님도 없고 등등의 콤플렉스를 털어놓으려는 설랑의 뺨을 감싸쥔 다니엘이 쓸데없는 걱정을 하는 입술을 덮었다. 말랑하고 통통한 입술을 장난스럽게 이로 늘이며 도톰한 혀를 집어넣어 단 맛이 나는 혀를 얼렀다. 뺨이 홀쭉해지게 빨아들였다 풀어내고 보드라운 입술 안쪽 살을 혀끝으로 핥으니 설랑의 조그만 머릿속에 들어 있는 거절의 이유를 다 풀어 버렸다. 요리조리 온 입 안을 다 헤집고 다니며 사랑한다는 말을 쉬지 않고 쏟아 부었다. 다니엘의 진심은 늘어뜨린 설랑의 팔을 올려 목을 감싸고 수줍은 첫사랑 고백을 하게 만들었다.

"다니엘…. 워 아이 니…. 워 아이 시 니라.(사랑해. 죽을 만큼 널 사랑해.)"

"허락하시는 거예요?"

"응…, 으응….."

설랑은 혹시나 울음 때문에 다니엘이 제 대답을 알아듣지 못할까 봐 고개를 함께 끄덕였고 다니엘은 믿을 수 없다는 듯 그녀의 눈을 마주치고 다시 다짐을 받았다.

"정말 저와 결혼해 주시는 거예요? 안 믿어져요… 아… 어떻게 이런 일이 생길 수가 있죠? 꿈은 아닌 거 아는데…."

처음 듣는 사랑 고백에 결혼 승낙까지 받은 다니엘은 어린아이처럼 훌쩍이며 고개까지 끄덕이는 설랑을 번쩍 안아 테이블 위에 앉히고 손수건을 꺼내 몸을 구부렸다. 눈물 때문에 번진 화장을 꼼꼼하게 닦아주었다. 좋으면 입이 귀에 걸린다더니 다니엘에게 그 표현이 딱 맞았다.

"나이만 많으면 뭐해요? 울기니 하고 어린애예요. 귀여워."

"눈물이 안 멈추는데 그럼 어떡해?"

"기억나요? 예전에 나 창고에서 일할 때, 그때도 이렇게 울었잖아요. 얼마나 예뻤는지 모르죠?"

다니엘은 예뻤다는 말에 울다가 입술이 반달이 된 설랑의 옆으로 올라앉아서 어깨에 머리를 기대게 하고 팔로 감싸 안았다.

"그런데 진짜 생각 안 나요?"

"뭐가?"

"우리 첫날밤. 난 진짜 기억 안 나거든요? 아마 그날도 분명 날 덮쳤을 거야."

"나한테 덮어씌우지 마. 집으로 끌고 온 것도 너였고 내 몸에다 온통 손자국을 낸 것도 너고 놀래서 사후 피임약 먹게 한 것도 너라고. 내가 당한 거야."

"아닌 것 같은데…."

"난 아니야. 네가 덮친 거야."

어깨를 마주 대고 앉아 분명치 않은 첫날밤을 추적해 가며 서로 덮쳤다고 우기면서 설랑의 울음이 잦아들고 웃음이 섞여 들었다.

"다니엘 포춘 쿠키 점괘가 정말 용하지 않니? '구름을 헤치고 달이 나오니 천지가 훤하다'고 하더니 네가 나타났고 널 잃어버리고 메마르고 어두컴컴한 내 마음에 햇볕이 다시 비춰들잖아."

"정말요? 저도 그거 나왔는데. '구름을 헤치고 달이 나오니 천지가 훤하다.' 그거 말예요. 와 진짜 용하네요? 당신이 제 달님이잖아요. 앞이 보이지 않던 저에게 밝은 빛을 보여준 달님. 사랑하는 내 달님."

달님이라는 말에 너무 어색해 '쿡' 하고 웃어 버린 설랑을 보듬어 안은 다니엘은 자신이 지금 천국에 있다는 것을 믿어 의심치 않았다. 천국은 꼭 구름이 있는 하늘에 있는 것만은 아니다. 제 어깨에 편히 기대어 있는 너무나 소중한 사람을 안고 사랑한다고 속삭일 수 있는 곳. 그곳이 바로 다니엘이 찾아낸 또 다른 천국이었다.

에필로그

"하느님은 잃은 양 한 마리인 우리를 찾아 나서십니다. 우리도 하느님을 찾아 나서야 합니다…."

열정적인 신부님의 강론에 귀를 기울이고 있던 설랑은 그 말 가운데서 예전의 제 모습을 떠올리고 옆에 앉아 있는 약혼자를 바라보았다. 그저께 같이 쇼핑을 가서 골라 준 연한 핑크색 셔츠와 약간 광택이 있는 비둘기색 슈트가 깔끔하면서도 여유있게 보였다. 길을 잃고 헤매던 나를 찾아 나서 준 소중한 사람, 나의 다니엘….

삼일 후면 두 사람은 혼배 성사를 올린다. 이제 영원히 헤어지지 않고 영혼으로 묶이는 8,000겁에 한번 있는 소중한 부부 인연을 맺는 것이다. 다니엘의 어머니에게 인사를 드리러 갈 때는 청심환을 먹어야 할 정도로 많이 떨렸다. 사제가 되려고 했던 그를 차지한 일곱 살이나 많은 며느리 감을 저라도 탐탁하게 생각하지 않으실 거라는 예상에 미리 겁을 먹었었다. 다니엘의 손을 꼭 잡고 들어간 안방에서 환한 미소로 맞아 주신 소녀처럼 수줍은 성격의 어머니는 그녀가 걱정했던 것들을 묻는 대신 다니엘에게 한 가지만 물었다. 행복하냐고…. 그는 그렇다고 대답했고 어머니는 같은 질문을 설랑에게도 했다. 그녀도 이렇게 행복할 수 있는 건지 가끔 그에게 확인하곤 한다고 대답했더니 이런 말씀을 하셨다. 다니엘이 사제가 되기를 바랐던 것은 그것이 아들이 가장 행복해지는 길이라고 생각했기 때문이었다며 지금은 그녀로 인해 행복하다면 기꺼이 그 선택도 축복해 주겠다고 하셨다. 긴장한 것에 비해 너무 쉽게 허락을 받자 힘이 빠져 버린 설랑은 식사를 하자는 말에 일어서다 중심을 잃고 다니엘의 팔에 매달려야만 했다.

그 다음날부터 설랑의 생활은 바뀌었다. 퇴근을 다니엘 집으로 하고는 석규와 지효 그리고 어머니와 함께 저녁을 먹었다. 그리고 예의 바르게 방문을 살짝 열어 놓고 다니엘의 방에서 시간을 보낸다. 앨범에서 백일 기념으로 찍은 그의 올누드를 발견하고 지금과 비교하며 짓궂게 굴었다가 된통 혼이 났다. 전에 비해서 훌쩍 커 버린 그를 무시한 결과로 언제 누가 지나가다 볼 지도 모르는 위험 속에서 숨이 막히는 긴 키스를 벌로 받고 너무 당황해 '미쳤어'만 연발했다. 행복은 나누면 배가 되고 불행은 나누면 반이 된다는 말을 실감하는 나날들이다. 그의 가족 아니, 이제는 자신의 가족이 된 사람들과 나누는 사랑은 그녀에게 웃음을 돌려주었다. 얼음장이라 불리던 무표정은 사라지고 풍부한 표정을 가지게 된 설랑 덕에 화흥은 살랑살랑 봄바람으로 가득 찼다.

신혼 살림은 그녀의 집에 차리기로 했다. 저번과는 다르게 간소하게 가구나 가전제품도 있는 것을 그대로 쓰고 새 이부자리와 잠옷, 슬리퍼 이런 소소한 것만 준비했다. 세원과 결혼을 준비할 때는 본능적으로 그가 속이고 주지 않았던 마음의 빈 곳을 느꼈는지 그 빈자리를 물질로라도 메우려 했던 것 같다. 하지만 지금은 다니엘의 알찬 사랑이 항상 차 있어서 최소한의 것만 준비해도 마음이 꽉 찬다. 그런 차이를 생각하면 코끝이 알싸해져 다니엘이 더 귀하게 여겨졌다.

신부님의 말씀에 집중을 하고 있는 다니엘이 어떤 마음일까 궁금했다. 저를 만나지 않았다면 그도 단 위에 있는 신부님처럼 로만 칼라가 달린 수단을 입고, 그 위에 제의를 걸쳐 입고는 선한 목자로서의 책임을 잘 해냈을 것이다. 사제의 길을 포기한 것을 후회하지 않느냐는 질문에 그는 이런 말을 했었다.

"사제가 아니라고 해서 그분을 사랑하는 마음이 작아진다거나 옅어지지는 않아요. 수단을 입든 입지 않든 저는 그분의 종이니까요. 사제로서 할 수 있는 일도 있지만 보통 신자로서도 그분의 뜻을 높일 일도 많죠. 그런 일을 찾아내서 할 거예요. 그러면 주님도 기뻐하실 거라고 믿어요."

생각에 빠져 있던 설랑의 손등을 뭔가가 톡톡 건드렸다. 손가락으로 설랑의 손등을 두드린 다니엘은 시치미를 뚝 떼고 눈은 앞을 보면서 주보 끝에 적어 놓은 글씨를 가리켰다.

'나 배고파요. 끝나고 자장면 먹을래요?'

어의가 없어 경건한 미사 시간인 것도 잊어버리고 '쿡' 웃음이 나와 버렸다. 설랑은 '흠' 하고 겨우 목을 다듬고 다니엘의 손등을 꼬집어 주었다. 다니엘이 '으' 소리를 내며 손등을 비비는 동안 그 글씨 밑에다가 답글을 달았다.

'하느님이 다 보고 계세요.'

설랑의 답글에 얼굴이 붉어진 다니엘은 미사가 끝날 때까지 옆으로 시선 한번 안 돌리고 집중했다.

사람들이 거의 모두 빠져나갈 무렵까지 남아 기도를 하고 일어난 다니엘은 설랑의 미사보를 벗겨 주며 항의했다.

"사람 무안하게 정곡을 찔러요?"

"그러게 왜 딴청을 피워요? 남들보다 배는 열심히 해야 할 사람이. 그런데 여기 아는 분 계세요?"

차로 한 시간이 넘게 떨어진 곳까지 미사를 보러 오자는 이유를 물어도 그는 씩 웃기만 하고 대답을 하지 않았다.

"좀 아는 분이 있는데 장가간다고 보고도 드리고 내 속을 썩인 사람이 이렇게 예쁜 사람이라고 자랑도 하려구요. 이리와 봐요."

다니엘은 설랑의 손을 잡고 밖으로 나갔다. 성당 입구에 서서 신자들과 담소를 나누고 있던 듬직한 체구의 신부에게 다가간 다니엘이 고개를 숙여 인사를 했다. 누구인지는 몰라도 일단 웃는 낯으로 인사를 받고 난 신부는 자신의 궁금증을 물었다.

"누구⋯."

"신부님께서 보속을 주시면서 결혼하라고 충고해 주셨습니다."

신부는 결혼하라고 충고해 준 사람들이 한둘이 아니라 잘 기억을 해 내지 못했다. 그러자 다니엘이 귀를 빌려 신학생이라는 단어를 속삭였고 그제야 기억을 떠올린 신부는 다니엘의 손을 덥석 잡았다. 처음이자 마지막으로 받아 본 충격적인 고해 성사를 잊을 리가 없었다. 신학생의 몸으로 매춘과 간음을 했다며 어깨를 들썩거리던 그 형제 아닌가?

"이런⋯. 정말 오랜만입니다."

"제 약혼녀와 함께 인사드리러 왔습니다. 설랑 씨."

"안녕하세요."

설랑은 신부와 다니엘의 관계를 잘 알지는 못하지만 그가 권하자 수줍게 인사를 전했다.

"오, 이렇게 미인이시니 형제분이 고민을 할 수밖에 없으셨겠습니다. 반갑습니다."

고해 성사를 받을 때 상상으로는 솔직히 고백하건데 정상적인 여자라고는 생각할 수 없었다. 성의 유희만을 위해 남자를 돈을 주고 사는 추악한 모습을 그렸었는데 형제의 옆에서 빙그레 웃으며 서 있는 자매는 매우 아름답고 또 자신의 약혼자를 보는 눈빛에 깊은 애정이 담겨 있었다. 참으로 잘 된 일이 아닐 수 없다.

'역시 주님께서는 현명하시옵니다. 할렐루야!'

"신부님, 축복을 부탁드려도 되겠습니까?"

"그럼요, 그럼요. 자⋯."

다니엘과 설랑은 손을 잡고 신부 앞에 나란히 서서 눈을 감았다. 신부는 두 사람의 머리에 손 하나씩을 얹고 기쁨으로 충만한 가슴으로 신을 대신해 축복을 내려주었다.

"자비로우신 주님. 주님의 뜻으로 이 두 영혼이 혼인 성사를 통해 하나가 되려 하옵니다. 기쁜 일이옵니다. 하나가 된 이 두 사람이 성 가정을 본받아 주님의 뜻을 따라 살게 하시고 서로 존경하고 신의를 지키는 부부가 되게 하소서."

신의 축복을 받은 다니엘과 두 사람은 한 목소리로 맹세했다.

"아멘."

성당을 나온 다니엘이 기어이 자장면을 먹고 가자고 해서 들어온 동네 중국집은 고소한 자장 냄새가 좁은 홀을 가득 채우고 있었다. 완두콩 몇 알을 얹은 자장면 두 그릇이 두 사람 앞에 놓였다. 다니엘은 두 그릇을 모두 제 앞으로 당겨 한 그릇을 먼저 솜씨 있게 비벼 설랑에게 내밀었다.

"먹어요."

류 아저씨가 좋은 재료로만 만들어 준 자장면도 잘 먹지 않던 그녀가 색소 덩어리라 부르던 단무지와 함께 먹는 자장면을 좋아하게 된 것은 모두 다니엘 덕분이다. 처음엔 정말 입에 맞지 않아 반도 못 먹었지만 그가 좋아하는 거라 거기에 맞춰 주느라 자꾸 먹다보니 이제는 즐기는 정도가 되었다. 다니엘이 비벼 준 자장면을 젓가락에 돌돌 말아 한입 먹고 아삭 소리가 나는 단무지까지 먹고 난 설랑이 아까부터 궁금했던 것을 물었다.

"그런데 그 신부님한테 뭘 고백을 했는데 결혼하라고 하신 거예요? 설마 우리 이야기를 다 한 거 아니에요?"

그녀는 그를 정부로 삼았던 이야기를 발작적으로 싫어한다. 다니엘이 하느님이 인연을 만드시느라 그런 방법을 택했을 뿐이라며 달래도 동의하지 않고 없었던 일로 해 달라고 고집을 부렸다.

"당신이 너무 속을 썩이니까 하소연했던 거예요. 정부였다고 말한 적은 없어요. 얼른 먹어요. 다 불겠네."

다니엘은 세상에서 가장 예쁜 약혼녀를 자랑하고 싶은 욕심에 그녀의 입장을 생각해 주지 못한 것을 후회하며 말을 살짝 돌렸다. 돈을 받고 몸을 팔았다고, 그런데도 그 속에서 환희를 느껴 괴롭다고는 했지만 정부였다고 한 적은 없으니 아주 거짓말은 아닌 셈이다. 정부라고 한 적이 없다는 말에 안심한 설랑은 다시 젓가락을 들어 한 젓가락을 입 안에 넣다 울컥하고 올라온 미식거리는 기운에 인상을 찌푸렸다. 왜 이러지? 다시 먹으려고 시도했더니 이제는 속이 울렁거려 견딜 수가 없어졌다. 방금 전까지 너무 고소하던 자장면 냄새가 스컹크 냄새처럼 역겨워 코를 막았다.
"왜 그래요?"
"냄새가 너무 역해요. 못 먹겠어요. 당신 다 먹어요."
설랑이 티슈로 코를 막고 자장면 그릇을 다니엘 쪽으로 밀어 버리자 그는 주저 없이 젓가락을 놓고 계산서를 집어 들었다.
"일어나요. 다른 거 먹게."
"난 됐어요. 당신 먹어요."
"혼자 무슨 맛으로 먹어요. 됐어요."
어지간하면 같이 먹어 주고 싶지만 도저히 불가능한 일이었다. 계산을 하고 설랑을 데리고 나온 다니엘은 차에 시동을 걸고 먹고 싶은 것을 말해 보라고 했다.
"당신 결혼 준비에 일까지 너무 힘들어서 그래요. 뭐 먹고 싶은 거 있음 얼른 말해요. 내가 다 사줄 테니까."
"비빔밥. 어머니가 담가 두신 열무김치 있는데 신 거. 그거 넣고 고추장 넣고 참기름 넣어서 큰 그릇에다 비벼 먹고 싶어요."
먹고 싶다는 생각이 들자마자 배에서는 꼬르륵 소리가 나고서 비빔밥을 달라며 아우성을 쳤다. 생각만 해도 군침이 돌았다. 다니엘이 최대 속도로 운전을 해 집에 도착하자마자 차에서 뛰어내리다시피 집 안으로 들어온 설랑은 어머니에게 비빔밥 노래를 불렀다.

"어머니 저 비빔밥이요. 열무김치 넣고요."

"겨우 그거 먹고 싶어서 이렇게 달려왔어? 손이나 먼저 씻어. 다니엘 너도 손 씻고."

두 사람을 욕실로 보낸 엄마는 비빔밥을 비빌 큰 양푼을 찾고 열무김치통을 꺼냈다. 달그락 소리에 낮잠을 자던 지효가 깨어나 눈을 비비며 주방으로 나왔다.

"어머니 뭐 하세요. 하암!"

"네 형님이 비빔밥 먹고 싶대서…."

"와 맛있겠다. 어머니 저도요. 저도 먹을 거예요."

"금방 밥 먹었잖아. 너 그렇게 많이 먹으면 애 낳을 때 힘들어져."

"치, 어머님 설랑이 더 주려고 저 못 먹게 하시는 거죠? 어머니 미워용. 신랑 오면 다 일러줄 거예요."

여전히 나이를 헛먹는 지효는 투정을 부렸다.

"어유 알았다 알았어. 이를까봐 무서워서 드려야지요. 거기 앉아. 서 있지 말고."

"네!"

지효가 부른 배를 밀면서 막 식탁에 앉자 설랑과 다니엘이 주방으로 들어왔다. 지효는 장난스럽게 인사를 건넸다.

"혀엉님, 오셨사와요?"

"응, 어머니 다 됐어요?"

지효의 인사를 받는 둥 마는 둥 설랑의 관심은 오로지 비빔밥뿐이었다. 양푼 안에 신 열무김치와 콩나물, 김 가루에 채 썬 오이를 넣고 집에서 직접 담근 고추장을 한 수저 가득 넣었다. 그리고 참기름과 깨를 솔솔 뿌려 쓱쓱 비비자 뚝딱하고 먹음직스러운 빨간 비빔밥이 완성됐다.

"자, 다됐다. 큰 애 어서 먹어라. 지효 너도 이리와."

큰애라 불리는 설랑은 얼른 수저로 비빔밥을 듬뿍 떠서 입 안에 넣고 세상에 없는 행복한 표정을 지어 보였다. 엄마는 다니엘을 야단쳤다.

"오늘 같은 날 맛있는 것 좀 사주지 애를 굶겨서 다니니?"

"그게 아니구요. 자장면을 먹다가 못 먹겠다고 하더니 비빔밥이 먹고 싶다잖아요. 사준다고 하니까 신 열무김치를 꼭 먹어야 한다고…."

"너 임신했어?"

버르장머리 없이 시아주버니 말을 뚝 끊고 들어선 지효의 말에 설랑은 먹던 수저를 떨이뜨릴 뻔했다.

"뭐 먹다가 못 먹고 신 것이 먹고 싶고 입덧이잖아 그거."

입덧? 임신? 설랑은 생소한 그 단어들이 농후한 가능성을 가지고 있음을 이제야 의심한 미련한 머리를 때려 주고 싶었다. 한 달쯤은 건너 뛴 적이 몇 번 있어 이번에도 그런 줄만 알았고 아침에 일어나 속이 미식거리는 것은 결혼 준비 때문에 신경을 써서 그렇다고 생각했다. 다니엘의 엄마가 기대하는 표정으로 조심스럽게 물었다.

"큰애 너 가능성 있는 거니?"

다니엘은 얼굴이 벌게졌다. 성인이긴 하지만 엄마 앞에서 결혼 전에 임신이란 단어를 들어야 하는 것은 곤란했다. 설랑 역시 얼굴이 홍당무가 돼 대답을 하지 못하고 다니엘만 쳐다보며 어떻게 좀 해 보라고 눈치를 보냈다. 지효는 눈을 반짝이며 설랑에게 얼굴을 바짝 들이밀었다.

"맞아?"

"저기…, 그게 잘 모르겠어."

어유 이건 친구가 아니라 원수야. 그만 좀 못 해? 설랑이 계속 눈짓을 보내는데도 지효는 본척만척하고 해결 방법을 내놓았다.

"알아보면 되지. 아주버님 얼른 약국 가셔서 테스트기 사오세요. 얼른요."

"예? 아…, 예."

지효의 호들갑에 떠밀려 다니엘이 임신 테스트기를 사왔고 결과는 임신이었다. 다니엘의 엄마는 매우 기뻐하며 설랑의 손을 잡고 수고했다고 공을 치사하셨는데 설랑은 부끄러워서 쥐구멍에라도 숨고 싶었다. 그렇지 않아도 다니엘을 먼저 꼬드긴 전과가 있는데 이제는 결혼하기도 전에 임신이라니! 시

어머니에게 조신한 며느리로 보이고 싶었는데 그 바람은 이제 영영 물 건너가 버렸다. 설랑은 그렇게 먹고 싶던 비빔밥을 다 먹지도 못하고 방으로 숨어들어 두 사람이 같이 한 일을 애꿎은 다니엘 탓만 하며 투정을 부렸다.

"못살아 내가 정말. 창피해서 어떡해요? 책임져요."

"미안해요. 조심한다고 했는데…."

"아 난 몰라! 어머님이랑 석규 씨랑 어떻게 봐요?"

다니엘은 설랑의 손을 잡고 세상에 없이 귀한 보물을 만지는 듯 부드럽게 뺨을 쓰다듬었다.

"뭐가 창피해요. 기뻐해야죠. 우리가 사랑해서 얻은 분신인데. 고마워요. 나 당신한테 더 잘 할게요."

"나 정말 창피하단 말예요. 혼인 신고 날짜하고 애 생일하고…. 아 머리야."

설랑의 쓸데없는 걱정에 다니엘은 쿡쿡 웃음을 터뜨렸다.

"웃지 말아요. 남은 심각한데."

웃음을 멈춘 다니엘은 너무나 소중한 그녀를 가슴에 안았다.

"별로 착한 일 한 것도 없는네 난 참 운이 좋은 것 같아요. 나한테 딱 맞는 당신을 만나서 결혼까지 하고 예쁜 아기도 미리 받고. 막 세상에다 외치고 싶어요. 저 아빠가 된데요! 이렇게요."

다니엘이 너무 좋아하자 설랑은 그를 위해 아주 중요한 일을 한 것 같아 마음이 뿌듯해졌다. 부끄러움이 아직 가시지 않아 아주 또렷하게는 말 못 하고 작은 목소리로 그에게 고마움을 전했다.

"나…, 엄마로 만들어 줘서…, 고마워요."

다니엘은 그 말이 너무 좋아 그녀를 더 꼭 껴안았다. 그날 저녁 다니엘은 소식을 듣고 퇴근해 축하를 하는 석규에게 큰 선물을 받았다. 역시 쌍둥이인 것을 증명이라도 하듯 다니엘의 마음을 읽은 석규는 홀몸도 아닌 형수를 어떻게 혼자 두냐며 설랑과 다니엘을 설랑과 함께 신혼집으로 밀어 버렸다.

"예외는 없습니다. 사직서 제출하라고 하세요."

쩔쩔 매고 있는 류 아저씨에게 칼날처럼 매서운 답을 준 설랑은 고개도 들지 않고 서류에 사인을 해 나갔다.

"저기…, 사장님. 한번 만 더 생각해 주시면 안 되겠습니까? 근무한 지가 15년이 넘은 직원인데…."

"그래서 눈감아 준 것이 벌써 세 번째예요."

서류철을 덮고 일어난 설랑은 펜 뚜껑을 닫아 내려놓고 한숨을 쉬었다.

"저도 김 실장님이 화흥을 위해서 노력하신 것 잘 알아요. 하지만 칼을 쓰고 불을 다루는 주방 일은 지금 상태로는 무리예요. 지금은 서운하겠지만 그분을 위해서도 일을 그만두시는 것이 나을 거라고 생각해서 내린 결정이니까 따라주세요."

스토부에 근무하고 있는 김 실장이 술을 마신 채 음식을 만드는 것을 적발한 것이 벌써 네 번째다. 화홍의 규칙은 아주 엄해 일차는 경고고 이차 때는 바로 퇴사 조치를 취한다. 그동안 근무 경력과 실력을 인정해 예외를 줬는데도 또 술을 마신 것에 설랑은 단호했다.

"알겠습니다…. 제가 사직서를 받아서 올리겠습니다."

류시앙은 설랑의 뜻을 받아들이고 한껏 풀이 죽어 주방으로 돌아가 일을 처리하려고 몸을 돌렸다. 설랑은 그 모습을 보며 다니엘에 때문에 변한 자신을 발견하고 한껏 인상을 찌푸렸다. 전에는 무조건 끊어 내고 잘라 내는 방식으로 깔끔하게 처리했는데 자꾸 이렇게 끈적끈적한 감정을 개입하게 만든 다니엘이 미워 죽겠다.

"아저씨."

설랑이 부른 소리에 류시앙은 우울한 표정을 미처 감추지 못한 채 대답했다.

"예, 말씀하세요. 사장님."

"김 실장님 사직서 말고 휴직계로 제출하라고 해 주세요. 알코올 중독도 치료를 해야 하는 질병이잖아요. 병가를 좀 길게 낸다고 생각하시고 꼭 치료하라고 하세요. 총무부에 퇴직금도 미리 쓰실 수 있도록 조치할 테니까 수령하시면 생활에는 별 지장 없을 거예요. 그리고 증세를 치료하고 나면 언제든지 복직은 가능하다는 것도 전해 주세요."

"고맙습니다. 사장님 고맙습니다. 제가 얼른 가서 김 실장에게 전하고 그렇게 하라고 하겠습니다."

설랑의 뜻밖의 선처에 류시앙은 고개를 몇 번이나 숙여 감사의 뜻을 전하고 밖으로 나갔다. 좋아하는 모습을 보자 마음이 깃털처럼 가벼워진 설랑은 전화를 걸었다.

"점심 먹었어요? 와, 나쁘다. 난 입덧 때문에 아무것도 못 먹었는데 자기는 배부르게 먹고. 아니요. 나도 먹었어요. 뭐해요?"

입으로는 투덜대면서도 얼굴에는 환한 웃음이 가득했다. 설랑은 자신의 인색한 마음은 웃을 수 없지만 베푸는 마음은 웃을 수 있다는 깊은 뜻을 알게 해 준 제 사랑에 감사했다. 통유리로 들어온 햇살이 저만큼이나 따사로운 그녀를 포근하게 감싸 안았다.

화흥의 별관 정원에 야외 결혼식장이 차려졌다. 물이 올라 푸르른 잔디 위로 하얀 비단길이 깔리고 백장미와 조팝나무로 장식한 꽃길과 아치가 설치되었다. 손님들이 자리를 잡기 시작하자 비눗방울을 뿜어내는 기계가 작동을 시작했고 다니엘과 석규는 입구에서 손님을 맞느라 정신이 없었다.

얇고 섬세한 레이스로 긴 목을 감싼 머메이드 스타일의 드레스를 입고 뽀얀 안개 같은 베일을 늘어뜨린 설랑은 차가운 물을 계속 마시며 쿵덕거리며 뛰는 심장을 달래느라 애를 썼다. 지효는 부른 배를 밀고 다니면서 잔소리를 해 댔다.

"얘. 찬 물 마시고 배탈 나서 첫날밤 망치고 싶어? 몰라도 이렇게 몰라."

"첫날밤 치른 지가 언젠데 첫날밤이야…. 나 너무 떨려. 걷다가 넘어지면 어떡하지?"

"아이고 천하의 하설랑은 어디로 가고 겁쟁이 아줌마가 앉아 있는 거야? 혼자 걷는 것도 아니고 아주버님이 든든하게 모시고 걸을 텐데 뭐가 걱정이야?"

"지효야 나 거울."

지효에게서 손거울을 건네받은 설랑은 화장 상태를 꼼꼼히 살폈다. 최대한 자연스러움을 살려 옅게 한 신부화장 덕에 실제 나이보다 서너 살은 어려 보이지만 혹시나 피부가 건조해져 주름이 지지는 않았나를 살폈다. 설랑이 연신 거울을 보는 이유를 눈치 챈 지효가 핀잔을 주었다.

"아니 서방님이 만든 화장품을 무시하는 거야? 예뻐. 아무도 네가 일곱 살이나 더 많은 신부라고 생각 못해. 그만 좀 들여다봐!"

언제나 예쁘게 보이고 싶긴 했지만 오늘은 다니엘의 신부로서 모든 사람 앞에 서는 날이라 더 신경이 쓰였다. 설랑은 거울을 돌려주고 딱딱하게 굳은 얼굴 근육을 풀었다. 문이 열리고 웨딩 도우미들이 들어와 준비할 시간임을 알리고 설랑이 일어나자 드레스 자락을 챙겨 식장으로 향했다.

기숙사에서 방을 함께 쓰던 지헌 안드레아와 친구들은 다니엘의 등을 두드리며 결혼을 축하했다.

"주님보다 색시가 더 좋은 거야? 그런 게야?"

그의 농담에 다니엘은 웃으며 은근히 설랑을 자랑했다.

"글쎄…. 그녀가 주님이 사랑하는 양이라 더 좋은 것 같다. 내가 미사 시간에 딴짓하면 정신 차리게 해 주거든. 나보다 훨씬 나은 사람이야."

"이 친구 벌써 공처가 다 됐잖아? 하여튼 잘먹고 잘살아라. 주님의 평화가 함께 하기를!"

하객들은 모두 자리에 앉아 주라는 사회자의 멘트가 나오고 주례를 맡아 주실 신부님이 단 위에 오르자 귀에 익은 엘가의 '사랑의 인사'가 은은하게 울려 퍼졌다. 친구들의 축복을 받던 다니엘의 눈에 도우미들과 함께 걸어오는 설랑이 보였다. 자신의 가슴에 달린 것과 똑같은 장미로 만든 동그란 부케를 들고 사뿐사뿐 걸어오는 설랑을 보는 다니엘은 화흥으로 그녀를 찾아왔던 첫 날이 떠올랐다. 낡은 옷에 비까지 맞아 너무나 초라했던 저에게 세상에 거칠 것 없이 당당했던 설랑이 정부를 제의했었다. 그 날은 슬프고 아려 죽을 것 같았는데 오늘은 그녀의 남편이 되어 이렇게 기쁘고 들뜬 마음으로 서 있다. 나의 모든 감정을 관장하는 여신. 나의 아내…, 설랑.

저를 보고 수줍게 웃는 설랑에게 팔짱을 내밀자 제 팔에 딱 맞는 그녀의 팔이 들어왔다. 다니엘은 설랑의 면사포를 살짝 걸어 행복으로 반짝이는 눈과 눈을 마주쳤다. 그리고 이렇게 말했다.

"결혼 축하해요."

"쿡! 당신도 결혼 축하해요."

다니엘의 시시한 농담에 '쿡' 하고 웃고 답을 돌린 설랑은 조금 전까지 불안했던 마음이 한 순간에 가라앉아 싱그러운 미소를 지어 보였다. 사회자의 안내 멘트가 들렸다.

"자, 신랑신부 입장하겠습니다!"

결혼행진곡이 울려 퍼지고 꽃 아치 앞에서는 무지개 빛으로 반짝이는 비눗방울이 피어 나왔다.

"갈까요?"

설랑이 고개를 끄덕이자 두 사람의 행진이 시작되었다. 하객들의 박수소리에 수줍어하면서도 서로의 눈을 보며 한발 한발 보조를 맞춰 함께 만들어 나갈 소중한 미래를 향해 걸어 나가는 다니엘과 설랑의 마음은 하나였다. 워 아이 시니 라….

작가 후기

언제나 끝맺는 말과 후기가 가장 어렵습니다. 이번에도 예외가 아니군요.

글을 쓰면 쓸수록 이것이 사랑이다, 라는 결론을 내리기가 점점 어려워집니다. 딱 부러지게 정의를 내리기에는 사랑의 색과 맛, 향이 너무나 오묘한 탓이 아닐까요?

연재 당시에 많은 분들이 남자 주인공과 여자 주인공의 역할 바꾸기라는 말씀을 하셨습니다. 저도 그렇지만 로설에는 대개 남자 주인공이 능력 있고 카리스마가 있다면 여자 주인공은 지고지순한 캐릭터가 자주 등장합니다. 의도적인 것은 아니었지만 포춘 쿠키의 주인공들은 두 주인공이 반대의 성격을 가졌죠.

설랑은 어느 것 하나 부족함이 없는 여자입니다. 할아버지로부터 물려받기는 했지만 노력하고 가꾸어 가업인 화흥을 최고의 식당으로 만들고 재테크에도 능한 타고난 사업가죠. 거기다 자신의 목적을 위해서라면 비열한 방법도 서슴지 않는 냉철한 성격의 소유자죠.

다니엘 그리고 연석형이라는 두 개의 이름을 가진 남자 주인공은 정반대로 빵을 나눌 때도 한쪽을 더 많게 떼어 내 다른 사람에게 주고 자신은 작은 쪽을 택하는 박애주의가 투철한 신학생입니다. 로설 남주의 공식적인 키인 180센티에 1센티 부족한 179센티의 키를 가졌고 탄탄한 허벅지도 없으며 그녀와 드라이브를 할 번쩍거리는 외제차도 없습니다. 그가 가진 유일한 재산은 받은 사랑을 몇 배로 불려 돌려주는 따뜻한 마음뿐입니다.

그렇게 달의 앞면과 뒷면처럼 사뭇 다른 사람들이 정부라는 불온한 관계로 이야기를 시작하고 강요하고, 싸우고 작은 질투를 하고 울고 달래고 다시 사랑하는 것으로 끝을 맺습니다.

시놉시스를 잡아 놓고 쓸까 말까 참 많은 고민을 했습니다. 종교를 가진 사람으로서 사제가 되길 원하던 신학생인 남자 주인공이 선택의 여지가 없긴 했지만 여자 주인공의 정부라는 제안을 받아들이고 그에 합당한 의무를 실천하는 것이 읽는 분들이게 거부감을 일으키지 않을까 하구요. 지금도 많이 떨리네요.

제 주위의 한 분이 사제의 길이 자신의 길임을 의심치 않고 주위의 반대를 무릅쓰고 정진하시다가 졸업을 얼마 남겨 두지 않고 그 길에서 내려오셨습니다. 많이 생각하고 기도한 끝에 내린 결정이었지만 색안경을 끼고 보는 사람들은 뭔가 다른 이유가 있었을 거야 하고 보기도 했지요. 선한 눈웃음이 매력적인 그분이 신부님이 되시지 않는다는 사실에 실망스럽기도 하고 안타깝기도 하던 중에 우연히 이야기를 나누게 되었습니다. 저는 휴가를 다니러 오신 줄 알았는데 자퇴를 하셨다며 소문을 못 들었냐고 씩 웃으셨죠. 그 웃음 끝에 사제의 길을 택했던 것은 행복하게 살길 원해서였고 주님의 뜻을 받드는 종이 되는 것이 그 행복인 줄 알았었는데 더 이상 행복한 마음이 생기지 않아 그만 두셨다고 말씀을 하셨어요.

그리고 사제이던 일반 평신도이건 주님을 사랑하는 마음에는 변함이 없다고 하시면서 또 슬쩍 미소를 지으시는데 마음이 아팠습니다. 그 결정을 내리기까지 고뇌가 슬며시 지나가는 미소 속에 다 비쳐 보였거든요. 그분은 지금 평신도로서 여전히 주님의 뜻을 받들며 주위 사람들을 사랑하며 잘 지내고 계십니다.

천국이라는 것이 별다른 게 없는 거 같아요. 사랑하는 사람과 마주 보고 평범한 일상을 공유하는 것이 바로 천국의 기쁨이 아닐까 생각합니다. 제 믿음이 틀리지 않다면 저는 물론이고 다니엘과 설랑도 지금 천국에 살고 있는 거겠죠?

글을 쓰면서 주인공이 돼 웃고 울고 얼굴 찡그리고 자판을 두드릴 때가 제게는 천국입니다. 거기다 여러분들의 사랑이 보태지면 날개라도 달린 듯 훨훨 날아갈 것 같아요. 글쟁이라는 말이 어색하지 않게 조금 더 욕심내고 한 자 더 적고 지우고 다시 쓰는 것이 프리실라의 원대한 목표입니다. 지켜봐 주세요.

저에게 날개들 달아 주시는 분들께 제 사랑을 드립니다. 프리실라의 모든 식구 여러분 제가 사랑하는 거 아시죠? 경주국 마마 문선 언니, 탐진국 공주인 저랑 놀아주셔서 감사드려요(저희는 같은 최씨랍니다). 천마산 기슭에서 열심히 집필 중인 내 친구 이희정 자가 고맙고 다음에 내가 또 삐딱 선을 타려고 하거든 꽉 잡아 주라는 부탁을 덧붙입니다. 바쁜 중에 중국어 감수 해 준 박나영 작가 고맙고 멀리 중국에서 향긋한 쟈스민 향과 함께 한문 선생님 해준 김효진 양, 땡큐. 소중한 자료 보내 주신 은새 님 정말 유용하게 잘 썼고요, 오밤중에 일본어 내놓으라고 했을 때 바로 메시지 날려 준 박기정 작가님 감사합니다. 구구절절 늘여 놓은 글들을 정리해서 예쁜 책으로 만들어 주신 이가서향 모든 식구 분들께도 작업하는 내내 즐거웠다는 말로 고마운 마음 대신합니다.

아, 인사까지 다 끝났군요. 안녕히 계시구요 저는 또 다른 천국을 찾으러 한글 파일을 엽니다. 여러분 행복하세요.

최은경 프리실라 올림.

참고 문헌

『이면희의 중국요리』(이면희 저, 조선일보사)
『이런 거 중국어로 뭐죠?』(신정형 저, 시사 차이나)
『중국어로 사랑을 고백하는 워 아이 니』(한민이 저, 넥서스 북스)
『(피부가 행복해지는 나만의) 천연화장품 만들기』(안미현 저, 넥서스 북스)
『(쉽게 배우는) 중국요리』(추적생·변평화·강병남 외 저, 형설)
『이향방의 중국요리』(이향방 저, 서울문화사)
『(콕콕 찍어주는) 꼬꼬 중국어 회화』(박재승 엮음, 국제어학연구소)
『비누와 화장품 만들기』(강현희·이동용 공저, 뷰티복두)
『중국상식 (문화)』(중국국무원교무배판공실·중국해외교류협회 공저, 최진아 옮김)

『중국음식』(우샤오리 저, 김영사)

포춘 쿠기

초판 1쇄 인쇄일 | 2005년 7월 4일
초판 1쇄 발행일 | 2005년 7월 7일

....

지은이 | 최은경
펴낸이 | 이숙경

....

펴낸곳	이가서
주소	서울시 마포구 서교동 370-15 1F
전화 · 팩스	02-336-3502~3 02-336-3009
홈페이지	www.leegaseo.com
등록번호	제10-2539호

ISBN 89-5864-135-5 04810
  89-5864-060-X (세트)
가격은 뒤표지에 있습니다.
저자와 협의하여 인지는 생략합니다.